# SCHWARZE ANGST

Simon Bartsch wurde 1978 im Schatten der Domstadt geboren und ist ausgestattet mit der Liebe zu zwei großen Kölner Sportvereinen und dem obligatorischen rheinischen Humor. Schon während des Studiums an der Deutschen Sporthochschule Köln arbeitete Bartsch als freier Journalist. Mittlerweile ist er Redakteur beim General-Anzeiger Bonn.

Dieses Buch ist ein Roman. Handlungen und Personen sind frei erfunden. Ähnlichkeiten mit lebenden oder toten Personen sind nicht gewollt und rein zufällig.

SIMON BARTSCH

# SCHWARZE ANGST

KRIMINALROMAN

emons:

**Bibliografische Information der Deutschen Nationalbibliothek**
Die Deutsche Nationalbibliothek verzeichnet diese Publikation in der Deutschen Nationalbibliografie; detaillierte bibliografische Daten sind im Internet über http://dnb.d-nb.de abrufbar.

MIX
Papier aus verantwortungsvollen Quellen
FSC® C083411
FSC
www.fsc.org


Umschlagmotiv: shutterstock.com/Eky Studio
Umschlaggestaltung: Nina Schäfer
Gestaltung Innenteil: César Satz & Grafik GmbH, Köln
Lektorat: Lothar Strüh
Druck und Bindung: CPI – Clausen & Bosse, Leck
Printed in Germany 2016
ISBN 978-3-95451-984-2
Originalausgabe



Dieser Roman wurde vermittelt durch die
Leselupe-Literaturagentur, Wachtendonk.

Für Ben …
… und seine Schutzengel

# PROLOG

*Eine Scheune – Strohballen. Draußen prasselt der Regen unaufhörlich auf die Wiesen und Felder. Kleine Seen entstehen in den tiefen Spuren der Traktoren. Es riecht nach Sommer. Eine einsame Glühbirne baumelt von der Decke und spendet warmes Licht. Ein Junge blättert in einer Zeitschrift. Sein Gesicht ist rot gefärbt. Man braucht nicht Einstein zu sein, um zu wissen, was er sich ansieht. Eigentlich sollte er gar nicht hier sein. Eigentlich sollte er mit anderen Kindern spielen. Und eigentlich sollte er sein Leben genießen.*

*Das Eisen ist kalt, und kleine blaue Partikel fressen sich brennend in die Hand. Das ist der Preis. Eine Unaufmerksamkeit, ein Knistern. Der Junge schreckt hoch. Er blinzelt und hält die Hand vor die Augen. Er kann mich nicht sehen. Er wartet einen Moment und konzentriert sich dann wieder auf die nackten Brüste. Dann auf einmal registriert er die Bewegung und fährt erschrocken herum. Zu spät. Das Eisen hinterlässt ein tiefes, ungemein hässliches Loch. Noch eins und noch eins. Wut, Zorn. Der kleine Körper liegt reglos auf dem Boden. Nur wenn das Eisen ihn trifft, fährt er zusammen. Es dauert vielleicht zwei Minuten. Hundertzwanzig Sekunden, die sich wie eine Ewigkeit anfühlen. Doch es ist die erhoffte Erlösung.*

# 1

## *Mike*

Mit einem flauen Gefühl im Magen wache ich auf. Das Betttuch ist von der schwülen Sommerluft ein wenig klamm. Viel mehr beschäftigt mich aber der Druck in meinem Bauch, der mit meinem ersten Liebeskummer vergleichbar ist. Ich kenne dieses Unwohlsein nur zu gut. Es ist eine Art Alarmsignal. Eine innere Stimme, die mir eine Hiobsbotschaft prophezeit. Konkrete Anhaltspunkte liefert mir das Gefühl in der Regel leider nicht.

»Mike?«, fragt mich Julia besorgt. Sie steht in einem Hauch von Negligé vor dem Bett und schaut mich mit ihren großen, schönen Augen an. Natürlich kennt sie die Anzeichen meiner Vorahnungen, und dass sie mich mit meinem Kosenamen anspricht, unterstreicht ihre Sorge. Sie nennt mich eher selten Mike. Behutsam setzt sie sich auf die Bettkante und streicht mir über die Haare. »Ist es wegen Tina?«, erkundigt sie sich nach meiner kleinen Schwester. Für Mitte dreißig bin ich schon sehr zerstreut, vergesse andauernd Termine, Namen und Telefonnummern. In der Regel schiebe ich es auf den Stress, den mein Job mit sich bringt, in der Vorahnung, dass das nicht der wahre Grund sein kann. Manche Daten vergisst man einfach nicht. So auch den 20. August. Dennoch hat sie mich auf dem falschen Fuß erwischt. Obwohl sich Tinas Tod zum vierzehnten Mal jährt, hat dieses unbehagliche Gefühl bestimmt nichts mit meiner Schwester zu tun. Überhaupt bin ich mir nicht sicher, ob man das Thema immer wieder hochkochen lassen muss. Passiert ist passiert. Und das Leben geht weiter.

Um sie nicht weiter zu beunruhigen, nicke ich vorsichtig, schäme mich aber augenblicklich, sie angelogen zu haben. Natürlich schmerzen die Erinnerungen an meine kleine Schwester nach wie vor, und das bevorstehende Familientreffen löst Beklommenheit in mir aus. Doch ihr Tod vor so langer Zeit ist sicherlich nicht der Grund für meine momentane Übelkeit. Da steckt mehr dahinter. Viel mehr.

Julia küsst mich auf die Stirn, streicht mir erneut durchs Haar und verlässt das Schlafzimmer. Natürlich glaubt sie mir kein Wort. Aber sie ist schlau genug, nicht weiter zu fragen. Wir haben irgendwann das Agreement getroffen, meinen Job mit all seinen Schattenseiten aus dem Schlafzimmer zu verbannen. Mit gleich zwei Kriminalhauptkommissaren in ihrem engsten Familienkreis ist sie ohnehin schon gestraft genug. Ich bleibe noch einen Moment liegen, ergebe mich dann aber meinem alltäglichen Schicksal und stehe müde auf. Mühsam strecke ich meine Muskeln. In der Küche streiten sich Louisa und Elsa, wer den Tisch decken darf. Ich wünsche mir, sie werden die gleichen Diskussionen auch noch mit sechzehn führen. Als ich eine halbe Stunde später das Esszimmer betrete, hat sich der Streit der Zwillinge gelegt. Dafür beschäftigen sie sich nun mit einem Kinderspiel, das mir endgültig den Rest zu geben droht. Sind sie nicht zu alt für »Backe, backe Kuchen«?

Das schlechte Gefühl in der Magengegend ist längst Richtung Brust gewandert und sorgt dort für eine unangenehme Enge. Eigentlich bin ich doch noch viel zu jung für eine kardiale Herzerkrankung. Julia stellt mir eine Tasse Kaffee auf den Tisch und legt mir den Wirtschaftsteil der Zeitung zurecht. Es ist ihre Art, mich in meiner Unruhe zu unterstützen. Auch wenn es lieb gemeint ist, ihre Fürsorge kann ganz schön nerven, und ich bin heilfroh, als ich zwanzig Minuten später in meinem eigenen Kosmos Auto sitze. Den Weg zur Dienststelle hätte ich sicherlich auch mit dem Fahrrad bewältigen können. Doch das Innere meines Wagens, mit dem Geruch von frischem Leder und Wolfgang Niedecken in Privataudienz, verleiht mir allmorgendlich die nötige Entspannung, die ich zur Stressbewältigung benötige. Gedankenversunken blicke ich auf den Kölner Dom, für viele das Wahrzeichen der Stadt, für mich ein wiederkehrendes Gefühl von Heimat. Ein wenig verträumt, merke ich nicht, dass mich ein Rotzlöffel beim Mitsingen von »All die Augenblicke« erwischt. Als ich seine Fratze sehe, halte ich sofort die Klappe. Ich parke das Auto wie gewohnt in der Tiefgarage und nehme den Aufzug.

Tommy lächelt, als ich das Kölner Morddezernat betrete. Er hat dieselben braunen, fast schon schwarzen Augen wie seine Schwester. Doch anders als bei Julia haben seine auf mich keine magische Wirkung. Ich winke etwas unbeholfen, gehe durch die Glastür und setze mich auf meinen Stuhl. Er nickt nur freundlich und widmet sich wieder dem Sportteil der Tageszeitung. Seltsam erleichtert muss ich feststellen, dass mich mein Bauchgefühl nach all den Jahren offensichtlich erstmals im Stich gelassen hat. Dennoch bin ich noch immer beunruhigt, als Tommy wenige Minuten später mein Büro betritt.

»Alles gut, Mike?«, fragt er mich. Wir haben schon längst die magische Altersgrenze von dreißig Jahren überschritten und sprechen uns noch immer mit den Kosenamen an, die wir uns vor einem Vierteljahrhundert angewöhnt haben.

»Alles gut«, gebe ich knapp zurück, weiß aber, dass auch er mein unbehagliches Gefühl längst ausgemacht hat. Wieso hätte er sonst fragen sollen? Er nickt verständnisvoll und wischt sich eine lange blonde Locke aus dem Gesicht. Ich kenne Tommy nur mit langen Haaren. Schon als Sechsjähriger hat er sie so getragen, und ich glaube, schon damals war er sich seines guten Aussehens durchaus bewusst. Er war immer groß und verbrachte den Großteil seiner Freizeit in Fitnessstudios, Kampfsporthallen oder Schwimmbädern. Dazu legt er viel Wert auf ordentliche Kleidung und ein gepflegtes Auftreten.

Ich glaube, auch deswegen wurde er mir bei der Besetzung des Abteilungsleiters vorgezogen. Er ist das Aushängeschild, der Vorzeigekommissar des Präsidiums und mit seinem Aussehen geradezu prädestiniert für die Außendarstellung. Ich beneide ihn nicht darum. Publicity ist nichts für mich. Ich wollte zur Polizei, weil ich schon als Kind ein unglaubliches Maß an Gerechtigkeitssinn entwickelt hatte. Auge um Auge, Zahn um Zahn. Dabei verfolge ich alles andere als religiöse Gedanken. Mein Glaube an Gott ist gemeinsam mit meiner Schwester gestorben. Der Glaube an die Gerechtigkeit ist jedoch geblieben.

Tommys Beweggründe kann ich heute nicht mehr rekonstruieren. Früher dachte ich, er ist wegen unserer engen Freundschaft mit auf die Polizeiakademie gekommen. Inzwischen bin ich überzeugt, es ging ihm von Anfang an darum, im Mittelpunkt zu stehen. Als toller Kerl wurde er von der weiblichen Welt schon immer wahrgenommen. Mag sein, dass er gar keine andere Wahl hatte, als immer weiter ein toller Hecht zu sein. Um Gerechtigkeit wie mir ging es ihm jedenfalls nicht. Und er war auch kein Rächer der Enterbten. Denn ganz anders als der Strumpfhosenheld unserer Jugend kostet Tommy seinen Ruhm voll und ganz aus.

Mir gegenüber verhält er sich jedoch immer absolut loyal. Wir sind ein eingespieltes, gleichberechtigtes Duo, das frühzeitig große Ermittlungserfolge gefeiert und sich so zu einem Schub auf der Karriereleiter verholfen hat. Wir wissen beide um die Stärken des anderen. Er bringt mit seinem Charme etliche Verdächtige zum Reden und hat einen guten Draht zu den Angehörigen und Opfern, ich finde dagegen oft das fehlende Puzzleteilchen, wenn die Ermittlungen ins Stocken geraten. Ich weiß, dass er meine Intelligenz seit jeher bewundert.

»Wenn du reden willst, ich sitze auf der anderen Seite der gläsernen Mauer«, sagt er und blinzelt mir freundlich zu. Ich muss lächeln. Er ist schon ein wenig selbstverliebt. Aber selbst diese Charakterschwäche habe ich mittlerweile lieben gelernt.

Als auch bei der morgendlichen Teambesprechung kein neuer Fall angesprochen wird, wähne ich mich bereits auf der sicheren Seite und verspüre ein gewisses Hochgefühl. Ich ahne nicht, wie sehr ich mich täusche. Zwar hat mein Magen mir etwas vorgegaukelt, doch ich bin erleichtert, mich erst einmal mit dem Totschlag an einem Obdachlosen in der Kölner Innenstadt beschäftigen zu dürfen. Der Fall ist eigentlich klar. Ein Penner hat sich mit einem Saufkumpan in den frühen Morgenstunden um eine halbe Flasche Wodka gestritten. Irgendwann hat sich der Fünfzigjährige dazu entschlossen, dass niemand das Getränk haben darf, und dem Wegbegleiter die Flasche über den Kopf gezogen. Dieser starb eine gute Stunde später an Gehirnblutungen, mitten auf der Domplatte. Ein Müllmann hat die Leiche entdeckt. Als die Kollegen eintrafen, saß unser Verdächtiger seelenruhig daneben und gönnte sich den Rest einer Dose Bier, die er in einem Nachtkiosk erstanden oder im Mülleimer gefunden hatte. Ich muss nur noch mit der Staatsanwaltschaft kleinere Details absprechen. Ich habe die Telefonnummer noch nicht gewählt, als mich Tommy auf den Boden der Tatsachen zurückholt. Sein Gesichtsausdruck spricht Bände.

»Ein Junge wird vermisst«, sagt er mit leiser Stimme, und mich überkommt augenblicklich wieder das beklemmende Gefühl vom Morgen. Mit vermissten Kindern haben wir es eher selten zu tun, und in unser Heimatdorf wurden wir überhaupt noch nie als Ermittler gerufen. Entsprechend löst die Meldung unwillkürlich Panik aus. Jedenfalls bei mir. Als Tommy die nächsten Worte ausspricht, stolpert mein Herz, und Schweiß bildet sich auf meiner Stirn.

»Zu Hause.«

Ich werde das schockierte Gesicht meines Schwagers nie vergessen. Mit *zu Hause* meint Tommy weder mein kleines Häuschen noch seine Eigentumswohnung. *Zu Hause* bedeutete unsere Kindheit, den Großteil unseres Lebens, Zufluchtsort und Heimat zugleich.

Götzenkirchen, ein kleines Dorf, das zu der Kerpener Gemeinde Horrem gehört und in dem wir groß geworden sind, unsere erste Liebe gefunden, ja erlebt haben und in dem wir trotz aller Schwierigkeiten und Schandtaten zu seriösen Erwachsenen herangewachsen sind. Der erste Joint, der erste Kater, der erste Sex. Was uns beide so schockiert, ist nicht in erster Linie der Fall des vermissten Jungen in unserem Heimatort, sondern die bittere Erinnerung, die er auslöst.

Tommy und ich haben im Alter von sechzehn Jahren jede freie Minute miteinander verbracht. Wir waren unzertrennlich. Kennen gelernt haben wir uns im Kindergarten – die genauen Umstände weiß ich nicht mehr –, es folgte die gemeinsame Zeit in der Grundschule, auf dem Gymnasium und später schließlich auch auf der Polizeischule. Tommy hat mich in all den Jahren öfter und länger gesehen als meine eigene Familie.

In unserer Jugend verbrachten wir die Nachmittage bei Regen mit einer neu gegründeten Rockband, die uns eigentlich nur als Alibi diente, bereits am helllichten Tage harten Alkohol zu uns zu nehmen. Bei Sonnenschein waren wir auch manchmal an der frischen Luft, kickten mit einem abgewetzten Lederball auf öffentlichen Wiesen, rauchten unsere Joints auf Feldern Richtung Türnich, die nach frisch gemähtem Heu rochen, oder nahmen ein kühles Bad in der Erft. Es war eine perfekte Zeit. Frei von

Kummer und Sorgen. Bis ein lauer Sommerabend unsere heile Welt ins Wanken brachte.

***

Ich stellte mein Fahrrad an das Vorgartenmäuerchen und schloss es mit dem alten Vorhängeschloss ab. Tommys Mutter stand am Küchenfenster und winkte mir in ihrer liebevollen Art freundlich zu. Die Ullrichs behandelten mich wie ihren eigenen Sohn, und ich fühlte mich als voll integriertes Mitglied der Familie.

Und im Gegensatz zu meinen spießigen Eltern waren Tommys Eltern offen für Feste und alkoholische Getränke, zumindest so leichte wie Bier und Wein. Dementsprechend freute ich mich auf den Abend bei Gegrilltem und kalten Getränken. Zumal an diesem Abend ein EM-Spiel der deutschen Fußballnationalmannschaft auf dem Programm stand. Papa Ullrich hatte den Garten in ein zweites Wohnzimmer verwandelt. Große Fernseher auf der Terrasse, dazu Bier und Bratwurst. Doch noch bevor Thomas Häßler zum Anstoß gegen den Ball trat, war die Party quasi vorüber. Alle waren wie erstarrt, während wir in den überregionalen Nachrichten plötzlich Bilder aus der uns so vertrauten Gegend sahen. Ein Ort, an dem wir noch am Nachmittag gespielt hatten, sollte ein möglicher Tatort sein.

Der zwölfjährige Matthias Weber war spurlos verschwunden und nun als vermisst gemeldet worden. Umgehend lief mir Angstschweiß über den Rücken, und ein seltsames Gefühl breitete sich in meinem Magen aus. Die Bilder zeigten weidende Kühe, den alten Schuppen von Bauer Reinhardts, den Bahnhof Horrem und die Flutlichtmasten des kleinen Stadions. Wir schauten uns mit großen Augen an. Das Entsetzen in Renate Ullrichs Blick war unerträglich und machte mir Angst. In einem Dorf kennt jeder jeden – ein Grund, warum auch uns der kleine Mattes nicht unbekannt war. Ich hatte ihn oft an unserem Sportplatz gesehen und immer den Eindruck gehabt, dass er nicht gerade der Hellste war. Er prügelte sich oft, und soviel ich wusste, hatte er es fertiggebracht, bereits die sechste Klasse wiederholen zu müssen. Bestimmt gingen alle davon aus, dass er eines Tages sowieso den Hof seines Vaters übernehmen würde. Doch dazu kam es nie.

Das Verschwinden des Kindes löste bei sämtlichen Eltern der Gegend natürlich große Sorgen aus. Wir Jugendlichen überspielten unsere Angst mit coolem Getue. In unserer Schule in Kerpen brodelte die Gerüchteküche. Natürlich beteiligten auch Tommy und ich uns an dem Weibergewäsch. Mein bester Freund redete von einem Kinderpornoring, und ich erzählte in den Pausen von der Geschichte des Schlächters von Kerpen. Es gab weder einen Schlächter noch einen Pornoring. Aber es gab einen Mord.

Sieben Tage lang suchten mehrere Hundertschaften Wald und Wiesen der Umgebung ab. Taucher drehten jeden Stein in der Erft um, und selbst Hubschrauber mit Wärmekameras waren im Einsatz. Es war eine der größten Suchaktionen, die unser Bundesland bis dahin gesehen hatte. Sie verlief ergebnislos. Selbst der bundesweit ausgestrahlte herzzerreißende Appell der Eltern Weber brachte keine Resultate. Mattes blieb verschwunden. Jeden Abend hielt Pastor Busselt eine Andacht für den verschwundenen Jungen, die von Tag zu Tag besser besucht wurde. Aus den benachbarten Gemeinden kamen besorgte Familien und beteten für den Zwölfjährigen. Am siebten Tag nach seinem Verschwinden wurde Matthias endlich gefunden. Tot.

Über die Ursache seines Ablebens gab es die wildesten Gerüchte. Er sei sexuell missbraucht und dann gehäutet worden. Er wäre mit einer Schrotflinte aus nächster Nähe erschossen worden. Selbst über einen möglichen Suizid wurde spekuliert, zumal sein Vater im ganzen Dorf als Choleriker bekannt war. Ich interessierte mich mehr für den Fall als alle anderen und entwickelte einen seltsamen »Ehrgeiz«. Ich schnitt jeden relevanten Zeitungsartikel aus, sah mir die lokalen Nachrichten im Dritten an und hielt mich natürlich auch in der Schule oder im Ort auf dem Laufenden. Auch Tommy und unsere gemeinsamen Freunde kannten nur noch dieses Thema.

Aus ermittlungstechnischen Gründen wurde in der Öffentlichkeit nicht viel preisgegeben. Also legten sich alle ihre eigenen Theorien zurecht. Ziemlich schnell wurde ein erster Verdächtiger ausgemacht. Wie in jedem Ort gab es auch in Horrem eine

Familie, die angeblich für jedes Übel verantwortlich war. Ob die geklaute Schulmilch, das tote Schaf der Familie Engels oder ein Graffiti an der alten St.-Clemens-Kirche, als Täter wurden immer die Pipkes genannt. Natürlich tat die Familie auch viel, um ihrem Namen alle Ehre zu machen. Doch zumindest bei der Schulmilch kann ich die Jungs komplett freisprechen, denn die haben Tommy und ich eines Nachts mitgehen lassen, getrieben von dem irrsinnigen Plan, sie etwas teurer an eine andere Schule zu verticken. Natürlich hätte uns klar sein müssen, dass alle Schulen ihre eigenen Milchtüten beziehen. Unser Versuch, ein Milchimperium aufzubauen, schlug also fehl. Immerhin haben wir es geschafft, die zweihundertfünfzig Milchtüten unauffällig verschwinden zu lassen, was alles andere als einfach war.

Die Pipkes bekamen die Anfeindungen natürlich mit, und auch die Presse hatte von den Auffälligkeiten der Familie Wind bekommen. Es folgten einige Homestorys und reißerische Überschriften, die kein gutes Haar an der Bagage ließen. Und Hauptverdächtiger war Willy Pipke, der Vater der Sippe.

Das alles konnte jedoch nicht verhindern, dass der ungeklärte Mord im Dorf Ängste auslöste. Die Kinder wurden von den Eltern auf ihrem Schulweg begleitet, das Jugendtraining des Fußballvereins fand nur noch unter zusätzlicher Betreuung statt, es wurde vornehmlich in den Häusern gespielt, und überall stand plötzlich ein Polizist oder ein Streifenwagen herum. Auch ich wurde von meinen Eltern gebeten, besonders auf mich aufzupassen und nicht länger als nötig draußen zu bleiben, gerade nach der Erkrankung meiner Schwester. Mit unseren sechzehn Jahren hatten wir das Gefühl, dass uns die Welt gehörte. Wir hatten keine Angst. Behaupteten wir jedenfalls. Natürlich habe ich mir trotzdem fast in die Hose gemacht, als mich unser Freund, der Meyers-Pitt, zu einer Mutprobe überredete und mich nachts in dem Wald an der Burg Hemmersbach erwartete. Dunkelheit und alte Bäume waren einfach nicht mein Ding. Kneifen kam trotzdem nicht in Frage, die Blöße wollte ich mir nicht geben.

Willy Pipke wurde schließlich tatsächlich der Presse als Täter präsentiert. Jetzt gerieten auch Einzelheiten an die Öffentlichkeit. Laut den Polizeiangaben in den Medien hatte Pipke Mattes aufgelauert und ihn entführt. Als ihm der Kleine zu lästig geworden sei, habe er ihn mit einer Eisenstange, vermutlich einem Brecheisen, erschlagen. Mattes Weber sei innerhalb weniger Minuten tot gewesen. Das gesamte Land reagierte auf die Nachricht mit Erleichterung. Nur die Webers fanden keine Ruhe. Auf dem Schulhof erzählten einige, dass sie aus sicherer Quelle wüssten, Pipke habe es gar nicht getan und der eigentliche Mörder laufe noch frei herum. Tatsächlich erinnere ich mich an Zweifel, die kurz nach der Verhaftung aufkamen.

Doch die Kriminalpolizei hatte nach eigener Einschätzung ihre Hausaufgaben gemacht. Pipke gestand und bekam eine lebenslängliche Haftstrafe aufgebrummt, doch die Leute im Dorf trauten dem Braten noch nicht ganz. Und es dauerte fast ein ganzes Jahr, bis die Kinder wieder sorgenfrei über die Wiesen tollten. Die Zeit gab den Beamten offenbar recht. Zunächst hatten wir geglaubt, der Mord würde immer in unseren Köpfen bleiben. Doch sogar bei mir verblassten die Bilder zunehmend, und mein gesteigertes Interesse verkehrte sich gar ins Gegenteil. Fast, als wäre nie etwas geschehen.

***

Bis zu diesem Moment. Ich nehme Tommys nachdenkliche Miene wahr, und mir ist sofort bewusst, dass er dieselben Bilder vor Augen hat. Der Mord an Mattes Weber hat uns nach Jahren eingeholt.

»In Götzenkirchen?«, frage ich geistesabwesend, obwohl ich die Antwort kenne. Tommy nickt nur. Der Schock hat ihn altern lassen. Zumindest kommt es mir so vor. Tiefe Falten ziehen in sein Gesicht. »Mein Gott, wie lange ist das her?« Ich versuche, eine Jahreszahl ausfindig zu machen.

»Sechzehn Jahre«, kommt Tommy mir zuvor. Er blickt mir nachdenklich in die Augen, und ich kann seinem Gedankengang genau folgen: Das kann eigentlich kein Zufall sein.

Mit verkrampftem Magen starre ich auf die bisherigen Unterlagen. Streng genommen hätte mich mein schlechtes Gefühl früher ereilen müssen. Timo Johnen ist am Abend zuvor verschwunden.

Er ist nach dem Fußballtraining nicht zum Abendessen im Elternhaus erschienen. Das kam bei dem Zwölfjährigen öfter vor. Und somit haben sich seine Eltern zu diesem Zeitpunkt noch keine ernsthaften Sorgen gemacht. Das änderte sich zu späterer Stunde jedoch schlagartig. Timo war weder über sein Handy noch bei seinen Freunden erreichbar. Timos Vater telefonierte sämtliche Mannschaftskollegen, Klassenkameraden und befreundete Familien ab. Mit mäßigem Erfolg. Immerhin wusste ein Freund, dass Timo nach dem Training mit dem Fahrrad alleine aufgebrochen ist. Das musste so gegen neunzehn Uhr gewesen sein. Angekommen ist er nicht. In seiner Panik ist der Vater gleich mehrfach die Strecke zwischen Sportplatz und Eigenheim abgefahren. Erst mit dem Auto, schließlich mit dem Fahrrad und einer großen Taschenlampe. Spontan erklärten sich einige weitere Eltern bereit, ihn bei der Suche zu unterstützen. Timos Mutter hatte in der Zwischenzeit die Großeltern gefragt, ob der Junge dort sei. Sie muss unglaublich verzweifelt gewesen sein, wohnten ihre Eltern doch mehrere hundert Kilometer entfernt. Doch wer kann in einer solchen Situation rational denken?

Laut Tommy ging der Anruf um kurz nach Mitternacht bei einer Polizeidienststelle in Köln ein. Der völlig aufgebrachte Helmut Johnen habe angerufen und seinen Sohn als vermisst gemeldet. Einige Kollegen hatten sich umgehend auf den Weg gemacht, um die Familie zu befragen und zu beruhigen, weitere suchten zu diesem Zeitpunkt bereits nach dem Kind. Timo wurde von seinen Eltern als liebevoller, aufgeweckter Junge beschrieben. Eigenschaften, die vermutlich weit über neunzig Prozent aller Eltern in ihren Söhnen wiedererkennen würden. Die Suche in der Nacht verlief ergebnislos. Und so wurde sie abgebrochen und an diesem Morgen fortgesetzt.

Ganz Horrem scheint auf den Beinen zu sein. Jeder erinnert sich plötzlich wieder an die Tat von damals. Eine einmalige Solidaritätswelle schwappt schon jetzt der Familie Johnen entgegen. Private Suchtrupps sind bereits organisiert, eine Abendandacht in der St.-Clemens-Kirche ist in Planung, und der Familie wird Trost und Hoffnung gespendet. Selbst der Bürgermeister der Stadt Kerpen hat sich am Morgen bei den Johnens blicken lassen. Der ganze Zwölftausend-Seelen-Ort will den Jungen finden. Vermutlich auch, um nicht wieder in die Schlagzeilen zu geraten.

Auch ich will Timo natürlich wohlbehalten auffinden. Denn ich habe ein unheimlich schlechtes Gefühl dabei, mich erneut mit dem alten Fall auseinandersetzen zu müssen. Auch wenn es keine konkreten Anhaltspunkte gibt, muss man so langsam von dem Schlimmsten ausgehen. Und so bleibt der zuständigen Organisationseinheit, der VUT, nichts anderes übrig, als die Suchmaßnahmen noch einmal zu steigern. Und genau in diesem Augenblick kommen wir ins Spiel.

Ich bin mir ziemlich sicher, dass Tommy den Fall jederzeit ablehnen kann. Schließlich sind wir Teil der Geschichte des Dorfes. Aber in seinen Augen ist das vermutlich der größte Vorteil, den wir im Moment dem Täter gegenüber haben. Wir kennen den Fall, wir wissen ob unserer Jugend um viele verborgene Geheimnisse des Dorfes. Und das werden unsere Vorgesetzten vermutlich auch wissen.

Tommy bildet ein zehnköpfiges Team. Die meisten der Kollegen habe ich noch nie zuvor gesehen. Verschiedene Menschen aus unterschiedlichen Kommissariaten, die für die kommenden Stunden, vermutlich Tage oder Wochen zusammenarbeiten müssen. Jennifer Michels gehört auch sonst zu unserem Team, und ich glaube, Tommy hat sich besonders dafür eingesetzt, dass sie uns unterstützt. Ich bin mir nicht hundertprozentig sicher, aber ich denke, die beiden haben aktuell etwas am Laufen. Tommy hat schon vor Jahren aufgehört, von seinen Liebschaften zu erzählen. Noch zu unserer Abi-Zeit hätte er nicht eine Einzelheit weggelassen. Nun verschont er mich. Das liegt allerdings nicht an der Masse. Ich glaube, es liegt einzig an Julia. Er fürchtet, ich könnte ihr irgendwas erzählen. Eigentlich müsste er mich besser kennen. Ich kann Geheimnisse sehr gut für mich behalten.

Jennifers Körpergröße grenzt an Kleinwüchsigkeit. Sie ist höchstens einen Meter fünfzig groß. Jenny ist eine gute Ermittlerin, keine Frage, trotzdem hege ich unterbewusst Vorurteile gegen sie. Ich glaube, es ist ihre aufmüpfige Art, die mich nervt. Vielleicht habe ich aber auch Sorge, sie könnte eine bessere Ermittlerin sein als ich. Sie muss grundsätzlich das letzte Wort haben und spielt sich gerne als Boss auf. Tommy unterbindet ihr Gehabe in der Regel nicht. Das ärgert mich. Bei ihrem Aussehen ist das aber kein Wunder. Bis auf ihre Größe ist sie die absolute Traumfrau. Sie hat lange blonde Haare. Ihr Lächeln ist ansteckend. Und mit dem treuen Hundeblick ihrer strahlend blauen Augen wickelt sie jeden Mann um den Finger. Umso erstaunter bin ich, als Tommy mich bei den Untersuchungen am Tatort Jenny vorzieht. Und so machen wir uns am frühen Abend gemeinsam auf die unvorhersehbare Reise in unsere verblasste Vergangenheit.

Mich überkommt wieder ein schlechtes Gefühl, als wir in den Dienstwagen steigen. Ich bin mir nicht sicher, ob unser Einsatz berechtigt ist. Mein Kopf gaukelt mir vor, dass Timo früher oder später fröhlich ins Wohnzimmer seiner Eltern spazieren und »Ich bin wieder zu Hause« rufen wird. Auch ich habe in diesem Alter x-mal geschworen, abzuhauen. Es auch wirklich vorgehabt. Zwei Mal bin ich nach heftigen Ohrfeigen von zu Hause weggerannt. Zwei Mal kehrte ich hungrig und in Sehnsucht nach Fernseher und eigenem Bett innerhalb weniger Stunden zurück. Doch je näher wir nun dem Ort kommen, umso größer wird dieses beklemmende Gefühl in meiner Brust. Und als wir schließlich die Autobahnausfahrt entlangschleichen und ich die so vertrauten Wiesen und Weiden sehe, bin ich mir nicht mehr so sicher, ob hier nicht doch etwas Schreckliches passiert ist.

Auch Tommy merkt man die Anspannung deutlich an. Er sagt keinen Ton, sondern blickt nur mit versteinerter Miene aus dem Fenster. Obwohl sich die Gemeinde komplett gewandelt hat, kommt mir die Gegend noch immer vertraut vor. An unserer ersten gemeinsamen Stammkneipe biegen wir schließlich ab, und trotz der zunehmenden Unruhe muss ich bei dem Gedanken an unsere wilden Partys schmunzeln. Ich bin in den vergangenen Jahren noch oft diese Strecke gefahren, schließlich wohnen meine Eltern nach wie vor in dem Ort. Doch komischerweise ereilen mich diese ganzen wehmütigen Gedanken auf dieser einen Fahrt. Je mehr ich versuche, sie zu verscheuchen, umso bunter und präziser kehren die Bilder von damals in meinen Kopf zurück. Tommy, Julia, der ganze Freundeskreis. Ja, sogar Bilder von Tina und dem kleinen Mattes tauchen vor meinem inneren Auge auf, verschwinden aber auch genauso schnell wieder. Schließlich parken wir den Wagen auf dem Schulhof der Grundschule.

Hier haben die Kollegen ein kleines Einsatzzentrum eingerichtet. Von dort aus wird die Suche organisiert. Auch wenn ich die Schule mal besucht habe, kann ich mich nicht an die Räumlichkeiten erinnern. Schon zu diesem Zeitpunkt ist eigentlich klar, dass dieses Arrangement nur eine Übergangslösung sein kann. Wir überqueren die kleine Straße und treffen auf einen jungen Mann von der freiwilligen Feuerwehr. Nachdem wir uns vorgestellt haben, nickt er uns freundlich zu, sagt artig seinen Namen und ist dann doch mehr als enttäuscht, dass er uns nicht herumführen soll.

In der Turnhalle der Schule bringt uns ein Kollege der VUT auf den neusten Stand. Eine Hundertschaft beteiligt sich genauso an der Suche wie Hundeführer mit ihren Spürnasen. Tommy verspricht sogar, sich für weitere Unterstützung starkzumachen. Dann unterrichtet er den Direktor unserer Abteilung per Handy über den neusten Fortschritt. Es gibt keinen. Keine Entwicklung. Nichts. Der junge Feuerwehrmann kehrt mit zwei Pappbechern und einem Gebräu, das mit viel Phantasie als Kaffee durchgehen kann, zurück.

Gab es hier wirklich ein Verbrechen? Nach wie vor möchte ich glauben, dass wir als Mordermittler hier überflüssig sind. Doch irgendetwas irritiert mich. Was mir ganz und gar nicht gefällt. Also schüttele ich den Kopf und schiebe das Unbehagen nun doch auf den Todestag meiner Schwester. Zwinge meinen Verstand, sich über mein Bauchgefühl hinwegzusetzen. Es gibt bestimmt keinen Mord, keine Leiche, keinen Unfall. Nicht in unserem Örtchen. Nicht noch einmal.

Tommy scheint ebenfalls nicht überzeugt zu sein. Er zeigt sich interessiert, fragt nach kleinsten Details und lässt sich anhand einer Karte sämtliche Suchabläufe schildern. Mich nervt sein Getue. Nach einer halben Stunde brechen wir auf. Zunächst habe ich gehofft, wir würden zurückfahren. Am Abend steht noch die alljährliche familieninterne Gedenkfeier zu Ehren meiner Schwester auf dem Programm. Doch Tommy entwickelt offenbar einen seltsamen Ehrgeiz. Als hätte der Ort ihn angesteckt. Warum passiert mit mir nicht dasselbe? Vielleicht bin ich immun dagegen, weil meine Familie mit mir erst in jungen Jahren hierhergezogen ist. Und ich insofern kein »echter« Einheimischer bin. Zum Glück, denn die hier üblichen Spitznamen wie Meyers-Pitt, Schmitzens-Jupp und Reuters-Hein waren mir schon immer zuwider.

Wir halten vor einem modernen Haus in einer Seitenstraße, die erst vor wenigen Jahren gebaut worden ist. Den Teil des Dorfes sehe ich zum ersten Mal, und seltsamerweise spüre ich eine gewisse Abneigung gegen die neuen Bewohner und wundersamen Neubauten meiner Heimat. Da die Kollegen bereits mit Timos Eltern gesprochen haben, halte ich Tommys Idee ebenfalls für reine Zeitverschwendung. Doch ich bin clever genug, meinen Mund zu halten. Als ich die Wagentür öffne, sehe ich ein Gesicht am Küchenfenster, und ich kann mir sehr gut vorstellen, wie unsere Ankunft auf die Johnens wirken muss. Dementsprechend wundert es mich nicht, wie aufbrausend Helmut Johnen uns die Tür öffnet.

Sein Gesicht ist rot angelaufen, seine Fäuste sind geballt. Doch er hat sich so weit im Griff, dass er es dabei belässt. Vielleicht ist der pure Hass, der uns entgegenschlägt, ja auch in Wirklichkeit Angst oder Verzweiflung. Johnen trägt einen mächtigen Bierbauch vor sich her, und sein unrasiertes Gesicht wirkt verquollen und müde. Er blickt mir tief in die Augen, als wolle er herausfinden, ob ich in der Lage bin, seinen Sohn zu finden. Schließlich wendet er sich ab. Tommy geht selbstbewusst auf ihn zu. Sein Gang erzielt die gewollte Wirkung. Johnen nickt und zeigt auf die offene Tür. Wir folgen ihm.

Aus der schlichten Einrichtung schließe ich, dass der Herr des Hauses einem guten, bodenständigen Job nachgeht. Die fast schon klinisch reinen Zimmer überraschen mich ein wenig. Doch ich vermute dahinter einen blinden Aktionismus der aufgebrachten Mutter. Yvonne sei mit dem Hund spazieren, erklärt uns Helmut Johnen auf eine seltsam sachliche Art. Er hat eine angenehme, monotone Stimme, die ich mir in einer schlaflosen Nacht als sehr förderlich vorstelle.

Tommy stellt dem Mann ein paar belanglose Fragen, bevor

er schließlich konkreter wird. Die Antworten sind alles andere als überraschend: »Nein, es gab keinen Streit«, »Timo ist doch so ein glücklicher Junge«, und: »Natürlich gibt es keinen Grund für ihn, wegzurennen«. Dann beschreibt uns Johnen ein weiteres Mal die Kleidung, die Timo getragen hat, dazu das Fahrrad und die Sporttasche. Tommy scheut sich auch nicht davor, das Thema häusliche Gewalt anzuschneiden. Natürlich muss das mehr als taktlos wirken, doch mein Schwager hat seine Methoden, Dinge zu erfahren, und bislang ist er damit gut gefahren. Johnen beruhigt sich schnell wieder – so gut es geht – und bietet uns sogar einen Kaffee an. Wir nehmen dankend an.

Als er zurückkehrt, jongliert er das Tablett auf der einen Hand und trägt in der anderen ein Fotoalbum. Uns werden diverse Aufnahmen von Timo gezeigt, und mein Gefühl, völlig fehl am Platz zu sein, wächst von Minute zu Minute. Dennoch werfe ich einen flüchtigen Blick auf Timo und erschrecke. Der Junge kommt mir sehr bekannt vor. Ich versuche, sein Gesicht einzuordnen. Ohne Erfolg. Schließlich wird die Haustür aufgeschlossen, und Yvonne Johnen mitsamt Labradordame Emma betritt das Haus. Emma begrüßt die Besucher mit einer feuchten Schnauze. Yvonnes Begrüßung fällt dagegen weitaus zurückhaltender aus. Aus sicherer Distanz wirft sie uns einen schüchternen Blick zu.

Tommy steht auf und stellt uns vor. Ein leichtes Lächeln huscht über ihr Gesicht. Nur ganz kurz, aber deutlich sichtbar. Auch ihre Züge kommen mir bekannt vor. Doch ich mache dafür die Ähnlichkeit zwischen ihr und ihrem Sohn verantwortlich. Sie wirft ihrem Mann einen verstohlenen Blick zu, dieser nickt, und sie verlässt das Wohnzimmer, ohne ein weiteres Wort zu verlieren. Meine Alarmglocken schlagen wie wild, und ich suche Blickkontakt zu meinem Kollegen. Tommy lässt sich wie immer nichts anmerken. Doch auch er hat die Situation richtig eingeschätzt und nickt mir unauffällig zu, als wir uns wieder hinsetzen. Irgendetwas ist faul, aber ich bezweifle, dass es mit dem Verschwinden des Jungen zu tun hat. Wir trinken unseren Kaffee aus und verabschieden uns, nicht ohne das routinemäßige Versprechen zu geben, alles Erdenkliche für Timos Wiederkehr zu unternehmen.

Tommy lächelt gequält, als wir wieder im Auto sitzen. »Mein

Gott, was ist denn aus der geworden?«, fragt er mich. Ich kann ihm nicht folgen, was mein Blick ihm zu verraten scheint. »Na, Yvonne«, fährt er fort. »Hast du sie nicht erkannt?« Ich krame in meinen Erinnerungen nach dem Namen Yvonne und werde schließlich fündig.

Ich erinnere mich an die zahllosen Abende, die wir mit unseren Freunden verbracht haben. Wir waren schon immer eine große Gruppe gewesen. Und es war ganz selbstverständlich, dass Partner und Partnerinnen immer integriert wurden. Ein Teil der Clique kannte sich von klein auf. Jonas, Sebastian, Richard, Tommy und ich bildeten so etwas wie die Urbesetzung. Mit diesen Jungs verbrachte ich meine Freizeit. Im Laufe der Jahre kamen auch Mädchen dazu. Zum Beispiel Julia oder Tommys große Liebe Lena, die allerdings irgendwann wieder von der Bildfläche verschwand. Natürlich treffen wir uns heute nicht mehr so oft, aber wenn, sind es immer noch feuchtfröhliche Abende.

Yvonne hat damals noch Pieczek geheißen. Ich erinnere mich gerne an sie, umso schwerer fällt es mir, sie mit der schüchternen Frau von eben zusammenzubringen. Sie war in unserer gemeinsamen Jugend ein fröhliches junges Mädchen, das uns mit seinem polnischen Akzent und wunderbaren Späßen bei Laune gehalten hat. Damals ging das Gerücht bei uns um, Frauen aus den Ostblockstaaten seien besonders gut im Bett. Jonas, einer unserer guten Freunde, hat sie eines Tages mitgebracht. Sie waren über all die Jahre ein glückliches Paar. Dann hat er sie betrogen. Und sie ihn. In der Konsequenz, als beide von den Liebschaften des anderen erfuhren, war umgehend Schluss. Wie es in einer Freundschaft oft ist, fällt die Beurteilung einer solchen Situation eher subjektiv aus. Und so wurde Yvonne nicht mehr gesehen. Jonas erzählte irgendwann, er habe gehört, sie sei schwanger.

Jetzt bin ich so tief in die Erinnerung getaucht, dass ich das Klingeln von Tommys Smartphone erst nicht höre. Dabei ändern die folgenden Minuten alles. Erst als mich Tommy etwas unsanft anstößt, reagiere ich. Der Blick seiner Augen verheißt nichts Gutes.

»Sie haben sein Fahrrad gefunden«, flüstert er geschockt.

Genau in diesem Moment wird mir schlagartig klar, dass ich mich den ganzen Tag nur vor der Wahrheit verstecken wollte. Ich wollte nicht wahrhaben, dass unser geliebtes Dorf einmal mehr Schauplatz eines schrecklichen Unglücks werden sollte, und habe sowohl die Fakten als auch mein Bauchgefühl ignoriert. Nun werde ich unsanft auf den Boden der Tatsachen zurückgeholt.

Auf der Fahrt zur Fundstelle schweigen wir. Das tun wir bei laufenden Ermittlungen oft, um in Ruhe unsere Gedanken zu ordnen. Tommy geht vermutlich sämtliche weiteren Schritte durch, die er in die Wege leiten wird. Ich beneide ihn wirklich nicht um diesen Job. Ich finde meine Puzzleteilchen eher in unsortierten Gedankengängen und würde dabei vermutlich die wichtigsten Schritte einfach vergessen. Tommy ist kein Tüftler und hält sich daher lieber an vorgegebene und bewährte Methoden. Wir durchfahren den gesamten Ort, vorbei am Sportplatz, und kommen schließlich an den Feldweg, der direkt in den Stadtwald führt. Langsam lenkt Tommy den Dienstwagen über den schmalen Pfad. Schon nach wenigen hundert Metern bleiben wir an einer provisorischen Absperrung stehen.

Ein junger Streifenpolizist winkt uns freundlich durch, nachdem Tommy ihm seinen Ausweis gezeigt hat. Wir fahren die kleine Straße entlang und sehen schon von Weitem das Blaulicht einiger Dienstfahrzeuge. Wir kommen gerade rechtzeitig. Ein Kollege steht etwa zehn Meter abseits des Weges, hebt das neongelbe Gefährt aus dem Gras und macht Anstalten, es an einen Baum zu lehnen. Johnens detaillierte Beschreibung des Fahrrads lässt wenig Zweifel zu, und so wundert es mich nicht, dass Tommy noch im Auto zu seinem Handy greift, um die Kriminaltechnische Untersuchung, die KTU, anzufordern. Hatten wir bislang noch die Hoffnung gehabt, Timo würde unversehrt zurückkehren, beschleicht uns nun ein sehr unangenehmes Gefühl. Ich glaube, in diesem Moment ist uns beiden klar, dass diese Geschichte kein gutes Ende nehmen kann.

Dennoch gehen wir die nähere Umgebung ab, suchen nach Bremsspuren oder Gegenständen, die auf einen Unfall hindeuten. Auch wenn die Straße für Autos nicht gedacht ist, heißt das noch lange nicht, dass sie nicht als solche benutzt wurde. Tommy und ich sind genau an dieser Stelle vor etlichen Jahren selbst mit Motorrollern entlanggerast und haben mit unseren aufgemotzten Maschinen regelrechte Rennen veranstaltet. Ein Fahrrad haben wir zwar nie gerammt, aber zumindest dem ein oder anderen Spaziergänger oder Pilzsammler einen Heidenschreck eingejagt. Doch das Mountainbike ist in einem einwandfreien Zustand. Wenn es dennoch einen Unfall gegeben haben sollte, dann hat der Fahrerflüchtige ganze Aufräumarbeit geleistet.

Nichts deutet auf ein weiteres Fahrzeug hin. Das hohe Gras ist nirgends platt gedrückt, nur hier und da unter einem längst getrockneten Hundehaufen begraben. Ein buntes Graffiti lächelt uns von einem Meilenstein an und behauptet, dass Borussia Mönchengladbach ein Scheißverein ist. Auch wenn mein Herz notgedrungen für den Rivalen aus der Domstadt schlägt, kann ich die Ansicht des Sprayers nicht teilen. Schließlich spielt die Mannschaft vom Niederrhein einen ganz ansehnlichen Ball. Der Kollege ist mittlerweile auf den Weg zurückgekehrt. Er sieht noch recht jung, dafür aber extrem sportlich aus.

»Und?«, fragt Tommy.

»Na ja«, sagt der Mann zögerlich. »Also einfach hingefallen ist er da nicht«, fährt er fort. »Hier kann keiner entlangfahren. Das Gras ist zu hoch, und es gibt überall Wurzeln. Also wenn der Junge kein professioneller BMX-Fahrer ist, war er auf keinen Fall bis dahin auf dem Sattel.« Tommy nickt nachdenklich. Es ist also auszuschließen, dass Timo einfach von der Straße abgekommen ist.

»Also eine Gewalttat?«, will der junge Kollege wissen.

Tommy blickt ihn streng an, was nichts anderes zu bedeuten hat als: *Mach du deinen Job, wir machen unseren.* Doch er hat trotz aller Anspannung keine Lust, sich zu streiten. »Das können wir noch nicht sagen. Vielleicht wollte er das Fahrrad aus irgendeinem Grund loswerden«, erklärt er.

Natürlich ist das absurd. Ein zwölfjähriger Junge ist nicht in der Lage, ein Mountainbike zehn Meter weit in den Wald zu schleudern. Doch Tommy wird den Teufel tun, einem Streifenpolizisten erste Gedankengänge zu offenbaren. Auch der Kollege scheint an der Erklärung seine Zweifel zu haben, fragt aber nicht weiter nach.

So bitter der Fund des Fahrrades auch ist, er gibt uns immerhin erste wichtige Hinweise. Vor allem den, dass wir jetzt von einem Gewaltverbrechen ausgehen müssen. Die Ausreißertheorie ist so gut wie vom Tisch. Zum anderen haben wir entweder den Aufgriffsort gefunden oder den Ort, an dem ein Täter seine Spuren verwischen wollte. So oder so, es gibt also einen Täter. Dass wir an diesem Ort kein Blut gefunden haben, lässt uns noch ein kleines Fünkchen Hoffnung, Timo wohlauf zu finden. Die realistische Einschätzung sieht aber anders aus, das wissen wir. Timos Überlebenschance sinkt von Minute zu Minute. Doch Aufgeben gibt es im Job eines Polizisten nicht. »Immer weiter, immer weiter«, sagte einst schon Fußball-Titan Oliver Kahn. Und genau das Motto haben wir uns auch auf die Fahnen geschrieben. Wir blicken uns vielsagend in die Augen und geben uns so das Versprechen, Timo zu finden. Egal, wie. Egal, wo.

Am frühen Abend rufe ich Julia an, die an meiner Stimme sofort erkennt, dass etwas vorgefallen sein muss. Ich bitte sie, die Zwillinge in die Obhut einer befreundeten Nachbarin zu geben und alleine zu meinen Eltern zu kommen. Ich will die Kinder nicht meinem Gemütszustand aussetzen. Tommy organisiert für die nächsten Tage einen Besprechungsraum. Er fordert bei unserem Direktor weitere Unterstützung an und macht sich mit den nächsten Ermittlungsschritten vertraut. Vermutlich besucht er an diesem Abend ein weiteres Mal die Johnens. Ich verabschiede mich, verspreche Tommy, an der Frühbesprechung um halb acht teilzunehmen, und gehe zu Fuß zum Haus meiner Eltern.

Der kleine Spaziergang tut mir gut, schon allein, weil ich für mich bin. Ohne Ablenkung nehme ich die Umgebung ganz anders wahr. Intensiver. Erstmals merke ich, dass jede Kleinigkeit mich an eine Geschichte meiner Vergangenheit erinnert. Ich ahne, dass wir die Vergangenheit besser ruhen lassen sollten. Doch das ist uns von Berufs wegen nicht möglich. Zudem reicht die kurze Strecke, dass ich mich an die Sommernacht erinnere, in der der kleine Mattes verschwunden ist. Ich erinnere mich an den Weg, den ich damals gegangen bin.

Wir haben in einer Scheune zwischen den frisch abgeernteten Feldern gefeiert. Der Schuppen gehörte Jonas' Eltern, und sie war für unsere Abende ideal. Keine Menschenseele weit und breit. Ein verlassenes Gebäude mitten im Niemandsland. Ein alter Strahler, eine Musikanlage und ein surrender Kühlschrank hingen an einem Generator. Nur wenige Kilometer entfernt gab es einen kleinen Wald, in dem wir so manche Mutprobe absolvierten. An diesem Abend bin ich irgendwann sturzbetrunken nach Hause getorkelt. Ich dachte, die frische Luft könnte mich wieder etwas ausnüchtern, und nahm daher den Umweg an der Erft in Kauf. Ich kann mich an den Abend so genau erinnern, weil er einen Riesenstreit ausgelöst hat. Zum einen mit meinen Eltern, die den abgebrochenen Schlüssel im Schlüsselloch alles andere als lustig fanden, zum anderen habe ich mich, was sonst nie vorkam, heftig mit Tommy gestritten. Ich weiß nicht einmal mehr, worüber. Nur dass er mir damals eine verpasst hat. Meine Erinnerung besteht mehr aus einem sehr unangenehmen Gefühl als aus Details. Und je mehr ich mich auf die Situation zu konzentrieren versuche, umso unechter wird sie.

Als ich vor der Haustür meiner Eltern stehe, verscheuche ich die Gedanken. Der Abend wird bedrückend genug werden. Obwohl ich noch einen Hausschlüssel besitze, klingele ich. Das habe ich mir so angewöhnt und empfinde es in meinem Alter als richtig. Mein Vater öffnet mir die Tür. Er sieht schlecht aus, ist über Nacht gealtert und drückt mich fest an sich. Das Verschwinden des Jungen ist offenbar auch an ihm nicht spurlos vorbeigegangen, denn normalerweise vermeidet er Körperkontakt zu mir. Er trägt nach all den Jahren noch immer dasselbe Aftershave. Früher habe ich es gehasst, gerade gibt es mir ein seltsames Gefühl von Geborgenheit. Mein Vater ist ein großer, schlaksiger Mann, der bis vor wenigen Jahren noch Schüler in Englisch und Mathe unterrichtet hat. Seine blonden Haare sind mittlerweile weiß, und eine leichte Kugel zeichnet sich unter seinem Pullover ab. Er muss geahnt haben, dass der verschwundene Junge auch in mir Erinnerungen geweckt hat. Er greift an meine Schulter und schiebt mich ins Wohnzimmer. Meine Mutter kommt aus der Küche und umarmt mich. Sie schluckt hörbar, bevor sie mir einen Kuss auf die Wange drückt.

»Hast du was damit zu tun?«, fragt mein Vater, als wir uns

an den großen Eichentisch setzen. Die Frage hat er mir schon vor knapp zwanzig Jahren gestellt, als er wissen wollte, wer den Geräteschuppen am Sportplatz in Brand gesetzt hat. Ich ziehe die Mundwinkel hoch und schaue ihn an. Dann nicke ich fast schon unmerklich. Meine Mutter hat in Windeseile Teilchen und Limonade hervorgezaubert, und ich frage mich, ob ihr bewusst ist, dass ich keine zwölf mehr bin und wir eigentlich zum Abendessen verabredet sind. Das Gebäck lächelt mich dennoch verführerisch an.

»Du ermittelst in deinem eigenen Ort?«, hakt mein Vater erstaunt nach und blickt sich suchend nach Mutter um, die aber in der Küche klappert. Ich nicke. Ich sehe das Unbehagen in seinem Gesicht. Das gefällt ihm gar nicht. »Darfst du das?«, fragt er nach einer kurzen Pause. »Ich meine, wegen der Befangenheit«, erläutert er. Ich schüttele den Kopf. Es ist nicht davon auszugehen, dass der Täter, falls es einen gibt, in irgendeiner Form mit mir zu tun hat. Meine Mutter kehrt mit einigen Tellern und Besteck zurück und beginnt, den Tisch zu decken. »Gehen wir eine rauchen«, schlägt mein Vater vor. Es ist irgendwie seltsam. Jahrelang hat er vergebens versucht, mich vom Rauchen abzuhalten. Heute lädt er mich dazu ein, obwohl er weiß, dass ich die Stängel nicht mehr anfasse. Aber ich verstehe seinen Wink mit dem Zaunpfahl und folge ihm in den Garten. Er bietet mir eine Zigarette an, zieht die Packung aber wieder zurück. Dann legt er seine Hand zum zweiten Mal an diesem Tag auf meine Schulter und blickt mir tief in die Augen.

»Junge, ich weiß, du machst einen guten Job«, erklärt er, und ich bin nun wirklich irritiert. Will er mir einen Vortrag halten? »Du solltest den Fall von damals ruhen lassen«, sagt er schließlich. »Er wird nur zu viele schlechte Erinnerungen wecken.« Natürlich weiß ich, dass ich auf seinen Rat hören sollte. Doch ich kann nicht anders. Mir ist bereits in dieser Sekunde klar, dass ich ihn schwer enttäuschen werde. Ich nicke und betrete wieder das Wohnzimmer.

Julia ist inzwischen eingetroffen, und ich bin glücklich, sie zu sehen. Sie ist der ruhende Pol meines Lebens. Sie nimmt mich in den Arm und drückt mich. Ich weiß, dass es sie brennend interessiert, doch sie stellt mir zu den Ermittlungen keine einzige Frage. Seltsamerweise kommt an diesem Abend meine Schwester nicht zur Sprache. Obwohl wir uns ja wie jedes Jahr zu ihrem Todestag versammelt haben. Zwar unterhalten wir uns auch sonst an diesen Gedenkfeiern über alles Mögliche, über das man auch sonst so redet, doch irgendwann kommen immer die sentimentalen Fragen: »Wisst ihr noch, wie Tina …?« An diesem Abend nicht. Es herrscht eine seltsame Anspannung, und selbst als wir den Nachtisch verspeist und einige Flaschen guten Wein intus haben, wird die Stimmung nicht besser. Wir schweigen uns seltsam an und werfen uns verstohlene Blicke zu. Ich komme mir vor wie ein Teenager, der gerade erst den potenziellen Schwiegereltern vorgestellt wird.

»In der Nacht, als Mattes verschwand«, fange ich plötzlich an. Mein Vater wirft mir einen bösen Blick zu und schaut dann meine Mutter an. Ich zögere einen Moment. »Ich habe mich damals mit Tommy gestritten.« Ich blicke erwartungsvoll in die Runde. Keine Reaktion. »Ich kann mich nicht mehr erinnern, worum es ging.« Ohne Ankündigung steht Mutter auf und räumt den Tisch ab. Julia zuckt mit den Schultern und hilft meiner Mutter. Mein Vater legt seine Hand auf meinen Arm und drückt zu.

»Ihr wart in dasselbe Mädchen verliebt.«

In den folgenden Tagen gehen wir geradezu durch die Hölle. Ich habe Tommy nie zuvor so angespannt erlebt. Ich mache mir regelrecht Sorgen um seinen Gesundheitszustand. Fast befürchte ich, das Handy könnte bereits an seinem Schädel festgewachsen sein und nur noch operativ entfernt werden. Tommy entwickelt sich zunehmend vom Ermittler zum Vermittler. Und das in alle Richtungen. Ob Presse, Familie, Kollegen oder Bevölkerung. Er versucht, alles unter einen Hut zu bringen, eilt von Termin zu Termin und kommt gar nicht dazu, seinem eigentlichen Job, dem Ermitteln, nachzugehen.

Ich versuche, ihm so viel wie möglich abzunehmen. In dieser Zeit sehe ich die Johnens öfter als meine eigene Familie, und es wundert mich nicht, dass Emma auf mein Ankommen nicht einmal mehr reagiert. Tommy leiert der Direktion weitere Hundertschaften, Helikopter und sogar Tornados der Bundeswehr aus den Rippen. Auch die Soko »Timo« wird mit weiterem Personal aufgestockt. Wir gehen jedem noch so kleinen Hinweis aus der Bevölkerung nach, folgen irgendwelchen vermeintlichen Spuren und befragen die Anwohner. Vergebens. Die Hundertschaften tragen täglich eine Vielzahl von Wertgegenständen zusammen, die sich aber nach und nach als nutzlos erweisen. Und selbst unser größter Trumpf, das Fahrrad, ist spurentechnisch völlig nutzlos. Kurz gesagt: Trotz unglaublicher Anstrengungen und vollem Einsatz ist der Ertrag gleich null.

Zu meiner Überraschung verhält sich die Presse einigermaßen fair. Ich habe erwartet, dass sie sich wie die Aasgeier auf uns stürzen, als wir nach vier Tagen noch immer praktisch ohne den kleinsten Ermittlungserfolg dastehen. Doch nein, bis auf ein Schmierblättchen haben die Journalisten sogar den Anstand, noch nicht von Mord auszugehen, auch wenn sie ein Überleben des Jungen für ausgeschlossen halten. Ob Zeitung, TV oder Hörfunk – der verschwundene Timo hat es längst zum Aufmacher sämtlicher Nachrichten gebracht. Die meisten Medien erinnern zwar an den Fall von damals, eine Verbindung zieht der Großteil jedoch nicht. Das ist uns nur recht, denn dies würde garantiert wilde Spekulationen nach sich ziehen.

Dabei besteht natürlich längst kein Zweifel mehr, Timo ist einem Gewaltverbrechen zum Opfer gefallen. Und so treten Tommy und ich an diesem fünften Tag die schwere Reise zu Timos Eltern an. Tommy überlässt mir das Gespräch. Bestimmt auch, weil ich die vergangenen Tage den engsten Kontakt zu den Johnens gepflegt habe. Ohne große Umschweife komme ich direkt zur Sache und schildere dem Ehepaar unsere Vermutung, dass wir Timo nicht unversehrt zurückholen werden. Natürlich sind Helmut und Yvonne Johnen schockiert, und doch haben sie mit diesen Worten gerechnet und finden schnell Fassung. Als es ausgesprochen ist, übernimmt Tommy wieder das Kommando. Er bereitet die beiden auf eine Pressekonferenz vor, an der sie teilnehmen sollen.

Die Konferenz inszeniert Tommy als letzten Appell an den vermeintlichen Täter. Die Sendung wird am Abend ausgestrahlt.

Trotz Yvonnes bitterer Tränen und Helmut Johnens flehenden Worten meldet sich der Täter nicht bei uns oder ihnen und gibt Timo auch nicht zurück. Tommy macht seine Sache gut. Er vermittelt der Presse und damit der Öffentlichkeit Hoffnung, obwohl er hoffnungslos ist. Damit sie alle weiter stillhalten und uns in Ruhe unsere Arbeit machen lassen.

Nach sieben Tagen zitiert uns Dr. Vollmer, der Direktor unseres Präsidiums, zu sich. Er ist mit unserem bisherigen Ermittlungserfolg verständlicherweise nicht zufrieden und erklärt uns die Notwendigkeit, das Personal herunterzufahren. Ich bitte ihn, diesen Umstand dann aber doch selbst den Johnens zu erklären, ernte dafür aber nichts weiter als einen bösen Blick. Auch wenn ich es nicht wahrhaben will, Vollmer hat recht. Wir haben nichts: keine Zeugen, keine konkreten Hinweise, keine Spur. Nur einen verschwundenen Jungen. Vollmer bittet uns um vier Namen, die der Soko »Timo« auch weiterhin angehören sollen. Immerhin schlägt Tommy beim Direktor noch einen Tag Bedenkzeit heraus. Vollmer nickt verständnisvoll und ermahnt uns, in den nächsten Stunden einen entscheidenden Hinweis zu finden. Wir finden keinen, dafür finden wir Timo.

Es ist gerade neunzehn Uhr, und wir entschließen uns, Feierabend zu machen. Die Suchenden haben innerlich längst aufgegeben und wollen einfach nur nach Hause. Tommy zeigt Einsicht, vermutlich weil es ihm ähnlich geht, und schickt die Männer in ihren wohlverdienten Feierabend. Nur Jenny, Tommy und ich sitzen noch in der provisorischen Zentrale und beraten, wer unser Team komplettieren soll. Es soll eigentlich die letzte Amtshandlung für diesen Tag sein. Ist sie nicht. Um neunzehn Uhr vier klingelt Tommys Handy. Er blickt mich entsetzt an, sagt selbst nichts. Natürlich ahne ich, dass etwas passiert ist. Das Gespräch dauert keine dreißig Sekunden, und Tommy hat dabei kein Wort gesagt. Nur zugehört, wie ein Kollege von der Polizei in Kerpen Wörter vorliest, die er auf dem Revier gefunden hat: »Im alten Schuppen in den Feldern findet ihr Timo!«

Wir benötigen keine zwanzig Minuten zu der angegebenen Stelle. Wir müssen geflogen sein. Ich parke das Fahrzeug mitten auf dem Weg und stürme aus dem Auto. Tommy ist schneller und reißt das große Tor auf. In dem alten Gebäude bleiben wir abrupt stehen. Vor uns liegt Timo. Der Kopf zerschmettert, Arme und Beine seltsam verdreht. Bei seinem Anblick bricht eine Welt in mir zusammen. Und in meinem Kopf explodieren wieder diese Bilder.

# 2

## *Tommy*

Klar bin ich Mikes Vorgesetzter und muss ihm gegenüber seriös erscheinen, aber in dem Moment, in dem ich meinen Schwager so vor mir sehe, überkommt mich ein seltsames Gefühl von Mitleid. Völlig apathisch steht der Mann meiner Schwester neben mir und starrt auf die Leiche. Irgendetwas scheint gerade in ihm zu passieren. Ich glaube, unsere besondere Freundschaft hat über so viele Jahre Bestand, weil wir nicht unterschiedlicher sein könnten. Wir sind wirklich wie Brüder und ergänzen uns perfekt. Ich denke analytisch, lasse mich von meinem Kopf lenken und versuche dabei, mich nicht von meinen Emotionen leiten zu lassen. Auch in stressigen Situationen gelingt es mir, rational zu handeln. Mike ist ganz anders gestrickt. Er ist zwar enorm klug, handelt aber aus dem Bauch heraus. Sein Bauchgefühl ist einmalig. Manchmal bringt uns seine aufbrausende Art aber in Teufels Küche. Vermutlich der Grund, warum man mich damals zum Abteilungsleiter gemacht hat. In den fast dreißig Jahren unserer Freundschaft gab es einige Situationen, in denen er mit der Fassung zu kämpfen hatte. Auf der Beerdigung seiner Schwester vergoss er bittere Tränen, und zwischenzeitlich bangte ich um die Gesundheit des Pfarrers, der Tina versehentlich Tine nannte. In der Regel hat Mike sich aber immer unter Kontrolle. In diesem Moment nicht. Wie ein angeschlagener Boxer sinkt er in die Knie.

Doch auch wenn ich ihm so einiges durchgehen lasse seit der schrecklichen Geschichte mit seiner Schwester –Mikes persönliches Trauma darf uns nicht bei der Arbeit behindern. Und für ablenkende Emotionen haben wir jetzt wirklich keine Zeit. Also klopfe ich ihm vorsichtig auf die Schulter, gebe Jenny mit einem Nicken zu verstehen, dass sie sich um ihn kümmern soll, und rufe die KTU.

Immer wieder gibt es im Leben Situationen, Gegebenheiten oder auch nur einzelne Bilder, die sich so tief ins Hirn brennen, dass man glaubt, man könnte sie nie vergessen. Viele dieser Erinnerungen verblassen dennoch mit der Zeit. Und es bedarf eines gewissen Schlüsselreizes, sie aus den Wirren unseres Hirns wieder hervorzuholen. Auch wir Ermittler kennen dieses Phänomen. Der Moment, in dem wir Timo gefunden haben, wird keinen Schlüsselreiz benötigen. Ich werde für den Rest meines Lebens daran denken.

Obwohl Timo auf den ersten Blick eindeutig leblos ist, hat er etwas Verletzliches. Seine ausdruckslose Mimik wirkt hilfesuchend. Der Junge liegt rücklings mitten auf dem Heu. Ein großes Loch klafft in seiner Stirn und gewährt einen Einblick in den zerstörten Prozessor seiner Gedankenwelt. Ich habe schon viel in meiner Zeit als Ermittler gesehen und bin einiges gewohnt. Bei dem Anblick dreht sich mir der Magen um, und nur mit Mühe kann ich verhindern, dass ich mich übergebe. Trotzdem zwinge ich mich, hinzusehen und die Bestandsaufnahme fortzusetzen, eine wichtige Grundlage für die kommenden Ermittlungen. Kinn und Wangen des Jungen wirken seltsam verformt. In Brusthöhe zeichnet sich eine seltsame Vertiefung in das blutverschmierte T-Shirt, und der rechte Unterschenkel steht in einem anatomisch unmöglichen Winkel vom Rest des Beines ab. Der linke Unterarm ist mehrfach gebrochen und formt einen rechten Winkel. Dazu scheint sich die Schulter nicht mehr an ihrem ursprünglichen Platz zu befinden.

Es mag geschmacklos klingen, aber der Fund der Leiche löst eine gewisse Erleichterung in mir aus. Ich muss zugeben, die Rolle des Abteilungsleiters gefällt mir. Aber hätte ich, als man mir diese Position anbot, geahnt, dass sie mir so über den Kopf wachsen könnte, hätte ich abgelehnt. Die vergangenen Tage haben Spuren hinterlassen. Ich habe wenig geschlafen und meinen Zorn zu oft an Jenny ausgelassen. Auch wenn sie für mich nicht viel mehr als eine Liebesgespielin ist, gibt mir das noch lange nicht das Recht, sie wie Dreck zu behandeln. Nach eigener Aussage sieht sie unsere Beziehung auf einer ähnlichen Ebene und geht vermutlich auch deswegen sehr gelassen mit meinen Gefühlsausbrüchen um. Trotzdem habe ich den Zustand als unhaltbar empfunden. Und genau deshalb fällt in diesem Moment ein gewisser Teil der Anspannung von mir ab. Der enorme Zeitdruck, schnell zu handeln, um die vermisste Person möglichst lebend zu finden, ist von jetzt auf gleich weg. Und da das Opfer vor uns liegt, können wir unsere Suche nun auf den Täter beschränken.

Ich blicke mich ein wenig um, achte aber penibel darauf, nichts zu berühren. Die KTU hasst nichts mehr als Ermittler, die einen Tatort »verseuchen«. Allerdings braucht es keinen Sherlock Holmes oder sonst ein Ermittlergenie, um auf den ersten Blick zu erkennen, dass diese Stelle nie und nimmer der Tatort sein kann. Der Junge muss Unmengen an Blut verloren haben. Hier gibt es keins. Selbst wenn es in den vergangenen Tagen geregnet hätte und das Dach undichter ist, als es auf den ersten Blick scheint, wäre nicht das gesamte Blut verschwunden. Zum anderen, und das unterstreicht meine Vermutung umso mehr, haben die Hundertschaften die Scheune sicherlich mehrfach durchsucht. Der Junge ist nach seinem Tod hier platziert worden. Und auch die nächste Schlussfolgerung macht mich nicht zu einem Inspektor Columbo: Irgendjemand wollte, dass wir die Leiche hier finden.

Da ich in diesem Moment sowieso nicht viel unternehmen kann, verlasse ich die Scheune wieder. Die zwitschernden Vögel und summenden Bienen lassen den grausigen Fund unwirklich erscheinen. Nur wenige Meter vom Opfer eines brutalen Gewaltverbrechens entfernt findet man die perfekte Naturidylle. Mike sitzt auf dem abgekoppelten Anhänger eines Traktors und starrt in die Ferne. Es geht ihm offenbar deutlich besser. Die Anspannung ist ihm nach wie vor anzusehen, doch ist nach dem Schock seine Energie zurückgekehrt.

»Brauchst du irgendwas?«, frage ich ihn, obwohl ich ahne, dass ich seine Antwort bereits kenne. Er hat sich wieder gefasst und denkt über unsere nächsten Schritte nach. Das ist mein Mike. Hartnäckig. Diese Hartnäckigkeit bewundere ich seit unserem ersten Treffen. Er war damals neu in unserem Fußballverein, und er mag es mir verzeihen, Fußball war nicht sein Ding. Doch er glaubte an sich und seine Fähigkeiten. Er kämpfte sich durch absolute Willenskraft in die Stammmannschaft und spielte vor wenigen Jahren noch zwei Klassen über der höchsten Liga, in der ich je gekickt hatte. Bei Julia war es ähnlich. Sie hat ihn einige Male abblitzen lassen, doch er hat nie aufgegeben, sie schließlich für sich eingenommen, und mittlerweile haben sie zusammen zwei wunderbare Töchter. Auch jetzt hat Mike alles niedergekämpft, was ihn sonst womöglich gelähmt und am Wiederaufrichten gehindert hätte. Der kurze Moment der Schwäche ist fast vergessen.

»Sorry, Tommy«, stammelt er. »Das hier bringt die ganzen Erinnerungen wieder hoch.«

Natürlich ist auch mir das nicht verborgen geblieben. Auch mich erinnert Timos Tod unweigerlich an den kleinen Mattes, auch wenn ich bislang keine direkte Verbindung erkennen kann. Der Fall hat unseren Ort damals in Angst und Schrecken versetzt. Und er ist natürlich auch an mir nicht spurlos vorübergegangen. Ganz im Gegenteil. Der Mord hat mir unglaubliche Angst gemacht. Er führte mir vor Augen, wie viel Glück wir bis dahin in unserem Leben gehabt hatten. Mattes war ein wahllos ausgesuchtes Opfer. Auch wenn wir zu diesem Zeitpunkt einige Jahre älter waren, hätte es uns genauso erwischen können. Ich dachte damals darüber nach, wie oft wir dem Tod vielleicht von der Schippe gesprungen waren, ohne es überhaupt zu merken. Sei es aus jugendlichem Leichtsinn oder purem Zufall. Auf dem Heimweg vom Fußballtraining hätten wir genauso sterben können wie beim Sprung von einer Rheinbrücke in Köln. Auch wir haben unsere Jugend auf dem Sportplatz verbracht, von dem Timo nicht mehr heimgekehrt ist.

Ich habe den Mord an Mattes versucht zu verdrängen, um mich selbst zu schützen. Mike ging ganz anders damit um. Er interessierte sich für den Fall, als müsste er ihn persönlich aufklären. Ich glaube, der Tod des Weber-Jungen hat seine spätere Laufbahn geprägt. Nachdem der Fall offiziell geklärt war, weitete Mike sein Interesse auf andere, berühmte Kriminalfälle aus. Er entwarf verschiedene Theorien zu Tathergang und möglichen Tätern und sprach schon bald und immer wieder davon, eines Tages zur Kripo gehen zu wollen. Ich bin ihm quasi gefolgt, bewusst entschieden habe ich mich für meinen Beruf jedenfalls nicht.

»Das kann kein Zufall sein, Tommy«, flüstert er fast flehend. Ich kann ihm noch nicht vollends folgen. »Der zerschlagene Schädel, die gebrochenen Knochen …« Mike macht eine kurze Pause, als suche er die richtigen Worte oder Gedanken. »Der Arm, die

Beine … mitten auf dem Heu«, fährt er schließlich fort. »Tommy, das ist genauso wie damals.« Ich nicke, obwohl ich nicht weiß, wie genau Mattes Weber damals gefunden wurde. Und ob, wenn die Übereinstimmungen so sind wie in Mikes Erinnerung, sie als Beleg für denselben Modus Operandi taugen. Wie gesagt, ich habe versucht, Mattes' Tod von mir fernzuhalten. Mike hat dagegen sämtliche Zeitungsartikel förmlich in sich hineingefressen. Er weiß, wovon er spricht. Und das macht mir die größten Sorgen.

»Wir müssen mit den Johnens sprechen«, mischt sich Jenny ein. Ich habe sie ganz vergessen und hinter Mike gar nicht sitzen sehen. Ich wäge kurz die Möglichkeiten ab und bitte sie, auf die KTU zu warten sowie Vollmer zu unterrichten. Das Gespräch mit Timos Eltern will ich unbedingt Mike führen lassen. Er hat sich die letzten Tage so rührend um die Familie gekümmert. Er kennt das Gefühl, einen wichtigen Menschen zu verlieren. Tief im Innern hoffe ich aber auch, von seinen Erinnerungen profitieren zu können. Mike ist von uns beiden zweifelsohne der bessere Ermittler, und ich bin mir sicher, dass er den Fall lösen wird, ich muss ihm nur lang genug auf die Nerven gehen und vermutlich ab und an auf die Sprünge helfen.

Yvonne Johnen putzt gerade die Fenster, als wir den Wagen in der Einfahrt parken. Das überrascht mich nicht. Sie ist nicht etwa in ihren alltäglichen Trott zurückgefallen, ihr Aktionismus dient einzig der Ablenkung. Das peinlichst sauber gehaltene Haus ist mir schon bei unserem ersten Besuch ins Auge gestochen. Offenbar ahnt sie, warum ich Mike begleite, denn als sie mich sieht, hält sie umgehend die Hand vor den Mund und beginnt zu weinen. Sie lässt den Schwamm fallen, rennt zur Haustür und sieht uns flehend an. Wir müssen keine Worte mehr verlieren, Mikes Nicken liefert die Antwort auf ihre unausgesprochene Frage. Sie sackt in meinem Arm zusammen, und ich rieche das Parfüm, das mich in einer wilden Liebesnacht verzückt hat. Irgendwie schäme ich mich, in diesem Moment daran zu denken. Doch so war es nun mal.

Helmut Johnen hört das Wimmern seiner Frau und kommt die Treppe heruntergestürzt. Er reißt mir Yvonne aus den Armen, setzt sich mit ihr auf die unterste Treppenstufe und legt schützend seinen Oberkörper über ihren. Mike steht reglos in der Tür, und für einen Moment habe ich Angst, er wird einen weiteren Schwächeanfall erleiden. Doch schon im nächsten Moment setzt er sich in Bewegung. Er geht wortlos in die Küche, kurz darauf höre ich Schranktüren auf- und zugehen. Ich weiß tatsächlich nicht so recht, was ich tun soll. Also warte ich auf seine Rückkehr. Es dauert eine gefühlte Ewigkeit, bis er mit einem Tablett und Teetassen zurückkehrt. Helmut Johnen hilft seiner Frau auf, und die beiden folgen meinem Schwager ins Wohnzimmer. Es dauert noch einige Minuten, doch schließlich findet auch Yvonne die Fassung wieder.

Es ist absolut richtig, Mike das Gespräch führen zu lassen. Er ist jetzt wieder der Alte und kommt ohne Umschweife zur Sache.

»Wir haben Timo in einer Scheune in den Feldern gefunden«, sagt er mit der genau richtigen Mischung aus Sachlichkeit und Anteilnahme. Ich bewundere ihn dafür, auch weil ich weiß, wie schwer ihm die Übermittlung der Botschaft fällt. »Es gibt für uns leider keine Zweifel. Er wurde Opfer eines Gewaltverbrechens«, fährt er fort. Helmut Johnen nickt irgendwie abwesend, während Yvonne weitere bittere Tränen vergießt. Wir sitzen eine Weile schweigend da und lassen Mikes Worte einfach auf uns wirken. Nach einem kurzen Augenblick stellt Yvonne die übliche und erwartete Frage. »Warum?« Es ist die schrecklichste Frage, die man uns stellen kann. Denn egal, wie man das Ganze dreht und wendet, eine Antwort wird man nie finden. Und so sitzen wir weiter schweigend da.

Schließlich durchbricht Helmut Johnen die Stille. »Und es gibt wirklich keinen Zweifel?«

»Nein«, antworte ich. »Natürlich muss Timo noch identifiziert werden, aber wir sind uns sicher. Wir haben ihn wiedererkannt.« Der Vater des Jungen nickt wieder nur und macht mich damit wütend. Wir stellen ihnen dieselben Fragen wie vor einer Woche. Doch es hat immer noch keinen Streit gegeben, und dieser eine zwölfjährige Junge hat noch immer nur Freunde gehabt, niemals Widersacher oder gar Feinde. Je länger das Gespräch dauert, umso zorniger wird Johnen, und ich weiß, dass es nur noch eine Frage der Zeit ist, bis sein Kragen platzt. Nach einer guten halben Stunde ist es tatsächlich so weit. Er wirft uns Versagen auf der ganzen Linie vor, kann nicht verstehen, warum sein Sohn in der Scheune nicht früher gefunden wurde, und fragt, ob wir die ganze Zeit nur Karten gespielt hätten, anstatt seinen Sohn zu suchen. Mike versucht, die Wogen zu glätten, beruhigt den Mann aber nur kurzfristig. Zehn Minuten später hat uns Johnen vor die Tür gesetzt.

An diesem Abend sage ich die Verabredung mit Jenny ab und suche meine Geborgenheit in einer Flasche achtzehnjährigem Glenfiddich. Mit dem Alkohol versuche ich, die innere Schutzmauer zu überlisten, doch sosehr ich auch nachdenke, zu dem Fall Mattes Weber fällt mir nicht wirklich viel ein. Noch auf der Couch falle ich in einen unruhigen Schlaf ohne Traum.

Obwohl oder gerade weil wir Timo gefunden haben, wird das Team auf sechs Ermittler reduziert. Neben Jenny, Mike und mir arbeiten Felix Gessert, Marco di Matteo und Chris Perkow ab sofort an diesem Fall. Meine Kopfschmerzen haben noch nicht nachgelassen, als wir uns gegen zehn Uhr zu einer ersten Einsatzbesprechung treffen. Ich gehe nach meinem Prinzip die üblichen Fragen durch und erhalte die üblichen Antworten. »Wer hatte Zugriff zur alten Scheune?« Sie war nie abgeschlossen. Jeder wusste es. Also: jeder. »Wer hatte ein Motiv, den kleinen Timo zu töten?« Er war ein frecher Junge, aber für sein Alter ganz normal. Also: niemand. »Was könnte das Motiv sein?« Brutalste Gewalt gegen ein Kind? Zorn, Wut und auf jeden Fall eine gewisse psychische Störung. »Wer hat uns den Hinweis geliefert?« Keine Ahnung.

Vollmer hat inzwischen höchstpersönlich eine Pressekonferenz abgehalten und den Fund der Leiche, den die Medien schon am Abend zuvor verkündet hatten, konkretisiert. Er hat gekonnt gewisse Details gestreut und andere im Verborgenen gelassen. Es ist das typische Spielchen. Die Pressevertreter sind darauf angesprungen, und nun läuft die Maschinerie. Im Grunde ist es mit den Medien ein Geben und Nehmen, denn ohne die Presse ist es verdammt schwer, mögliche Zeugen zu erreichen.

Mike hat Fotos von Timo an ein Flipchart geheftet. Sie zeigen den kleinen Jungen sportlich beim Fußball, lächelnd auf einer Geburtstagsfeier und mit eingeschlagenem Schädel im Heu. Es gibt noch ein paar wenige weitere Fotos vom Fundort, doch die können wir getrost außer Acht lassen. Es ist sehr unwahrscheinlich, dass der Täter an diesem Ort etwas Interessantes hat liegen lassen. Wir gehen erneut sämtliche Aussagen und Fundstücke durch, mit dem Wunsch, durch Timos Ableben nun auf etwas Brauchbares zu stoßen. Es ist die reinste Sisyphus-Arbeit und erwartungsgemäß nicht erfolgreich.

Mittags gehen Jenny, Mike und ich resigniert in ein chinesisches Restaurant und lassen für zwanzig Minuten alle Gedanken an den Fall liegen. Anschließend strukturiere ich die Gruppe um. Ich teile die beiden jungen Ermittler di Matteo und Gessert zum Sichten der alten Aussagen ein und schnappe mir die anderen drei für ein gemeinsames Brainstorming. Natürlich sind die beiden jungen Kollegen alles andere als begeistert, doch ich setze auf die mir vertrauten Teammitglieder.

Wir finden einen kleinen Konferenzraum. Perkow hat Kaffee und klebrige, zu süße Teilchen besorgt. Zu meiner Erleichterung ist es Mike, der als Erster das Wort ergreift. So laufen die Gesprächsrunden oft. Und obwohl ich sein Vorgesetzter bin, habe ich nichts dagegen. Wenn ich ehrlich bin, weiß ich, dass er für meinen Posten eigentlich besser geeignet ist. Wäre er nur nicht so schrecklich aufbrausend.

»Also, wenn ich kurz zusammenfassen darf: Wir haben nichts«, sagt er und schaut ernst in die Runde. Perkow beißt in ein Puddingteilchen. Er ist der Älteste im Raum, scheint aber weder mit mir noch mit Mike ein Problem zu haben. Er ist noch ein Polizist der alten Schule. Begriffe wie Bachelor sind komplett an ihm vorbeigegangen, doch er bringt die nötige Erfahrung mit und offensichtlich auch eine gehörige Portion Hunger, denn er schiebt sich nun eine Rosinenschnecke hinterher. In Anbetracht seines mittlerweile beachtlichen Bierbauchs beschleicht mich das Gefühl, dass er die Teilchen gar nicht für uns mitgebracht hat.

»Na ja, wir haben immerhin den Jungen«, sagt er schließlich schmatzend. Mike verzieht leicht genervt das Gesicht. Doch Perkow lässt sich davon nicht aus der Ruhe bringen. »Eine Leiche liefert uns nun mal die meisten Hinweise. An ihr können wir den Tathergang rekonstruieren.«

»Gut, die Gerichtsmedizin ist mit der Leiche beschäftigt«, mische ich mich ein, als Mike zu einer Reihe von Gegenargumenten ansetzen will. »Die KTU wertet unterdessen die Spuren vom Fundort aus. Ich bin mir aber ziemlich sicher, sie werden nicht viel finden.«

»Perkow«, spricht Mike den älteren Kollegen an. »Du hast die Fotos gesehen, erinnern sie dich an irgendetwas?« Der Ermittler grinst schelmisch, so sehr, dass sich sein überdimensionaler Schnäuzer selbstständig macht und einen seltsamen Tanz veranstaltet. Ich kenne Mike lange genug, um zu wissen, dass er etwas bezweckt. Ich glaube, der Fall Mattes Weber ist bei ihm viel präsenter als bei Perkow, und doch will er vermutlich aus dem Mund eines professionellen Zeitzeugen hören, was damals genau passiert war.

»Ich war zu der Zeit tatsächlich schon hier«, beginnt Perkow. Er starrt nachdenklich aus dem Fenster. Es dauert einen Moment, bis ich verstehe, dass er in seinem Oberstübchen nach der richtigen Schublade sucht.

»Wir werden den Fall so oder so aufrollen müssen«, erkläre ich, als er nach gefühlten zwei Minuten unverändert auf seinem Plastikstuhl hockt.

Doch Perkow denkt gar nicht daran, die Antwort zu vertagen. Stattdessen tut er meine Bemerkung mit einer abfälligen Handbewegung ab und sagt: »Ich war noch nicht lange hier und habe bis auf Kleinigkeiten nicht wirklich zur Klärung beigetragen. Aber natürlich erinnere ich mich an den Fall. Soviel ich weiß, ist Mattes Weber ebenfalls erschlagen worden.«

Mike nickt zufrieden. Das ist die Bestätigung, die er haben wollte. Er blickt mich mit großen Augen an.

»Aber was sollte das mit unserem Fall zu tun haben?«, fragt Perkow sichtbar genervt.

»Woran kannst du dich noch erinnern?«, hakt Mike interessiert nach. Dem alten Ermittler scheint diese Gesprächsführung immer weniger zu gefallen. Er lächelt meinen Schwager süffisant an.

»Worauf willst du eigentlich hinaus, Dudda?«, poltert er wie aus dem Nichts los. »Dass wir damals schlampig gearbeitet haben? Ist es das? Willst du mir das damit sagen?« Seine Stimme ist deutlich zu laut, und ich fürchte schon, die Situation könnte eskalieren. Mike setzt sich hin. Und innerlich muss ich über seine Cleverness lächeln. Psychologisch begibt er sich somit auf die gleiche Ebene wie Perkow.

»Gar nicht«, beschwichtigt Mike in einem überraschend gelassenen Tonfall. »Überhaupt nicht. Ihr habt den Mörder doch gefasst. Ich will nur wissen, was damals passiert ist und ob es Parallelen gibt.«

»Dann lies dir die Scheißakte durch, du Hampelmann.«

Mike nickt verständnisvoll. Er weiß, dass er nicht weiterfragen sollte. Ich nicht. Wie gesagt, ich treffe eigentlich keine Bauchentscheidungen, da ich aber ahne, dass Mike eine bestimmte Absicht verfolgt, gibt es für mich keinen Grund, die Dinge auf sich beruhen zu lassen.

»Ich denke, du weißt, dass wir jeden Hinweis brauchen. Momentan gibt es nichts Brauchbares. Vielleicht ist das die eine Verbindung. Also fahr bitte fort«, fordere ich ihn auf.

Perkow denkt einen Moment nach. Seine Laune hat sich offenbar schon wieder verbessert. Nach einigem Hin und Her fährt er fort: »Ich glaube nicht, dass es eine Verbindung geben kann. Aber wie dem auch sei. Wolfgang Liesenfeldt und Uwe Wiemer haben den Fall damals behandelt. Wiemer ist noch immer im Haus, Liesenfeldt ist schon seit einigen Jahren pensioniert. Wenn ich mich richtig entsinne, ist der Junge nach der Schule verschwunden. Er wurde mit einem Großaufgebot gesucht. Nach sieben Tagen wurde er gefunden. Erschlagen.« Perkow macht eine kleine Pause. Sie wirkt sehr theatralisch. Ich blicke zu Mike und sehe einen seltsamen Glanz in seinen Augen. Er hat bereits eine erste Vermutung. Ich nicke zufrieden. »Die genauen Verletzungen und die Todesursache weiß ich nicht mehr. Wahrscheinlich ein schweres Hirntrauma. Der Kopf muss ziemlich eklig ausgesehen haben. Der Verdacht fiel schnell auf diesen Pipke. An den Vornamen kann ich mich nicht mehr erinnern. Aber auch der wird in den Akten stehen.«

»Wie ist man auf Pipke gekommen?«, frage ich ernsthaft interessiert.

»Ach, keine Ahnung«, antwortet Perkow ein wenig zu harsch und erklärt im genervten Ton: »Es hat zahlreiche Indizien gegeben.« Das Wort »zahlreiche« wiederholt er energisch. Wieso auch immer, aber Mike hat einen wunden Punkt getroffen. Irgendetwas sagt mir, dass er eine erste Fährte verfolgt. »Außerdem hat der Typ gestanden. Es gab also keinen Grund, daran zu zweifeln«, fährt der alte Ermittler fort. Dann steckt er sich ein weiteres Teilchen in den Mund und beendet somit entschieden seine Ausführungen.

»Ich glaube, es gibt mehr Verbindungen, als uns lieb ist«, erkläre ich schließlich. »Beide Jungs verschwinden, tauchen aber exakt eine Woche später wieder auf, beide waren etwa gleich alt, beide wurden erschlagen. Man hat beide im Heu gefunden, und beide Körper sind seltsam entstellt.« Ich blicke in die Runde. »Was haben wir noch?«, frage ich.

»Ist Mattes vergewaltigt worden?«, will Mike wissen.

Perkow schüttelt gedankenversunken den Kopf. Natürlich liegen im aktuellen Fall die Ergebnisse der medizinischen Untersuchungen noch nicht vor. Aber die Tatsache, dass Timo angezogen gefunden wurde, lässt uns momentan davon ausgehen, dass es kein Sexualmord war. Eine weitere mögliche wichtige Verbindung. Ich nehme zunehmend Mikes Standpunkt ein: Die beiden Fälle müssen miteinander zu tun haben. Schließlich ist es Jenny, die das Offensichtliche anspricht.

»Was ist aus Pipke geworden?«, fragt sie und blickt Perkow erwartungsvoll an.

Der Kollege nickt wieder. »Er hat ›lebenslänglich‹ bekommen. Die Indizien waren erdrückend, das Geständnis eindeutig.« Er ahnt offenbar noch nicht, worauf Jenny eigentlich hinauswill. Doch die Klärung lässt nicht lange auf sich warten.

»Aus ›lebenslänglich‹ kann bei guter Führung ›fünfzehn Jahre mit Bewährung‹ werden. Der Fall Weber liegt fast sechzehn Jahre zurück. Vermutlich ist Pipke zurück.« Ich gebe zu, dass mir der Gedanke früher hätte kommen müssen. Mike hat daran gedacht und das Gespräch ganz bewusst in diese Richtung gelenkt. Als Jenny es ausspricht, hört es sich so gut an. Ich merke, dass mein Herz vor Aufregung stolpert. Und der Gedanke, des Rätsels Lösung schon gefunden zu haben, versetzt uns alle in eine Art Hochstimmung.

Doch Mike hat offenbar Zweifel. Und das ist ein gutes Zeichen. Nur selten lässt ihn seine Intuition im Stich. Ich bin jedoch auch von Jennys Idee so angetan, dass ich mich von ihr leiten lasse. Zumal es entgegen der weitläufigen Annahme den Satz »Das ist zu einfach« in unserem Job nicht gibt. Natürlich sind viele Kriminalfälle fast schon unheimlich verworren und dementsprechend knifflig, doch in den meisten Fällen ist der naheliegende Weg der richtige.

Ich setze Jenny darauf an, sämtliche Informationen über Pipkes Haftstrafe in Erfahrung zu bringen und aktuelle Fotos aufzutreiben. Perkow soll einen genauen Lebenslauf unseres ersten Verdächtigen zusammenstellen. Mike will ich beauftragen, den alten Fall noch einmal aufzurollen. Doch ich komme nicht dazu. Wir befinden uns noch mit den restlichen Krümeln des Gebäcks im Besprechungsraum, als di Matteo an die Tür klopft. Er streckt seinen behaarten Kopf herein und schaut mich mit großen Augen an.

»Wir haben da was gefunden«, sagt er und freut sich wie ein kleines Kind, das auf der Straße ein dreckiges Eurostück entdeckt hat.

Es ist grob fahrlässig, bei einer Untersuchung nur in eine Richtung zu ermitteln. Und so ist klar, dass wir früher oder später auch andere Wege in Betracht ziehen müssen. So kommt mir, auch wenn ich mich unterbewusst an Pipke als Wiederholungstäter bereits festgeklammert habe, di Matteos Fund sehr recht. Der Deutschitaliener ist ein fleißiger Ermittler, und ich habe schon viel Positives über ihn gehört. Und auch jetzt erweist er sich als sehr hilfreich. Akribisch ist er die vermeintlichen Zeugenaussagen durchgegangen, hat mit verschiedenfarbigen Textmarkern Passagen der Unterlagen angestrichen und ist auf einen wahren Schatz gestoßen.

An dem Abend, an dem Timo verschwunden war, hat ein Bauer sein Feld gepflügt. Nichts Ungewöhnliches. Und auch seine Aussage ist eher unscheinbar, weshalb ich mich nur ein wenig ärgere, dass uns tatsächlich etwas entgangen ist. Beim Lesen der markierten Stelle spüre ich dieses Kribbeln, auf eine wichtige Fährte gestoßen zu sein. Der Bauer scheint große Langeweile gehabt zu haben, denn er erinnert sich an jede Kleinigkeit. Er hat drei Kinder auf Inlineskatern, zwei Spaziergänger mit einem

Schäferhund namens Lilly und insgesamt drei Fahrradfahrer gesehen. Davon zwei auf weißen Rennrädern in Sportkleidung und einen auf einem gelben Rad. Zwar steht hier nichts von einem neongelben Mountainbike, aber zumindest eine genauere Nachfrage hätte ich mir von dem Kollegen schon gewünscht. Ich notiere mir Name und Adresse des Bauern, klopfe di Matteo auf die Schulter und schnappe mir Mike.

»Wie kann man nur so blöd sein?«, schreie ich, als wir uns ins Auto setzen. Mike ist erstaunlich gelassen.

»Na ja. Es wird für den Kollegen nicht die einzige Vernehmung an diesem Tag gewesen sein. Bei den vielen unwichtigen Aussagen hat er am Ende vermutlich gar nicht mehr richtig zugehört«, erklärt mein Schwager.

Es ist ja schön und gut, Verständnis aufzubringen, aber hier liegt ein grober Schnitzer vor. Möglicherweise ein unverzeihlicher Fehler. Und da verstehe ich keinen Spaß. »Er hat die Aussage notiert, also hat er sie auch gehört«, erkläre ich wütend. Doch wieder hat Mike eine passende Antwort parat.

»Momentan wissen wir ja noch nicht, ob es sich um unser Fahrrad handelt«, sagt er und klopft nervtötend auf dem Türgriff herum. Erst selten ist mir Mike so auf den Keks gegangen. Aber ich lasse es gut sein.

Innerhalb weniger Stunden hat sich der Ort komplett verändert, und ein mulmiges Gefühl breitet sich nun auch in meinem Magen aus. Die Hundertschaften haben ihre Zelte abgebrochen, dafür scheint mir die Zahl der Journalisten gestiegen zu sein. Von den Bewohnern fehlt dagegen jede Spur. Ich kann mir eigentlich nicht vorstellen, dass sie der Presse ausweichen wollten. Aus einem Zeitungskasten springt mir das Konterfei von Timo in die Augen. Das Lächeln wird uns wohl noch einige Wochen begleiten.

Wir folgen einem kleinen Feldweg und orientieren uns an einem Schild, das auf den besten Spargel der Stadt Kerpen hinweist. Der dazugehörige Hof Jansen ist unser Ziel. Selbst in den Weiten der Felder sind diverse Ü-Wagen unterwegs, und ich frage mich ernsthaft, was sie wohl suchen. Bauer Jansen spritzt mit einem dicken Schlauch die Reifen seines überdimensionalen Treckers ab. Der Sinn ist mir nicht klar, aber auch völlig egal. Als er uns bemerkt, umklammert er den Schlauch ein wenig fester und nimmt eine bedrohliche Haltung ein. Wir sind offenbar nicht die ersten Besucher an diesem Tag.

Mühsam klettere ich aus dem Auto. Ich kenne den Bauern vom Sehen, hätte ihm aber nie im Leben einen Namen zuordnen können. Seine Haut ist seltsam aufgequollen, aber von der Arbeit an der Luft braun gebrannt. Seine Frau scheint ihn mit ihren Kochkünsten zu verwöhnen, denn der Bauch ist recht stattlich. Ich schätze ihn auf Mitte sechzig, doch er kann genauso gut Anfang fünfzig sein.

»Ich habe der Presse nichts zu sagen«, schreit er uns cholerisch an.

»Das trifft sich gut. Darum wollten wir Sie auch gebeten haben«, erkläre ich seelenruhig. Sein Blick bleibt skeptisch. »Das ist mein Kollege Michael Dudda, ich bin Thomas Ullrich. Wir sind von der Kriminalpolizei, und wir müssen mit Ihnen sprechen.« In meiner Hosentasche finde ich den Dienstausweis. Mit seinen dreckigen gelblichen Fingern greift er danach.

»Der kleine Ullrich«, erinnert er sich schließlich und gibt mir den Ausweis zurück. Dann mustert er Mike, erkennt ihn aber nicht. Das ist nicht unüblich. Meine Eltern waren im Ort sehr geschätzte und gern gesehene Leute, Mikes Familie ist zugezogen und trotz aller Versuche nie voll integriert worden. So ist es auf dem Land nun mal. Ich glaube, Mike schert das herzlich wenig. »Ich habe Ihrem Kollegen schon alles gesagt«, erklärt er mürrisch. »Das war so ein junger Kerl. Noch viel zu grün hinter den Ohren.« Mit seiner kühnen Vermutung hat der ahnungslose Bauer wohl recht. Doch ich will gar nicht wissen, wer die Nummer verbockt hat.

»Keine Sorge, wir stören Sie nicht lange, Herr Jansen«, mischt sich Mike ein. Er wirkt charmant wie eh und je und zieht den Bauer umgehend auf seine Seite. Die Miene des Mannes hellt sich zunehmend auf. Er wirkt regelrecht stolz, der Polizei helfen zu können. »Sie haben angegeben, einen Mann auf einem Fahrrad gesehen zu haben. Können Sie uns das Rad genauer beschreiben?«, hakt Mike nach.

Der Mann überlegt kurz und lächelt dann. »Aber das habe ich

doch schon«, nuschelt er. Ich bin froh, dass man uns auf den Fall angesetzt hat, denn ich bezweifele sehr stark, dass ein Fremder das Platt verstehen kann. »Ich habe drei Fahrräder gesehen. So zwei Idioten mit Sportkleidung. Das sah schon sehr bescheuert aus. Und dann war da noch der Mann mit einem von diesen neumodischen Dingern mit breiten Reifen«, erklärt er fröhlich. »Ist das ein sachdienlicher Hinweis?«, fragt er plötzlich, vermutlich glaubt er, wir würden einen Geldsack mit der Belohnung hervorzaubern. Ich schüttele den Kopf.

»Können Sie uns dieses Mountainbike bitte beschreiben?«, frage ich und blicke demonstrativ auf meine Armbanduhr. Er missachtet meinen Wink mit dem Zaunpfahl und lässt sich erneut unglaublich viel Zeit.

»Es war gelb«, sagt er schließlich. »So leuchtend gelb«, fährt er fort, und mein Herz beginnt wie wild zu hämmern.

»Neongelb?«, hakt Mike nach.

Der Mann nickt. Aber ich bin mir nicht sicher, ob er wirklich weiß, was für ein Farbton gemeint ist, und ob er überhaupt je von einem solchen Farbton gehört hat. »Gut«, macht Mike unermüdlich weiter. »Können Sie den Mann auf dem Fahrrad beschreiben?«

»Ist das ein Verdächtiger?«

»Nein«, lügt Mike. »Wir müssen nur weitere Augenzeugen vernehmen. Womöglich hat er etwas Wichtiges beobachtet.«

»Natürlich kann ich Ihnen den Mann beschreiben«, sagt er nach kurzer Denkpause. »Ich kann Ihnen aber auch den Namen nennen.« Wir blicken den Bauern einige Augenblicke ungläubig an. Mir reißt fast der Geduldsfaden, als er den Namen endlich ausspuckt. »Vaclav Berger.«

Manchmal fällt es selbst mir schwer, Ruhe zu bewahren. Mein Zorn ist noch nicht verflogen, als wir an der alten Schreinerei der Familie Herrmann halten. Nicht nur, dass der Ermittler das gelbe Fahrrad übersehen hat, er ist gar nicht auf die Idee gekommen, den Bauern nach möglichen Namen zu fragen. Wir kennen Vaclav. In der Gemeinde wird er von allen nur Pavel genannt. Das ist offenbar einfacher. Pavel ist ein absoluter Überlebenskünstler. Er hält sich mit diversen Nebenjobs gut über Wasser. Es geht jedoch das Gerücht um, dass sich der Handwerker in seiner Heimat bereits ein eigenes Haus zusammengespart hat. Nach Aussage des Bauern jobbt Pavel aktuell in der Schreinerei Herrmann, einem alten Familienbetrieb. Tatsächlich finden wir ihn hinter einer kreischenden Säge.

Pavel alias Vaclav Berger ist so mit der Maschine beschäftigt, dass er ängstlich aufschreit, als ich ihn am Arm berühre. Ich bin froh, dass er sich dabei nicht den Daumen absäbelt. Er setzt ein künstliches Lächeln auf, folgt uns aber nach kurzem Hin und Her auf den Hof. Kaum an der frischen Luft, zündet sich der Tscheche eine Zigarette an. Die Chance lasse ich mir nicht entgehen und tue es ihm gleich, auch wenn mich das unangenehme Gefühl beschleicht, dass Rauchen im Hof einer Schreinerei nur bedingt cool ist. Pavel zieht ebenfalls nervös an seiner Kippe. Doch ich bin mir sicher, dass er sich um das Wohl der Schreinerei keine Gedanken macht.

»Was kann ich für euch tun?«, fragt er übertrieben freundlich und erinnert an eine schlechte Kopie des Paten. Ich kenne Pavel eigentlich schon von klein auf. Er hat damals schon nicht dazugehört, wurde beim Fußball zuletzt gewählt, und ich meine, mich zu erinnern, dass er sämtliche Hauptschulen der Umgebung nur sehr kurz besucht hat. Er ist ein Kleinkrimineller, dem ich eine Gewalttat nicht zutraue. Doch welcher Mörder hat diese Eigenschaft schon auf der Stirn stehen?

Mike und ich stimmen uns mit einem vielsagenden Blick ab. Bei jemandem wie Pavel halten wir die Variante »Einschüchterung« für angebracht.

»Wir haben gerade mit dem alten Jansen gesprochen«, sage ich freundlich. Pavel blickt mich mit großen Augen an, als hörte er den Namen zum ersten Mal. »Ich weiß, dass du bei ihm Spargel gestochen hast, also tu nicht so blöd«, blaffe ich ihn an. Er zieht erneut zittrig an seiner Zigarette und schleudert sie erschreckend nah an einen Holzvorrat. »Jansen hat dich vor sieben Tagen auf einem neongelben Fahrrad gesehen.«

Pavel ist ein kräftiger Kerl. Er hat sein Lebtag auf Baustellen gejobbt und sich dort einen muskulösen Körper antrainiert. Insofern ist es ihm ein Leichtes, mich grob zur Seite zu schleudern.

Er setzt zu einem beherzten Sprint an, hat aber seine Rechnung ohne Mike und vor allem ohne seine Lungen gemacht. Er schafft es keine hundert Meter weit, bevor er in den Armen meines Schwagers förmlich zusammenbricht.

Wir packen Pavel in das Dienstfahrzeug und nehmen ihn mit aufs Revier. Während der zwanzigminütigen Autofahrt bringt er kein Wort heraus. Noch nicht einmal eine Entschuldigung für den Splitter, der sich bei seinem Fluchtversuch durch meine oberste Hautschicht in den Daumen gebohrt hat. Da ich zur Hypochondrie neige, verbringe ich die gesamte Rückfahrt mit verschiedenen Bohrungen und Druckmaßnahmen. Ohne Erfolg.

Wir stecken Pavel in einen Vernehmungsraum und klären mit ihm einige Formalien ab. Er wirkt nach wie vor nervös, nennt uns aber trotzdem bereitwillig seine Personalien.

»Darf ich rauchen?«, fragt er mit zittriger Stimme. Seine Art hat etwas Kindliches. Ich biete ihm eine meiner Zigaretten an und nehme selbst eine.

»Also?«, fragt Mike.

»Also was?«

»Pass auf, Pavel«, ermahne ich ihn. Mein Geduldsfaden ist bei seiner Flucht schon gerissen, und das will ich ihm unmissverständlich klarmachen. »Du steckst gerade ziemlich tief in der Scheiße. Du hast von dem ermordeten Kind gehört?«

Er nickt ängstlich und bläst ein paar Rauchringe in die Luft.

»Wir würden gerne wissen, was du vor sieben Tagen so gegen neunzehn Uhr gemacht hast.«

»Ich hab nichts mit dem Kind zu tun«, stottert er sichtlich eingeschüchtert.

»Dann kannst du uns ja sagen, wo du warst«, entgegnet Mike und tätschelt ihm den Arm.

»Ich war draußen in den Feldern.«

»Folgendes«, reiße ich das Gespräch wieder an mich. »Bauer Jansen hat dich auf dem Fahrrad des vermissten Jungen gesehen«, platzt es aus mir heraus. »Ich glaube nicht, dass du ein Mörder bist. Dazu bist du Waschlappen gar nicht fähig. Die Fakten sehen aber so aus: Der Junge wird vermisst. Sein Fahrrad auch. Unmittelbar nach dem Verschwinden wirst du auf seinem Fahrrad gesehen.

Was glaubst du, wie das für uns aussieht?« Mittlerweile befindet sich mein Gesicht nur noch wenige Zentimeter vor Pavels. Der Tscheche sucht Hilfe bei Mike, der ihm überheblich auf die Schulter klopft.

»Er hat recht. Du musst zugeben, das sieht für dich nicht gut aus.«

»Ich habe den Jungen nicht getötet«, erklärt er. »Auch nicht entführt.«

»Wie bist du denn dann an das Fahrrad gekommen?«, frage ich deutlich zu laut.

»Ich habe es gefunden. Wirklich.« Ich weiß nicht, wieso, aber ich erkenne in seinen Augen die Wahrheit. Wie gesagt, Pavel ist ein Kleinkrimineller, aber noch lange kein Mörder.

»Wo ist das Fahrrad jetzt?«, fragt Mike nun deutlich erregter. Ich sehe, dass seine Gelassenheit langsam, aber sicher dahinschwindet.

»Weg.«

»Wo?« Meine kalte Stimme erschreckt mich selbst.

»Ich habe es im Wald gelassen.« Pavel ist nicht unser Mann.

»Wo hast du das Fahrrad gefunden?«

»Es lag in den Feldern. Ich war draußen im Wäldchen spazieren. Als ich zurückkam, lag es am Straßenrand. Ich habe mich umgeschaut, aber es war niemand da. Also habe ich es mitgenommen.« So schwer es mir auch fällt, ich glaube dem Kerl.

»Warum hast du es dann verschwinden lassen? Du hättest das *Fundstück* doch behalten können«, schlägt Mike vor. Aus seinen Augen spricht der blanke Zorn. Auch er weiß, dass Pavel nicht der Täter ist.

»Ich habe das von dem Jungen gehört. Das Bild von dem Fahrrad war in der Zeitung. Ich hatte Angst, ihr würdet mich verdächtigen.«

Noch am selben Nachmittag will uns Pavel den Ort zeigen, an dem er das Fahrrad angeblich gefunden hat. Das dauert länger als erwartet. Denn laut Pavel sehen die Straßen alle gleich aus, außerdem sei er ziemlich betrunken gewesen. Immerhin kann er den Fundort auf etwa hundert Meter eingrenzen. Wir suchen die gesamte Straße nach Spuren ab, die auf einen Unfall oder Kampf hindeuten. Vergeblich. So verläuft die erste heiße Spur im Sand.

Doch die zweite lässt nicht lange auf sich warten. Ich habe es mir gerade mit einer heimlichen Zigarette im Büro gemütlich gemacht, als Jenny klopft. Ich bitte sie herein, und ihr Gesichtsausdruck lässt nichts Gutes erahnen.

»Was willst du zuerst hören? Die gute oder die schlechte Nachricht?«, fragt sie mich schelmisch, und ich habe nicht übel Lust, sofort mit ihr nach Hause zu gehen.

»Bitte erst die gute«, seufze ich.

»Na ja. Tatsächlich ist Pipkes Haft vor einigen Jahren auf fünfzehn mit Bewährung reduziert worden.« Ich spüre wieder Hoffnung aufkeimen. Nur kurz.

»Er wäre vor ein paar Monaten aus der Haft entlassen worden.« Ich wünsche mir sofort, sie hätte dieses eine Wort nicht gesagt.

»Wieso *wäre*?«

»Weil er sich vor mehr als einem Jahr mit einem Kugelschreiber umgebracht hat. Er hatte wohl Krebs.«

# 3

*Mike*

Als ich damals meinen Dienst bei der Kriminalpolizei angetreten habe, musste ich Julia versprechen, niemals meine Arbeit mit nach Hause zu bringen. Das Versprechen habe ich dann bei der Geburt unserer Kinder noch einmal erneuert. Julia hat panische Angst, die Kinder könnten mit dem Grauen dieser Erde aufwachsen. Natürlich können sie ihr Leben nicht in einer rosaroten Welt verbringen, und irgendwann wird der Ernst des Lebens sie einholen. Doch wir versuchen, diesen Zeitpunkt so lange wie möglich hinauszuzögern.

Als ich am Nachmittag die Akte des alten Falls in den Händen halte, ist mir sofort klar, dass ich an diesem Tag mein Wort nicht halten kann. Wie ein kleiner Junge, der den Hochglanz-Porno seines großen Bruders gefunden hat, bin ich auf dem Heimweg seltsam aufgeregt, und selbst BAPs »Halv su wild« kann mich nicht beruhigen. Ich habe die Akte in meiner Tasche versteckt und nehme mir vor, Julia nichts von ihr zu erzählen. Ich hasse es, Geheimnisse vor ihr zu haben, aber manchmal geht es einfach nicht anders. Tommy wirkte ziemlich desillusioniert, als ich ihn seinem Papierkram überlassen habe. Doch ich kenne ihn lange genug, um zu wissen, dass das nicht der Zeitpunkt ist, ein banales Gespräch über den FC zu beginnen. Er ist so verbissen in seiner Arbeit. Das würde ihn nur unnötig ablenken. Also habe ich ihm zum Abschied nur gewinkt und das Revier verlassen.

Die Zwillinge haben ihren täglichen Tischdeck-Streit bereits beendet und sitzen überraschend brav auf der Couch. Vermutlich hat Julia sie gebeten, mir zuliebe besonders artig zu sein. Sie weiß, dass ich bis zum Hals in Arbeit stecke. Als Louisa mich sieht, springt sie auf und klammert sich fest an mich. Ich spüre ihre warmen Tränen an meinem Unterarm. Sie ist schon immer die Emotionalere der beiden gewesen. Ich kann mir beim besten Willen nicht vorstellen, dass Julia mit ihnen über die Ereignisse gesprochen hat, doch zum einen sind sie ja nicht taub, und zum anderen hat Louisa eine Art sechsten Sinn. Ich nehme sie in den

Arm und trage sie zurück aufs Sofa. Eine halbe Stunde später essen wir zu Abend. Besser gesagt, meine Familie isst zu Abend, ich stochere gedankenversunken im Kartoffelpüree herum. Ich bin einfach nicht in der Lage zu essen. Julia streichelt mir mit ihrem Fuß über mein Bein und lächelt mich liebevoll an, doch ich gehe nicht darauf ein. Stattdessen schiebe ich den Teller beiseite und entschuldige mich. Julia ist – wie nicht anders zu erwarten – alles andere als glücklich, lässt mich aber in Ruhe.

Ich öffne mir eine Flasche Bier, obwohl mir ein Jack Daniel's lieber wäre, und ziehe mich in mein Arbeitszimmer zurück. Die Reise in die Vergangenheit hat etwas Geheimnisvolles, und ich glaube, auch deswegen entscheide ich mich für die kleine Schreibtischleuchte, die gerade ausreichend Licht spendet. Ich fühle mich ein wenig wie Bastian Balthasar Bux, der mit dem Öffnen eines Buches in seine unendliche Geschichte eintaucht, und hoffe inständig, dass es für uns keine unendliche Geschichte geben wird. Schon nach den ersten Zeilen merke ich, wie sich die Fakten mit meinen Erinnerungen zu bewegten Bildern vermischen.

***

Ich wachte mit entsetzlichen Kopfschmerzen und einer unglaublichen Übelkeit auf. Natürlich wusste ich auch in meinen jungen Jahren, dass Nikotin und Alkohol nicht die besten Auswirkungen auf mein Allgemeinbefinden hatten. Aber wie hätte ich in dieser illustren Runde schon Nein sagen können? Ich quälte mich aus dem Bett, denn so schlecht es mir auch ging, wollte ich das Abi im kommenden Frühling bestehen, durfte ich mir nicht mehr viele Fehlstunden leisten. Der Spiegel im Badezimmer offenbarte meinen erwartet schlechten Zustand, allerdings überraschte mich ein Veilchen unter dem linken Auge. Dann erinnerte ich mich wieder an Tommys Fausthieb, und obwohl es äußerst schwer war, ihn auf die Palme zu bringen, konnte ich ihm noch nicht einmal böse sein. Ich hatte es nicht anders verdient. Wie hatte ich nur unsere Freundschaft auf eine so harte Probe stellen können?

Ich putzte mir eher sporadisch die Zähne, wischte mir kaltes

Wasser durchs Gesicht und machte mich fertig. Meine Eltern hatten sich nach der nächtlichen Aufregung wegen des abgebrochenen Schlüssels offenbar beruhigt, sonst hätte meine Mutter mir kein Katerfrühstück in Form von Hühnerbrühe hingestellt. Nach der kleinen, aber zeitaufwendigen Mahlzeit – ich musste nach jedem Löffel eine Pause einlegen und darauf achten, ob mir wieder übel wurde – brach ich in meinem rostigen alten Polo auf. Zu meiner Überraschung wartete Tommy an der üblichen Ecke auf mich und grüßte sogar freundlich. Dass ich ihn in der Nacht zuvor mit seiner Freundin hintergangen hatte, kam nie wieder zur Sprache. Dennoch war die Stimmung mehr als angespannt.

Ich war heilfroh, als ich das Fahrzeug wenige Minuten später vor dem orangen, öden Schulgebäude parkte. Schon von Weitem erkannten wir eine für diese frühe Uhrzeit eher ungewöhnliche Menschentraube auf dem Schulhof, und mich überkam ein mulmiges Gefühl. Wir näherten uns dem Pulk, der sich um einen Polizeiwagen scharte, als würden die Beamten kostenlose Süßigkeiten verteilen.

Der Wagen war jedoch leer. Ich erwischte Sebastian bei dem Versuch, einen Kaugummi unter den Türgriff zu kleben. Neben Jonas war er immer der Unvernünftigste von uns. Irgendwie hatte er es dennoch geschafft, bis zum Abschlussjahr auf der Schule zu bleiben. Jonas nicht. Er war nach der Zehnten abgegangen oder, je nach Auslegung, abgegangen worden. Sein leichter Drogenkonsum, die kleinkriminelle Vergangenheit, aber vor allem sein äußeres Erscheinungsbild passten nicht zu dem Ruf, der der Schule vorauseilte. Als Sebastian mich sah, ließ er von dem Türgriff ab und kam zu uns herüber.

»Die Bullen sind hier«, erklärte er, als er mir die Hand reichte. Er steckte sich eine Zigarette an. Mir war jedoch noch nicht wieder nach Rauchen, erst recht nicht hier mitten auf dem Schulhof. Ich spürte, wie mir die Luft wegblieb und sich Schweiß auf meiner Stirn bildete. Dafür war vom einstigen Kater nur ein leichter Kopfdruck geblieben.

»Na und?«, stotterte ich.

»Sie sind gerade bei Gössner. Ich glaube, sie verhören ihn.« Gössner war unser Schulleiter und in Sachen Strafen alles andere als ein Unschuldslamm. Dennoch bezweifelte ich stark, dass die Beamten den kauzigen Mann verhörten.

»Da hat bestimmt wieder jemand im Supermarkt geklaut«, sagte ich, da es für mich die am ehesten einleuchtende Erklärung war.

»Vermutlich«, mischte sich nun auch Tommy ein, doch ich erkannte die Zweifel in seinen Augen. An diesem Morgen hatten wir keine gemeinsamen Kurse, und so trafen wir uns erst wieder in der Pause. Mittlerweile kochte die Gerüchteküche. Sebastian war nicht untätig geblieben. Wie auch immer er darangekommen sein mochte, er tischte uns die ersten »Details« auf. Der kleine Volkerts aus der 9b wusste von einem sexuellen Übergriff einer unserer Lehrer zu berichten. Das vermeintliche Opfer kannte er nicht. Aber vielleicht Felix von Freymann, der Streber. Lehmann, Oberstufensprecher, wusste von finanziellen Schwierigkeiten der Schule und glaubte an Steuerhinterziehung, und Kim-Jun Park aus der 6c wunderte sich, dass Matthias Weber nicht in die Schule gekommen war, obwohl er doch ein Referat zum Thema »Leben in der Polarzone« hätte halten sollen. Auch ich streute hier und da das ein oder andere Gerücht. Vielleicht, weil ich schon damals wusste, dass etwas Schreckliches passiert war.

Als wir uns am Abend bei Ullrichs zum Grillen trafen, hatten sich die Wogen geglättet. Tommy brachte mir sogar ein Bier und legte brüderlich den Arm um mich. Ich glaube, ich hätte ihn umgebracht, hätte er sich an meiner Freundin vergriffen, aber die Beziehung mit seiner Lena verlief alles andere als glücklich. Und auch er war kein Kind von Traurigkeit. Nach einigen Flaschen Bier war die Stimmung im Hause Ullrich geradezu ausgelassen. Und die Vorkommnisse in der Schule hatte ich bereits erfolgreich verdrängt. Bis die Nachrichten begannen.

Umgehend stockte mir der Atem, und ich fühlte einen Druck auf der Brust. So schlimm diese Situation auch war, sie hatte eine positiv entscheidende Auswirkung auf mein Leben. Julia saß vermutlich rein zufällig neben mir. Bislang hatte ich mir über Tommys Schwester noch nie Gedanken gemacht, doch in diesem Moment, in dem sie mich so verletzlich ansah, gelangte ich zu dem Schluss, dass sie die Frau fürs Leben war. Ich nahm Julia in den Arm – tröstend, versteht sich –, und Tommys Vater kümmerte sich um seine Frau, die ebenfalls mit den Tränen rang. Einzig Tommy starrte emotionslos auf den Bildschirm.

Im Ort herrschte in den folgenden Tagen ein seltsames Treiben. Die meisten Menschen verbarrikadierten sich in ihren Häusern und versuchten, sich so einen Schutzwall zu errichten. Andere gingen auf die Straße und unterstützten die Hundertschaften, die Mattes vergeblich suchten. Auch meine Eltern versuchten zu helfen. Bestimmt witterten sie dabei auch die Chance, etwas für ihr Image zu tun. Die Erft wurde abgesucht, Felder und Wiesen abgegangen und der nahe gelegene Wald durchforstet. Man fand schließlich einen blutverschmierten Pullover. Wie sich herausstellte, gehörte der jedoch einem polnischen Spargelstecher, der mit seiner rechten Hand in einen Mähdrescher geraten war. Weiß Gott, was der Kerl vorgehabt hatte.

Der kleine Matthias wurde exakt sieben Tage nach seinem Verschwinden von einem Bauern in einer Scheune gefunden. Doch anders als bei Timo befand sich diese in unmittelbarer Nähe des Dorfes, und es stellte sich unweigerlich die Frage, wie die Leiche dort unbemerkt hatte platziert werden können. Eine Antwort gab es nicht. Zufall? Womöglich. Doch unaufmerksame Nachbarn gab es in einem solchen Dorf eigentlich nicht. Die Polizei veröffentlichte so gut wie gar keine Details zu dem Verbrechen. Aus ermittlungstaktischen Gründen. Doch nach und nach sickerten immer mehr fiese Einzelheiten durch. In dieser Zeit war ich froh, dass mein Vater als Informatiker über eine doch recht schnelle Internetleitung verfügte. So versuchte ich, mich über diesen Fall so gut es eben ging auf dem Laufenden zu halten. In diesen Wochen reifte in mir der Entschluss, die Karriere eines Ermittlers bei der Polizei anzustreben.

Dieser Fall zog mich regelrecht in seinen Bann. Matthias hatte keine zwei Kilometer Luftlinie von mir entfernt gewohnt und war vielleicht einen Kilometer Luftlinie von dem Haus meiner Eltern gefunden worden. Der Junge war seinen schweren Kopfverletzungen erlegen, hieß es damals. Mit einer Eisenstange, vermutlich einem Brecheisen, sei auf ihn eingeprügelt worden. Er war in der Nacht seines Verschwindens gestorben. Laut der Gerichtsmedizinerin wurde acht Mal auf seinen Kopf, ein Dutzend Mal auf den Körper und weitere acht Mal auf seine Arme und Beine eingeschlagen. Todeszeitpunkt vermutlich zwischen vier und fünf Uhr.

***

Ich bin so vertieft in die Akte, aber auch in meine Erinnerung, dass ich Julia nicht bemerke. Erst als sie mir vorsichtig die Hand auf die Schulter legt, fahre ich erschrocken zusammen. Sie lächelt mich liebevoll an und streichelt mir über die Wange.

»Die Kinder sind schon im Bett«, sagt sie, ohne vorwurfsvoll zu klingen. Ich blicke überrascht auf meine Armbanduhr. Fast zwei Stunden habe ich mich nun schon mit Matthias Weber und Timo Johnen beschäftigt. »Der Junge aus Horrem?«, fragt sie schließlich. Ich fühle mich seltsam ertappt. Ich habe das Wort gebrochen. Doch obwohl ich weiß, dass ich Julia mit meinem Vertrauensbruch verletzt habe, lächelt sie mich verständnisvoll an. In diesem Moment fühle ich mich glücklich. Julia verschwindet wieder, um nur wenige Augenblicke später mit einer Schale Chips und einer Flasche Jack Daniel's zurückzukommen. »Mach nicht zu lange«, flüstert sie und stellt mein Verpflegungspaket auf den Tisch. Ich werfe ihr einen Kussmund zu, als sie das Arbeitszimmer verlässt, erhalte aber keine Reaktion.

Ich kippe die ersten zwei Whiskey in mich hinein und mache mich dann wieder an die Akte. Beim dritten spüre ich eine innere Wärme. Zum Glück trinke ich nicht wie Tommy nur edlen schottischen Single Malt. Bourbon ist billiger, entspannt aber genauso gut. Und dazu schneller, weil man ihn einfach kippen kann und nicht in winzigen Schlückchen genießen muss. Tommy selbst ist ja überzeugt, dass es ihm um den Genuss geht. Ich glaube etwas anderes: Er will einfach nicht werden wie sein Alkoholiker-Vater. Und der hat am liebsten Jim Beam getrunken. Kentucky Straight Bourbon Whiskey. Weil das Zeug erschwinglich war und schnell besoffen macht.

Ich konzentriere mich wieder auf die Dokumente. Im Zuge der damaligen Ermittlungen tauchten verschiedene Verdächtige auf. Unter anderem Matthias' Vater, der als Choleriker bezeichnet wird. Ich kann mich noch einigermaßen an den alten Weber erinnern. Zu oft hat er uns beim Äpfelklauen erwischt und mit seiner Schrotflinte vom Hof gejagt. Ich sehe einen kauzigen alten Mann mit dunkelroten Wangen, die auf hohen Blutdruck hindeuteten, vor mir. Bei einem Schützenfest hat er sich eine handfeste Auseinandersetzung mit dem Pfarrer geliefert. Ich habe keine Ahnung, worum es damals ging, weiß allerdings, dass der alte Weber seit jeher seinen Jähzorn nicht unter Kontrolle hat. Doch deswegen den eigenen Sohn umbringen? Nein. Das ist mir zu platt. Und den damals ermittelnden Kollegen ging es offensichtlich genauso. Laut Akte hat es keine ernst zu nehmenden Verhöre gegeben. Nur ein kurzes Gespräch. Danach taucht der Name des alten Weber in der Akte nicht mehr auf.

Dafür stoße ich auf einige andere Namen, die mich stutzig machen: Jonas Hellmann, Sebastian Taler, Richard Wirtz, Lena-Maria Wuttke, Thomas Ullrich und Michael Dudda.

# 4

## *Tommy*

Ich betrete die Eckkneipe gegen einundzwanzig Uhr. Für meine Verhältnisse bin ich sehr spät dran. Dabei gibt es nur wenige Dinge, die ich mehr hasse als Unpünktlichkeit. Die Gaststätte ist zu diesem Zeitpunkt überraschend gut besucht. Eine Annehmlichkeit, die die Großstadt mit sich bringt. So ist es kein Problem, selbst zu dieser späten Stunde noch ein warmes Abendessen zu bekommen. Ich bestelle direkt an der Theke ein Bier und ein Wiener Schnitzel mit Pommes frites. Natürlich passt das nicht in meinen Ernährungsplan, den ich in der Regel beachte. Doch über den heutigen Vorkommnissen habe ich die Nahrungsaufnahme erschreckend vernachlässigt und bin froh, endlich etwas »Ordentliches« zwischen die Zähne zu bekommen.

Die enttäuschenden Ereignisse des Tages haben mich resignieren lassen, und ich hoffe, bei einem Bier zumindest ein wenig abschalten zu können. Jonas, Richard und Sebastian sitzen bereits an unserem Stammtisch. Nach all den Jahren haben wir uns natürlich auseinandergelebt. Das ist nun mal der Lauf der Zeit. Doch wir bemühen uns, den wöchentlichen Stammtisch am Leben zu halten. Das funktioniert in der Regel ganz gut, und ich freue mich, ein paar vertraute Gesichter um mich herum zu haben. Es muss an dem aktuellen Fall liegen und den Parallelen zum damaligen Mord, dass ich mir heute meine Freunde ansehe und sie mit den Jugendlichen in meiner Erinnerung vergleiche. Sebastian hat sich in all den Jahren am wenigsten verändert. Er ist noch immer der hagere Kerl, der mit einem einzigen Spruch einen kompletten Saal zum Lachen bringt. Ich denke, der Humor täuscht ein wenig über sein ansonsten eher tristes Leben hinweg. Eine Arbeit hat der studierte Informatiker nie gehabt. Ich mag ihn sehr. Vielleicht auch, weil wir ein Schicksal teilen. Wir sind beide noch nicht in den Genuss einer Ehe gekommen. Richard schon. Und nicht nur das. Richard ist der absolute Familienmensch. Drei Söhne, eine Tochter, ein Labrador und ein großes Einfamilienhaus. Er hat vor etlichen Jahren die orthopädische Privatpraxis seines Vaters übernommen. Profisportler gehen dort genauso ein und aus wie Schauspieler. Ich muss zugeben, ich beneide ihn um seinen extravaganten Lebensstil, bin aber froh, nicht vier plärrende Kinder großziehen zu müssen.

Richard hat in den letzten zehn Jahren bestimmt vierzig Kilo zugenommen. Und es ist schon fast paradox, dass dieser dicke Mensch sein Geld mit der Gesundheit von Profisportlern verdient. Auch Jonas hat in seinem Leben einige richtige Entscheidungen getroffen. Irgendwann hat er sein Abi nachgeholt, Jura studiert und ist dann als Strafverteidiger an die richtigen Mandanten geraten. Er ist ein Genie. Wahrscheinlich, weil er selbst über so viel kriminelle Energie verfügt wie sämtliche seiner Mandanten zusammen. Er hat noch immer diesen frechen Blick, der damals seine Lehrer zur Weißglut gebracht hat.

Ich klopfe zur Begrüßung auf den Tisch und blicke in erstaunte Gesichter. Die Stimmung ist gedämpft.

»Ich hätte nicht gedacht, dass du kommst«, erklärt Richard. »Wo ist Mike?«

Augenblicklich überkommt mich ein schlechtes Gewissen. Ist es taktlos, während der Ermittlungen hier aufzulaufen? Sebastian klopft auf einen freien Stuhl und lächelt mir freundlich zu. Ich komme seiner Aufforderung nach und setze mich. Für einen kurzen Moment spiele ich mit dem Gedanken, Mike anzurufen, entscheide mich aber dagegen. Wenn Julia ihn schon ins Bett beordert hat, wird er sich eh nicht mehr losreißen können. Das ist nicht weiter schlimm, denn Mike ging mir heute schon ein wenig auf die Nerven.

Die Stimmung am Tisch steht in direktem Gegensatz zu den Ereignissen im hinteren Teil der Kneipe. Sie ist extrem aufgeladen, und als eine Frau in einem lächerlichen Hasenkostüm Kondome aus einem Bauchladen anbietet, beschleicht mich für einen Moment die Sorge, einer meiner aufbrausenden Freunde könnte sie beschimpfen. Ausgerechnet Richard kauft einen Gummi und erntet zwei, drei dumme Sprüche von Jonas. Überhaupt ist es natürlich unser Draufgänger, der versucht, die Stimmung mit geschmacklosen Witzen aufzupolieren. Vergeblich. Keiner der anderen weiß offensichtlich so recht, wie er mit dem Thema Timo umgehen soll. Jonas' Gehabe wirkt allerdings auch nur aufgesetzt. Ich bin jedenfalls heilfroh, als die Kellnerin mein Schnitzel vor mir abstellt. Unglücklicherweise haben die anderen bereits gegessen, und da ihnen auch sonst offenbar der Gesprächsstoff ausgegangen ist, beobachten sie mich ununterbrochen. Ich habe das Stück Fleisch noch nicht vollends verputzt, als Sebastian die Stille durchbricht.

»Kümmerst du dich um den Jungen?«, fragt er. Ich nicke nur und wische mir mit der Serviette die fettigen Finger ab.

»Und Mikey?«, will Richard nun wissen.

»Natürlich«, antworte ich vielleicht eine Spur zu barsch. »Wir arbeiten doch zusammen.«

Sebastian nickt verständnisvoll und starrt auf die besudelte Tischdecke. »Das muss schwer sein«, flüstert er nachdenklich.

»Mordermittlungen sind immer schwer. Bei Kindern ist es besonders hart«, erkläre ich. Mir wird bewusst, dass wir uns in den vergangenen Jahren nie über meinen oder Mikes Job unterhalten haben. Es ist immer nur um Jonas' bekannten Mafiaboss, das Knie eines Fußballers des FC oder um eine weitere Absage gegangen. Ich denke einen Moment darüber nach.

»Ich meine nicht die Ermittlung«, reißt mich Sebastian aus meinen Gedanken. »Ich meinte, schwer für euch.«

Es tut gut, dass Sebastian so einfühlsam ist. Er mag seine berufliche Karriere verbockt haben, doch seine sozialen Fähigkeiten hat er sich offenbar bewahrt. In dem Bereich konnte ihm niemand von uns je das Wasser reichen. »Es muss schrecklich sein, das alles noch einmal zu erleben.«

»Ich glaube, für die Eltern ist der Mord schlimmer als für Tommy die aufgewühlten Erinnerungen«, weist Richard ihn zurecht. Richard sieht die Dinge aus dem Blickwinkel eines Familienvaters. Natürlich kann er den Schmerz der Johnens am besten nachempfinden. Zumal ich mich erinnere, dass Richards Ältester, Noel, etwa in Timos Alter sein muss. Ich denke an das schreckliche Szenario bei den Johnens und wünsche allen Anwesenden, so etwas nie erleben zu müssen.

Ein Betrunkener tritt an unseren Tisch, auch er klopft zur Begrüßung auf das Holz. Ich habe den Kerl noch nie gesehen, und den verdutzten Gesichtern meiner Freunde nach geht es ihnen ähnlich. Der Mann wiederholt die Geste an einem anderen Tisch und kauft schließlich dem rosa Hasen den gesamten Bauchladen ab. Irgendwo im hinteren Teil der Kneipe brandet Jubel auf, und ich wünschte, ich könnte meinen stressigen Arbeitstag ebenfalls bei einem Kölsch und dem 1. FC Köln vergessen machen.

»Es ist unsere Yvonne, oder?«, stellt plötzlich Jonas fest. Ein kalter Schauer läuft mir über den Rücken. Natürlich bin ich auch unter Freunden nicht befugt, Interna preiszugeben. Doch Yvonne ist seine Ex-Freundin. Er hat sie geliebt. Die Fassade bröckelt, die Coolness verschwindet. Und seit Langem sehe ich einen Anflug von Gefühlen in seinen Augen. Eine Mischung aus Zorn, Enttäuschung, Mitleid und Sorge. So kenne ich Jonas gar nicht. Vielleicht gilt der Zorn mir. Vielleicht bilde ich mir alles nur ein. Ich weiß es nicht. Und nicke nur stumm.

»Welches Schwein tut so etwas?«, flüstert Sebastian und schaut mich flehend an.

Jonas erhebt sich ganz langsam. »Unser Superbulle wird es schon herausfinden.« Ein falsches Lächeln, und unser Freund zieht von dannen. Unsere Blicke folgen ihm bis zur Tür. Nur einige Augenblicke später steht er mit einer Zigarette vor dem Fenster und lächelt mir zu. Die Kellnerin bringt eine weitere Runde. Wenige Minuten später kehrt Jonas zurück.

»Wie geht es Yvonne?«, fragt Richard, gibt sich aber schließlich mit meinem Kopfschütteln zufrieden. Ich will und darf nicht darüber sprechen. Also fährt der Orthopäde fort: »Ich finde das so unheimlich. Ich meine, das kann doch kein Zufall sein.« Langsam bereue ich mein Kommen. »Da kann doch nicht zufällig sechzehn Jahre nach dem letzten Mord ebenfalls ein Zwölfjähriger im selben Ort getötet werden. Im Netz stand, dass es sich um denselben Modus Operandi gehandelt haben soll.«

»Du darfst nicht alles glauben, was du liest«, antworte ich knapp und versuche, eine weitere Diskussion zu unterbinden.

»Und damals waren wir so nah dabei«, flüstert Sebastian. Damit verstummt das Gespräch. Und Sebastians Mühen zum Trotz brandet es auch nicht mehr auf. Seltsam berührt trinken wir unser letztes Bier aus. Richard bestellt sich ein Taxi, das ihn in die wohlhabende Gegend Kölns verfrachtet, und Sebastian steigt in den nächsten Bus. Jonas und ich schauen uns einen kurzen Moment still an. Ich lege ihm meine Hand auf die Schulter und drücke freundschaftlich zu. Seine strahlend blauen Augen haben einen komischen Glanz bekommen. Jonas kämpft mit den Tränen, und ich sehe, dass er mir irgendetwas sagen will. Doch ein Wort bringt er nicht hervor. Ich drücke ihn fest an mich und spüre, dass er leise schluchzt. Ich kenne Jonas sogar noch länger als Mike, aber Tränen habe ich bei ihm in all den Jahren nur selten gesehen.

»Du hast sie geliebt?«, frage ich leise und meine, ein leichtes Nicken wahrzunehmen. So plötzlich wie der intime Moment gekommen ist, so plötzlich ist er auch wieder vorbei. Jonas klopft mir zum Abschied auf den Rücken und schleicht davon. Mein Blick haftet auf seinem blonden Wuschelkopf, bis er in der Dunkelheit verschwunden ist. Da die Luft noch eine angenehme Wärme ausstrahlt, entschließe ich mich, ebenfalls auf das Taxi zu verzichten und zu Fuß nach Hause zu gehen. Der Abend hat nicht die erhoffte Ablenkung gebracht, dafür fühlt es sich an, als könnte er für die weiteren Ermittlungen noch von Bedeutung sein. Doch sosehr ich auch nach dem Schlüsselreiz in meinem Schädel krame, eine Erkenntnis bleibt mir verwehrt. Ich versuche, mich an die Gespräche zu erinnern, meine auch tatsächlich, manchen Satz zu hören, als würde er gerade eben gesprochen. Und komme so immerhin zu dem Ergebnis, dass der vermeintliche Hinweis nicht in einem Wortbeitrag steckte. Eher zwischen den Zeilen. Oder gar den Gesten. Doch genauer weiß ich es noch nicht.

Jonas' Gefühlsausbruch hat mich komplett durcheinandergebracht. Kann es sein, dass er Yvonne noch immer liebt? Hat es doch noch einmal Versuche seinerseits gegeben? Haben sie sich doch wieder getroffen? Warum heimlich? Ich versuche, mir die beiden aus heutiger Sicht vorzustellen. Ein seltsamer Gedanke. Der noch verstärkt wird, als ich in einem Zeitungskasten Timos strahlend blaue Augen und seinen blonden Krauskopf sehe, der mich an irgendetwas erinnert.

## 5

*Mike*

Tatsächlich habe ich unsere Namen zunächst überlesen. Der Alkohol wirkt bereits, und ich merke, dass ich langsam müde werde. Doch an Tommys Namen bleibe ich hängen und lese die Zeile noch einmal. In der Tat tauchen wir in der alten Akte auf. Mein Herzschlag beschleunigt sich, und die Müdigkeit ist umgehend verflogen. Ich kann mich nicht erinnern, damals mit der Polizei gesprochen zu haben. Doch als ich die Zeilen lese, kehren die Bilder zurück.

***

Tommys Eltern hatten uns einen kleinen Partykeller eingerichtet, in dem wir viel Zeit verbrachten. Eigentlich saßen wir, wenn wir nicht in der Scheune feierten, in dem stickigen Raum, rauchten unsere Joints und tranken viel zu viel Bier. Renate Ullrichs Gesichtsausdruck werde ich nie vergessen, als sie an diesem Tag den Keller betrat. Sie wusste natürlich, dass wir dort feierten. Und ich bin mir sicher, sie hat ihren Sohn in diesem Moment nicht zum ersten Mal mit einem Joint in der Hand gesehen. Doch da sich in ihrem Schlepptau zwei ernst aussehende Männer befanden, konnte ich ihre Reaktion verstehen. Sie raunzte Tommy wütend an, überließ den Schauplatz dann aber den beiden Männern, die sich als Polizisten auswiesen.

Die Beamten stellten umgehend klar, dass es sich um reine Routine handele und wir uns keine Sorgen machen müssten. Alleine dieser Satz ließ mein Herz jedoch rasen. Ich inspizierte die beiden Männer regelrecht und war irgendwie enttäuscht. Sie sahen nicht im Entferntesten so cool aus wie Schimanski, Jupp Schatz oder der »Fahnder«. Der Ältere hätte meines Erachtens schon längst pensioniert sein müssen. Er trug einen ordentlichen Bierbauch vor sich her, und auch das aufgequollene Gesicht deutete auf einen übermäßigen Alkoholgenuss hin. Der andere, derjenige, der uns angesprochen hatte, war zierlich, trug eine Nickelbrille und einen seltsamen Pullunder mit kleiner Fliege. Zusammen sahen sie eher aus wie ein schlechtes Comedy-Duo. Ich bezweifelte, dass diese beiden in der Lage waren, den Täter zu finden. Tommy und die anderen sahen das wohl ähnlich. Sie kicherten ständig, und Jonas äffte den Kleineren der beiden nach. Es bedurfte einer strengen Ermahnung des älteren Polizisten, um zumindest für einige Minuten für Ruhe zu sorgen.

Eine ältere Dame aus dem Dorf habe nachts ihren Hund in den Feldern ausgeführt und dabei einen kleinen Jungen gesehen. Sie habe sich eigentlich nichts dabei gedacht. Doch als sie von dem Mord an Matthias gehört habe, habe sie sich doch bei der Polizei gemeldet. Der Monolog des kleineren Polizisten zog sich ellenlang hin, und so war es wenig verwunderlich, dass Jonas wieder herumalberte. Bis der Beamte ihn direkt ansprach. Die alte Dame hatte den Jungen in der Nähe einer Scheune gesehen. Und zwar genau der Scheune, in der wir gefeiert hatten. Jonas war ziemlich schnell wieder still. Schließlich gehörte der Schuppen seinen Eltern. Und ganz sicher dachte er: Wir haben uns hier kräftig einen hinter die Binde gekippt, während Matthias in unmittelbarer Nähe um sein Leben kämpfte.

Die Beamten befragten uns nacheinander. Viel Aufmerksamkeit schenkten sie uns nicht und merkten wohl auch schnell, dass wir nur ein paar Jugendliche waren, die gerne einen über den Durst tranken. Ich sprach mit dem älteren Beamten. Er war genervt und unfreundlich und gab vor, ein besserer Mensch zu sein als ich. Ich lächelte nur müde und gab bereitwillig meine Auskünfte. Nach einer knappen Stunde war das Gespräch beendet.

Die Ermittlungen konzentrierten sich in den folgenden Tagen voll und ganz auf Willy Pipke. Komischerweise mochte ich seine Familie. Zumindest einen Teil. Pipke hatte mit seiner Frau sechs Söhne fabriziert – vermutlich gab es noch eine Reihe von weiteren. Dabei hatte der Mann ein unglaubliches Geschick an den Tag gelegt. Bis auf den Monat genau kamen sie alle im Abstand von zwei Jahren zur Welt. Bis auf Maurice und René, die als Zwillinge für viel Unterhaltung im Dorf sorgten. Die beiden waren die jüngsten Familienmitglieder und bis zum dritten Schuljahr meine Klassenkameraden. Dann drehte René zunächst eine Ehrenrunde, bevor er der Schule verwiesen wurde. Hätte sich Guinness dafür interessiert, wäre René sicherlich in das große Buch aufgenommen worden. Denn von der kleinen Grundschule unseres Dorfes zu fliegen, hatte vor ihm noch keiner geschafft.

Ich wuchs also sozusagen mit den Zwillingen auf, und aus einem mir nicht erklärbaren Grund mochten sie mich. Und ich sie. Ich gehörte natürlich nicht zu ihrer Bande, doch ich konnte mich auf sie verlassen. Und obwohl die gesamte Familie im Ort nicht gut wegkam, muss ich doch sagen, dass mir das soziale Verhalten der Jungs mir gegenüber immer imponiert hat. Selbst Jahre später ließen die beiden nichts auf mich kommen, und als ich auf einem Kerpener Maifest in eine Schlägerei verwickelt wurde, halfen mir die beiden ungleichen Brüder.

Trotz allem war schon damals ihre kriminelle Energie nicht zu übersehen. René tat es später seinen älteren Brüdern gleich und schlug eine ähnliche Karriere ein, zunächst als Türsteher und schließlich als Zuhälter. Das Letzte, was ich von ihm hörte, war das Gerücht, dass er endlich für lange Zeit hinter Gittern verschwunden war. Maurice verbrachte auch einen Teil seiner Jugend in einer JVA, begann dann aber eine Lehre als Schreiner und arbeitete schließlich in einem Baumarkt in Kerpen. Dort traf ich ihn noch ab und zu, und er hatte immer einen netten Spruch für mich auf Lager.

Willy Pipke lernte ich zum Glück nie persönlich kennen. Gesehen hatte ich ihn oft. Er war ein großer, kräftiger Mann, dessen Gesicht von Aknenarben, tiefen Augenringen und aufgedunsener Haut geprägt war. Schon in der Grundschule ging das Gerücht um, er würde kleine Kinder verprügeln. Selbst habe ich es nie gesehen. Dennoch kannte jedes Kind die Geschichten und hatte verständlicherweise eine gehörige Portion Angst vor dem Mann. Auch Tommy hatte sich bei irgendeiner Dorffeier von ihm eine gefangen.

Es war also keine große Überraschung, dass Pipkes Name in Zusammenhang mit Matthias Weber auftauchte. Die Beamten waren aufgrund mehrerer anonymer Hinweise auf ihn gekommen. Das konnte ich mir in unserem scheinheiligen Ort nur zu gut vorstellen. Pipke wirklich die Stirn zu bieten, da hatten alle Angst vor. Obwohl die Ermittler von den Vorurteilen gehört haben mussten, luden sie ihn zur Vernehmung.

***

Ein Protokoll von Pipkes Vernehmung fand ich in der Akte nicht. Nur ein paar Notizen von Liesenfeldt. Pipke habe von Beginn an nicht kooperiert und die Aussage verweigert. Die Ermittler deuteten das Schweigen als verdächtig, erwirkten einen Durchsuchungsbefehl und fanden in der Garage der Pipkes eine Brechstange. Dem Verdächtigen war mittlerweile ein Pflichtverteidiger zugeteilt worden, und der hatte ihm geraten, gar nichts mehr zu sagen. Damit trieb sich Pipke jedoch noch mehr in die Isolation. Auch sonst enthielt die Akte keine Vernehmungsprotokolle, und so musste ich in meiner Erinnerung kramen.

***

Es hört sich vielleicht unmoralisch an, aber ich muss zugeben, dass es uns leichtfiel, den Mord an Matthias Weber zu vergessen. Drei Wochen nach der Verhaftung von Willy Pipke verbrachten Tommy und ich ein Wochenende auf Mallorca. Es war so ziemlich der schönste Urlaub meines Lebens. Wir waren frei von Sorgen, hatten den Schulalltag weit hinter uns gelassen und genossen die zwei Tage Freiheit. Als wir am Sonntagabend vom Flughafen abgeholt wurden, lächelte Renate Ullrich. Ich mochte sie wirklich gerne. Sie war ein sehr fröhlicher Mensch, der immer optimistisch in die Zukunft blickte. Sie begrüßte mich genauso herzlich wie Tommy. Doch noch mehr freute ich mich über die Begrüßung von Julia. Wir umarmten uns nur flüchtig, dennoch schien der Moment ewig anzudauern. Sie roch unfassbar gut. Wir hatten uns noch nicht angeschnallt, da platzte Julia mit der Neuigkeit raus.

»Pipke hat gestanden«, sagte sie und lächelte triumphierend, als hätte sie persönlich dafür gesorgt.

»Wann?«, fragte Tommy erstaunt.

»Gestern Nachmittag ging es durch die Medien«, erklärte Renate Ullrich. Obwohl wir gerade erst ein Wochenende Freiheit genossen hatten, spürte ich dieses seltsame Gefühl in meiner Brust. Eigentlich zum ersten Mal seit dem Verschwinden des kleinen Jungen fühlte ich Erleichterung, ich konnte wieder sorgenfrei rausgehen. Der Alltag kehrte zurück. Nur wenige Wochen später wurde Willy Pipke wegen des Mordes an Matthias Weber zu lebenslanger Haft verurteilt.

***

Tatsächlich wurde die Strafe 2006 auf fünfzehn Jahre mit anschließender Bewährung reduziert. Mich überkommt ein frustrierendes Gefühl. Willy Pipke hätte genau in unser Profil gepasst, hätte er sich nicht vor etwas mehr als einem Jahr umgebracht.

Erschöpft und auch leicht beschwipst knipse ich die Schreibtischlampe aus und gehe Richtung Bett. Im Badezimmer denke ich über die Akte nach. Man hat die vermeintliche Mordwaffe bei Willy Pipke gefunden. Der Mann hat auch gestanden. Aber viele Dinge blieben offen. Warum gab es keine Vernehmungsprotokolle? Ich putze mir nur die Zähne und schlüpfe ins warme Bett, obwohl es eigentlich noch nicht meine Zeit ist. Doch ein wenig Schlaf kann nicht schaden. Schließlich erwartet Tommy und mich viel Arbeit. Mir ist zu diesem Zeitpunkt durchaus bewusst, dass wir zwei Mordfälle aufzuklären haben. Auch wenn mir das alles andere als recht ist.

# 6

## *Tommy*

Mike sitzt zu meiner Überraschung bereits an seinem Schreibtisch, als ich das Büro betrete. In der Regel kommt er als Letztes, bleibt dafür aber meist auch überdurchschnittlich lange. Er sieht schlecht aus. Seine Augen sind rot unterlaufen und von dunklen Ringen umrahmt. Zum ersten Mal realisiere ich, dass sein Haar dünner und der Bauchumfang dicker geworden ist. Er sitzt müde vor einer Akte und gähnt mir zur Begrüßung zu. Ich lege meine Hand auf seine Schulter und rieche eine leichte Alkoholfahne. Langsam mache ich mir Sorgen um meinen Schwager.

Vor vielen Jahren ist er schon einmal dem Alkohol verfallen. Kurz nachdem Tina sich das Leben genommen hatte. Der Freitod seiner Schwester hat Mike damals stark verändert. Er litt unter Depressionen und begann zu trinken. Ich glaube, ohne Julia wäre er seiner Schwester sicherlich gefolgt. Es war die erste Bewährungsprobe der beiden, und als sie diese gemeistert hatten, machte er Julia einen Antrag. Ein knappes Jahr später waren sie verheiratet und Mike endlich auch offiziell ein Teil meiner Familie.

Zwar hatte er die Sucht besiegt, doch er veränderte sich weiter. Den abgebrühten Teenie, der sich arglos den Zehn-Meter-Turm hinunterstürzte, suche ich heute vergeblich. Mike zog sich zunehmend zurück. Auch unsere Freundschaft fing an darunter zu leiden. Mike verließ kaum noch das Haus, erfand Ausreden, um unsere Treffen zu umgehen, und ich glaube, die Geburt seiner Zwillinge kam ihm gerade recht. Doch die Veränderung hatte auch einen positiven Aspekt. Gerade wenn Kinder in einen unserer Fälle verwickelt waren, entwickelte Mike einen unglaublichen Ehrgeiz. Auch deswegen war unsere Aufklärungsquote bei Kapitalverbrechen besonders hoch. Er ist ein guter Ermittler, und ich weiß, dass ich mich auf ihn verlassen kann.

Di Matteo und Gessert haben am frühen Morgen schon ganze Arbeit geleistet. Der Konferenzraum ist bereits hergerichtet. In der Mitte des grauen Tischs befindet sich eine silberne Tafel mit verschiedenen Gebäckstücken, und die alte Thermoskanne lässt auf ungenießbaren Kaffee schließen. An einer Wand kleben etliche Fotos in verschiedenen Größen. Mit einem Filzmaler notiere ich auf dem Flipchart die Namen der beiden Opfer, verbinde sie mit einem Pfeil und schreibe darunter zwei Wörter: »Derselbe Täter?«

Perkow kommt als Erster in den Konferenzraum und bringt mich umgehend zur Weißglut. Noch bevor ein weiterer Kollege den Raum betritt, hat er sich schon das erste Croissant in den Mund geschoben und mit dem lauwarmen Kaffee runtergespült. Ich schlucke meine Wut hinunter. Eine Belehrung zum Thema Benehmen erscheint mir in seinem Alter unangebracht. Nach einigen Minuten füllt sich der Raum, und schließlich gibt sich auch Mike die Ehre. Er schließt die Tür und nickt mir entschuldigend zu.

Die Kollegen blicken gebannt auf das Flipchart. Ich sehe, wie sich die Rädchen in ihren Köpfen drehen. Nur Mike wirkt irgendwie abwesend. Nach einigen Augenblicken durchbreche ich die Stille.

»Also? Was haben wir?«, frage ich provokativ in die Runde.

»Ich habe mir gestern Nacht die Akte von Matthias Weber komplett durchgelesen«, beginnt Mike nach einem kurzen Moment der Stille. »Es gibt einfach zu viele Ähnlichkeiten. Das kann kein Zufall sein. Ich glaube, wir haben es mit demselben Mörder zu tun.«

Perkow lacht kurz auf und schüttelt geringschätzig den Kopf. Wir blicken ihn auffordernd an, doch er versteckt sich hinter einem zynischen Lächeln.

»Hast du uns irgendetwas zu sagen?«, frage ich und kann meine Ungeduld nur schwer unterdrücken.

Perkow mustert mich einen Moment, bevor er antwortet.

»Das ist doch alles Quatsch«, platzt es schließlich aus ihm heraus. Er springt auf, und sein Gesicht verfärbt sich in ein dunkles Rot. »Wir haben den Pipke damals nicht aus Spaß verhaftet. Er hat ein Geständnis abgeliefert«, schreit er so laut, dass Jenny, die neben ihm sitzt, ängstlich zurückweicht. Auch ich habe mit einer solch heftigen Reaktion nicht gerechnet und blicke den Kollegen irritiert an. Perkow setzt sich wieder, doch der Zorn spiegelt sich noch immer in seinen Augen wider. »Liesenfeldt und Wiemer waren sehr gründliche Ermittler. Sie werden wohl kaum etwas übersehen haben«, fährt er noch immer in Rage fort. »Es gab und gibt an unserer Arbeit nichts auszusetzen.«

»Nicht?«, fragt nun Mike angriffslustig, und sosehr ich eine Eigendynamik in solchen Gesprächen liebe, momentan gefällt mir die Entwicklung gar nicht. »Dann kannst du mir sicherlich sagen, warum es kein Vernehmungsprotokoll von Pipke gibt«, fährt Mike fort. Er legt seinen Kopf zur Seite und lächelt überheblich. Er kann ein richtiges Arschloch sein.

»Frag Liesenfeldt oder ruf Wiemer an«, zischt Perkow durch seine von Nikotin verfärbten Zähne. »Sie haben ihn vernommen. Aber es wird schon ein Protokoll gegeben haben. Sonst hätte ihn der Richter wohl kaum aufgrund des Geständnisses verdonnert.«

»Aber Mike hat recht«, mischt sich nun Jenny betont sachlich ein. »Gleiches Alter, ähnliche Tatwaffe und sehr ähnliche Auffindesituation, zudem wurden beide Opfer nach genau sieben Tagen gefunden, beide in einer Scheune. Bei aller Liebe, Christian, das kann kein Zufall sein. Und Pipke ist nun mal seit geraumer Zeit tot.«

»Die Scheiße höre ich mir nicht länger an«, schreit Perkow und verlässt das Büro. Ich warte einen Augenblick und blicke in überraschte Gesichter. Für einen Moment herrscht eine gespenstische Stille, und ich spiele mit dem Gedanken, Perkow zu folgen, entscheide mich dann aber dagegen. Der Kollege ist alt genug, und wir haben Besseres zu tun, als uns um verletzte Eitelkeiten zu kümmern.

»Ich gebe euch ja recht, das sieht wirklich nicht nach Zufall aus«, erklärt di Matteo. »Trotzdem ergibt das für mich keinen Sinn.« Ich ahne bereits, worauf er hinauswill, und die Bestätigung folgt auf dem Fuße: »Wenn es wirklich derselbe Täter ist und wir damals den Falschen verhaftet haben«, fragt di Matteo, »wo war der Typ dann die vergangenen sechzehn Jahre?«

Genau über diese Frage habe auch ich mir bereits den Kopf zerbrochen und bin zu keinem zufriedenstellenden Ergebnis gekommen. Auch Jenny nickt zustimmend.

»Er war verreist, ist umgezogen oder war krank«, schlägt Mike vor, scheint aber von seinen eigenen Erklärungen nicht wirklich überzeugt zu sein.

»Sechzehn Jahre krank?«, hakt Jenny nach. »Und plötzlich wieder gesund und dann der nächste Mord? Das ist ein bisschen sehr weit hergeholt.« Sie verneint mit einer Kopfbewegung. »Nein, es muss eine andere Erklärung geben.«

»Ich glaube, wir gehen von der falschen Seite an die Sache ran«, mischt sich nun Gessert ein.

Wir blicken ihn etwas überrascht an. Gessert ist ein sehr introvertierter Mensch, und ich habe nie verstanden, warum er Polizist geworden ist. Er ist für diesen Job einfach nicht gemacht. Viel zu verletzlich. Zu allem Überfluss ist er verhältnismäßig klein und schmächtig. Ich weiß bis heute nicht, wie er die Aufnahmeprüfung und sämtliche Tests bestanden hat. Dennoch profitieren wir immer wieder mal von seiner speziellen Auffassungsgabe. Er erkennt oft Dinge, die wir außer Acht gelassen haben. So vielleicht auch jetzt.

»Na ja, wieso sollte er keine Pause gemacht haben?«, fragt er fast schon schüchtern. Wir anderen schweigen weiter, verblüfft und gespannt. Schließlich entscheidet sich Gessert, fortzufahren. »Wir haben es ja nicht mit einem Serientäter zu tun.« Langsam dämmert mir, was der junge Kollege meint. »Die Verletzungen waren so heftig. Matthias Weber wurde meines Erachtens aus Zorn umgebracht. Da wird sicherlich was in den Akten stehen.«

Mike reagiert sofort auf unsere stummen Blicke und nickt vorsichtig. »Also gehen wir davon aus, Matthias hat den Mörder provoziert. Warum auch immer. Der Täter tickt aus und erschlägt den Jungen. Im Affekt. Dann wird Pipke verhaftet. Unser Mörder ist fein raus. Sechzehn Jahre später eine ähnliche Situation. Dieses Mal ist es Timo, der den Täter überrascht, und dann passiert es wieder.« Ich denke über Gesserts Ausführungen nach. Richtig anfreunden kann ich mich mit dieser Theorie jedoch nicht.

»Das würde die Pause erklären«, nickt Mike zustimmend.

»Schön und gut«, sagt Jenny, »aber auch das wäre aus meiner Sicht schon ein sehr krasser Zufall. Nach sechzehn Jahren läuft dem Täter erneut ausgerechnet ein Zwölfjähriger über den Weg und erwischt ihn bei einer anderen Straftat. Der hat zufällig eine ähnliche Waffe dabei?« Jenny macht eine theatralische Pause und atmet tief durch. »Ich kann mir das nicht vorstellen.«

Sie hat recht. Zufall hin oder her, die sechzehn Jahre ergeben einfach keinen Sinn.

»Also ein Nachahmer?«, frage ich in die Runde.

Mike schüttelt energisch den Kopf. »Woher sollte dieser *Nachahmer* die Einzelheiten haben?«, fragt er, und wenn ich es nicht besser wüsste, würde ich denken, er ist eingeschnappt. Doch so leicht kommt er mir nicht davon.

»Welche Einzelheiten?«, hake ich nach. »Dass das Opfer ein zwölfjähriger Junge ist? Dass er mit einer Eisenstange ermordet wurde? Dass er in einer Scheune gefunden wurde?« Mike sieht mich an, als hätte ich ihn persönlich angegriffen. Das gefällt mir. »Alles Einzelheiten, die in der Zeitung gestanden haben. Jeder Mensch mit einer Internetverbindung kommt an diese Information. Jeder.«

»Aber warum? Warum ahmt jemand sechzehn Jahre später die Tat von damals nach?« Jenny blickt mich erwartungsvoll an.

Für mich gibt es nur eine sinnvolle Antwort: »Um sich zu rächen.«

# 7

*Mike*

Ich bin über Tommys Art und Weise nicht gerade glücklich. Tatsächlich fühle ich mich gerade regelrecht vorgeführt. Wieso muss er mich so behandeln? Wenn seine Bedenken natürlich auch nicht von ungefähr kommen und ich ihm recht geben muss: Nahezu jeder Bewohner unseres Landes ist in der Lage, den Mord an Matthias Weber in dieser Form zu kopieren. Und auch das Motiv Rache ist mir natürlich in diesem Zusammenhang in den Kopf geschossen. Doch der Zeitaspekt ist auch bei dieser Variante nicht einfach wegzudiskutieren. Warum sollte jemand sechzehn Jahre warten, bis er Rache nimmt? Und dieses Motiv hat noch einen viel größeren Haken.

»Wie passen die Johnens da rein?«, frage ich bemüht sachlich. Es fällt mir schwer, Tommy nicht frech anzublinzeln. Sosehr ich ihn als Vorgesetzten respektiere, manchmal nervt mich sein Getue dann doch. Ich verkneife mir aber einen entsprechenden Kommentar und frage stattdessen: »Wieso wird ihnen der Sohn genommen? Was haben sie mit dem Mord an Matthias zu tun? Und wieso wartet der Mörder sechzehn Jahre, um Rache zu nehmen? Yvonne und ihr Mann waren damals so jung wie wir. Ich kann mir nicht vorstellen, dass sie etwas mit dem Mord an Matthias Weber zu tun hatten.«

Ich spüre mein Herz poltern. Ich bin es nicht gewohnt, Tommy die Stirn zu bieten. Auch er scheint überrascht, versteht es aber, die Situation zu retten.

»Ein berechtigter Einwand«, gibt er nickend zu und besänftigt mich ein wenig. »Was denkt ihr?«, bittet Tommy die anderen, sich wieder am Gespräch zu beteiligen.

»Der Zeitaspekt spielt hier sicherlich eine übergeordnete Rolle«, glaubt Jenny. »Egal, ob derselbe Täter oder ein bewusster Nachahmer oder ein Trittbrettfahrer, der in seinem Leben nicht genug Aufmerksamkeit gekriegt hat – es muss jetzt irgendeinen Auslöser für die zweite Tat gegeben haben. Wenn wir dieses Rätsel lösen, sind wir einen großen Schritt weiter.«

»Aber wenn es Rache war, warum rächt sich der Täter an den Johnens?«, hake ich noch einmal nach.

»Wir sollten unbedingt Helmut Johnen noch einmal auf den Zahn fühlen«, schlägt di Matteo vor. »Vielleicht hat er damals etwas gesehen.«

Das geht mir ein wenig zu schnell und Tommy offenbar auch.

»Moment«, sagt er etwas kauzig. »Wir sollten hier nichts überstürzen. Wir können ja auch noch immer nicht ausschließen, dass es sich nicht doch um denselben Täter von damals handelt.«

»Okay, gehen wir davon aus, es ist Rache. Dann stellt sich die entscheidende Frage, wer sich wofür rächt«, stelle ich nüchtern fest. »Was könnten die Johnens mit der Tat von früher zu tun haben? Wer hat überhaupt einen Grund, sich zu rächen?«

Ich sehe Tommys Lächeln und freue mich, dass unser kurzer Machtkampf offenbar beendet ist. Er nickt mir anerkennend zu. Ich habe das Gespräch in die Richtung geführt, die er sich erhofft hat.

Motiviert fahre ich fort. »Aus meiner Sicht gibt es nur zwei Motive für eine Rache. Damals ist der falsche Täter verhaftet worden, und nun sucht jemand Vergeltung für die vermeintlich zu Unrecht verhängte Strafe. Da Willy Pipke tot ist, bewegen wir uns bei dieser Variante in Pipkes direktem Umfeld.«

Ich mache eine theatralische Pause, auch um die Reaktionen meiner Kollegen zu registrieren. Allgemeines Nicken.

»Das zweite Motiv: Jemand sucht Vergeltung für Matthias' Tod.« Wieder blicke ich in die Runde, und dieses Mal sehe ich Zweifel. »Gehen wir davon aus, eine Person aus Matthias' engstem Bekanntenkreis glaubt, neue Erkenntnisse gefunden oder erhalten zu haben. Und diese lassen nur eine eindeutige Schlussfolgerung auf einen anderen Mörder zu. Das könnte vielleicht auch die sechzehn Jahre erklären.«

»Womit wir wieder bei den Johnens wären«, lässt di Matteo nicht locker.

»Nicht unbedingt«, mischt sich nun auch Gessert wieder in die Diskussion ein. »Ich habe mal ein psychologisches Seminar besucht.« Di Matteo pfeift sarkastisch durch die Zähne, aber Gessert lässt sich nicht beirren. »Nein, ernsthaft. Es war tatsächlich sehr spannend. Vor allem wurde uns vor Augen geführt, dass die Rache sich nicht notgedrungen gegen den damaligen Täter richten muss. Ich weiß nicht mehr genau, wie der Fachausdruck heißt. Aber theoretisch ist es durchaus möglich, dass der Täter seine Rachegelüste auf Menschen projiziert, die nichts damit zu tun haben. Vielleicht auf die Gesellschaft. Der Auslöser könnte tatsächlich die optische Ähnlichkeit zu Matthias gewesen sein. Wir sollten diesbezüglich unbedingt einen Psychologen befragen.«

Zumindest erscheint mir Gesserts Ausführung als ziemlich logisch. Auch wenn sie einen sehr beunruhigenden Aspekt in sich birgt. Sollte sich der Täter an der Gesellschaft rächen wollen, wäre es nicht mehr weit zu unserem ersten Fall mit einem Serienmörder.

Zum Abschluss des Meetings referiere ich kurz über die wichtigsten Fakten der Akte Matthias Weber. Ich weise noch einmal ausdrücklich auf die fehlenden Vernehmungsprotokolle von Willy Pipke hin, lasse aber die Namen der Jugendlichen, auf die ich gestoßen bin, weg. Darauf werde ich Tommy unter vier Augen ansprechen. Wir kommen überein, den gerade erarbeiteten Ermittlungssträngen die höchste Priorität zuzuordnen. Doch Tommy erklärt noch einmal, dass die Option »derselbe Täter« ebenfalls nicht vom Tisch ist. Er verteilt optimistisch die Aufgaben und zieht sich in sein kleines Büro zurück.

Ich bin über meinen Auftrag etwas irritiert. Nicht, dass ich mich nicht um die Familie Pipke und die alte Akte kümmern will, es überrascht mich vielmehr, dass sich Tommy offenbar entschlossen hat, Jenny mit zu den Johnens zu nehmen. Das finde ich insofern etwas befremdlich, als mich mein Freund noch vor wenigen Stunden für meinen Umgang mit dem Ehepaar besonders gelobt hat. Vielleicht haben ihm meine letzten Ausführungen nicht gefallen, doch ich kann mir nicht vorstellen, dass er Jenny mir aus Zorn vorzieht. Vielmehr habe ich das Gefühl, als würde er mir etwas verschweigen, das er mit den Johnens direkt besprechen will. Wie Jenny da reinpasst, kann ich mir allerdings nicht erklären.

Ich lasse mich über die Zentrale mit Uwe Wiemer verbinden, und wir verabreden uns auf einen Kaffee in dem kleinen Café in der Nähe des Reviers. Ich warte dort keine zehn Minuten, bis der ältere Beamte die Tür öffnet. Ich habe den Kollegen schon x-mal gesehen, aber noch nie ein Gespräch mit ihm geführt. Und seinem Gesichtsausdruck nach zu urteilen, ist er auch alles andere als daran interessiert, dieses Verhältnis zu verändern. Er blickt mich skeptisch an, als er sich auf den Stuhl setzt. Es kann nicht mehr lange bis zu seiner Pensionierung dauern, schießt es mir durch den Kopf, als ich seine weißen Haare und den ebenso weißen Vollbart vor mir sehe.

»Meine Name ist Michael Dudda«, beginne ich höflich und reiche ihm die Hand. Wiemer ignoriert die Geste und starrt mich durch dicke Brillengläser an. Er ist mir von Beginn an unsympathisch, und ich spüre eine innere Unruhe. »Ich werde nicht viel von Ihrer Zeit in Anspruch nehmen«, erkläre ich, in der Hoffnung, das Eis zu brechen.

»Christian hat mich schon vorgewarnt«, erwidert er, dabei klingt seine Stimme überraschend leise und für seinen massigen Körper sehr feminin. »Nur eins vorweg: Wir haben damals gründlich gearbeitet. Es gab keinen Zweifel daran, dass der alte Pipke der Mörder war. Den gibt es bis heute nicht.« Um seine Aussagen zu bekräftigen, schlägt er so heftig auf den Tisch, dass sich einige andere Gäste umdrehen. Noch bevor ich antworten kann, erscheint eine erschreckend dicke Kellnerin und überreicht uns genervt eine Speisekarte. Dann schiebt sie kaugummikauend wieder ab.

»Herr Wiemer, ich will Ihnen auf keinen Fall zu nahe treten, ich will weder Ihre Arbeit noch Sie persönlich in Misskredit bringen. Letztlich geht es darum, den Mord an einem zwölfjährigen Jungen aufzuklären.«

Wiemer lächelt überheblich, macht aber keine Anstalten, sein Desinteresse zu verheimlichen.

»Ich möchte Sie nur fragen, warum es keine Vernehmungsprotokolle von damals gibt.« Ich starre mein Gegenüber lange an und versuche, irgendeine Reaktion in seinem Gesicht zu erkennen. Es gibt keine. Das gibt mir mehr Aufschlüsse als falsche Antworten, und doch steigt Zorn in mir auf.

Die Sonne brennt auf den Asphalt, als ich zu meinem Dienstfahrzeug zurückgehe. Ich stelle mir vor, wie Louisa und Elsa in unserem Garten herumtoben, auch, um mich wieder ein wenig zu beruhigen. Als Nächstes will ich zum Baumarkt, in dem Maurice Pipke zuletzt gearbeitet hat. Ich weiß zwar nicht, ob Pipke junior überhaupt noch in der Filiale angestellt ist, will aber trotzdem nicht dort anrufen. Es ist mir lieber, wenn er keine Kenntnis davon hat, dass ich in dienstlicher Absicht komme. Ein ungezwungenes Gespräch scheint mir eher angebracht.

Auf dem Weg zum Baumarkt lege ich noch einen Halt bei meinen Eltern ein. Mein Vater kehrt die Einfahrt, als ich den Wagen auf der Straße parke. Dabei schiebt er den Besen so langsam über die Blocksteine, dass er mich an eine dieser uralten Schildkröten erinnert, die Julia und mich bei unserer Liebesnacht auf den Malediven gestört haben. Als ich das Gartentor öffne, erschrickt er, und ich habe den Eindruck, als könnte er mich nicht umgehend einordnen. Schließlich breitet sich ein Lächeln auf seinem nass geschwitzten Gesicht aus, und der Moment der Verwirrtheit ist wie weggeblasen.

»Junge«, grüßt er mich. »Da wird sich die Mutter sicherlich freuen.« Er stellt den Besen wie in Zeitlupe neben den Eingang und braucht einen Moment, bis er die für ihn richtige Position gefunden hat. Er schließt die Tür auf, und ich bin dankbar, dass er offenbar in weiser Voraussicht den Schlüssel hat stecken lassen. Sein Zustand erschreckt mich. Mutter sitzt auf ihrem Sessel und starrt auf den Fernseher. Hätte sie das nicht die letzten fünf Jahre auf diese Art und Weise getan, hätte ich sie womöglich für tot gehalten.

»Guck mal, wer uns besuchen kommt«, ruft mein Vater, als er die Tür wieder abschließt. Meine Mutter dreht sich um und strahlt über beide Ohren.

»Michael«, ruft sie in einer unangenehmen Lautstärke. »Soll ich einen Kuchen backen?« Ich lächle, lehne aber dankend ab. Sie geht dennoch in die Küche, während mein Vater und ich uns auf der Terrasse einen Platz im Schatten suchen. Einige Augenblicke später kehrt sie mit einer Kanne Kaffee und Keksen zurück. Sie ist immer auf Besuch vorbereitet.

»Wie geht es dir?«, fragt sie plötzlich. »Wo sind die Kinder und Julia?«, schiebt sie hinterher, sodass ich überhaupt keine Chance habe, zu antworten. Vater macht eine abfällige Handbewegung.

»Die haben doch sicherlich anderes vor, als ihre alten Großeltern zu besuchen.« Tatsächlich würden die Kinder traurig sein, wenn sie erführen, dass ich ohne sie bei den Großeltern vorbeigeschaut habe. Doch ich habe nicht vor, meinen Besuch an die große Glocke zu hängen.

»Ich muss euch etwas fragen«, beginne ich langsam. Meine Mutter lächelt mich an, doch in Vaters Blick spiegelt sich Besorgnis wider. »Kanntet ihr den alten Pipke?«

Mutters Lächeln verschwindet. Sie steht auf und schüttelt die Kaffeekanne. »Ich glaube, ich muss sie noch mal nachfüllen«, sagt sie und verschwindet in der Küche.

Vater blickt mich skeptisch an. »Ich habe dich doch gebeten, die alten Dinge nicht aufzuwühlen«, ermahnt er mich schroff.

»Ich weiß, Papa«, sage ich freundlich und lege meine Hand auf seinen zittrigen Arm. »Aber ich habe einen Mordfall aufzuklären. Und dazu ist jede Information wichtig.«

Er wiederholt die abfällige Geste und blickt mir tief in die Augen. »Hör auf damit. Wir haben schon unsere Tochter verloren, wir wollen dich nicht auch noch verlieren«, sagt er, steht auf und geht zurück auf die Einfahrt.

# 8

*Tommy*

Ich denke noch lange über Gesserts Worte nach. Wenn sich unser Täter tatsächlich an der Gesellschaft rächen will, dann könnte das über kurz oder lang verheerende Folgen haben. Die Gesellschaft ist schließlich groß. Ich gebe ihm recht – wir sollten unbedingt die Einschätzung eines Psychologen einholen – und mache mir eine entsprechende Notiz.

Müde fahre ich mir über das Gesicht. Der gestrige Abend hat deutliche Spuren hinterlassen. Zum einen habe ich kaum geschlafen, zum anderen quälen mich starke Kopfschmerzen, die sich durch die Einnahme von drei Aspirin nicht haben kurieren lassen. Die Müdigkeit ist jedoch weitaus schlimmer. Der Gedanke an Jonas und Yvonne hat mich nicht schlafen lassen. Könnte Timo Johnen Jonas' leiblicher Sohn sein? Und falls ja, was bedeutet das für unsere Ermittlungen?

Ich habe mit dem Gedanken gespielt, Mike einzuweihen, doch halte es für sinnvoller, erst sicherzugehen. Ich habe die Enttäuschung in seinem Gesicht gesehen, als ich die Aufgaben verteilt habe, und ich kann sie ihm nicht verübeln. Doch wenn sich mein Verdacht als falsch herausstellt, will ich ihn auf gar keinen Fall dabeihaben. Diesen persönlichen Triumph will ihm nicht gönnen. Meine Wahl ist also auf Jenny gefallen, weil sie mir gegenüber absolut loyal ist und ich mir so sicher sein kann, dass meine Ahnung nicht weitergetragen wird.

Jenny hat sich über meine Verteilung sichtbar gefreut, mich allerdings gebeten, noch einen Augenblick zu warten. Sie hat sich zum Mittagessen mit einem Kollegen der Spurensicherung verabredet, der den anonymen Hinweis auf Timos Fundort untersucht hat. Ich verkürze mir die Zeit mit diversen Internetspielchen und Shoppingangeboten.

Schließlich kommt mir eine Idee, und ich logge mich bei Facebook ein und schreibe in die Suchleiste den Namen Yvonne Johnen. Leider werde ich enttäuscht. Es gibt zwar zwei Einträge, doch beide haben nicht viel mit unserer Yvonne gemein. Also probiere ich es mit ihrem Mädchennamen. Erneut vergebens. Dann durchstöbere ich Jonas' Freundesliste – und werde fündig. Allerdings erkenne ich Yvonne erst auf den zweiten Blick. Zumal sie sich als Foto eine ihr zugegebenermaßen ähnliche Simpsons-Karikatur eingestellt hat und sich »Poison Ivy« nennt.

Ich klicke mich durch ihre Chronik, finde interessante Bilder im Bikini oder Minikleid und schließlich auch Fotos von Timo. Das aktuellste Bild ist schwarz-weiß, und ein in dieser Hinsicht eher minderbegabter Mensch hat mit Photoshop Timos Todesdatum überproportional groß integriert. Mich überkommt ein schlechtes Gefühl, aber ich zwinge mich, den lächelnden Jungen genauer anzusehen. Und erkenne die nicht zu leugnende Ähnlichkeit mit Jonas.

Yvonne hat anscheinend jede Kleinigkeit anhand der Bilder dokumentiert. Ja, selbst Fotos aus unserer gemeinsamen Jugendzeit erkenne ich wieder. Ein Gruppenfoto. Mikeys Frisur erinnert an den Irokesenschnitt eines Indianers, und ich nehme mir vor, ihn auf die lustige Haarpracht irgendwann anzusprechen. Jonas sieht auch nicht viel besser aus. Ich habe fast schon verdrängt, wie er sich die Haare in diesen Jahren frisiert hatte. Ich kann nicht anders, als lauthals zu lachen. Ich trug die Haare genauso wie heute, allerdings ließ mein Outfit mehr als zu wünschen übrig. Ist das ein Feinrippunterhemd?

Ich suche belustigt weiter und finde schließlich Bilder von Timos Taufe. Gewissenhaft schaue ich mir jedes Foto an. Yvonne mit Timo. Yvonne mit ihrem Vater und Timo. Yvonne ohne Timo. Timo alleine. Und Yvonne mit Vater, Mutter und Timo. Kein Mann, kein Helmut. Ich gehe die Fotoreihe noch einmal durch und achte nun ausschließlich auf die Anwesenden im Hintergrund. Ich will gerade resigniert aufgeben, als ich auf einem Foto in der Kirche einen blonden Wuschelkopf sehe. Das Gesicht wird von der stolzen Großmutter verdeckt, und doch meine ich, die lustige Frisur wiederzuerkennen. Jonas war bei Timos Taufe dabei.

Ich will noch mehr wissen und schaue mir auch noch die restlichen Bilder an. Unter dem Titel »Ein Traum in Weiß« finde ich schließlich ein Album von Yvonnes Hochzeit. Mein Interesse ist nun vollends geweckt. Ich gehe ältere Alben durch, in der Erwartung, Helmut Johnen zu finden. Das älteste ist auf April 2006 datiert. Ich ärgere mich über meine eigene Nachlässigkeit. Darauf hätte ich früher stoßen müssen. Allem Anschein nach ist Helmut Johnen nicht Timos Vater. Das würde auch die sachliche Art des Mannes erklären. Wütend logge ich mich aus. Ich nehme mein Smartphone und schreibe Jonas eine SMS, dass ich ihn sprechen will. Dann durchstöbere ich die Onlinemedien nach neuen Informationen und wäre darüber fast eingeschlafen. Doch der Klingelton einer eingehenden Mail lässt mich hochfahren.

Dr. Jana Hesse, eine wirklich süße Gerichtsmedizinerin mit schwedischen Genen, hat mir einen ersten vorläufigen Bericht zu Timo Johnen zusammengestellt. Ich öffne die Mail. Wie angenommen starb der Junge an seinen schweren Kopfverletzungen. In diversen Wunden wurden kleine blaue Metallpartikel gefunden, die auf eine eiserne Tatwaffe hinweisen. Und auch die Formen der Verletzungen lassen einen ähnlichen Schluss zu. Timo ist mit einer Eisenstange, zum Beispiel einem Brecheisen, totgeprügelt worden. Diese Aussage lässt eine enorme Gewaltbereitschaft vermuten.

Ich erinnere mich an Gesserts Worte und schreibe auf einen weiteren Post-it-Zettel »Zorn?«. Ich werde den Psychologen auch danach fragen, obwohl ich an seiner Bestätigung nicht ernsthaft zweifle. Die traumatischen Verletzungen deuten auf eine enorme Wucht hin, und Dr. Hesse glaubt daher an einen äußerst kräftigen Täter. Die größte Wunde liegt offenbar am Hinterkopf vor. Da Timos Leiche keine Abwehrverletzungen aufweist, glaubt die Gerichtsmedizinerin, dass zunächst der Schlag auf den Hinterkopf erfolgt ist, dieser bereits zu einem Bewusstseinsverlust geführt hat und dann erst die weiteren Schläge folgten. Ein toxischer Befund liegt zwar noch nicht vor, doch die Schwere der Verletzungen lässt eine andere Todesursache eigentlich nicht zu.

An der Kleidung des Jungen waren Spuren von Schlacken und Steinen, die vermutlich von dem Fußballplatz stammen. Der nächste Absatz macht mich jedoch ein wenig stutzig. Offenbar hat man Timo in einem gekühlten Raum gelagert, um die Verwesungsprozesse zu verzögern. Ein wichtiger Aspekt, den es auch im

Fall Matthias Weber zu untersuchen gilt. Timo ist vermutlich am Tag seines Verschwindens ermordet worden. Die genaue Uhrzeit lässt sich nicht mehr rekonstruieren. Doch Dr. Hesse hält es für sehr unwahrscheinlich, dass Timo überhaupt entführt worden ist. Das spricht zumindest dafür, dass es sich bei Timo um ein wahlloses Opfer gehandelt haben könnte.

Ich bin so in die Akte vertieft, dass ich Jennys Ankunft gar nicht mitbekomme. Sie sitzt mir gegenüber, als ich den Kopf für einen kurzen Moment hochrecke. Ich fahre kurz zusammen, lächle dann aber. Mit ihrem blonden Pony und den blauen Augen sieht sie einfach umwerfend aus. Sie trägt ein helles Tanktop, unter dem sich ihre kleinen Brüste abzeichnen.

»Und?«, frage ich erwartungsvoll.

»Nichts. Keine Fingerabdrücke, keine Spuren, nichts. Nur Latexspuren, die auf Einweghandschuhe deuten.« Sie blickt mich enttäuscht an. »Das bereitet mir ein wenig Kopfzerbrechen«, fährt sie plötzlich fort. »Ich meine, klar, es gibt immer wieder anonyme Hinweise. Und gerade in so einem Ort haben die älteren Menschen doch bestimmt keine Lust, dass über sie gesprochen wird.«

Sie macht eine kurze Pause und atmet laut durch. »Aber hier steckt doch offensichtlich mehr dahinter. Wieso schiebt der Mensch einen anonymen Brief unter der Tür durch? Das ist doch superriskant. Er hätte anrufen können. Das tut er nicht. Warum nicht?«

Mir ist durchaus bewusst, dass diese Frage eigentlich gar nicht mir gilt, also warte ich einfach schweigend ab.

»Weil er Angst hat, dass man den Anruf zurückverfolgen kann«, antwortet sie dann auch prompt selbst. »Stattdessen nimmt er einen Brief, benutzt Handschuhe.«

Ich nicke. Wenn ich auch nicht ganz mit ihrer Einschätzung einverstanden bin. Schließlich hätte der »Informant« auch eine öffentliche Telefonzelle oder ein Prepaidhandy benutzen können.

»Ich denke, wir sind nicht von einem Zeugen auf Timos Leiche hingewiesen worden«, sagt Jenny und verrät mir damit ihre Theorie.

»Du glaubst, dass es sein Mörder war?«, hake ich nach. »Vielleicht war es auch nur ein übervorsichtiger Senior, der wirklich Angst hatte, mit dem Mord in Verbindung gebracht zu werden.«

Jenny verneint. »Ich komme zwar nicht vom Lande, Chef, aber das ist doch mehr als unwahrscheinlich. Außerdem, gerade in eurem Kuhdorf hätte sich doch jeder alte Sack über die ausgeschriebene Belohnung für sachdienliche Hinweise gefreut. Nein, für mich steht fest, dass es sich bei dem vermeintlichen Zeugen um den Mörder handelt.«

Ich sehe es ähnlich wie Jenny. Auf jeden Fall ist an der Sache etwas faul. Doch wenn wir damit richtigliegen, gibt es einen weiteren Grund zur Sorge. Denn dann hat der Täter mit einem Spiel begonnen. Und Timo wird nicht sein letztes Opfer sein.

Ich bitte Jenny um weitere fünf Minuten, um mich noch einmal auf die Akte zu konzentrieren, verspreche ihr aber, Gessert und di Matteo auf ihre Vermutung anzusetzen. Jenny huscht lächelnd davon und überlässt mich wieder der Stille meines Büros. Erst als sie rausgeht, fällt mir ihre knallenge Jeans auf. Nach diesem Anblick muss ich mich zwingen, meine Konzentration wieder auf den Bericht zu richten.

Timos Kleidung ist bis auf die Blutflecken und die aufgeplatzten Nähte in Höhe der Verletzungen unversehrt, insofern spricht auf den ersten Blick nicht viel für einen sexuellen Übergriff. Zumal Timo im Genitalbereich keinerlei Verletzungen aufweist. Auch wenn der Junge nichts mehr davon hat, dieser Umstand beruhigt mich schon ein wenig.

# 9

*Mike*

Der Besuch bei meinen Eltern hat mich regelrecht schockiert. Ich habe meinen Vater selten so aufgewühlt und verwirrt gesehen. Ich muss mir eingestehen, dass sich unsere Rollen wohl bald verkehren werden und ich mich um sie kümmern muss. Das macht mir Angst. Doch noch mehr hat mich die Sorge in den Augen meines Vaters beunruhigt, denn ich kann sie nicht nachvollziehen. Mein Vater hält sich aus Ärger grundsätzlich raus. Der Mord an Matthias Weber setzt ihm nach all den Jahren offenbar noch immer zu. Ich kann ihm natürlich nicht versprechen, die Vergangenheit ruhen zu lassen. Das ist mit meinem Beruf nun mal nicht in Einklang zu bringen. Immerhin habe ich meinen Eltern beim Abschied versprochen, auf mich aufzupassen.

Es ist bereits früher Nachmittag, als ich das Gelände des Baumarktes erreiche. Der Parkplatz ist überfüllt, und so muss ich auf dem Grundstück des benachbarten Supermarktes parken. Wegen der Hitze hoffe ich inständig, dass der Baumarkt über eine ordentliche Klimaanlage verfügt.

Menschenmassen schieben sich durch die verschiedenen Gänge und kaufen die letzten Planschbecken, Stand-Klimaanlagen oder Ventilatoren. Ich nehme mir vor, im nächsten Leben einen Baumarkt zu eröffnen. Schließlich werden dieselben Menschen im Winter aus Panik Standheizungen, Schneeschaufeln oder Streusalz kaufen. Ich gehe schnurstracks in die Holzabteilung, und es überrascht mich nicht, dass dieser Gang weitestgehend leer ist. Nur eine überforderte Mutter versucht, eine überdimensionale Arbeitsplatte auf ihren Einkaufswagen zu hieven, ohne dabei ihren Jüngsten aus den Augen zu lassen. Ich kenne die Situation ja schon und entschließe mich kurzerhand, der Frau zu helfen. Sie nimmt meine Hilfe zur Kenntnis, hält sie aber offenbar für selbstverständlich und bedankt sich dementsprechend nicht. Wütend schüttele ich den Kopf und stapfe davon.

Erwartungsgemäß finde ich Maurice Pipke an einer Kreissäge. Er trägt eine Schutzbrille sowie Kopfhörer und bearbeitet eine weitere stabile Holzplatte. Nach einigen Augenblicken beendet er seine Arbeit, zieht die Brille hoch und begutachtet sein Werk. Er nickt zufrieden, bevor er sich dem neuen Kunden zuwendet. Mit einem freundlichen Lächeln kommt er auf mich zu, und als er wenige Meter vor mir steht, hat er mich erkannt.

»Mike«, stellt er erstaunt fest. »Mit dir habe ich nicht gerechnet«, erklärt er, ohne das Lächeln zu vernachlässigen.

»So? Mit wem hast du denn gerechnet?«, frage ich ganz unschuldig.

»Na ja. Mir war schon klar, dass die Bullen hier auftauchen würden. Ich wusste nur nicht, dass du offenbar bei der Mordkommission bist.«

Ich bin positiv von seiner Wortwahl und seinem Auftreten überrascht. Anscheinend hat er sich in eine gute Richtung entwickelt. »Also hast du davon gehört?«, frage ich.

Er legt den Kopf schräg und macht ein Gesicht, als würde er mich bemitleiden. »Wer hat nicht davon gehört? Du bist doch wegen des kleinen Jungen hier, oder nicht?« Und zum ersten Mal sehe ich dieses freche Gesicht von früher vor mir.

»Ja, genau deswegen bin ich hier.«

»Wie kann ich dir also helfen?«, fragt Maurice und stemmt die Arbeitsplatte gegen eine freie Wand. Dann hebt er eine weitere Platte auf seine Werkbank. Plötzlich scheint er alles andere als interessiert. Ich warte einen kleinen Moment. »Bin ich verdächtig?«, fragt er jetzt genervt, was wiederum mich nervt.

»Solltest du?«, entgegne ich und bereue es augenblicklich. Ich weiß, dass Maurice mir nur Auskünfte geben wird, wenn er glaubt, dass ich grundsätzlich auf seiner Seite bin. Tatsächlich schaut er mich enttäuscht an.

»Hey, war nicht so gemeint«, versuche ich ihn zu besänftigen. »Natürlich gibt es keinen Grund, dich zu verdächtigen.« Dabei sehe ich ihm in die Augen.

Anscheinend glaubt er mir, denn das Lächeln kehrt zurück. »Wir Pipkes werden doch grundsätzlich verdächtigt«, erklärt er mit einem verschmitzten Lächeln, als wäre er ein wenig stolz darauf.

»Du weißt, dass ich nie schlecht über dich gedacht habe. Ich habe immer zu dir gehalten«, verteidige ich mich und ernte ein süffisantes Grinsen.

»Ich beschwere mich ja auch nicht. Meine Familie hat viel für unseren Ruf getan.«

»Kannst du ein paar Minuten Pause machen?«, frage ich ihn, in der Hoffnung, an einem ruhigen Platz etwas tiefer in seine Gefühlswelt einzutauchen. Maurice denkt einen Moment nach. Vermutlich muss er mit sich selbst ausmachen, ob er mir vollends vertrauen kann. Schließlich nickt er, greift zum Telefon und erklärt seinem Vorarbeiter, dass er eine kleine Pause macht.

Wir verlassen gemeinsam das Gebäude, überqueren die Straße und finden ein ruhiges Plätzchen in einer Imbissbude, die bei diesem Wetter offenbar nicht den großen Reibach macht. Vielleicht liegt die Leere aber auch an dem fettigen Inventar oder der grimmigen dicken Frau hinter der Theke. Ich bestelle uns beiden eine Dose Cola, und wir setzen uns auf vergilbte Plastikstühle.

Maurice sieht nicht gut aus. Auch wenn sein Leben eine positive Wendung genommen und er die Kriminalität hinter sich gelassen hat, sind ihm die Spuren seiner Kindheit und Jugend deutlich anzusehen. Er ist hager, und eine lange Narbe ziert die rechte Wange. Seine Augen springen wie Tischtennisbälle hin und her, und ich muss mir eingestehen, dass er wohl doch nicht alles hinter sich gelassen hat. Zumindest wird er sich ab und zu einen kleinen Ausflug in eine andere Welt gönnen. Dennoch geht er einer geregelten Arbeit nach und hat damit schon mehr erreicht als einige andere Menschen, selbst aus meinem direkten Freundeskreis.

»Also?«, fragt er mich, nimmt einen großen Schluck aus der Dose, rülpst ganz unverblümt und blickt mich mit großen fragenden Augen an.

»Also. Ich würde gerne wissen, was du über den Mord an Matthias Weber denkst.« Ich weiß, dass ich mich auf sehr dünnem Eis bewege, und Maurice' Blick verfinstert sich für einen Augenblick. Doch dann sieht er in mir offenbar wieder die gute Seele, die ihm schon in der Kindheit so manches Mal aus der Patsche geholfen hat.

»Meinem Vater ist ganz übel mitgespielt worden«, erklärt er, und ich bin nicht wirklich überrascht. Ich höre diese Worte nicht zum ersten Mal in meinem Leben, doch ich habe mir vorgenommen, Maurice eine Chance zu geben.

»Inwiefern?«, frage ich, ernsthaft bemüht, interessiert zu klingen. Maurice lächelt und offenbart eine große Zahnlücke.

»Na, er hat es nicht getan. Die Bullen haben ihm das angehängt.« Er blickt mir ins Gesicht und hält sich lächelnd die Hand vor den Mund. »Darf ich Bulle sagen?«, fragt er wie ein kleiner Schuljunge.

»Klar, ich war ja nicht dabei«, antworte ich fröhlich, komme aber schnell wieder zum Punkt. »Warum sollten die Bullen ihm einen Mord an dem Jungen anhängen?«

Wieder lächelt er. »Ich habe lange nachgedacht«, sagt er, und zum ersten Mal scheinen sich seine Augen ein wenig zu entspannen. »Ich glaube, sie standen enorm unter Druck. Und du weißt ja, wie das hier im Dorf läuft.« Er blickt mich mit seinen großen Augen an. Die Pupillen tanzen wieder umher. »Egal, was passiert, wir sind schuld. Solange ich denken kann, sind wir alles schuld.« Zorn breitet sich in seinem Gesicht aus. »Das ist nicht wie bei dir. Ihr habt immer alles in den Arsch gesteckt bekommen. Eine heile Welt. Doch das da draußen ist anders.«

Ich will ihm so gerne heftig widersprechen. *Heile Welt? Die gibt es für mich schon lange nicht mehr!* Doch ich darf ihn nicht gegen mich aufbringen, muss mich auf seine Sichtweise einlassen.

»Weißt du, wie es ist, für jeden Dreck verantwortlich gemacht zu werden?« Er trinkt seine Cola aus, und ich habe Angst, er wird gehen. Doch Maurice bleibt sitzen. Dennoch werde ich die weiteren Worte mit Bedacht wählen müssen.

»Maurice, sei fair«, ermahne ich ihn. »Ich war euch gegenüber nie voreingenommen. Ich habe dir oft genug den Rücken gestärkt.«

Er nickt, ohne mich anzusehen.

»Ich weiß, dass ihr oft genug vorverurteilt wurdet. Aber du musst zugeben, dass euer Ruf ja nicht von ungefähr kommt. Mein Gott, ihr seid sicherlich keine Unschuldslämmer gewesen.«

Auf seinem Gesicht breitet sich ein Lächeln aus. »Nein, Unschuldslämmer sind wir weiß Gott nicht«, stellt er stolz fest. »Und ich gebe zu, mein Vater hat viel Scheiße gebaut. Aber glaub mir, er hat doch kein Kind umgebracht. Er war mein Vater.« Er blickt mich mit flehenden Augen an, und obwohl ich diese Unschuldsbeteuerungen nicht zum ersten Mal höre, weiß ich, dass er recht hat. Willy Pipke war gewalttätig, jähzornig und kriminell, aber Matthias Weber hat er nicht umgebracht. Dennoch kann ich seine Loyalität nicht als Erklärung akzeptieren.

»Sorry, Maurice. Deine Vermutung in Ehren, aber du musst verstehen, dass mir das nicht ausreichen kann.«

Maurice blickt mir in die Augen. Ich sehe, dass er versteht und sich seine Gedanken macht. Und ich erkenne, dass dort noch mehr schlummert. Doch Maurice macht keine Anstalten, mir eine Erklärung zu liefern.

Ich besorge uns zwei weitere Dosen Cola, auch um Maurice zu signalisieren, dass ich viel Zeit habe. »Willst du mir nicht doch etwas sagen«, hake ich nach. Maurice starrt auf den Boden, und ich spüre, wie mir langsam der Geduldsfaden reißt. »Wenn dein Vater unschuldig war, wieso hat er dann gestanden?«, versuche ich es erneut.

Maurice setzt ein überhebliches Grinsen auf, dreht die Dose hin und her und streicht mit dem Finger über den Schriftzug. »Wofür soll das gut sein?«, platzt es plötzlich aus ihm heraus.

Ich weiß nicht genau, worauf er hinauswill, und blicke ihn fragend an.

»Wofür soll das nach all den Jahren noch gut sein?«, wiederholt er. »Mein Vater ist tot. Er hat die letzten Jahre seines Lebens im Knast gesessen. Als verurteilter Mörder. Es ist doch klar, dass er bei so viel Stress Krebs kriegt. Mich wundert das nicht«, raunzt er mich an, und ich sehe, dass er am liebsten der ganzen Welt die Schuld für den Tod seines Vaters geben würde. »Was macht es für einen Unterschied, ob er damals den Jungen getötet hat oder nicht? Er hat die Strafe abgesessen, ist tot. Die alten Geschichten aufkochen bringt nichts«, erklärt er und leert auch die zweite Dose.

Ich denke über seine Worte nach. Vermutlich hätte ich genauso reagiert. Das vermeintliche Unrecht, das seinem Vater zuteilgeworden ist, hat einen tiefen Zorn gegenüber der Polizei ausgelöst.

Ich ahne, dass aus ihm nicht mehr viel herauszukriegen ist, unternehme dennoch einen halbherzigen letzten Versuch.

»Maurice. Ich kann deinen Frust verstehen«, versuche ich ihn zu beruhigen. Vergeblich.

»Nein, kannst du nicht. Ein echtes Geständnis hat es nie gegeben.« Maurice schreit mich förmlich an. Einzelne Sabberfäden fliegen über den Tisch.

»Trotzdem kannst du mir jetzt helfen, einen anderen Mordfall zu lösen«, unterbreche ich seine Schimpftirade. Doch er lässt sich auf das Gespräch nicht mehr ein. Maurice erhebt sich und baut sich vor mir auf. Seinem Gesicht sieht man an der Farbe den unbändigen Zorn an, und plötzlich scheint es nur noch eine Frage der Zeit zu sein, bis er mir eine verpasst. Im letzten Moment reißt er sich zusammen. Dann stapft er davon. Vor der Eingangstür bleibt er einen kurzen Moment stehen und dreht sich noch einmal zurück.

»Und mein Vater hatte ein Alibi. Er konnte es deinen Kollegen nur nicht verraten«, erklärt er wütend und verlässt den Imbiss.

Ich schaue ihm noch eine Weile nach. Was kann er gemeint haben? Mein Handy reißt mich aus den Gedanken. Ich krame es hervor und blicke auf das Display. Julia. Obwohl ich keine Lust habe, nehme ich das Gespräch an.

»Schatz?«, fragt Julia zittrig, nachdem ich mich gemeldet habe, und ich weiß nicht, was genau sie mich damit fragt. »Deine Mutter«, stottert sie dann. »Es ist ein Schlaganfall.«

## 10

*Tommy*

Als wir in die Einfahrt einbiegen, muss ich unwillkürlich den Kopf schütteln. Ich kann nicht nachvollziehen, dass man sein neues Eigenheim direkt neben eine Autobahn setzt. Für Kinder ist das sicherlich nicht die beste Voraussetzung. Helmut Johnen öffnet uns nach dem zweiten Klingeln die Tür. Es ist mir unangenehm, ihm gegenüberzutreten, denn ich ahne, dass dieses Gespräch keinen guten Verlauf nehmen wird.

Tatsächlich scheint er über unsere Ankunft wenig begeistert. Mit großen Augen blickt er mich an, bleibt aber demonstrativ in der Tür stehen. Seine Haare wirken zerzaust, und seine Augen sehen schläfrig aus. Ich stelle ihm Jenny vor und bitte um Einlass. Johnen denkt darüber einen Moment nach und tritt schließlich zur Seite.

»Ist Ihre Frau zu Hause?«, frage ich, als wir das Wohnzimmer betreten. Johnen bietet uns mit einer einladenden Geste den Platz auf der Couch an, antwortet aber nicht. Ich blicke mich interessiert um und muss feststellen, dass der blinde Aktionismus seiner Frau offensichtlich ein Ende gefunden hat. Leere Teller, fleckige Gläser, Plastikschalen von einem chinesischen Imbiss und schmutzige Wäsche.

»Herr Johnen?«, fahre ich fort. »Ist Ihre Frau ebenfalls anwesend?« Der Mann dreht sich nervös um, als wolle er sie suchen. Schließlich verneint er.

»Wo ist Ihre Frau? Es wäre vielleicht sinnvoll, wenn sie dabei wäre«, erklärt Jenny.

»Sie ist bei ihren Eltern. Hat gesagt, sie muss den Kopf freikriegen«, flüstert er und wischt sich einige Körner Schlaf aus den Augen. »Den Kopf freikriegen«, wiederholt er etwas apathisch. Ich blicke mich suchend nach Alkohol oder anderen Drogen um. Nichts. Immerhin erklärt ihre Abwesenheit die Unordnung. Er starrt an die Decke und dann auf den Boden. Blickkontakt will er offensichtlich auf Teufel komm raus vermeiden. Ich vermute, dass er nur sehr schwer gegen die Tränen ankämpfen kann.

»Ihre Frau hat Sie verlassen?«, hakt Jenny überraschend taktlos nach.

»Weiß ich nicht«, antwortet er erneut flüsternd. »Sie hat mir einen Zettel dagelassen.« Johnen steht auf, geht zu einem billigen Ikea-Regal und fischt ein gelbes Stück Papier hervor. »Hier!«, sagt er und reicht mir den Zettel. Ich überfliege die Zeilen und muss seiner Interpretation recht geben.

»Haben Sie sich gestritten?« Jennys Art überrascht mich. Ist sie wirklich so abgebrüht? Sein Blick sucht noch immer den Boden ab. Dann schaut er mir tief in die Augen.

»Nicht direkt«, antwortet er verlegen.

»Was heißt das, ›nicht direkt‹?«, fragt Jenny. Sie klingt genervt. Geradezu betont genervt.

»Na ja. Wir haben uns nicht gestritten. Vielleicht diskutiert, aber nicht gestritten.«

»Wegen Timo?«, frage ich vorsichtig. Ein leichtes Nicken, ein verstohlener Blick. Also ja. »Worum ging es bei der Diskussion?« Auch ich werde langsam ungeduldig.

»Sie hat gesagt, ich wär zu kalt. Sein Tod wär mir egal.«

»Und? Ist Ihnen sein Tod egal?«, fragt Jenny provokant.

»Nein«, sagt er, doch überzeugend wirkt das nicht.

»Timo war nicht Ihr Sohn«, stelle ich trocken fest. Zum ersten Mal an diesem Nachmittag kommt spürbar Leben in den Mann. Sein Kopf fährt ruckartig hoch, und er blickt mir angespannt in die Augen. Schließlich steht er auf und schreitet langsam zur Terrassentür. Ich sehe Jennys Habachtstellung, weiß aber, dass Johnen keine Anstalten machen wird, zu fliehen. Seine Pupillen suchen den Horizont ab. Dann dreht er sich zurück zu mir.

»Nein, Timo war nicht mein Sohn.« Er macht eine Pause und schaut erneut aus dem Fenster. »Weder biologisch noch überhaupt. Er hat mich nie akzeptiert«, flüstert er traurig.

»Warum nicht?«, hakt Jenny nach. Doch Johnen geht nicht auf ihre Frage ein, sondern starrt weiter aus dem Fenster.

»Haben Sie ihn denn als Sohn akzeptiert?«, will ich wissen.

Über sein Gesicht huscht ein flüchtiges Lächeln. »Haben Sie Kinder, Herr Ullrich?« Johnen dreht sich zurück, und ich erkenne große Tränen in seinen Augen.

Ich verneine.

»Nein«, sagt er dann, »ich habe Timo nicht als meinen Sohn angesehen. Er war es nicht, und er wäre es auch nicht geworden.«

»Wie darf ich das verstehen?« Ein seltsames Gefühl steigt in mir auf. Als stünden wir vor einem entscheidenden Punkt der Ermittlungen.

Johnen zögert. Blickt erneut aus dem Fenster. »Wissen Sie«, flüstert er schließlich, »Yvonne ist nicht so, wie Sie denken. Sie macht den Eindruck, als wäre sie eine besonders gute Mutter und Ehefrau.« Johnen macht erneut eine Pause. Ich sehe den Schmerz in seinen Augen, und in gewisser Weise tut mir der Kerl sogar leid. »Yvonne ist ein durchtriebenes Luder«, platzt es plötzlich aus ihm heraus, und Spucke und Rotz laufen ihm aus Mund und Nase. »Sie ist eine gute Schauspielerin. Das ist alles.« Sein Gesicht nimmt langsam eine unangenehme Farbe an. »Sie hat mich ausgenutzt, betrogen, belogen. Als wir uns kennengelernt haben, war sie nett, liebevoll, zärtlich. Doch nach unserer Hochzeit war davon nichts mehr übrig. Nur Hass. Ich habe ihr und ihrem Sohn ein Dach über dem Kopf gegeben. Und das jetzt ist der Dank dafür.«

Ich lege Johnen meine Hand auf die Schulter. Ich habe wirklich Mitleid, doch erhoffe ich mir von der Geste, dass er Vertrauen zu mir fasst.

»Aber was hat das mit Timo zu tun?«, mischt sich plötzlich Jenny ein, die völlig ausdruckslos auf dem alten Sessel sitzt.

Wieder lächelt Johnen traurig. »Ich habe alles probiert. Wissen Sie? Alles. Ich wollte, dass die Ehe funktioniert. Sie sah es wohl eher pragmatisch. Ich hätte für meine Frau alles getan. Wirklich alles. Doch Liebe habe ich von ihr nie bekommen. Sie konnte nicht lieben. Nur Timo. Timo hier, Timo da. Immer ging es um Timo.«

»Und deswegen musste er sterben? Aus Eifersucht Ihrer Frau gegenüber? Mein Gott, er war Ihr Stiefsohn«, raunzt Jenny den Mann an, und ich bin über ihren Gefühlsausbruch verwirrt.

Wie zu erwarten fährt Johnen wütend herum. Doch statt seiner Wut in Worten Ausdruck zu verleihen, sieht er Jenny nur kurz an, schüttelt den Kopf und wendet sich dann mir zu. Ohne jeden Zorn in Gesicht oder Stimme sagt er: »Ich habe Timo nicht getötet. Das müssen Sie mir glauben.« Er fleht mich förmlich an.

»Wirklich nicht. Ich gebe zu, ich habe Timo nicht geliebt, aber deswegen töte ich ihn nicht.«

»Aber körperliche Gewalt muss ab und zu sein?«, fragt Jenny sarkastisch und bleibt ihrer provokanten Linie treu.

Johnen blickt sie verstört an.

»Nein!«, stellt er entschieden fest. Er wirkt ehrlich entsetzt. »Wie kommen Sie denn darauf?«

»Vielleicht mal eine Ohrfeige?«, fragt Jenny.

Der Mann reibt sich verwundert die verquollenen Augen und schüttelt erneut den Kopf. Diesmal sieht es ein bisschen theatralisch aus. »Nein, ich könnte doch niemals ein Kind anfassen«, verteidigt er sich. »Niemals.«

»Ihre Akte sagt aber etwas anderes.« Jennys kalte Art gefällt mir überhaupt nicht. Sie kramt in ihrer Tasche nach einem Stück Papier, und ich bin froh, dass sie ihre Hausaufgaben gemacht hat. »Häusliche Gewalt gegen einen Minderjährigen«, liest sie vor. »2002 haben Sie Ihren leiblichen Sohn geschlagen. Ihre damalige Frau hat Sie angezeigt.«

Johnen will die Worte nicht wahrhaben. »Das war etwas ganz anderes«, erklärt er, geht aber nicht näher darauf ein.

»Herr Johnen, wo haben Sie sich in der vergangenen Woche in der Nacht von Dienstag auf Mittwoch aufgehalten?«, fragt Jenny und erntet einen seltsamen Blick, als könnte sich Johnen nicht entscheiden, ob er böse oder irritiert ist.

»Sie glauben wirklich, ich habe Timo umgebracht?«, fragt er schließlich.

»Wir müssen in jede Richtung ermitteln, auch in diese«, antworte ich freundlich. »Ich würde Sie bitten, in der Gegend zu bleiben. Es wäre hilfreich, wenn Sie uns auflisten könnten, wo Sie sich am vergangenen Dienstag, aber auch diesen Dienstag aufgehalten haben. Möglichst ausführlich. Alles in Ihrem Interesse. Außerdem müssten wir dringend mit Yvonne sprechen. Wenn Sie uns also bitte die Adresse ihrer Eltern heraussuchen könnten«, fordere ich ihn auf.

Aufgebracht schreitet er davon und kommt wenige Augenblicke später mit einem Blatt Papier zurück. Ich stecke es ein, und wir verabschieden uns.

»Und?«, fragt mich Jenny, als wir wieder im Auto sitzen und ich mich anschnalle.

»Und was?«

»Du glaubst ihm nicht, oder?«

»Zum Teil schon.«

Jenny zeigt ein überlegenes Lächeln. »Aber die Nummer mit Yvonne. Ich glaube nicht, dass sie ihn nur ausgenutzt hat«, erklärt sie.

»Ich schon!«

***

Wie so oft in dieser Zeit saßen wir auch an jenem Abend im August in Jonas' Scheune und ließen uns sinnlos volllaufen. Bunte Lampions gaben der modernen Holzhütte ein gemütliches Ambiente, während die laute Musik den Generator übertönte, der uns kalte Getränke und ein wenig elektrisches Licht ermöglichte. In großen Karaffen hatte Jonas Wodka mit einem billigen Red-Bull-Abklatsch aufgetischt. Das einseitige Mischverhältnis machte den fiesen Chemiegeschmack einigermaßen erträglich, und mir war jetzt schon klar, dass mich ein unglaublicher Kater, begleitet von Herzrasen und Sprachstörungen, ereilen würde.

Mike und Richard tranken Bier aus einem Trichter, und Jonas flirtete wie blöd mit meiner kleinen Schwester. Er ahnte nicht, dass ich Julia vor ihm gewarnt und dazu bei meinen Geschichten schwer übertrieben hatte. Mit Erfolg. Ich erwischte sie mehrfach dabei, wie sie Mike einen verstohlenen Blick zuwarf. Auch wenn sie das ihm gegenüber zu verbergen wusste. Jonas quatschte unaufhörlich auf sie ein und vergaß dabei, dass seine Freundin Yvonne Pieczek keine fünf Meter von ihm entfernt auf der Bierbank saß und an einem Strohhalm nuckelte. Mein Mitleid hielt sich in Grenzen, denn sie sah alles andere als eifersüchtig und angewidert aus. Ganz im Gegenteil. Als sie meinen Blick spürte, drehte sie sich langsam um und zwinkerte mir lasziv zu. Ich lächelte freundlich zurück.

Um Lena musste ich mir keine Gedanken machen. Sie saß in irgendeiner Ecke mit Sebastian und einer Bong. Das würde sie für

Stunden außer Gefecht setzen. Also stand ich lässig auf und setzte mich zu Yvonne auf die Bank. Wir unterhielten uns angeregt über unsere Zukunft, Träume und Pläne und vergaßen völlig die Zeit. Als ich zwischenzeitlich die Toilette aufsuchte, sah ich Lena in Sebastians Arm tief und fest schlafen, und auch meine anderen Kumpels hatten offenbar den Weg ins Schlummerland angetreten. Yvonne saß noch immer auf der Bank und wartete auf mich. Sie erzählte mir von ihren Plänen, auszuwandern. Irgendwo in die USA oder Australien. Hauptsache, weit weg. Von ihren Eltern, der Schule und Jonas.

Ich war überrascht, denn bislang hatte ich immer gedacht, die beiden würden das absolute Traumpaar abgeben. Doch Jonas reichte ihren Ansprüchen offenbar nicht mehr. Sie schwärmte von einer Schauspielschule und den Weiten des Outbacks. Meine Augen klebten förmlich an ihren sinnlichen Lippen. Und ich spürte plötzlich das dringende Verlangen, sie zu küssen. Ich verdrängte das Gefühl und schluckte es mit einem weiteren Glas Alkohol hinunter. Dennoch fühlte ich dieses Knistern zwischen uns beiden. Sie offenbar auch. Ich wollte ihr gerade von meinen Träumen, ein eigenes Restaurant zu eröffnen, erzählen, als ich plötzlich ihre Hand in meinem Schritt spürte. Ich war vollkommen überrascht, und noch ehe ich mich's versah, befand sich ihre Zunge in meinem Mund. Ich stieß sie etwas unsanft von mir. Ihre Enttäuschung erschien mir nicht gespielt.

»Nicht hier«, zischte ich und blickte mich hektisch nach Jonas, aber auch nach meiner Freundin Lena um. Ihr Blick wirkte nur kurz frustriert.

»Ich habe eine Idee«, flüsterte sie und nahm meine Hand. Wir huschten über das ausgelegte Heu und bemühten uns, Scherben und Erbrochenem auszuweichen. Wir kletterten über eine alte Holzleiter auf den Heuboden. Erregt schob ich Yvonnes Bluse hoch, doch sie schlug nach meiner Hand.

»Noch nicht«, flüsterte sie. »Es gibt ein Versteck. Jonas hat es mir gezeigt.«

Sein Name ließ mich einen Moment innehalten. Doch meine Begierde siegte über den Verstand. Yvonne zog mich an einigen Heuballen vorbei und öffnete eine kleine Luke. Ich hatte keine

Ahnung, wofür sie überhaupt eingebaut worden war, doch das interessierte mich aktuell herzlich wenig. Hinter der Luke befand sich ein kleines Räumchen. Vielleicht drei mal drei Meter groß. Eine Wolldecke verdeckte das Heu, und zwei Kissen machten den Schlafplatz komplett. Am Ende des Raumes sorgte ein rötlicher Vorhang für wohnliche Atmosphäre, und zwei kleine Kerzen spendeten Licht.

Es war vermutlich grob fahrlässig, in einer solchen Scheune Kerzen zu entzünden. Aber mein Verstand hatte wie gesagt schon vor einigen Minuten komplett ausgesetzt. So ließ ich Yvonne im wahrsten Sinne des Wortes freie Hand. Ich hatte ja schon so einiges mitgenommen und erlebt, doch Yvonne offenbar auch. Sie kannte Bewegungen und Tricks, die mich mein gesamtes Umfeld vergessen ließen. Ich war so mit ihr beschäftigt, dass ich Lena nicht bemerkte. Es war der Anfang vom Ende unserer Beziehung und endete schließlich mit ihrer Verzweiflungstat mit Mike.

Ich war ihr nicht böse für diesen Fehltritt und konnte ihn nach meinen gemeinsamen Stunden mit Yvonne auch nachvollziehen. Wütend war ich nur auf Mike. Denn obwohl er nicht ahnte, dass Lena mich nur aus Rache betrogen hatte, war er mein bester Freund, und er hatte mich hintergangen. Doch noch viel mehr Sorgen als Lenas Anwesenheit bereitete mir das strahlende Augenpaar hinter dem wehenden Vorhang.

# 11

*Mike*

Ich kann mich nicht erinnern, in meinem Leben jemals so schnell Auto gefahren zu sein und so viele Regeln missachtet zu haben. Selbst im Einsatz bin ich mit dem Fahrzeug immer behutsam umgegangen, und wenn eine wilde Verfolgungsjagd in Betracht kam, habe ich das Steuer gerne Tommy überlassen. Doch als mich Julias Anruf ereilt, gibt es von meinem Schwager keine Spur. Die Leitpfosten fliegen an mir vorbei, und bunte Farben vermischen sich vor der Frontscheibe.

Julia hat mir das Krankenhaus genannt und immerhin mitgeteilt, dass meine Mutter noch lebt. Mehr weiß ich nicht. Ich benötige keine fünfzehn Minuten vom Baumarkt in die Kölner Uniklinik. Ich steuere die erstbeste Parkmöglichkeit an, klettere aus dem Fahrzeug und renne in die Notaufnahme. Julia sitzt neben dem Empfang, und ihre feuchten Augen treiben mir einen unangenehmen Druck in die Brust.

Ich bin von meinem Bauchgefühl mehr als enttäuscht. Warum lässt es mich grundsätzlich bei familiären Angelegenheiten im Stich? Vielleicht hätte ich noch etwas tun können. Als Julia mich sieht, springt sie auf und nimmt mich in den Arm. Ihr Körper bebt, und sie unterdrückt nur mit viel Mühe einen Heulkrampf. Ich will sie nach dem Gesundheitszustand fragen, doch mein trockener Hals bringt keinen Ton hervor.

»Sie lebt«, flüstert sie, worauf mir ein großer Stein vom Herzen fällt, trotzdem bleibe ich angespannt. »Sie hat es überlebt«, wiederholt sie und drückt mich noch ein wenig fester an sich. Ich habe schreckliche Angst vor dem Aber, doch Julia spricht es nicht aus. Erst als sie mich loslässt, sehe ich meinen Vater. Wie ein Häufchen Elend kauert er auf einem Plastikstuhl und reibt sich den weißen Bart. Er ist zwar schon lange nicht mehr die starke Vaterfigur, die mich in jungen Jahren beeindruckt hat, doch diesen Anblick kann ich nur schwer ertragen. Selbst in den letzten drei Stunden scheint er noch mal um Jahre gealtert zu sein. Ich gehe hinüber zu ihm und lege ihm die Hand auf die Schulter.

Er blickt mich nur kurz an, um dann wieder auf die Fliesen am Boden zu starren.

»Was ist passiert?«, frage ich, in der Hoffnung, ihn durch ein Gespräch ein wenig ablenken zu können. Doch mein Vater blickt nur traurig zu Boden.

»Sie hat wohl den ganzen Tag schon über Kopfschmerzen geklagt und auch von Sehstörungen gesprochen. Am Nachmittag ist sie dann einfach umgekippt. Dein Vater hat glücklicherweise sofort den Notarzt verständigt«, erklärt mir Julia. Vor meinem inneren Auge spulen sich etliche Bilder meiner Kindheit ab. Etwa so, wie andere Menschen ihre Nahtod-Erfahrungen geschildert haben. Weihnachten, Sommerurlaube und Familienfeste einer fröhlichen Familie. Die Kochkünste meiner Mutter, die abendlichen Geschichten. Eine große Trauer überkommt mich.

»Er gibt dir die Schuld«, flüstert Julia und reißt mich damit aus den Gedanken. »Er sagt, du hast sie immer wieder mit der Vergangenheit konfrontiert. Sie hätte das nicht verkraftet«, erklärt sie weiter, und augenblicklich werde ich wütend. Nein, eher ist es ein bitterer Zorn, der tief in mir verwurzelt ist. Es ist nicht das erste Mal, dass meine Eltern mir für einen schlimmen Schicksalsschlag die Schuld geben.

***

Dicke Regentropfen hatten den Fußballplatz längst in eine Pfützenlandschaft verwandelt, als ich an diesem Sonntag in unserem Vereinsheim Platz nahm. Ich hatte gerade geduscht, und Tommy und ich rissen die gleichen schlechten Witze über irgendwelche Mannschaftskollegen und tranken zwei, drei Flaschen Bier. An einer Wand hing ein vergilbtes Porträt von Matthias Weber, der vor zwei Jahren von diesem Sportplatz nicht heimgekehrt war. Wochenlang war Mattes das Gesprächsthema Nummer eins im Fußballverein gewesen, doch wie das Bild verblassten auch die Erinnerungen, und mittlerweile sprach niemand mehr von ihm. Die Geschichte vom Mord am kleinen Mattes war wieder dem Alltag gewichen. Nur ab und zu überkamen mich Schauer, wenn mich diese strahlenden Augen von der Wand anlächelten.

Trotz der deutlichen Niederlage und der Wasserschlacht war unsere Laune bestens, und ich hatte keine Lust, sie mir von meiner nervenden Mutter zerstören zu lassen. Deswegen nahm ich auch bei ihrem dritten Versuch, mich auf dem Handy zu erreichen, nicht ab. Wir tranken noch etliche weitere Biere, und es war bereits dunkel, als ich mit dem Fahrrad die Heimreise antrat. Ich bog in unsere Straße ein und wunderte mich über unser dunkles Haus. Normalerweise war meine Mutter eine große Verfechterin des Stromsparens, aber zumindest das Licht im Flur war ständig an. An diesem Tag nicht.

Irritiert stellte ich mein Fahrrad in die Garage und öffnete die Haustür. Ein seltsamer Geruch strömte mir entgegen, den ich nicht zuordnen konnte. Die unglaubliche Stille verunsicherte mich jedoch viel mehr. Ich trat in den Flur und rief meine Eltern, erhielt jedoch keine Antwort. Ich fand sie relativ schnell im Wohnzimmer. Sie saßen mit verquollenen Augen auf der Couch und blickten mich verstört an. Ein kalter Schauer lief mir den Rücken hinunter, und mir wurde umgehend klar, was passiert war. Noch immer verstört schritt ich zu meinen Eltern.

»Tina«, flüsterte meine Mutter. »Sie ist tot.« Mit diesen vier Worten brach eine Welt in mir zusammen. Meine geliebte kleine Schwester war gestorben.

»Wie?«, fragte ich entsetzt.

»Selbstmord«, schrie mein Vater. »Sie hat Pillen geschluckt. Warum hast du nicht besser auf sie aufgepasst?«

Trotz des Schocks, trotz der ohnehin schrecklichen Mischung aus Entsetzen und Trauer spürte ich, wie sich Zorn in mir ausbreitete und alles andere unter sich begrub. Doch tief im Herzen wusste ich genau, dass mein Vater recht hatte. Ich hätte besser auf sie aufpassen müssen. Nicht heute. Damals, als ihr dieser schreckliche Unfall passiert war.

***

Auch jetzt im Krankenhaus kann ich durch meinen Zorn hindurch meinen Vater verstehen. Auch wenn ich mich nicht als Schuldigen sehe, er hat mich mehrfach gebeten, die Vergangenheit nicht neu aufzurollen. Doch mir ist gar nicht in den Sinn gekommen, dass er damit gar nicht den Mord, sondern die Erinnerung an meine kleine Schwester gemeint haben könnte. Ich schüttele ungläubig den Kopf, als sich Julia plötzlich erhebt. Erst jetzt sehe ich einen Arzt auf uns zukommen. Er ist braun gebrannt und mindestens drei Jahre jünger als ich. Sofort denke ich: Und diesem Grünschnabel soll ich die Gesundheit meiner Mutter anvertrauen? Doch was bleibt mir anderes übrig.

»Tja. Der Verdacht hat sich bestätigt«, beginnt er, als er unmittelbar vor meinem Vater steht. »Es war ein Schlaganfall. Ihr Gehirn ist über einen gewissen Zeitraum nicht mit Sauerstoff versorgt worden. Wir können noch nicht sagen, wie effektiv eine Rehabilitation sein wird. Was sie wieder alles können oder was sie eben auch nicht mehr können wird. Das wird sich erst mit der Zeit herausstellen. Aber immerhin kann ich Sie beruhigen. Sie ist jetzt stabil. Wir werden sie allerdings noch zur Beobachtung hierbehalten. Schließlich kommt ein Anfall selten allein. Aber sie ist bei uns in guten Händen.« Der junge Arzt streicht sich durchs Haar und lächelt meiner Frau zu. Demonstrativ lege ich meinen Arm um sie und lächle übertrieben freundlich zurück.

»Können wir sie besuchen?«, frage ich ihn.

Er zögert einen Moment. »Na ja, sie sollte erst einmal Ruhe haben. Sie ist zwar über den Berg, aber Aufregung sollte aktuell tunlichst vermieden werden. Ich würde vorschlagen, Sie fahren erst einmal nach Hause und erholen sich von dem Schock«, erklärt der junge Mann, reicht mir seine Hand und nickt mir zum Abschied freundlich zu.

»Sollen wir dich nach Hause bringen?«, frage ich meinen Vater und lege ihm erneut meine Hand auf die Schulter. Er ignoriert mich und dreht sich weg.

»Ich bleib noch ein wenig mit ihm hier und bringe ihn dann nach Hause«, sagt Julia, und ich bin ihr für ihre tatkräftige Hilfe unendlich dankbar. »Kümmer du dich um deine Arbeit«, fügt sie fast resigniert hinzu, scheint aber dann zu merken, wie vorwurfsvoll sich das angehört haben muss. Ich drücke ihr einen Kuss auf die Wange und verabschiede mich.

Meinem Vater reiche ich nicht die Hand, er hätte sie ja doch nicht angenommen. Ich verlasse das Krankenhaus und setze mich in mein Auto. Genau dort überkommt mich tiefe Trauer, und Tränen laufen mir über die Wangen.

# 12

## *Tommy*

Mike sieht verdammt schlecht aus, als wir uns am Nachmittag auf dem Revier treffen. Es ist zu früh, um die bisherigen, eher überschaubaren Ergebnisse im gesamten Team zusammenzutragen, also treffen wir uns zu zweit in der Cafeteria. Obwohl dieser Ort in unserer gemeinsamen Vergangenheit keine Rolle gespielt hat, löst das Zusammentreffen Erinnerungen aus. Schon als Jugendliche haben wir die Nachmittage oft zu zweit verbracht, um uns auf den neusten Informationsstand zu bringen. Doch mein Freund wirkt irgendwie abwesend. Ich kenne ihn lange genug, um zu wissen, dass er krampfhaft versucht, eine traurige Wahrheit vor mir zu verbergen. Das gleiche Gesicht hat er gemacht, als sich seine Schwester Tina mit einem Tablettencocktail das Leben genommen hat. Gott, bald fünfzehn Jahre ist das her, aber überwinden lässt sich so was wohl nicht.

»Was ist los?«, frage ich unverblümt mit einem Unterton, der ihm zu verstehen gibt, dass ich mich mit einer billigen Ausrede nicht zufriedengeben werde.

Dennoch denkt Mike einen kurzen Moment darüber nach, entscheidet sich dann aber offenbar für die ehrliche Variante. »Meine Mutter hatte einen Schlaganfall«, erklärt er, und ich spüre, wie ich innerlich zusammenfahre. Ich muss zu meiner Schande gestehen, dass ich Mikes Eltern gegenüber gemischte Gefühle hege. Ich mag sie, aber ich habe bei ihnen auch immer den Eindruck, als würden sie sich zu Höherem bestimmt fühlen, dabei sind sie ganz normale Menschen der Mittelschicht. Sie machten ihre kleinen Späßchen mit mir, verhöhnten mich, als ich nicht so gute Noten schrieb wie ihr Sohn, und redeten über unsere anderen Freunde schlecht. Ich glaube, Mike liebt seine Eltern sehr wohl, trotzdem hält er sich lieber bei meiner Familie auf. Vielleicht empfinde ich auch deswegen Mike als Teil meiner eigenen Familie und habe Mitleid mit ihm.

»Warum hat Julia mir nichts erzählt?«, frage ich neugierig.

»Ich komme gerade erst aus dem Krankenhaus. Ich denke, sie hatte bislang noch keine Gelegenheit.«

»Wie geht es deiner Mutter?«, frage ich erst jetzt und schäme mich ein wenig dafür.

»Na ja. Sie ist wohl vorerst über den Berg. Man kann noch nicht abschätzen, ob sie wieder voll hergestellt werden kann. Es wird auf jeden Fall ein langer Prozess werden«, erklärt Mike überraschend sachlich.

»Die Hauptsache ist doch, dass sie lebt«, tröste ich ihn, auch wenn ich mir bei den drohenden Folgen alles andere als sicher bin, dass das so zutrifft. Mike nickt zustimmend. »Du solltest nach Hause gehen«, schlage ich vor. Doch Mike zeigt sich über meine Idee wenig begeistert.

»Nein, das hier ist genau die Ablenkung, die ich benötige«, erklärt er mir, und das muss ich wohl oder übel hinnehmen. Erst wenn ich spüre, dass er nicht mehr bei der Sache ist, werde ich ihm befehlen, nach Hause zu fahren.

»Okay, du hast also mit Pipke gesprochen?«, frage ich ihn und versuche, ihn so schon einmal auf andere Gedanken zu bringen. »Wie war dein Eindruck von ihm?«

»Na ja, er ist fest davon überzeugt, dass sein Vater Matthias Weber nicht umgebracht hat. Er spricht von einem Justizirrtum und ist darüber verständlicherweise erbost. Aber ich glaube nicht, dass er etwas mit dem Mord an Timo zu tun hat.«

»Und du glaubst ihm?«

»Da ist irgendetwas«, erklärt Mike und blickt mir tief in die Augen. »Er hat was von einem Alibi gesagt, wollte es aber nicht näher erläutern. Ich werde dem Ganzen auf den Grund gehen.«

»Wäre super, wenn wir das Vernehmungsprotokoll von damals auftreiben könnten. Ich werde Perkow damit auf die Nerven gehen. Vielleicht entschließt sich der werte Kollege ja doch noch, mit uns zusammenzuarbeiten.«

»Was gibt es bei dir Neues?«, will nun Mike von mir wissen. Auf diesen Moment habe ich gewartet. »Schau mal hier«, sage ich und lege ein Foto von Timo Johnen auf den Tisch. »Fällt dir etwas auf?«

»Timo Johnen«, stellt Mike fest und schaut irritiert auf das Bild. »Ansonsten fällt mir nichts Wichtiges auf.«

»Und jetzt?«, fahre ich fort und lege ein altes Bild von Jonas daneben. An seiner Reaktion sehe ich, dass meine Idee nicht an den Haaren herbeigezogen ist.

Er schüttelt ungläubig den Kopf. »Ist es das, was ich vermute?«, fragt er mit großen Augen, und ich nicke stolz.

»Ich habe es noch nicht schwarz auf weiß. Es ist nur eine Vermutung, aber Johnen hat zugegeben, dass Timo nicht sein Sohn ist, und die Ähnlichkeit ist doch frappierend, oder?« Jetzt ist es an Mike zu nicken. »Wir müssen uns dringend mit ihm unterhalten«, fahre ich fort.

»Meinst du wirklich, er hat etwas damit zu tun?«, meldet Mike Zweifel an. »Sonst wüsste ich nicht, wie uns diese Erkenntnis weiterbringen soll.«

»Ich habe ihm jedenfalls schon eine Nachricht geschickt, bislang hat er noch nicht geantwortet.«

»Und Yvonne?«

»Da wollte ich gleich hinfahren. Kommst du mit?«

»Auf jeden Fall. Aber was ist mit dem alten Johnen?«

»Die beiden haben erst 2006 geheiratet und sich ein halbes Jahr vorher kennengelernt. Laut seiner Aussage ging es Yvonne nur darum, ein Dach über dem Kopf zu haben und dass der Junge versorgt ist. Vielleicht ist er aber auch nur enttäuscht, dass sie ihn verlassen hat. Vielleicht hat sie ihn betrogen ...«

Mike klopft nervös mit den Fingern auf den Tisch.

»Was ist?«, frage ich ihn.

»Na ja, ich könnte mir das schon vorstellen.«

»Dass sie fremdgegangen ist?«

»Ja. Ich habe dir das nie erzählt. Aber ich habe mal etwas mit ihr gehabt.« Mike sieht meine Verwunderung. Yvonne ist noch durchtriebener, als ich gedacht habe. »Nur ein Mal. Nichts Ernstes. Ich hätte es dir vielleicht früher erzählen sollen.«

»Das hättest du«, antworte ich angesäuert, bekomme aber umgehend ein schlechtes Gewissen.

# 13

*Mike*

Der Aufenthalt bei Yvonnes Eltern verläuft ergebnislos. Das heißt, wir treffen unsere Jugendfreundin nicht an. Ihre Eltern habe ich noch nie zuvor gesehen, und auch Tommy stellt sich als Kriminalpolizist Ullrich und nicht mit seinem Vornamen vor. Sie leben in einer heruntergekommenen Wohnung in der Nähe des Bahnhofs. Wir bekommen von einer älteren Dame Kaffee und Kuchen serviert, unterhalten uns eine Viertelstunde erschreckend sachlich, ohne zu sehr auf den Busch zu klopfen, und verabschieden uns schließlich. Einzige Ausbeute: Wir haben erfahren, dass Yvonne einen Kurztrip zu ihrer Schwester nach Hamburg machen wollte. »Die Katastrophe hinter sich lassen«, hat sie angeblich gesagt. Zum leiblichen Vater des Enkels konnte und wollte Yvonnes Mutter keine Angaben machen. Sie hätten seit Jahren kein gutes Verhältnis. Vielleicht erklärt das auch ihre kaltherzige Art. Immerhin hat die Frau ihren Enkel auf grausame Art und Weise verloren. Enttäuscht fahren wir zurück.

Obwohl ich noch einige Dinge zu erledigen habe, erkläre ich mich schließlich bereit, noch den alten Weber zu besuchen. Ich hätte lieber di Matteo zu dem Griesgram geschickt, doch da sein Bauernhof eh auf meiner Route liegt, lasse ich mich breitschlagen.

Ich kann mich nur sehr ungenau an den jähzornigen alten Mann erinnern, bin deswegen umso mehr überrascht, dass mich der Alte erkennt, als ich meinen Privatwagen auf dem Hof seines Geländes parke. Noch während ich aussteige, beobachtet mich Weber skeptisch. Dann widmet sich der alte Mann wieder einer großen landwirtschaftlichen Maschine, die ich in meiner Unwissenheit in Sachen Ackerbau nicht einordnen kann.

»Der kleine Dudda«, stößt er abschätzig hervor.

Plötzlich meine ich mich doch an ihn zu erinnern, und seinem Benehmen nach hat er sich überraschend wenig verändert. Vielleicht spielen mir die wenigen Erinnerungsfetzen aber auch einen Streich. Weber ist für sein fortgeschrittenes Alter gut gebaut, seine

Wangen deuten jedoch noch immer auf eine kardiale Anomalie hin, und sein Haar ist recht schütter.

»Das war ja nur eine Frage der Zeit«, fährt er grantelnd fort. Selbstbewusst gehe ich auf ihn zu, in dem Wissen, was ein sicheres Auftreten für eine Wirkung haben kann. An Weber perlt das offenbar ab. Mr. Teflon schraubt weiter an der Maschine herum, wie um unser kurzes Gespräch gleich wieder zu beenden. Doch so leicht wird mich der Alte nicht los.

»Wir müssen uns unterhalten, Herr Weber«, erkläre ich freundlich, aber bestimmt. So einfach lasse ich mich ganz sicher nicht aus der Ruhe bringen.

»Müssen wir das?«, fragt er lächelnd. Doch mir ist bewusst, dass sein Gesichtsausdruck keinerlei Freundlichkeit enthält.

»Ja, müssen wir. Ich bin Kriminalhauptkommissar und ermittle im Mordfall Timo Johnen«, stelle ich mich vor.

»Ich weiß«, bellt er nur kurz. »Wir haben hier Fernsehen, Internet, und stellen Sie sich mal vor: Wir lesen sogar Zeitung. Ich weiß, wer Sie sind, und ich weiß, woher Sie kommen. Ich weiß nur nicht, was Sie von mir wollen. Doch wenn ich ehrlich bin, interessiert mich das einen Scheißdreck.«

Ich blicke ihn irritiert an. Er kann doch unmöglich wegen der Äpfel noch böse auf mich sein.

»Ich habe hier eine Arbeit zu erledigen«, stöhnt er in einem Tonfall, der mir seine Wertschätzung über meinen Job verrät.

»Ich auch, Herr Weber«, sage ich in sachlichem Ton, obwohl ich inzwischen echt angepisst bin. »Genau deswegen bin ich hier. Ich habe ebenfalls einen Job zu erfüllen. Ich muss und werde den Mörder von Timo Johnen finden.«

»Bitte«, erwidert er ironisch und macht mit der Hand eine einladende Bewegung. »Ich werde Sie sicherlich nicht aufhalten.« Mühsam klettert er auf die Maschine. »Einen Vierzehner«, sagt er wie ein Arzt, der ein Skalpell verlangt, und streckt mir seinen Arm entgegen. Ich blicke ihn irritiert an. Natürlich weiß ich, was er von mir will. Doch ich stelle mich in diesem Fall gerne ein wenig blöd an. Wütend springt er wieder auf den Boden, reißt das gesuchte Werkzeug aus einem kleinen roten Kasten und schwingt sich erneut auf den Sattel.

»Oh, Entschuldigung. Ich bin echte Arbeit nicht gewohnt«, sage ich ebenso ironisch und hebe meine Arme. »Wie dem auch sei«, fahre ich fort. »Sie können uns in diesem Fall vielleicht helfen.«

Er lässt für einen kurzen Moment den Schraubenschlüssel sinken und wischt sich den Schweiß von der Stirn. »Hättet ihr damals den Richtigen verhaftet, bräuchtet ihr jetzt keinen Mörder suchen«, erklärt er schließlich und schraubt munter weiter. Obwohl mir inzwischen der Kamm schwillt, verschwende ich keine Energie darauf, ihm zu erklären, dass ich damals dem Ermittlerteam noch nicht angehört habe. Mit großer Wahrscheinlichkeit sind für ihn alle »Bullen« gleich.

»Ich erledige meine Arbeit auch ordnungsgemäß«, fährt er trotzig fort.

»Sie glauben, man hat damals den Falschen verhaftet?«, frage ich nach. Weber springt erneut zu Boden und schaut mir wütend in die Augen. Seine Gefühlsregung ist ein wenig Genugtuung für mich.

»Natürlich weiß ich das. Pipke ist Abschaum. Daran gibt es keinen Zweifel. Aber er ist kein Mörder. Er hatte doch gar keinen Grund, meinen Jungen zu töten.«

»Wer hätte denn einen Grund gehabt?«, will ich unschuldig wissen.

Wieder grinst mich der alte Bauer arrogant an. »Tja, das ist eine gute Frage«, sagt er. »Ich kann sie mir bis heute nicht richtig beantworten. Einen Grund muss es ja gegeben haben, oder?«

Ein kalter Schauer läuft mir über den Rücken, denn in diesem Moment habe ich das sichere Gefühl, dass Weber etwas über den Mord an seinem Sohn weiß. Mehr, als er zugibt.

»Ich bin mir sicher, wenn Sie Ihre Hausaufgaben machen, werden Sie schnell den Mörder des kleinen Jungen finden. Das sind Sie ihm und seiner Familie schuldig.« Er nimmt sich einen »Zwölfer« aus dem Werkzeugkasten und hievt sich erneut auf seine Maschine.

Mir ist klar, dass ich aus Weber nicht mehr herausbekommen werde, auch wenn da noch etwas in ihm schlummert. Er ist in die Sache in irgendeiner Form verwickelt, so viel steht für mich inzwischen fest. Ich verabschiede mich übertrieben freundlich und schleiche zurück zu meinem Auto. Auf dem Beifahrersitz dudelt mein Smartphone, doch ich komme natürlich eine Sekunde zu spät. Ich werfe einen Blick auf das Display. Vier Anrufe in Abwesenheit. Alle von derselben Nummer. Noch bevor ich die Nummer zurückrufen kann, klingelt das Handy erneut.

»Richard?«, frage ich erstaunt. Ein dumpfes Gefühl breitet sich in meinem Magen aus. Mein alter Schulfreund ruft mich eigentlich nie während der Arbeitszeit an, und ich ahne, dass es um meine Mutter geht. Doch ich bin auf der falschen Fährte.

»Er ist weg!«, schluchzt Richard.

»Wer ist weg?«, frage ich besorgt und warte mit Spannung auf den Namen.

»Noel. Er ist verschwunden.«

## 14

*Tommy*

Wir bewegen uns auf sehr dünnem Eis. Denn auch wenn Richard nicht zur Familie gehört, so ist er doch einer meiner ältesten Freunde. Insofern können Mike und ich gar nicht unbefangen mit dieser Situation umgehen. Wir kennen Noel seit seiner Geburt und sind wie Onkel für den kleinen Jungen. Auf der anderen Seite glaube ich momentan noch nicht an eine Straftat oder eine Verbindung zu unserem Fall. Noel ist für sein Alter viel zu aufgeweckt, als dass er sich in einen Hinterhalt locken ließe. Vermutlich würden das die meisten Eltern von ihren Kindern behaupten, aber ich rede mir ein, dass ich die Situation richtig einschätzen kann. Schließlich bin ich weit von eigenen Kindern entfernt. Noch gibt es auch keinen handfesten Grund, sich Sorgen zu machen.

Wir sitzen in Richards imposantem Wohnzimmer und blicken in seine verheulten Augen. Mike hat neben dem Schwergewicht Platz genommen und seine Hand auf Richards wulstiges Bein gelegt. In diesem Moment betritt Judith das Wohnzimmer. Wie gewohnt sieht sie sehr gepflegt aus. In ihren Händen balanciert sie ein großes Tablett mit Tassen und einer Porzellankanne. Sie stellt das Geschirr auf den Tisch und lächelt mich mit ihren smaragdgrünen Augen an.

»Ich habe ihm gesagt, er soll sich keine Sorgen machen. Aber ihr kennt ihn ja«, erklärt sie wieder lächelnd und schenkt uns Kaffee ein. Das viele Lächeln wirkt auf mich seltsam beunruhigend.

»Es ist ja auch nicht dein Sohn«, blafft er sie an. Judith strahlt nun auch ihren Mann an und gießt sich dann ebenfalls eine Tasse ein.

Tatsächlich ist sie nicht Noels leibliche Mutter. Sie ist Richards zweite Frau und hat ihn – aus seiner Sicht glücklicherweise – nicht mit weiteren Kindern *beschenkt.* Die beiden sind seit drei Jahren verheiratet. Ich erinnere mich an ein rauschendes Fest. Judith ist Ende zwanzig und legt besonders viel Wert auf ihr Äußeres. Auch deswegen sind die Schönheitsoperationen, die Richard sich einiges hat kosten lassen, nicht verwunderlich. Auch ich habe mich schon des Öfteren dabei erwischt, auf ihre Brüste zu starren.

»Okay, Richard«, mischt sich Mike in besänftigendem Tonfall ein. »Erzähl uns doch erst einmal, was genau passiert ist. Bislang gibt es ja keinen Grund, das Schlimmste anzunehmen.«

Ich nicke Mike unauffällig zu, da ich seine Vorgehensweise für die richtige halte.

Richard schluchzt erneut, fasst sich dann aber einigermaßen. »Als ich aus der Praxis kam, war er nicht zu Hause«, erklärt er zerstreut, und ich spüre, dass wir ihm ein wenig auf die Sprünge helfen müssen.

»Wann bist du nach Hause gekommen?«, frage ich also.

Er denkt einen Moment über meine Frage nach und blickt auf seine Armbanduhr. »So gegen halb sechs. Ich habe die Praxis um siebzehn Uhr verlassen und bin dann direkt hierhergekommen.«

»Und Noel hätte hier sein sollen?«, fragt Mike freundlich.

»Ja klar«, sagt er, als wäre das selbstverständlich, und schaut ihn überrascht an. »Er war immer zu Hause.« Ich wundere mich über diese Aussage.

»Noel hatte nicht sonderlich viele Freunde«, erklärt Judith, doch auch ihre Erklärung befriedigt mich nicht wirklich. Schließlich habe ich Noel als cool empfunden.

»Er hat es sich in der Schule mit vielen Klassenkameraden verscherzt. Seine Lehrerin behauptet, er wäre so überheblich und arrogant«, fährt Judith fort.

Ich blicke mich in dem Haus um, sehe durch das Fenster den überdimensional großen Garten und wundere mich nicht über Noels Verhalten.

»Fußballverein oder andere Sportaktivitäten?«, fragt Mike.

Richard schüttelt den Kopf. »Nicht mehr. Er hat viel Zeit mit mir verbracht.«

Ich höre Richard zu, und mein alter Schulfreund kommt mir immer eigentümlicher vor. »Wo sind die anderen Kinder?«, frage ich schließlich.

Richard blickt sich verwirrt um. Mit dieser Frage hat er wohl nicht gerechnet.

»Auf einer Kinderfreizeit«, antwortet er.

»Während der Schulzeit?«, hake ich nach.

Richard zuckt nur die Schultern.

»Okay, du bist also nach Hause gekommen, und Noel war nicht da. Vielleicht ist er in der Schule aufgehalten worden«, schlage ich vor.

Richard ist offenbar anderer Meinung. »Nein. Ich habe in der Schule schon angerufen. Er hat sich mit dem Fahrrad auf den Heimweg gemacht.«

»Und wo ist das Rad?«

»Jedenfalls nicht hier«, erklärt Judith.

Wieder schluchzt Richard. »Es ist derselbe, oder?«, wimmert er.

Ich schüttele beruhigend den Kopf, tatsächlich fest davon überzeugt, dass Noel nichts passiert ist. »Nein. Das glaube ich nicht, Richard. Dafür gibt es noch keinerlei Anzeichen.«

»Sogar im Gegenteil«, mischt sich Mike ein. »Es gibt doch kaum Parallelen zu dem Fall Timo Johnen. Wir sind hier in der Stadt. Timo wurde ganz bewusst in einem kleinen Dorf entführt. Es sollte genauso aussehen wie die Tat vor fünfzehn Jahren. Mach dir keine Sorgen. Noel ist ein aufgeweckter Junge. Ihm wird nichts passiert sein.«

»Das glaube ich auch, Richard. Ganz ehrlich. Er wird nach der Schule mit dem Rad noch irgendwo hingefahren sein. Vielleicht ein Eis essen oder so etwas. Die einzige Ähnlichkeit ist doch das Alter. Mach dir nicht zu viele Gedanken.«

Obwohl ich mich nun wahrlich nicht mit Kindern auskenne, erscheint mir seine einstündige Abwesenheit alles andere als besorgniserregend.

Ich sollte mich getäuscht haben.

# 15

*Mike*

Auch wenn ich Richard tröstende Worte gespendet habe, habe ich eine ungute Ahnung, und als ich ihn am späten Abend noch einmal anrufe und Noel tatsächlich noch nicht zurückgekehrt ist, werde auch ich unruhig.

Am nächsten Morgen wird die zweite groß angelegte Suche nach einem Teenager innerhalb von wenigen Tagen organisiert. Der Einsatz der Hundertschaften, Hundeführer und Helikopter mit Wärmebildkameras verläuft aber auch in diesem Fall ergebnislos. Zunächst wird eine eigene Soko gegründet, da man nicht schon vorab von einem toten Kind ausgehen will.

Ich habe alle Hände voll zu tun und bin froh, dass Tommy mir so weit den Rücken freihält, dass ich auch regelmäßig meine Mutter im Krankenhaus besuchen kann. Er scheint nicht wirklich glücklich darüber zu sein, aber Verständnis zu haben. Tatsächlich geht es ihr etwas besser, und selbst mein Vater hat wieder die ersten Worte mit mir gewechselt.

Dennoch gehört unsere volle Aufmerksamkeit dem Fall Timo Johnen. Die Ermittlungen schreiten nicht so gut voran wie erhofft, und ich muss zugeben, dass ich nur halbherzig bei der Sache bin. Ich habe momentan wirklich meine eigenen Probleme, um die ich mich kümmern muss. Trotzdem darf ich meine Arbeit nicht vernachlässigen.

An diesem Morgen treffen wir uns zur Frühbesprechung, und ich habe das Gefühl, dass auch Tommy nicht mehr den vollen Enthusiasmus der ersten Tage aufbringt. Vermutlich fürchtet er, der Fall könnte ihm über den Kopf wachsen.

»Di Matteo, hast du Yvonne Johnen mittlerweile ausfindig gemacht?«, eröffnet Tommy die Sitzung.

Der junge Deutschitaliener kratzt sich an seinem Kopf und wirft einen Blick in eine Akte, als würde er dort die Antwort auf Tommys Frage finden. »Ich habe die Aussagen der Mutter kontrolliert«, stammelt er verlegen. »Also bei der Schwester in Hamburg ist sie nicht. War dort auch nicht angekündigt. Helmut Johnen hat auch nichts von seiner Frau gehört. Weder er noch die Schwester oder die Mutter können sich erklären, wo Yvonne steckt.«

»Okay. Das ist sehr suspekt. Ihr Sohn wird ermordet, und sie verschwindet. Wir sollten sie schleunigst finden«, sagt Tommy. »Nicht, dass sie sich etwas angetan hat.«

Ich bezweifele, dass das Tommys wirklicher Beweggrund ist. In erster Linie wirft ihr Verschwinden kein gutes Licht auf sie. Schließlich muss man nun davon ausgehen, dass sie etwas mit dem Tod ihres Sohnes zu tun hat. Warum sollte sie sonst alle Zelte abbrechen? Und obwohl ich weiß, dass die anderen Kollegen das ähnlich sehen, spricht niemand diesen Verdacht aus.

Ich denke, Tommy will das vermeintlich Offensichtliche nicht sehen, und das nervt mich. Denn nicht nur Yvonne ist verschwunden. Am Tag zuvor haben wir vergeblich versucht, Jonas zu erreichen. Wir hatten die Hoffnung, er könne sich um Richard kümmern. Doch haben wir ihn weder telefonisch noch bei ihm zu Hause erreicht. Eine geschlagene Stunde hat Tommy vor seiner Wohnung verbracht, in der Hoffnung, er würde auftauchen. Auch in seiner Kanzlei ist er nicht gesehen worden und hat sich nicht abgemeldet. Dass nun Jonas und Yvonne verschwunden sind, hängt wie ein Damoklesschwert über den Ermittlungen. Zumal wir den Kollegen die Verbindung zwischen den beiden bislang erfolgreich verschwiegen haben.

»Hast du etwas über die Vernehmungsprotokolle in Erfahrung bringen können?«, spricht Tommy nun Perkow an. Dieser schüttelt genervt den Kopf. Offenbar ist er der Meinung, dass wir überhaupt froh sein können, ihn wieder in unseren Reihen begrüßen zu dürfen. So ein aufgeblasener Pinkel.

»Ich habe euch doch schon erklärt, dass es keine Protokolle mehr gibt. Es wird nicht einfach, nachzuvollziehen, wo sie hin sind«, erklärt er müde. »Ich bleibe dabei, wir haben damals den Richtigen verhaftet. Es gibt keinen Grund, das alles noch mal neu aufzurollen. Pipke war der Mörder.«

Willy Pipke, den habe ich fast vergessen. Durch die Aufregung um den Schlaganfall meiner Mutter habe ich einige Dinge auf meinem Schreibtisch liegen lassen, die ich jetzt, wo es ihr ein wenig besser geht, angehen muss. Unter anderem werde ich mich um das vermeintliche Alibi Pipkes kümmern müssen. Anders als Perkow bin ich mir sicher, dass Pipke nicht der Mörder von Matthias Weber war. Doch genauso weiß ich, dass der Täter von damals nicht Timo Johnen umgebracht haben kann.

»Die Parallelen können aber kein Zufall sein«, erklärt Jenny, und ich hoffe inständig, die Diskussion geht nicht von Neuem los. »Es war derselbe Täter. Wenn wir ihn finden, haben wir den Mörder von Timo Johnen.«

»Ich denke, wir gehen von der falschen Seite an die Sache heran«, versuche ich, den bevorstehenden Streit bereits im Keim zu ersticken. »Wir sollten unser Hauptaugenmerk auf den Mord an Timo richten. Das ist unser Fall. Wenn wir den Mörder schnappen, suchen wir nach Parallelen zu dem Fall Weber. Nicht früher.« Diese Vorgehensweise erscheint mir am sinnvollsten.

»Das sehe ich ähnlich. Nichtsdestotrotz möchte ich Pipke nicht außen vor lassen«, bestimmt Tommy, der mit diesem Gehabe einmal mehr seine Vorgesetztenrolle untermauern will.

Eine gute Stunde später sitze ich an meinem Schreibtisch und lasse mir tatsächlich die Worte von Maurice Pipke und dem alten Weber durch den Kopf gehen. Beide haben angedeutet, dass Willy Pipke nicht der Mörder sein kann. Doch warum hat mir Maurice das Alibi nicht einfach genannt, wenn er doch so erpicht darauf war, den Ruf seines Vaters zumindest etwas geradezurücken? Für mich gibt es nur eine logische Erklärung: Maurice hatte Angst, mir das Alibi zu nennen. Entweder weil er sich selbst oder einen seiner Brüder nicht belasten will. Mit großer Wahrscheinlichkeit hat sein Vater ein anderes Ding gedreht, und einer seiner Söhne war in irgendeiner Weise involviert.

Ich durchforste sämtliche Archive, zu denen ich über meinen Rechner Zugang habe. Da die Tatnacht ja eindeutig bestimmt ist, habe ich einen wichtigen Anhaltspunkt. Doch ein Ergebnis erhalte ich nicht. In dieser Nacht sind keine weiteren Anzeigen aufgenommen worden und, mal abgesehen von einem Handtaschenraub am Kölner Hauptbahnhof, ist auch sonst nichts Wesentliches passiert, das Maurice Pipke mir verheimlichen müsste. Zufrieden schließe ich das Archiv, schließlich muss ich nun nicht mehr länger in Pipkes Vergangenheit rumwühlen.

Blöderweise ist Tommy mit meinem Ergebnis nicht einverstanden. Ganz im Gegenteil. Er blafft mich an, dass meine Arbeitsmoral doch nachgelassen habe und ich mich gefälligst ein wenig mehr anstrengen solle. Kurz bin ich irritiert, denn Tommy ist kein impulsiver Mensch. Dass ich seine schlechte Laune abbekomme, ist eher untypisch. Gleichwohl nehme ich es ihm nicht übel. Schließlich ist auch mir bewusst, dass die bisherigen Ergebnisse eher mau sind und der Druck auf Tommy zunimmt.

Da ich mir Faulheit definitiv nicht nachsagen lassen will, besuche ich an diesem Nachmittag ein weiteres Mal Maurice Pipke. Ich halte diesen Besuch für wenig erfolgversprechend, aber immerhin wird er mich ein wenig aus der Schusslinie nehmen.

Maurice ist nicht wirklich erfreut, mich zu sehen, erklärt mir, er könne sich keine Pause mehr nehmen und wirklich viel zu erzählen habe er sowieso nicht. Ich ziehe sämtliche Register. Erzähle ihm etwas von einer möglichen Verjährung, verspreche ihm, eine mögliche Straftat seinerseits nicht weiterzuverfolgen, und appelliere noch ein weiteres Mal an sein soziales Gewissen, doch mit allem, was er weiß, zur Aufklärung eines Kindermordes beizutragen. Vergeblich. Maurice will mir zu den Vorfällen von damals nichts erzählen. Im Gegenteil. Er warnt mich sogar, zu tief zu graben und schlafende Hunde zu wecken. Es könne für mich nur in einem Desaster enden.

Um seine Warnung zu untermauern, packt er mich sogar zugegebenermaßen ziemlich einschüchternd am Kragen und ringt mir das Versprechen ab, auch seine Brüder und den Rest der Familie mit »diesem Scheiß« in Ruhe zu lassen. Natürlich ist mein Interesse in diesem Moment mehr denn je geweckt, doch ich neige dazu, meine Versprechen kompromisslos zu halten. Der Wunsch, die Privatsphäre seiner Familie vollends zu respektieren, bringt mich jedoch auf eine andere vielversprechende Idee.

# 16

*Tommy*

Mir ist durchaus bewusst, dass ich mit meinen ungewohnt impulsiven Reaktionen anecke. Doch ich kann mir nicht vorstellen, dass Mike lange böse auf mich sein wird. Zu meiner Verteidigung muss ich allerdings loswerden, dass mich seine neue destruktive Art echt nervt. So kenne ich ihn gar nicht. Er hat sicherlich recht damit, dass unsere Priorität auf der Ermittlung im Mordfall Timo Johnen liegen muss, deswegen aber eine meiner Vorgaben nur halbherzig auszuführen, ist nicht nur respektlos mir gegenüber, es kann den anderen Ermittlern – gerade so schwierigen Charakteren wie Perkow – den falschen Eindruck vermitteln.

Dabei habe ich großes Verständnis für seine familiären Sorgen. Natürlich beschäftigt ihn der Schlaganfall seiner Mutter, und auch die vermeintliche Entführung von Noel geht sicherlich nicht spurlos an ihm als Familienvater vorbei. Doch für mich gilt das Motto »Ganz oder gar nicht«. Als ich vom Schlaganfall seiner Mutter erfahren habe, habe ich ihm angeboten, ein wenig kürzerzutreten. Er hat abgelehnt und mir damit sein Versprechen gegeben, sich voll und ganz auf unseren Fall zu konzentrieren. Das bedeutet für mich wiederum volle Kooperation. Es geht immerhin darum, einen Mord aufzuklären. Im Moment bin ich mir nicht sicher, ob er wirklich dazu in der Lage ist.

Ein weiterer Grund für meinen Gefühlsausbruch war der wachsende Druck auf mich und die Soko. Obwohl wir Timo schon vor einigen Tagen tot aufgefunden haben, sind die Ermittlungsergebnisse eher mau. Um nicht zu sagen, so gut wie nicht vorhanden. Laut KTU gibt es keinerlei DNA-Spuren, wir haben nicht einen brauchbaren Zeugen, und selbst von der Mordwaffe fehlt jede Spur. Zum ersten Mal in meiner gesamten Laufbahn spüre ich so etwas wie Versagensängste. Tatsächlich ist es ohne diese Anhaltspunkte fast unmöglich, schnell Erfolge zu feiern. Doch diese absolute Ahnungslosigkeit treibt mich in den Wahnsinn. Dr. Vollmer, die Medien, aber vor allem die Bevölkerung erwarten zudem sehnsüchtig Ergebnisse, die wir bisher einfach nicht liefern können. Und ich befürchte, dass es noch einige Zeit dauern wird. Noels Verschwinden – auch wenn ich nach wie vor keine Parallelen sehe – tut gerade das Übrige.

Ich blättere durch die Tageszeitung und stelle zufrieden fest, dass immerhin unser Aufruf nach Zeugen relativ prominent platziert worden ist. In den meisten Mordfällen ist der Täter schnell und eindeutig auszumachen. Nicht selten findet man den Mörder im direkten Familienkreis, und das Motiv oder die hinterlassenen Spuren sind so eindeutig, dass der Täter schnell überführt werden kann. Ich will nicht behaupten, dass es den perfekten Mord gibt. Immerhin werden fünfundneunzig Prozent aller jährlich begangenen Morde aufgeklärt. Doch in Fällen wie diesem, wo es keine Spuren gibt, kein Motiv schlüssig erscheint und der Tathergang Rätsel aufgibt, sind wir auf die Hilfe der Bevölkerung angewiesen.

Ich setze Gessert und di Matteo darauf an, mit der Absicht, dass sie den entscheidenden Tipp aus der Öffentlichkeit bekommen werden und den dann nicht übersehen. Meine größte Hoffnung liegt jedoch in der plötzlichen Flucht von Yvonne Johnen und, so leid es mir tut, im Verschwinden meines Freundes Jonas Hellmann. Uns hat immer eine seltsame Freundschaft verbunden. Es war eine Art Hassliebe. Mal prügelten wir uns, mal erzählten wir uns die neusten Geschichten. Doch ob ich ihm jemals trauen konnte, mag ich heute nicht mehr sagen.

***

»Was hältst du eigentlich von Yvonne?«, fragte Jonas und versuchte krampfhaft, möglichst gelangweilt zu klingen. Wir saßen am Ufer der Erft und tranken lauwarmes Bier. Die Sonne färbte unsere kalkige Haut bedrohlich rot. Bis eben war es einer dieser besonderen Momente, die niemals enden sollten. Unsere Angeln bewegten sich in der leichten Strömung und interessierten uns dort genauso wenig wie die Forellen der Köder am Haken.

Und nun spürte ich plötzlich diesen kalten Schauer über meinen Rücken laufen, und ich glaube, mein Herz stoppte für einen kurzen Moment. Wie in Gottes Namen konnte er davon erfahren haben? Ich versuchte, mir einzureden, dass es nur der belanglose Small Talk zweier guter Freunde war, doch ich sah in seinen Augen, dass definitiv mehr dahintersteckte. Entgegen meinen Gefühlen bemühte ich mich, möglichst gelassen zu bleiben. Doch wahrscheinlich war genau dieses Benehmen verräterisch. Ich stand langsam auf und stellte mich an das Ufer. Ich atmete tief durch die Nase ein und genoss die Idylle. Ganz leicht bewegten sich die Bäume hin und her, ein Golden Retriever ließ sich von einer Ente zu einem Bad einladen.

»Ich kenne sie ja kaum«, erklärte ich Jonas. »Aber ich finde sie hübsch. Ich glaube, ich mag sie.«

»Ach ja? Du *magst* sie also?«, sagte er. »Was meinst du damit?« Ich fand, er klang überraschend gelassen, fast cool. Vielleicht war ich ja doch grundlos nervös.

»Na ja, sie ist nett, und ich freu mich für dich, dass du so eine hübsche Freundin hast«, schlug ich als Erklärung vor. Ich versuchte, möglichst cool zu wirken, doch meine Augen suchten den Boden schon nach einer möglichen Waffe ab.

»Ich bin froh, dass du mein Freund bist«, erklärte er freundlich und setzte dabei ein seltsames Lächeln auf. Doch sein Gesichtsausdruck konnte nicht über die Spannung hinwegtäuschen, die sich zwischen uns ganz plötzlich aufgetan hatte. Schlagartig wurde mir bewusst, warum Jonas nur mich zu diesem kleinen Angelausflug mitgenommen hatte. Und in diesem Moment wünschte ich mir Mike herbei. Er hätte Jonas mit seiner impulsiven Art bestimmt einschüchtern können.

Obwohl ich die Anspannung spürte, kam der Angriff doch überraschend. Jonas hatte sich weggedreht, um eine Flasche aus dem Kasten zu nehmen. Doch anstatt sie ordnungsgemäß mit einem Feuerzeug zu öffnen, zerschellte er sie an einem Stein und ging mit dem Stumpf auf mich los. Ich hatte tatsächlich Todesangst, und wenn wir nicht gestürzt wären und die zerbrochene Flasche dabei aus seiner Hand gerutscht wäre, hätte das Ganze auch tatsächlich übel für mich enden können. *Noch* übler.

Jonas war nicht zu beruhigen und eine wahre Kampfmaschine. Wir rollten über den Boden, dabei bohrten sich Scherben und kleine Kieselsteine durch meine Haut und hinterließen fiese kleine Schnitte. Rittlings saß er auf meinem Brustkorb und fasste mit seinen Händen um meine Kehle. Im Affekt packte ich sein Handgelenk, stemmte mich mit vollem Einsatz gegen ihn und warf ihn so auf den Rücken. Dann nahm ich ihn in den Schwitzkasten und drückte zu. Doch schließlich konnte sich Jonas aus meiner Umklammerung befreien. Er entwickelte eine unglaubliche Kraft, und als ich zu einer Erklärung ansetzte, schlug er mir mit der Faust ins Gesicht. Der Schmerz trieb mir die Tränen in die Augen, und sein zweiter Hieb in den Magen presste mir die Luft aus den Lungen. Doch er war noch lange nicht fertig mit mir. Er riss mich an meinem T-Shirt in die Höhe und knallte meinen Schädel auf einen Basaltstein. Mir wurde kurz schwarz vor Augen, und als ich die Augen öffnete, grinste er höhnisch.

»Du blöder Wichser«, brüllte er mich an. »Du hast sie gefickt, du Schwein.« Ich hatte es längst aufgegeben, mich zu verteidigen. Gegen seine überlegene Stärke kam ich ohnehin nicht an. Erneut schlug er meinen Schädel auf den Basaltstein, und ich wähnte mich bereits im Jenseits, als ich meine Augen wieder öffnete. Jonas lief Spucke aus dem Mund, und ich sah ihn zum ersten Mal in all den Jahren weinen.

Für einen kurzen Moment keimte tatsächlich Hoffnung auf. Doch sie währte nicht lange. Mit seiner unbändigen Kraft drückte er meinen Kopf unter Wasser. Ich versuchte, mit aller Macht dagegen anzukämpfen, stemmte mich mit den Beinen von einem großen Stein ab, wand mich wie ein Aal, doch Jonas' Sitz war stabil, und der Kampf hatte mich eindeutig zu viel Power gekostet. Ich sah ihn verschwommen über der Wasseroberfläche und stellte mich bereits auf einen grausamen Tod durch Ertrinken ein – als ich plötzlich gerettet wurde. Ein Wanderer in selten dämlichem Outfit riss Jonas zurück, gerade als er im Begriff war, mir das letzte bisschen Leben auszuhauchen. Der Mann umklammerte Jonas und zog ihn von mir herunter. Ich hatte gerade noch genügend Energie, mich selbst aus dem Wasser zu ziehen. Jonas schrie wie besessen, und ich hatte Angst, er würde sich als Nächstes über den Mann hermachen. Doch auch er war mit seinen Kräften am Ende.

Erst als ich dem Wanderer glaubhaft versichern konnte, dass Jonas mich nicht noch einmal angreifen würde und ich auch kein Interesse hätte, den Vorfall der Polizei zu melden, ließ er kopfschüttelnd von uns ab. Wir packten dennoch unsere Siebensachen zusammen, wohl beide davon überzeugt, dass der Typ trotzdem die Polizei rufen würde, und sprachen niemals wieder über diesen Vorfall. Und komischerweise verstanden wir uns seitdem besser denn je.

***

Die Bilder von damals schmerzen heute noch immer. Ich erinnere mich an den Abend in der vergangenen Woche, an dem wir in der Kneipe zusammengesessen haben. Nun, mit einer gehörigen Portion Abstand, fällt mir endlich ein, was mich an diesem Abend verunsichert hat. Jonas hat sich merkwürdig verhalten, und als er sich schließlich auf den Heimweg gemacht hat, hatte ich den Eindruck, ihn beunruhige etwas. Inzwischen hat sich in mir das Gefühl breitgemacht, dass Jonas etwas weiß, das er mir nicht sagen will oder kann. Und dieses Gefühl beunruhigt mich. Denn seit diesem Abend habe ich von ihm nichts mehr gehört. Mit einer schrecklichen Ahnung stürze ich aus dem Revier.

Jonas' Kanzlei befindet sich in einer guten Gegend in unmittelbarer Nähe des Kölner Fußballstadions. Wie oft haben wir dort nach einem schwachen Spiel des FC unseren Frust in Bier, Wodka und anderem Hochprozentigen ertränkt. Ich blinzele müde in die Nachmittagssonne, als ich vor dem Gebäude stehe. Schon auf den ersten Blick ist mir klar, dass ich mit der Klingel nicht viel Glück haben werde. Die Rollläden sind heruntergelassen, und das Haus wirkt verlassen. Dennoch drücke ich auf den Messingknopf auf dem Messingtableau. Ich warte einen Augenblick und muss dann frustriert feststellen, wie wenig durchdacht mein Plan gewesen ist. Ich werfe einen Blick durch die gläserne Eingangstür und sehe nichts. Keine Mäntel an der Garderobe, keine Post vor der Tür, kein Schlüssel an dem kleinen Brettchen neben einem Spiegel.

Enttäuscht drehe ich mich vom Haus weg. Ich will schon aufgeben, als mir mein eigenes Motto einfällt: »Ganz oder gar nicht!« Also fahre ich zurück in die Stadt und parke nur wenige Minuten später vor Jonas' Apartment. Auch hier bringt die Klingel nicht den erhofften Erfolg. Doch ich werde mich nicht so leicht geschlagen geben. Ich drücke auf eine andere Klingel, stelle mich auf die Anfrage einer weiblichen Stimme freundlich vor und werde zumindest ins Haus gelassen. Die Nachbarin entpuppt sich als ältere, der Kleidung nach zu urteilen wohlhabende Frau, die es jedoch vorzieht, mir ihren Namen nicht zu nennen. Schließlich gebe es da draußen ja genügend Betrüger, die sich gerade ältere Damen als Opfer aussuchten.

Mir soll es egal sein. Ich erkundige mich nach Jonas und erfahre, dass sie ihn nur selten zu Gesicht bekommen hat, ihre Augen sowieso nicht die besten seien und sie sich auch sonst nicht für den jungen Anwalt aus der Nachbarwohnung interessiere. Einen Schlüssel habe sie nicht und wolle auch keinen haben. Ich will schon enttäuscht gehen, als sie mir doch noch etwas Brauchbares liefert.

»Ich glaube, er ist sowieso verreist«, erklärt sie, als ich nach einer kurzen Verabschiedung auf dem Treppenabsatz bereits kehrtgemacht habe. Interessiert drehe ich mich zurück.

»Wie kommen Sie darauf?«, frage ich.

»Na ja, vor wenigen Tagen hat ein Mann mit einer großen Tasche die Wohnung verlassen. Ich kam gerade vom Bridge-Abend zurück und habe mich über ihn geärgert, weil er mir den Weg mit seinem Gepäck versperrt hat. Er hat im Traum nicht daran gedacht, mir den Weg frei zu machen.«

## 17

*Mike*

Ich bin bei der Durchsicht der Akte auf ihren Namen gestoßen. Wie versessen habe ich mir jedes Detail angeschaut und bin fündig geworden. Gabriele Hoffmann. Nun sitze ich einer Frau Mitte fünfzig gegenüber, die in ihrem Leben schon viel durchgemacht haben muss. Ihr Gesicht ist von Falten und kleinen Narben übersät, Fingerkuppen und die paar Zähne im Mund sind gleichermaßen gelb, und ihr Haar klebt in fettigen Strähnen an ihrem Kopf. Dazu lässt ihr Körpergeruch auf eine eher sporadische Hygiene schließen. Kurzum, ich bereue meine spontane Eingebung zutiefst und bete förmlich, dass sie mich zumindest ermittlungstechnisch voranbringt. Die Frau lächelt mich an, und es fällt mir schwer, nicht zu würgen. Immerhin ermöglicht der sommerliche Nachmittag einen Kaffee an der frischen Luft. Hoffmann hat das Lokal ausgesucht, und wenn ich mir die runtergekommenen Tische und Stühle sowie die verblasste Häuserfront so ansehe, wundert mich ihre Wahl nicht.

»Sie sind also Polizist?«, fragt sie mich und zieht an ihrer Zigarette. Da sie meinen Dienstausweis bereits genau studiert hat, gehe ich davon aus, dass es sich um eine Art Small Talk handeln muss. Ich nicke und versuche dabei krampfhaft, freundlich zu wirken. »Ein spannender Beruf«, stellt sie fest und erweckt so den Eindruck, als wäre sie seit Jahren Undercover-Polizistin.

»Frau Hoffmann«, reiße ich sie aus ihren Gedanken. »Sie hatten eine engere Brieffreundschaft zu einem Häftling«, fahre ich schließlich fort. Laut Akte hat Willy Pipke fast zehn Jahre Briefe von dieser Frau erhalten.

Angeblich lassen sich Häftlinge, denen ein solcher Briefwechsel zuteilwird, nach der Haftentlassung besser integrieren. Trotzdem kapiere ich nicht, welche Hintergedanken die betreffenden Frauen haben und wie sie sich ihren Häftling aussuchen. Aber es soll mir recht sein.

Unerwarteterweise wehrt sich Gabriele Hoffmann gegen meine Behauptung. »Ich weiß nicht, wovon Sie sprechen«, erklärt die

Frau und leckt mit einer fast schon lilafarbenen Zunge über ihre dicken Lippen.

Es gibt nur wenige Dinge, die ich mehr hasse, als angelogen zu werden. Doch ich schlucke den Zorn hinunter.

»Ich rede von den Briefen, die Sie Willy Pipke geschrieben haben. Sie wissen doch sicherlich, dass jeder Brief an einen Häftling kontrolliert wird. Es bringt Ihnen also nichts, die Tatsache zu leugnen.«

Hoffmann wägt ihre Möglichkeiten ab, zieht erneut an ihrer Zigarette und bläst mir den Rauch vermischt mit einem säuerlichen Gestank ins Gesicht. Eine osteuropäische Frau tritt an unseren Tisch, und ihr versifftes Tablett entlarvt sie als Kellnerin. Ich bestelle mir einen Kaffee und gebe der Frau mit einer Handbewegung zu verstehen, dass sie sich ebenfalls etwas auf meine Rechnung bestellen mag.

»Was springt für mich dabei raus?«, will sie wissen, und ich muss fast lachen. Ihre Augen haben eine seltsame Form angenommen, als wollte sie mit dieser Grimasse einen eiskalten Profi spielen. Gleichzeitig ist es mir schlicht zuwider, mit ihr in Verhandlung zu treten.

»Frau Hoffmann«, sage ich gelangweilt, »es handelt sich um reine Routine, Ihre Aussage ist vermutlich völlig unerheblich.« Die Lüge kommt mir als Lügenhasser verblüffend flüssig über die Lippen. Und anscheinend auch glaubwürdig, denn sofort zeichnet sich eine Mischung aus Verunsicherung und Enttäuschung in ihr Gesicht. »Freuen Sie sich, dass ich Ihnen das Getränk spendiere. Wenn Sie wollen, können Sie mir helfen. Wenn nicht, dann nicht«, erkläre ich ihr, und mein gleichgültiger Unterton ist noch nicht einmal gespielt. Letztlich geht es mir ausschließlich darum, vor Tommy nicht als fauler Sack dazustehen. Doch meine Worte verfehlen ihre Wirkung nicht.

»Also«, stammelt sie, als die Kellnerin mir den Filterkaffee vor die Brust stellt und Hoffmann ein Kölsch mitsamt Korn überreicht. Gierig trinkt die zierliche Frau einen großen Schluck. »Was genau wollen Sie also wissen?«, fährt sie schließlich fort.

»Ich will wissen, worum es in den Briefen ging«, erkläre ich.

»Um die Liebe. L'amour«, sagt sie und leert ihren Korn in einem Zug, um dann wieder an der Kippe zu kleben.

»Sie waren also ein Paar?«, hake ich nach, obwohl mir die Akte die Antwort schon längst geliefert hat. Frau Hoffmann stimmt zaghaft zu und schickt gekonnt einen Rauchring auf die Reise. »Sie durften ihn auch im Gefängnis besuchen?«

»Wenn Sie doch alles wissen, warum sind Sie dann hergekommen?«, fragt sie.

»Kannten Sie seine Söhne?«, fahre ich jedoch unbeirrt fort.

Sie nickt kaum merklich.

»Alle?«

Dieses Mal zuckt die Frau nur noch mit den Schultern.

Mir reicht das Spielchen so langsam, und somit entscheide ich mich, direkt zur Sache zu kommen. »Sie wissen ja, warum Pipke gesessen hat«, beginne ich. »Wegen Mordes«, schiebe ich hinterher, um ihre Reaktion abzuwarten. Es gibt keine. »Hat Willy Pipke in Ihrem Dabeisein jemals behauptet, den Mord an Matthias Weber nicht begangen zu haben?«

Sie lächelt mich schief an. »Klar, hat er«, stellt sie fest. »Aber welcher Mörder tut das nicht?«

»Sie haben ihm also nicht geglaubt?«

»Ich weiß es nicht.« Ihre Stimme zittert ein wenig, und erstmals wirkt ihre Selbstbeherrschtheit erschüttert. »Wissen Sie, ein kleiner Zweifel ist immer geblieben. Ich meine, die Bullen ...« Sie macht eine kurze Pause, sieht aber, dass mich der Begriff nicht weiter stört. »Also, die machen ja auch ihren Job. Die haben das ja gelernt. Warum sollten die einen Fehler machen?«

»Justizirrtümer kommen doch immer mal wieder vor«, erkläre ich. »Davon werden Sie doch auch schon gehört haben.«

»Ja, natürlich. Willy hat immer gesagt, er hätte ein Alibi.«

Ich spüre, dass mein Puls sich beschleunigt. »Und? Hat er Ihnen das Alibi genannt?«

Sie denkt einen Moment nach, drückt ihre Kippe in den Aschenbecher, zündet sich aber umgehend eine neue an. »Er hat mir eins genannt. Aber ich habe ihm versprochen, es nicht weiterzuerzählen. Niemals.«

»Willy Pipke ist tot. Sie haben die Chance, in einer Mordermittlung zu helfen.«

Sofort wird mir mein Fehler bewusst. Gabriele Hoffmann

auch. Sie entblößt ihre schlechten Zähne und lächelt übers ganze Gesicht.

»Dann muss Ihnen meine Auskunft doch etwas wert sein«, stellt sie trocken fest. Angewidert öffne ich mein Portemonnaie und lege einen Fünfzig-Euro-Schein auf den Tisch.

# 18

*Tommy*

Ich habe eine unruhige Nacht hinter mir, in der ich mich – geplagt von Alpträumen und schlechten Gedanken an Jonas – hin und her gewälzt und insgesamt zu wenig Schlaf gefunden habe. Dementsprechend mürrisch habe ich mir einen Kaffee besorgt und sitze nun mit einem Croissant bei Starbucks und blättere in einer Zeitung.

Der Anruf geht um kurz nach acht ein. Di Matteo berichtet mir von der Rückkehr der Verschollenen. Yvonnes Mutter hat ihre Tochter zurückgemeldet. Ich bin positiv überrascht. Denn obwohl ich sie gebeten hatte, uns umgehend zu informieren, habe ich im Leben nicht damit gerechnet. Laut der Mutter war Yvonne die vergangenen Tage tatsächlich im Norden, allerdings nicht bei der Schwester, sondern gemeinsam mit einem Mann in einem Hamburger Hotel. Nun sei sie wohlbehalten zurück und schlafe in ihrem alten Zimmer.

Ich freue mich über die Nachricht, denn ich gehe davon aus, dass es sich bei dem Mann um Jonas handelt, der mir nun vielleicht eine Erklärung liefern kann. Ich lese die neusten Entwicklungen im Fall Noel Wirtz und spüre eine seltsame Art Vorfreude, denn ich habe wirklich das Gefühl, der Fall kann endlich eine positive Wendung nehmen. Doch ich verfüge ja nicht über Mikes internes Warnsystem.

Auch im Büro herrscht eine euphorische Stimmung. Di Matteo hat bereits mit Yvonne gesprochen und für mich einen Termin am frühen Abend vereinbart. Gessert hat unterdessen gleich zwei Zeugen ausfindig gemacht, die unabhängig voneinander von einem Mann berichten, der in der Tatnacht mit einer Sporttasche in den Feldern gesehen worden ist. Und auch Mike strahlt über das ganze Gesicht, als er mein Büro betritt.

»Pipke war es nicht«, erklärt er, als er die Tür geschlossen hat. Zufrieden setzt er sich auf den Besucherstuhl und lächelt mich an. Ich muss sein Grinsen erwidern. Allerdings weniger über diesen vermeintlichen Ermittlungserfolg, vielmehr bin ich froh, dass er mir meine Schimpftirade vom Vortag offenbar nicht übel genommen hat. Er wirkt auch wieder deutlich entschlossener. »Pipke hat Matthias Weber nicht umgebracht.«

Mikes schelmisches Lächeln hat etwas Ansteckendes, es gefällt mir sogar, dass er mich extralange auf die Folter spannt. Das kann nur etwas Gutes bedeuten.

»Also«, beginnt er endlich. »Maurice Pipke hat ja bereits angedeutet, dass sein Vater ein Alibi hatte. Komischerweise wollte er es mir nicht verraten.« Ich spüre eine innere Unruhe und gebe Mike mit einem Handzeichen nun doch zu verstehen, weiterzumachen. »Wie dem auch sei. Ich musste ihm versprechen, seine Familie in Ruhe zu lassen.« Er macht eine theatralische Pause. Ich wiederhole die Handbewegung. »Rotkäppchen«, sagt er plötzlich und schaut mich aus seinen großen Augen an. Doch der Groschen fällt einfach nicht. Also hilft er mir auf die Sprünge: »So werden Frauen genannt, die sich mit Häftlingen einlassen.«

»Und du hast eine Frau gefunden, die etwas mit Willy Pipke hatte?«, frage ich, um das Gespräch ein wenig voranzutreiben.

»Genau. Gabriele Hoffmann.«

Es klopft an der Tür, im nächsten Moment streckt di Matteo seinen Kopf herein und erklärt, die beiden Zeugen nun aufsuchen zu wollen. Ich bejahe und wende mich wieder Mike zu.

»Gabriele Hoffmann hat Pipke jahrelang Briefe geschrieben. Offenbar war sie der Meinung, eine Beziehung zu ihm zu pflegen.«

»Was heißt, sie war der Meinung? Er hat das anders gesehen?«

Mike hat anscheinend auf die Frage gehofft, jedenfalls droht sein Lächeln in einer Gesichtsstarre zu enden. »Zunächst schon«, sagt er. Mehr nicht.

»Mike, ich habe keine Lust, dir alles aus der Nase zu ziehen. Komm bitte zum Punkt. Ich habe noch Termine«, ermahne ich ihn.

»Ja, ja, schon gut. Also zunächst habe ich gedacht, Pipke hat damals ein Ding mit seinen Söhnen gedreht. Deswegen wollte Maurice ihn auch nicht ans Messer liefern. Doch anscheinend hat es nichts mit den Söhnen zu tun. Ich habe mich mit Hoffmann lange unterhalten. Sie war tatsächlich der Meinung, mit Pipke eine Beziehung zu führen. Hat ihn immer wieder gelöchert, ob er wirklich fähig ist, ein Kind umzubringen, und wenn er doch tatsächlich unschuldig ist, warum er dann nicht einfach der Polizei sein Alibi nennt. Laut ihrer Aussage ist er irgendwann ausgerastet. Hat sie beschimpft, und einige Wärter mussten ihn wieder unter Kontrolle bringen. Doch beim nächsten Besuch hat er ihr das Alibi verraten.«

Wieder macht Mike eine Pause. Die ich ihm durchgehen lasse, weil ich auf die Pointe gespannt bin.

»Pipke war aus einem bestimmten Grund nicht an einer Beziehung mit ihr interessiert. Er hatte andere Vorlieben. Laut Hoffmann hat er sich in der Tatnacht mit einem jungen Mann verlustiert«, lässt Mike die Bombe platzen.

Natürlich bin ich erst einmal skeptisch und mache offenbar keinen Hehl daraus. Denn Mike sieht mir meine Bedenken an.

»Ich wollte es zunächst auch nicht glauben, aber sie sagt, Pipke hat ihr erzählt, er hätte sich im Wäldchen einen blasen lassen.«

»Und deswegen wollte der junge Pipke nichts darüber erzählen«, hake ich nach. Mike nickt. »Und du glaubst dieser Frau? Ich meine, sie scheint ja nicht ganz klar im Kopf zu sein.«

»Natürlich hatte auch ich meine Zweifel. Aber sie hat mir einen Namen genannt, und ich hab die Sache überprüft. Es war nicht schwer, den Mann ausfindig zu machen, und er hat das Techtelmechtel bestätigt.«

»Du fährst zu einem Typen, erzählst ihm deine Geschichte, und er bestätigt sie? Einfach so?« Ich denke tatsächlich, er macht Witze.

Mike grinst über beide Ohren. »Ich kenne den Typen. Insofern war es nicht so schwierig. Er hat Angst vor uns.«

»Vor uns? Das heißt, ich kenne den Typen auch?«

Wieder nickt mein Kumpel. »Klar, es war Vaclav Berger!«

Ich habe ja bereits erwähnt, dass in unserem Beruf nur sehr wenig Platz für Zufälle ist. Dass ein Name gleich zweimal an unterschiedlichen Stellen einer Ermittlung auftaucht, ist unter diesem Gesichtspunkt eher selten und dann fast immer bedenklich. Und trotzdem beunruhigt mich der Name Vaclav Berger nicht wirklich. Ich glaube nicht, dass er in irgendeiner Verbindung zu den

Opfern steht. Er ist einfach zweimal zur falschen Zeit am falschen Ort gewesen und wird insofern auch zweimal in der abschließenden Akte auftauchen.

Vaclav ist ein Kleinkrimineller, der sich schon immer mit illegalen Jobs über Wasser gehalten hat. Deshalb überrascht mich sein Dasein als Stricher nicht. Zugegebenermaßen steigt er durch diesen Umstand nicht in meiner Gunst. Doch da Mike schon mit ihm gesprochen hat und mich seine sexuelle Vergangenheit nicht weiter interessiert, lasse ich den Namen erst einmal außen vor. Viel wichtiger ist die Erkenntnis, dass Willy Pipke offenbar ein Alibi für die Tatnacht hatte und ich mit meinem Gefühl recht behalten habe. Pipke hat Matthias Weber nicht umgebracht. Wir suchen also nicht nur nach dem Mörder von Timo Johnen, wir suchen auch den Täter in dem sechzehn Jahre alten Fall Matthias Weber.

Natürlich hält sich die Freude in Grenzen, wenn sich zu einem Mord noch ein anderer gesellt, und doch spüre ich eine gewisse Genugtuung, dass es endlich Entwicklungen gibt. Auch di Matteo hat glücklicherweise Ergebnisse vorzuweisen. Der Kollege hat tatsächlich einen der Zeugen angetroffen. Der junge Mann ist Kellner in einer ortsansässigen Kneipe und gibt an, sich nach seiner Schicht auf den Heimweg gemacht zu haben. Er habe auf die Straßenbahn gewartet, die erwartungsgemäß Verspätung gehabt habe, und wenige Minuten bevor die Bahn schließlich einfuhr, sei ihm eine Person aufgefallen. Nach eigener Aussage hatte er dem Mann zunächst keine Beachtung geschenkt, sich dann aber doch gefragt, warum ein Mensch um diese Uhrzeit aus dieser Richtung kam. Keine Geschäfte, wenige Häuser, kein Verkehr.

Tatsächlich gibt es für einen Spaziergang im Dunkeln nur wenige Erklärungen. Zumal der Mann kein Haustier an einer Leine ausführte, dafür aber eine schmutzige Sporttasche mit sich trug. Ein durchaus interessanter Hinweis. Nur leider ziemlich aussichtslos. Die Beschreibung des Zeugen ist nicht gut zu gebrauchen. Auf die Distanz in der Dunkelheit habe er nicht viel erkennen können. Immerhin ist er sich sicher, dass es sich um einen Mann handelt und dieser nicht übergewichtig ist. Damit scheiden gut fünfzig Prozent der erwachsenen Deutschen aus. Am Gangbild will der Zeuge zudem erkannt haben, dass es sich um einen jungen Mann gehandelt haben muss. Sein Alter schätzt er auf zwanzig bis fünfzig Jahre ein. Auf gut Deutsch: ein guter Hinweis, aber mehr vorerst nicht. Vielleicht kann ja der zweite Zeuge noch etwas Hilfreiches beitragen.

Aber auch so kann sich die Zwischenbilanz für diesen Tag durchaus sehen lassen. Wir haben viele neue Aspekte gesammelt, und ich bin optimistisch. Zum ersten Mal während der laufenden Ermittlungen habe ich das Gefühl, dem Ziel näher zu kommen.

Leider bekommt meine Zuversicht einen herben Dämpfer, als am frühen Nachmittag ein folgenschwerer Anruf auf dem Revier eingeht.

## 19

*Mike*

So viel zum Thema Bauchgefühl. Es hat mich zum ersten Mal in all den Jahren absolut im Stich gelassen. Geradezu hinters Licht geführt. Als Gabi Hoffmann die Bombe hat platzen lassen, war ich schon bedient. Den alten Fall ebenfalls aufrollen? Nein, danke. Wir haben doch so schon mehr als genug zu tun. Andererseits sind die Neuigkeiten so brisant, und Tommy ist tatsächlich so stolz auf mich, dass sich ein euphorisches Gefühl einstellt. Doch als Tommy schließlich mit verzerrter Fratze vor mir steht, wird mir übel.

Es gibt noch nicht viele Informationen. Doch ich glaube, uns ist beiden zu diesem Zeitpunkt bewusst, was oder wen wir finden werden. Zumindest schweigen wir auf dem gesamten Weg. Ich habe bereits eine böse Vorahnung, und als ich eine halbe Stunde später die alte Scheune inmitten der Felder betrete und dieses Häufchen Elend vor mir liegen sehe, ist es endgültig Gewissheit.

Absolute Stille. Ein Blitzlicht flackert kurz auf, und ein Fiepen verrät, dass der Blitz gleich für die nächste Aufnahme bereit ist. Ein seltsamer Modergeruch liegt in der Luft. Obwohl der klebrige Brei nicht mehr viel mit dem Kopf eines Kindes zu tun hat, weiß jeder von uns, wer der tote Junge ist: Noel Wirtz. Wie bei Timo sind die Arme und Beine in unterschiedlichen Winkeln abgespreizt. Auf den Kopf ist mit einem dumpfen Gegenstand eingeschlagen worden, und wir müssen für die Todesursache nicht auf die Ergebnisse des Gerichtsmediziners warten. Und noch etwas ist jetzt Fakt: Wir haben es mit demselben Mörder zu tun.

Noel ist sicherlich nicht die erste Leiche, die ich in einem extremen Zustand zu Gesicht bekomme, doch in dieser Sekunde geben meine Beine nach, und für einen Moment verliere ich das Bewusstsein.

***

»Tina hatte einen Unfall«, schrie mein Vater mir ins Ohr. Ich konnte ihn kaum verstehen, denn der Fahrtwind blies mir heftig entgegen. Wir waren auf dem Weg ins Freibad nach Türnich, als das monotone Indiana-Jones-Thema auf meinem riesengroßen Handy erklang. Gekonnt hatte ich das Telefon aus meiner Trainingsjacke gefischt. Mein Vater klang gar nicht glücklich, und so stoppte ich meine wilde Fahrt und gab mit einer schnellen Handbewegung den anderen zu verstehen, schon mal vorzufahren.

»Tina hatte einen Unfall«, wiederholte er lauter. Ein eiskalter Schauer lief mir über den Rücken. Natürlich klang er vorwurfsvoll. Natürlich, weil er grundsätzlich an mir herumnörgelte, aber in erster Linie, weil ich versprochen hatte, mich um Tina zu kümmern. Meine kleine Schwester war zehn Jahre alt, also durchaus in der Lage, auf sich selbst aufzupassen. Und ich musste zugeben: Die ständige Angst meiner Eltern, ihrer kleinen, heiligen Tochter könnte etwas zustoßen, ging mir gehörig auf die Nerven. Also kein Wunder, dass ich in meiner Fürsorge erst recht nachlässig wurde.

Ich ließ die vergangenen Stunden Revue passieren und fragte mich ernsthaft, wie sie in einen Unfall hatte verwickelt werden können. Sie hatte mir stundenlang in den Ohren gelegen, mich doch ins Schwimmbad begleiten zu dürfen. Natürlich hatte ich abgelehnt und ihr dafür meine DVD-Sammlung angeboten. Sie wollte aber lieber auf den Spielplatz in der Nachbarschaft.

Mein Vater schrie unaufhörlich irgendwelche Dinge in den Hörer. Doch nachdem er das Krankenhaus genannt hatte, hörte ich ihm gar nicht mehr zu.

Als ich eintraf, schilderte ein Arzt meinen Eltern gerade den Zustand meiner Schwester. Während ich zuhörte, wurde seine Stimme immer leiser und das Pfeifen in meinen Ohren immer lauter. Tina war aus großer Höhe von einem Klettergerüst gestürzt und hatte sich massive Verletzungen zugezogen. Ich schluckte hörbar und schüttelte ungläubig den Kopf. Ich hatte versagt.

»Wir werden tun, was wir können«, beendete der Mediziner seinen betont sachlichen Vortrag. »Aber es ist sehr unwahrscheinlich, dass sie sich vollständig erholen wird. Tina wird wohl niemals ein normales Leben führen können.«

***

Tommy klopft mir vorsichtig auf die Schulter. Mir ist unglaublich übel. Der Junge, dem ich noch vor wenigen Monaten einen handsignierten Fußball der FC-Profis zum Geburtstag geschenkt habe, liegt mit zermalmtem Schädel im Heu. Erschlagen. Ich reiße mich zusammen und lasse mir von Tommy aufhelfen.

»Wir müssen Vollmer sagen, wie gut wir das Opfer kennen«, flüstert er mir ins Ohr, als ich endlich wieder Boden unter meinen Füßen spüre.

Ich denke über seine Worte nach. »Nein«, widerspreche ich dann. »Das ändert nichts. Und er wird es nicht unbedingt herausfinden. Es gibt ja keine Verbindung zu uns«, erkläre ich selbstsicherer, als ich es eigentlich bin. »Aber wir sind es Richard und Noel schuldig. Meinst du nicht auch?«

Er blickt mich mit großen Augen an und nickt. Dann dreht er sich um und geht zur Leiche. Er legt seinen Kopf zur Seite, steht plötzlich auf und kehrt zurück.

»Weißt du, was ich glaube?« Sein Blick wirkt seltsam gespenstisch. Ich habe keine Ahnung, was er glaubt, deshalb verneine ich mit einer eindeutigen Kopfbewegung.

Tommy sieht mich fest an. »Möglicherweise Jonas' Sohn, jetzt Richards. Es gibt eine Verbindung. Der Mörder spielt mit uns.«

# 20

*Tommy*

»Was für eine unglaubliche Tat«, schießt es mir als Erstes in den Kopf. »Wer kann zu so etwas in der Lage sein?«, frage ich mich, als ich Noel im Heu liegen sehe. Anscheinend ist Mike noch nicht wieder der Alte, denn er leistet sich bei diesem Anblick einen kleinen Aussetzer. Aber ich empfinde seine kurze Ohnmacht nicht als Schwäche. Mir geht es auch nicht viel besser. Gerade als ich denke, die Ermittlungen würden endlich in Gang kommen, dieser herbe Rückschlag. Doch in erster Linie zerbreche ich mir in diesem Moment den Kopf darüber, wie ich Richard diese schreckliche Nachricht überbringen kann.

Ich versuche, den Fundort der Leiche auf mich wirken zu lassen, in der Hoffnung, wichtige Details zu erkennen. Mein Blick bleibt an Mike hängen, der sich über die Leiche beugt und offenbar die Wunde genauer in Augenschein nimmt. Er verharrt einen Moment und schaut sich um. Dann steht er auf und kommt zu mir herüber. In diesem Augenblick wird mir klar, wie ich mein Richard-Problem lösen werde.

»Es wird wohl dieselbe Waffe sein«, stellt Mike fest. »Auch hier gibt es kleine Metallpartikel«, erklärt er weiter und bestätigt damit unseren ersten Verdacht. »Ist alles klar mit dir?«

Anscheinend ist mir der Schock ebenfalls anzusehen. »Geht schon«, antworte ich. Ich will gar nicht erst den Eindruck von Schwäche entstehen lassen.

»Was hältst du davon, wenn ich zu Richard fahre?«, schlägt er mir vor, als hätte er meine Gedanken gelesen. »Ich habe einen ganz guten Draht zu ihm.«

»Ich kann das auch machen«, biete ich der Form halber an.

»Nein, du hast so schon genug zu tun«, sagt er schließlich. Mit einem seltsamen Lächeln, das mich ein wenig stutzig macht. Ich gehe jedoch nicht näher darauf ein.

Nachdem ich einige Dinge auf dem Revier organisiert habe, setze ich mich am frühen Abend in meinen Dienstwagen und durchquere die Stadt. Dunkle Regenwolken sind mittlerweile aufgezogen, und der warme Sommer scheint eine kurze Pause einlegen zu wollen. Pünktlich als ich aus dem Auto steige, setzt der Platzregen ein. Ich sprinte einen kleinen Weg entlang und drücke mich an die Wand. Zum Glück muss ich nicht lange warten, und Yvonne öffnet mir die Tür. Ich lächele sie freundlich an. Sie sieht für die Umstände unbeschreiblich gut aus. Ihr blondes Haar fällt ihr ins Gesicht, und ihre grünen Augen leuchten wie Smaragde. Sie trägt enge, kurze Jeans und ein knappes Tanktop.

»Hi«, sage ich etwas leiser als gewollt.

»Hi«, erwidert sie flüsternd. »Ich habe mit dir gerechnet«, fährt sie fort und macht mir den Weg frei. Ich gehe an ihr vorbei und betrete das Wohnzimmer. Ihre Mutter hat offenbar in weiser Voraussicht das Feld geräumt. »Also?«, fragt sie und bietet mir mit einem Handzeichen einen Platz auf der weißen Ledercouch an.

Ich nehme die Einladung an und blicke mich um. Den Putzfimmel hat sie offenbar von ihrer Mutter geerbt. Hier ist es nicht aufgeräumt. Nein, diese Wohnung ist rein.

»Du bist weggerannt«, beginne ich und bin über meinen vorwurfsvollen Ton selbst überrascht. Sie setzt sich auf einen Ledersessel und starrt zu Boden.

»Ich bin nicht weggerannt«, erklärt sie, und ihre Stimme klingt plötzlich ganz aufmüpfig. »Ich musste nur den Kopf freikriegen.«

Diese lapidare Formulierung bringt mich fast aus dem Konzept.

»*Kopf freikriegen?* Du bist die Mutter des Opfers. Du kannst doch nicht einfach weggehen, ohne ein Wort zu sagen«, erkläre ich ihr.

Sie zieht eine Schnute, legt den Kopf zur Seite und lächelt mich unschuldig an.

Doch mein Zorn bleibt. »Das ist kein Spiel, Yvonne. Timo ist tot.« Ich bin entsetzt über ihre Art und kann nun nachvollziehen, wieso Mike schon mal so aus der Haut fährt.

»Ich weiß«, erklärt sie und versucht es erneut mit der Unschuldiges-Mädchen-Nummer. Mit demselben überschaubaren Erfolg.

»Wo ist Jonas?«, frage ich sie wütend.

»Welcher Jonas?«, erwidert sie, macht große Augen und bringt mich damit vollends auf die Palme.

»Jonas Hellmann«, blaffe ich sie an. Lange werde ich mir dieses Spielchen nicht mehr mit anschauen.

»Ich habe Jonas seit Jahren nicht mehr gesehen«, erklärt sie, und eine Mischung aus Trotz und Verzweiflung flackert in ihrem Gesicht auf.

»Du warst doch nicht alleine in Hamburg«, helfe ich ihr auf die Sprünge.

»Nein. Ich war dort mit einem …«, sie sucht nach dem richtigen Begriff und entscheidet sich schließlich für, »… Freund. Wir kennen uns schon seit Jahren.«

»Wer ist es?«, frage ich sie kurz angebunden.

»Kennst du nicht«, antwortet sie und verschränkt ihre Arme vor der Brust.

»Yvonne, ich bin nicht als ein Freund hier, sondern beruflich.« Ich rede mit ihr wie mit einem Kind, denn so kommt sie mir gerade vor. »Ich brauche den Namen, ich bin auf der Suche nach einem Mörder. Nach dem Mörder deines Sohnes«, erkläre ich ihr wütend.

»Er heißt Michael. Wir haben uns in Hamburg kennengelernt, als ich vor zwei Jahren meine Schwester besucht habe. Seitdem haben wir uns mehrfach getroffen«, erzählt sie mir, und die Art, wie sie »getroffen« betont, verrät, worum es sich bei den Treffen gehandelt hat.

»Okay. Wir werden ihn überprüfen müssen. Wir brauchen den vollen Namen und seine Adresse.« Yvonne nickt. »Und jetzt unterhalten wir uns über Jonas Hellmann.«

Sie blickt mir in die Augen, erkennt dort aber offenbar meinen puren Willen, denn sie sieht zerknirscht aus. »Was gibt's da groß zu erzählen?«, versucht sie es trotzdem.

»Mir ist zum Beispiel eine gewisse Ähnlichkeit zwischen Jonas und Timo aufgefallen«, klopfe ich auf den Busch. Wieder meine ich, einen Anflug von Trotz in ihrem Gesicht auszumachen. Doch offenbar ist der Widerstand nun gebrochen.

»Okay. Jonas und ich hatten noch mal etwas miteinander«, gibt sie schließlich zu.

»Wann?«

Sie zuckt mit den Schultern und lächelt müde. »Eigentlich immer wieder. Es hat nie ganz aufgehört.«

»Auch zuletzt noch?«

»Das letzte Mal vor einem halben Jahr oder so.«

»Und Timo ist sein Sohn?«

Wieder zuckt sie mit den Schultern. »Ich denke, schon.«

»*Du denkst, schon?* Du weißt nicht, wer der Vater ist?«, hake ich erschrocken nach.

Sie verneint.

Fast schon verzweifelt kratze ich mich an der Stirn.

»Na ja, wir haben nie einen Test gemacht«, erklärt sie dann. »Aber Jonas war schon irgendwie Timos Vater. Ich meine, du hast es ja selbst gesagt. Sie sahen sich so ähnlich.«

»Aber ihr habt schon darüber gesprochen?«

Ihre Augen weiten sich. »Natürlich«, sagt sie in gespielter Empörung. »Er hat mit Timo viel unternommen. Timo hat ihn auch Papa genannt. Aber ob er es biologisch auch wirklich war, kann ich nicht mit Sicherheit sagen.«

»Wenn ihr immer wieder was gehabt habt, warum wart ihr dann nicht zusammen? Warum dieser Helmut?«

»Du kennst Jonas doch«, antwortet sie. »Er ist halt anders. Und ich glaube, ich habe ihn auch nicht geliebt.«

»Was meinst du mit anders?«

Sie blickt mich einen Moment an, und ich sehe ihr Unbehagen. Aber da muss sie jetzt durch.

»Na, du kennst doch seine Gewaltausbrüche. Er hat mich geschlagen. Öfter. Ich wollte nicht mit einem Tier zusammen sein.«

Ich erinnere mich an unsere Auseinandersetzung am Fluss und muss Yvonne zustimmen. Jonas konnte im Zorn zu einem Tier werden.

»Und das hat er so einfach hingenommen?«, frage ich nach.

Wieder das müde Lächeln.

»Natürlich nicht. Er hat mich regelrecht gestalkt. Stand andauernd vor der Tür, hat angerufen, hat mich bedroht.« Sie macht eine kurze Pause, doch ich lasse sie weitererzählen. »Na ja, einmal hat er mir nachts aufgelauert und mich zusammengeschlagen. Richtig übel. Ich dachte, ich überlebe es nicht. Ich habe zwei Wochen im Krankenhaus gelegen, und meine Mutter hat sich um Timo kümmern müssen.«

»Und du bist trotzdem nicht zur Polizei gegangen?«, frage ich entsetzt.

Yvonne zuckt erneut mit den Schultern. »Dann wäre es doch nur noch schlimmer geworden.«

»Du hast dich gar nicht gewehrt?«

»Na ja, ich habe Helmut geheiratet. Ich hatte gehofft, dann würde mich Jonas in Ruhe lassen.«

»Hat er nicht?«, frage ich, obwohl ich die Antwort zu kennen glaube.

»Nein, hat er nicht. Es wurde noch schlimmer.« Wieder starrt sie auf den Teppich, und einzelne Tränen laufen ihr über das Gesicht. Innerhalb weniger Minuten hat sich mein Bild von ihr wieder komplett gewandelt. Ich empfinde tatsächlich so etwas wie Mitleid für sie. Also lege ich ihr meine Hand auf das Bein. Freundschaftlich.

»Und seit einem halben Jahr läuft nichts mehr?«

Sie schüttelt den Kopf. »Ich habe ihm gedroht, zur Polizei zu gehen. Er hat tatsächlich ein paar Wochen Ruhe gegeben. Ich dachte, er würde mich in Ruhe lassen. Doch dann, eines Abends nach dem Volleyball, stand er vor der Turnhalle. Mit einer Eisenstange. Er hat nach mir geschlagen. Er hat mir den Arm angebrochen. Es gibt immer noch Spuren.« Sie dreht ihren Arm, und ein gelblich grüner Fleck untermalt ihre Behauptung.

»Mit einer Eisenstange?«, wiederhole ich.

»Ja. Er hat auf mich eingeschlagen. Als Mannschaftskolleginnen aus der Halle kamen, ließ er von mir ab und rannte weg.«

»Und danach?«

»Danach kam er nur noch einmal wieder. Helmut war auf Geschäftsreise. Da stand er plötzlich vor der Tür.«

»Und hat er dich wieder geschlagen?«

»Nein. Er hat mich beschimpft und gedroht, mich zu vergewaltigen, wenn ich ihn nicht freiwillig ranlasse. Da habe ich blitzschnell die Tür geschlossen, mich ans Fenster gestellt, mein Handy genommen und so getan, als würde ich die Polizei rufen.«

»Und das war es dann?«

»Nein. Er hat mir noch einmal gedroht. Schlimmer als je zuvor.«

»Was hat er gesagt?«

»Er hat gesagt: ›Beim nächsten Mal komme ich Timo holen.‹«

## 21

*Mike*

Julia ist alles andere als erfreut, als ich sie anrufe, um ihr mitzuteilen, dass es mal wieder später wird. Zumindest deute ich das plötzliche Tuten in der Leitung so.

In der letzten Zeit ist das Verhältnis zwischen uns beiden ein wenig angespannt. Julia macht sich nicht nur Sorgen um mich, es geht um unsere Beziehung. Sie wirft mir vor, dass ich »dauernd meilenweit weg« bin. Viel schlimmer als bei jedem Fall zuvor, der mich auch privat abgelenkt hat. Sie meint, unser gemeinsames Leben wäre auf einmal nur noch auf Nebeneinanderschlafen beschränkt. Und natürlich bemängelt sie, dass ich keine Zeit mehr für Elsa und Louisa habe, und damit hat sie auch recht.

Auf der anderen Seite hat sie mich als Kriminalkommissar geheiratet, und ich rede mir ein, dass sie hätte wissen müssen, worauf sie sich einlässt. Dennoch ziehe ich es im Moment vor, ihr noch nichts von Noels Ermordung zu erzählen. Diese Nachricht wird sie nur schwer verdauen können, da ist ein Gespräch von Angesicht zu Angesicht besser. Zumal ich ihr ja versprechen musste, dass ich die Arbeit nicht mit nach Hause bringe. Aber ich wäre ohnehin auch gar nicht dazu gekommen, sie hat ja gleich aufgelegt. Ich rede mir ein, dass ich deswegen auch nichts von dem Polizeischutz sagen konnte, der ab sofort möglichst unauffällig für das Wohl meiner Töchter zuständig ist.

Ein kurzer Platzregen hat es deutlich abkühlen lassen, und so öffne ich Verdeck und Fenster und lasse mir zu BAPs »Alles im Lot« den Fahrtwind durch das Gesicht wehen. Ich liebe diese Jahreszeit, und es verstört mich ein wenig, dass ich es mit dieser grausamen Nachricht im Gepäck trotzdem fertigbringe, die Umgebung so zu genießen. Vermutlich ist es meine Art, die Nervosität zu überspielen, bevor ich einem meiner ältesten Freunde die brutale Hiobsbotschaft überbringe.

Richards Haus wirkt von außen verlassen, und doch hat es sich Judith offenbar nicht nehmen lassen, ein wenig Sonne zu tanken. Mitten im Garten steht eine Sonnenliege, die vom Platzregen nicht verschont geblieben ist. Ich stelle mir Judith Wirtz in einem engen Bikini vor und muss zugeben, dass mir das Bild gefällt. Angewidert schüttle ich den Kopf, als mir meine Gedanken bewusst werden. Was ist bloß los mit mir?

Ich schnaube verächtlich und parke den Wagen auf der großen Einfahrt neben Richards Audi Q7. Ich bin überrascht, dass er das frisch polierte Fahrzeug nicht in der Garage parkt. Vermutlich hat er es schon in Stellung gebracht, in der Sorge, plötzlich ein Krankenhaus aufsuchen zu müssen. Immerhin kann ich ihm diese nehmen. Ein schwacher Trost. Bevor ich mein Fahrzeug verlasse, atme ich noch einmal tief durch. Das wird sicherlich einer der schwersten Momente meiner beruflichen Laufbahn werden.

Insgeheim ärgere ich mich, Tommy diesen Gang abgenommen zu haben. Klar, er ist mein Vorgesetzter, Schwager und bester Freund, aber in letzter Zeit habe ich zunehmend das Gefühl, dass er sich arg in der Publicity sonnt und mehr delegiert, als selbst die Lösung dieses Falls – der beiden Fälle – voranzubringen. Und nun überlässt er mir auch noch die Drecksarbeit. Tatsächlich zweifle ich an seinem hundertprozentigen Willen. Irgendetwas hemmt ihn. Ist es Vorsicht? Oder hat er eine neue Vorahnung und will mir diese nicht verraten?

Egal, denke ich. Jedenfalls jetzt. Ich bin es Richard schuldig, ihm die Nachricht persönlich zu überbringen. Richard ist ein guter, loyaler Freund, und ich will für ihn da sein. Weil er auch für mich da war, als ich ihn brauchte.

***

»Tina ist tot«, flüsterte ich, als ich die Scheune betrat. Ich stand völlig neben mir. Wie in Zeitlupe schob ich mich zu der alten Biergarnitur und blickte in die Runde. In meinem Kopf setzte die Musik aus, überhaupt war es plötzlich ganz still. Meine Freunde drehten sich zu mir. Die Zeit schien stehen zu bleiben.

Tommy stand auf, kam zu mir herüber und legte mir seine Hand auf die Schulter. Er sagte keinen Ton, sondern stand einfach nur da. Ich weiß selbst nicht, wie ich mich in diesem Moment verhalten hätte. Auch für meine Freunde war es ein schwerer Augenblick, den sie erst einmal verdauen mussten. Tommy wirkte ernsthaft schockiert, löste schließlich seinen Griff, nahm sich ein Bier und verschwand in den Feldern. Er hatte Emotionen noch nie gut zeigen können. Doch Tina war auch für ihn wie eine kleine Schwester gewesen, und der Schock hatte ihm Tränen in die Augen getrieben.

Richard war es schließlich, der als Erster aufstand und mich in den Arm nahm. Er drückte mich fest an sich, und ich spürte, wie meine Tränen sein T-Shirt durchnässten. Er blieb den ganzen Abend neben mir sitzen, fragte mich dann und wann nach den Umständen und hielt sich zurück, wenn er merkte, dass ich nicht weiter darüber sprechen wollte.

Natürlich waren auch alle anderen in dieser Zeit für mich da. Zumindest so gut sie konnten. Doch Richard erwies sich als bester Weggefährte. In den folgenden Wochen verging kein einziger Tag, an dem er mich nicht besuchte oder mit Ausflügen, Spieleabenden oder einer Flasche Whiskey versuchte, meinen Schmerz zu lindern. Er redete mir zu, dass meine Schuldgefühle völlig fehl am Platz seien. Auch wenn ich wusste, dass er damit unrecht hatte, rechnete ich ihm seine Bemühungen hoch an.

Auch Tommy ließ sich hin und wieder blicken. Mit seinen dummen Späßen brachte er mich immer wieder zum Lachen, und er nahm mich mit auf seine legendären Sauftouren. Über Tinas Selbstmord sprachen wir nie wieder.

***

Judith Wirtz trägt tatsächlich einen Bikini, als sie mir die Tür öffnet. Natürlich reiße ich mich zusammen. Judith erkennt an meinen traurigen Augen, warum ich gekommen bin, und schreit hysterisch Richards Namen. Über uns poltert es, und ich gehe davon aus, dass sich mein alter Freund für einen Moment hingelegt hatte. Als er die Treppe herunterstürzt, bestätigen seine Frisur, die müden Augen und der weiße Bademantel meinen Verdacht.

Es bedarf keiner Worte. Richard sieht mich, seine Augen weiten sich, und er beißt sich mit aller Kraft auf die Faust. Ein bizarrer Anblick, der sich tief in mein Gehirn brennt. Dann stürzt er sich auf mich. Für einen kurzen Augenblick denke ich, er will mich angreifen. Doch Richard vergräbt sein dickes Gesicht in mein T-Shirt und fängt an zu schluchzen. Er riecht nach Schweiß, und ich ekele mich tatsächlich ein wenig. Doch vor allem halte ich sein Wimmern kaum aus, die Töne, die er dabei macht, treffen mich bis ins Mark. Ich tätschle freundschaftlich seinen riesigen teigigen Rücken und helfe ihm, sich auf die Treppe zu setzen. Wir verharren einige lange Minuten in dieser Position und sprechen kein Wort miteinander. Doch ich spüre seine Dankbarkeit, dass ich ihm diese Nachricht persönlich überbracht habe.

Eine gute halbe Stunde später sitzt mir Richard auf seiner Ledergarnitur gegenüber. Seit mindestens fünfzehn Minuten schüttelt er unaufhörlich den Kopf. Immer wieder flüstert er diesen einen Satz: »Das kann nicht sein.« Auch Judith wirkt erschüttert, hat sich aber schon lange wieder unter Kontrolle. Sie hat ihn ebenfalls in den Arm nehmen wollen, doch Richard hat sie etwas unsanft weggeschubst. Offenbar hat auch diese Ehe schon bessere Zeiten erlebt. Judith versorgt uns dennoch mit Gebäck und Bier. Normalerweise trinke ich grundsätzlich nicht im Dienst. Doch heute mache ich eine Ausnahme. Auch hier rede ich mir ein, dass es in Richards Sinne wäre.

»Was ist passiert?«, fragt er plötzlich, als er sein Gesicht aus einem Taschentuch befreit hat.

»Es war ein Gewaltverbrechen«, erkläre ich vorsichtig. Ich habe auf dem Weg hierher beschlossen, ihm die Antwort möglichst dosiert zu verabreichen.

»Wer tut so etwas? Wer reißt einen kleinen Jungen aus seinem Leben?«, fragt Judith, die sich neben uns gesetzt hat. Für ihre Frage erntet sie von Richard das nächste Kopfschütteln.

*Ein Psychopath*, hätte ich zu gerne geantwortet. Doch das ist zu einfach. »Keine Ahnung«, sage ich stattdessen. »Egal, wer, Tommy und ich werden ihn finden.«

»Wie ist er gestorben?«, fragt Richard und schluckt hörbar.

»Wie der kleine Johnen. Stumpfe Gewalt. Er wurde erschlagen.«

Er zuckt zusammen. »Also derselbe Mörder?«, fragt er dann und schnäuzt in das Taschentuch, das ihn gerade noch von den Tränen befreit hat.

»Wir sind uns zu diesem Zeitpunkt noch nicht sicher, aber es deutet viel darauf hin.«

»Ihr habt gesagt, bei Noel würde die Sache ganz anders liegen als bei dem Johnen-Jungen. Dass er ganz sicher nicht als Mordopfer in Frage kommt. Jetzt ist er tot. Und auf einmal ist nichts mehr anders.« Sein Blick ist voller Zorn, und er macht keinen Hehl daraus, dass dies alles als Vorwurf gemeint ist.

»Wir haben es auch nicht für möglich gehalten«, antworte ich defensiv, fühle mich aber umgehend schlecht. »Es tut mir so leid«, sage ich deutlich freundlicher.

»Warum gerade Noel?«, fragt Richard schließlich und blickt mich flehend an.

Tja, warum Noel? So gern ich es ihm gesagt hätte, auf diese Frage kenne ich einfach keine Antwort.

»Ich denke, er war zur falschen Zeit am falschen Ort«, schlägt Judith vor, als wollte sie alle Wogen auf einmal glätten. Ich würde ihr zu gerne recht geben, doch ich glaube nicht daran. Was ich natürlich für mich behalte.

»Sag mal, Richard«, beginne ich vorsichtig. »Wusstest du eigentlich auch, dass Jonas Hellmann etwas mit Yvonne hatte?«

Mein Freund blickt mich entsetzt an. Allerdings nicht, weil er überrascht ist. »Mike, du hast mir gerade gesagt, dass mein Sohn ermordet worden ist. Was soll diese Frage?«

Ich muss zugeben, dass es ziemlich taktlos geklungen haben muss. Also schließe ich meine Erklärung umgehend an. »Es besteht die Möglichkeit, dass Jonas Timo Johnens Vater war.«

Richard blickt mich noch einen kurzen Moment verständnislos an, dann fällt der Groschen.

»Also Jonas' und mein Sohn?«, fragt er schließlich. »Warum gerade wir? Was hat das zu bedeuten?«

»Das müssen wir herausfinden. Ich denke, dann sind wir ein großes Stück weiter.« Wie aus dem Nichts springt Richard auf, reißt mit einer unbändigen Kraft einen Ledersessel in die Höhe und schleudert ihn durch das Zimmer.

»Jonas, du dummer Wichser!«, schreit er, und sein Gesicht verfärbt sich dunkelrot.

## 22

*Tommy*

Verträumt schaue ich in den Tumbler, den ich mit kreisenden Bewegungen in der Hand halte. Die Alternative wäre Sex mit Jenny gewesen. Doch ich habe mich dagegen entschieden und ihr per SMS abgesagt. Sicherlich nicht nett, aber ich habe im Moment ganz andere Probleme zu lösen.

Ich atme die klare Luft ein, die der Platzregen hinterlassen hat, und blicke in den sternenklaren Himmel. Es ist wie einer dieser wunderbaren Sommermomente, die man sonst nur im Urlaub erlebt. Wäre da nicht dieser grausame Fall, der meine gesamte Vergangenheit auseinanderzureißen droht. Ich bin sicherlich nicht so ein Nostalgiker wie Mike, lebe mehr im Hier und Jetzt, doch natürlich bedeutet auch mir dieser Freundeskreis, der seit so vielen Jahren zusammenhält, sehr viel. Nun droht das, was war, in einem Drama zu enden. Richard hat seinen Sohn verloren, Jonas ist durch das jüngste Gespräch auf meiner Verdächtigenliste zum Titelanwärter avanciert, meine kleine Yvonne ist ein halbes Leben lang durch die Hölle gegangen, und Mike wird mir von Tag zu Tag fremder. Die ganze Geschichte nimmt einen Lauf, den ich nur schwer ertragen kann.

Nach dem Gespräch mit Yvonne bin ich noch einmal zu Jonas' Apartment gefahren. Vergebens. Ich habe noch einmal bei der älteren Dame geklingelt, erneut dieselben Antworten erhalten und bin fast schon frustriert wieder nach Hause gefahren, als mir doch noch etwas einfiel: Ich erkundigte mich nach Jonas' Auto.

Die ältere Dame konnte sich natürlich nicht an Jonas' Fahrzeug erinnern. Wie auch, sie kannte ihn ja noch nicht einmal. Doch als ich ihr den A4 beschrieb, wurde sie hellhörig. Ihr war ein schwarzer, neumodischer Kombi aufgefallen, der tagelang die Einfahrt blockiert habe. Dort stünde er immer. Nachts würde sie das ja nicht stören, aber tagelang? Sie habe sich sogar das Kennzeichen aufgeschrieben, da sie den Besitzer anzeigen wollte. Vor einigen Tagen sei er dann plötzlich verschwunden.

Sie ging den Zettel holen, und tatsächlich handelte es sich

um Jonas' Auto. Wir müssen natürlich noch überprüfen, ob es sich zurzeit in einer Werkstatt befindet. Doch der Verdacht liegt nahe, dass Jonas seine Flucht mit dem Auto angetreten hat und er mittlerweile über alle Berge ist.

Nach dem Gespräch bin ich nach Hause gefahren und habe mich nach einer sporadischen Wäsche bereits ins Bett gelegt. Doch ich bin viel zu aufgekratzt. Tausende Bilder gehen mir durch den Kopf. Richard, Noel, der kleine Weber, ja sogar Mike mit Julia. An Schlaf ist nicht zu denken, und somit entscheide ich mich, den Biergarten in der Nachbarschaft aufzusuchen. Tatsächlich hat der Whisky eine beruhigende Wirkung auf mich. Ich sinniere über den Tod im Allgemeinen und bin erschrocken darüber, wie schnell sich ein Leben verändern kann.

Mir kommt Richard in den Sinn. War es fair, Mike auf ihn anzusetzen? Vielleicht nicht, denke ich. Aber trotzdem richtig. Richard und ich hatten nie das beste Verhältnis, und so schrecklich die Nachricht ist, die er zu verkraften hat – ganz tief in meinem Inneren hege ich nach wie vor eine Abneigung gegenüber dem schwergewichtigen Mann. Eine Abneigung, die er sich redlich verdient hat.

***

Zwei Tage nach den gemeinsamen Stunden mit Yvonne in Jonas' Scheune zitierte mich meine Mutter an den Frühstückstisch. Ich hatte eigentlich vor, meinen Rausch auszuschlafen, und mich deswegen in Eigenregie vom heutigen Unterricht befreit. Dass meine Mutter mich so früh am Vormittag weckte, schmeckte mir gar nicht. Zumal eine russische Folklore-Gruppe namens Wodka in meinem Schädel eine hässliche Polka tanzte. Die hellen Sonnenstrahlen taten ihr Übriges. Doch da ich es wahrlich nicht gewohnt war, von meiner Mutter strenge Vorgaben zu empfangen, quälte ich mich tatsächlich verwundert aus dem Bett. Konnte ihre Maßnahme doch nur bedeuten, dass sie sauer auf mich war.

Auch wenn der Kopfschmerz unerträglich war, versuchte ich, mir einen Reim darauf zu machen. An den verpassten Schulstunden würde es sicherlich nicht liegen. Denn obwohl ich in letzter Zeit häufiger der Schule ferngeblieben war, waren meine Noten so kurz vor dem Abitur alles andere als besorgniserregend.

Ich ließ den gestrigen Abend Revue passieren. Mike und ich hatten die Nacht mit anderen Klassenkameraden in einer schäbigen Kölner Kneipe verbracht. Als wir gegen drei vor die Tür gesetzt worden waren, hatten wir in unmittelbarer Nähe des Hauptbahnhofs noch einen kleinen Mitternachtssnack zu uns genommen und dann das erstbeste Taxi nach Hause. Keine Schlägerei, kein Übergeben, kein Filmriss. Ich konnte mich sogar noch an die Dusche und den Gang in mein Bett erinnern.

Immer noch irritiert, setzte ich mich an den Esszimmertisch und trank das Glas O-Saft, das meine Mutter mir in weiser Voraussicht bereitgestellt hatte.

»Willst du eine Hühnerbrühe?«, fragte sie mich nach ihrem Allheilmittel.

»Nein, danke! Ich würde gerne wissen, warum ich so früh aufstehen muss.«

Sie blickte demonstrativ auf ihre Armbanduhr. »Ich glaube, einige deiner Schulkameraden sind sogar noch früher aufgestanden.« Dazu lächelte sie mich an.

Sofort war ich erleichtert. Sie war also nicht zornig. Wenn sie so humorvoll darüber hinwegsah, dass ich die Schule schwänzte, konnte keine dicke Luft herrschen. Meine Verwunderung allerdings blieb.

Sie zog einen kleinen Briefumschlag aus ihrer Strickjacke und legte ihn auf den Tisch.

»Was ist das?«, fragte ich sie neugierig und nahm den Umschlag in die Hand.

»Sag du es mir«, forderte sie mich auf.

Ich inspizierte das Stück Papier und dachte zunächst, Lena hätte mir einen Liebesbrief geschrieben. Vielleicht war es auch eine von den Gören aus der Nachbarschaft. Sie gingen in die Mittelstufe meiner Schule und hatten offenbar schon lange ein Auge auf mich geworfen. Zumindest bei einer konnte ich mir vorstellen, sie im entsprechenden Alter mal flachzulegen. Ich öffnete den Briefumschlag und erschrak. Wie in einem schlechten Film hatte mir jemand eine Botschaft aus ausgeschnittenen Zeitungsbuchstaben hinterlassen:

*ICH HAB EUCH GESEHN UND WERDE ES SAGEN!*

Ich las die Zeile noch einmal und schüttelte den Kopf. Dann reichte ich den Brief meiner Mutter.

»Was habt ihr wieder angestellt?«, wollte sie wissen. Sie lächelte zwar nicht mehr, doch ernsthaft Sorgen schien sie sich auch nicht zu machen.

»Nichts. Ich habe keine Ahnung, woher das kommt oder was das soll, Mom. Wirklich«, erklärte ich. Und obwohl mir meine Mutter nicht wirklich glaubte, war das die Wahrheit. Ich hatte nicht die leiseste Ahnung, was man mir mit dieser Nachricht mitteilen wollte.

Meine Mutter schien alles andere als überzeugt, und auf ihrer Stirn bildeten sich kleine Falten. »Mom«, wiederholte ich. »Mach dir keine Sorgen. Wir haben keinen Mist gebaut. Wirklich. Vermutlich sind das die Mädels aus der Nachbarschaft. Sie wollen sich nur einen Spaß erlauben.« Ich nahm meine Mutter in den Arm, griff den Brief und ging zurück in mein Zimmer.

Die Kopfschmerzen hatten ein wenig nachgelassen, doch wirklich gut ging es mir noch nicht. Ich ging die vergangenen Tage noch einmal durch und kam ziemlich schnell zu dem Schluss, dass es sich ausschließlich um mein kleines Intermezzo mit Yvonne handeln konnte. Doch was sollte der Brief? Wenn Lena uns gesehen hätte, wäre schon längst der Teufel los. Sie schied also als Absender aus. Genauso wie Mike und Sebastian. Beide wussten von meinen zahlreichen Liebschaften, und ich hatte den Eindruck, als seien sie zutiefst beeindruckt über meine »Quote«. Zumal mir dann spontan das Glashaus einfallen würde. Jonas hätte mich vermutlich totgeprügelt, hätte er von der Sache mit Yvonne erfahren. Es blieben also nicht viele Möglichkeiten.

Ich warf erneut einen Blick auf das Papier. Die Formulierung sprach für ein Kind. Und da waren noch die Buchstaben. Das »B« erinnerte mich sehr stark an die Jugendzeitschrift Bravo. Ich konnte mir nicht helfen, aber der Absender dieses Briefes war sicherlich nicht in unserem Alter.

Wir trafen uns an diesem Abend in unserer Stammkneipe. Auch

wenn ich dem Brief keine große Beachtung mehr schenken wollte, erwischte ich mich dabei, meine Freunde skeptisch zu beäugen. Wir tranken ein paar Bier, und da nicht viel los war, beschlossen wir, unsere kleine spontane Feier in der alten Scheune fortzusetzen. Es war eine herrliche Sommernacht, und wir machten uns zu Fuß auf den Weg. Wir waren fast nüchtern, als wir schließlich eintrafen. Kaum hatte Jonas die Tür geöffnet, strömte uns ein widerlicher Gestank entgegen.

Leere Bierflaschen, zerknüllte Chipstüten, eine umgekippte Biergarnitur und getrocknete Kotzereste. Es war erstaunlich, dass Jonas' Eltern die Scheune noch nicht dichtgemacht hatten. Tatsächlich hatte ich seine Eltern erst selten gesehen, meinte mich aber zu erinnern, dass sein Vater zu leichten cholerischen Anfällen neigte. Umso erstaunlicher, dass wir hier unser Unwesen treiben durften. Mike forderte uns auf, zumindest für ein wenig Ordnung zu sorgen. Und auch wenn wir uns über seinen Befehlston lustig machten, stimmte ich ihm insgeheim zu. Tatsächlich räumten wir fast eine geschlagene Stunde auf, bis mir schließlich Richards Abwesenheit auffiel.

Er war schon immer ein gemütlicher Typ, und wenn ich ehrlich bin, wunderte es mich nicht, dass er sich vor der Arbeit drückte. Doch Faulheit konnte ich noch nie gut leiden, deshalb machte ich mich auf die Suche nach ihm. Richard war jedoch nirgends zu finden, und ich wollte schon aufgeben, als mir der kleine Verschlag einfiel, in den Yvonne mich eingeladen hatte. Und tatsächlich, als ich eintrat, erkannte ich Richards Rücken direkt vor mir. Ich wunderte mich, dass er auch Kenntnis von dem Versteck hatte, denn bislang war ich davon ausgegangen, es sei Yvonnes geheime Oase.

»Wolltest du nicht helfen?«, fragte ich und war mir meines vorwurfsvollen Untertons durchaus bewusst. Richard zuckte zusammen und hielt sich die rechte Hand an die Brust.

»Hast du mich erschreckt«, sagte er, und tatsächlich erkannte ich in seinen Augen Unsicherheit. Dann blickte ich auf den kleinen Schlafplatz und sah die Bravo und eine kleine gelbe Bastelschere. Zu gerne hätte ich Richard eine verpasst, doch für einen so armseligen Spaß Kräfte zu verbrauchen, entsprach nicht meinem Naturell. Ich schüttelte den Kopf und griff nach Richards Arm.

»Lass die Scheiße sein«, drohte ich ihm und drückte so fest zu, dass sein Unterarm eine unnatürliche Farbe annahm. »Ich warne dich«, fuhr ich fort und blickte ihm tief in die Augen. Doch Richard spielte seine Rolle gut. Das muss ich ihm lassen. Er blickte mich verständnislos und skeptisch an.

»Ich habe keine Ahnung, was du meinst«, erklärte er stotternd, und ich erkannte in seinen Augen Angst. Dennoch glaubte ich dem Fettsack nicht. Ich ließ seinen Arm los, verharrte aber noch einen Moment und verabschiedete mich in dem sicheren Gefühl, dass meine Drohung angekommen war.

War sie offenbar nicht. Nur zwei Tage später erhielt ich eine weitere Nachricht. Wieder wurde sie in den Briefkasten geschmissen, wieder waren die Buchstaben aus einer Zeitschrift ausgeschnitten, und wieder glaubte mir meine Mutter keinen Ton, als ich ihr unsere Unschuld versicherte. *ICH WERDE ES SAGEN!,* lautete die kurze Botschaft.

Ich wusste nicht genau, wie ich mich verhalten sollte. Schließlich stellte Richard keine Forderungen. Außerdem bezweifelte ich, dass er Lena etwas verraten würde. Richard war ein schwieriger Kerl. Immer neugierig, sicherlich auch in gewisser Weise eifersüchtig auf das Glück der anderen. Er wusste grundsätzlich alles besser und ging mir andauernd auf die Nerven. Doch er war nicht blöd. Selbst wenn er etwas für Lena empfand, war er schlau genug zu wissen, dass er mit dieser Nachricht sicher nicht bei ihr landen würde. Was glaubte er also, mit dieser Botschaft erreichen zu können?

Ich beschloss, den Brief zu ignorieren, warf ihn in den Mülleimer und dachte nicht weiter darüber nach. In den folgenden Tagen kamen weitere Nachrichten. Mein Zorn stieg stetig, und ich sprach Richard noch einmal darauf an. Wieder spielte er den Unschuldigen. Schließlich entschied ich mich, das Thema gar nicht mehr anzusprechen. Denn ich ging davon aus, so würde Richard endlich aufhören. Bis eines Tages Lena verheult vor mir stand. Sie schimpfte auf mich ein, verfluchte mich und versprach mir sogar, sich zu rächen. Irgendwer musste Lena die Geschichte mit Yvonne gesteckt haben. Und ich wusste, wer. Ich haderte lange mit mir, ob ich überhaupt etwas unternehmen sollte. Und tatsächlich gelangte ich zu dem Schluss, dass es besser war, Gras über die Sache wachsen zu lassen.

Bis Jonas mich unten am Ufer angriff. Und mich böse erwischte, nicht nur körperlich. Bisher hatte ich mich, obwohl ich der Jüngste war, immer als Anführer der Gruppe gefühlt. Jonas und Sebastian waren zu unvernünftig, Mike zu impulsiv. Ich war das gesunde Mittelmaß, war schon mal in Schlägereien verwickelt und hatte mir so nicht nur im Freundeskreis viel Respekt verschafft. Zugleich kannte ich die Grenzen und hatte ein großes Rechtsempfinden. Ich hätte nie grundlos zugeschlagen.

Doch Jonas hatte mich mit seinem Angriff an meine Grenzen geführt, und dieser Stachel saß tief. Komischerweise war ich trotzdem nicht sauer auf ihn. Er hatte mich fair besiegt. Ich war sauer auf Richard, dieses feige, fette Schwein. Noch am selben Abend suchte ich ihn auf. Meine Lungen brannten, und mein Schädel dröhnte, als wäre eine Concorde darauf gelandet. Diesen Zustand kannte ich gar nicht.

Richards Mutter ließ mich in das beeindruckende Einfamilienhaus. Ich lächelte sie freundlich an und schob mich, ohne ein Wort zu sagen, an ihrem rundlichen Körper vorbei. Die Gene zur Fettleibigkeit schien er von ihr geerbt zu haben. Sie interessierte sich nicht weiter für mich und verschwand in der Küche. Vermutlich, um ihrem einzigen Sohn einen Kuchen zu backen.

Ich stieg die Treppe empor und fand Richard in seinem Zimmer. Es war nicht das Zimmer eines Jugendlichen. Überall saßen überdimensional große Stofftiere und verwandelten den Raum in das Paradies eines Kleinkinds. Richard starrte mich ängstlich an. Er wusste genau, was jetzt passieren musste. Ich packte seinen Schädel und schlug ihn gegen die Wand. Zwei Mal. Blut tropfte aus der Platzwunde, die der Beton verursacht hatte. Richard wehrte sich nicht und brachte mich damit erst recht auf die Palme. Ich schleuderte ihn auf sein Bett und stellte mich breitbeinig vor ihn.

»Pass auf, du Wichser«, drohte ich, versuchte aber gedämpft zu sprechen, damit seine Mutter keinen Verdacht schöpfte. »Ich habe dich gewarnt. Lass mich in Ruhe.« Richard blickte mich vollkommen verstört an. Er musste dieses Gesicht stundenlang einstudiert haben. Es war so unglaublich authentisch. Dann wischte er sich mit seinem Ärmel das Blut von der Stirn. Natürlich tat er mir irgendwie leid. Doch das hätte er sich vorher überlegen sollen.

»War's das?«, fragte ich wütend. Richard nickte vorsichtig. »Und wenn du das hier irgendwem erzählst, bringe ich dich um«, drohte ich ihm.

Ich verließ die Villa, ohne mich zu verabschieden. Richard hat nie irgendwem von diesem Vorfall erzählt. Zum Glück, denn ich schämte mich, kaum dass ich den Rückweg angetreten hatte. Und ich schwor mir, niemals wieder die Kontrolle zu verlieren.

Ich erhielt noch zwei weitere Briefe. Mit ähnlichem Inhalt. Doch ich ging nicht darauf ein, und dann war Schluss. Anscheinend hatte er jetzt endgültig die Lust verloren.

## 23

*Mike*

Richard Wirtz war nie der Typ, der zu Gewaltausbrüchen neigte. Ganz im Gegenteil. In unserer Jugendzeit waren wir oft in wilde Schlägereien verwickelt. Richard war immer der Ruhepol, der versuchte, uns zurückzuhalten oder eine Prügelei auszureden. Vermutlich hatte er Angst vor den Schmerzen, die eine körperliche Auseinandersetzung nun mal so mit sich bringt. Dementsprechend schockiert mich sein Auftritt. Fliegende Möbelteile, Schimpftiraden und Worte, die aus seinem Mund so unglaubwürdig klingen wie ein Gottesgebet aus dem Mund eines Satanisten.

Natürlich ist sein Gefühlsausbruch absolut nachvollziehbar, denn ich habe ihm vor wenigen Minuten die schrecklichste Nachricht, die man Eltern überbringen kann, mitteilen müssen. Doch hinter diesem Wutausbruch steckt noch viel mehr. Hinter diesem Wutausbruch steckt ein unglaublicher Zorn. Ein Zorn auf Jonas Hellmann. Immer wieder wiederholt er Jonas' Namen. Immer und immer wieder. Und jedes Mal geht ein anderes Stück des teuren Mobiliars zu Bruch. Erst nach einer knappen halben Stunde beruhigt sich Richard so weit, dass er in einen weiteren Heulkrampf verfällt. Trotz des Wimmerns ist mir dieser Zustand deutlich lieber. Judith besorgt uns einen starken Schnaps, und nach einigen Minuten ist mein alter Freund wieder ansprechbar.

»Was ist mit Jonas?«, frage ich ihn und spüre ein seltsames Kribbeln in meiner Brust. Richard zögert. Ich habe den Eindruck, dass er nach den richtigen Worten sucht. Dann schüttelt er jedoch wieder den Kopf und starrt auf den Boden.

»Was ist mit Jonas?«, wiederhole ich jetzt deutlich energischer. Richard blickt mich an, in seinen Augen sammeln sich wieder Tränen. Lethargisch legt er den Kopf zur Seite.

»Er weiß, wer der Mörder ist«, flüstert Richard.

Ich blicke ihn skeptisch an, gleichzeitig beschleunigt sich mein Puls. »Hat er dir einen Namen genannt?«, frage ich aufgeregt.

Richard erzählt mir von dem Abend, als sich die Gruppe in der Kneipe getroffen hat. Ich wundere mich, dass mir niemand

Bescheid gegeben hat, und bin etwas sauer auf Tommy, spreche meine Gedanken aber nicht aus. Die Jungs haben offenbar gemeinsam zu Abend gegessen, als der Mord an Timo Johnen zur Sprache gekommen ist. Was für ein nettes Gesprächsthema, schießt es mir durch den Kopf. Jonas habe sich auffällig verhalten. Denn für seine Verhältnisse habe er wenig Witze gemacht und über einen langen Zeitraum geschwiegen.

Mein Puls beruhigt sich so langsam wieder. Jonas' Verhalten ist für mich keine Überraschung. Er hat schließlich seinen Sohn verloren. Doch Richard konnte das nicht wissen.

Jonas hat nur etwas mehr getrunken als sonst, erfahre ich weiter. Und schließlich habe sich Richard ein Herz genommen und ihn gefragt, was denn los sei. Laut Richard hat Jonas mit sich gerungen, ob er ihm überhaupt etwas erzählen solle. Doch schließlich habe er sich einen Ruck gegeben. »Ich kann unseren Superbullen den entscheidenden Hinweis liefern«, soll Jonas gesagt haben. Woraufhin Richard angeblich Jonas aufgefordert hat, das doch auch bitte zu tun. Doch unser Freund habe sich gesträubt und sowohl ihm als auch Sebastian das Versprechen abgenommen, uns nichts davon zu erzählen. Als Richard dann gerade »insistieren wollte«, wie er sagt, sei Tommy zur Tür hereingekommen.

Mir ist sofort klar, wieso sich Richard jetzt wieder an den Abend erinnert hat und woher die unbändige Wut auf Jonas kommt: Er ist überzeugt, Jonas hätte durch seinen Tipp Noel retten können. Doch das ist falsch. Woher sollte Jonas den Täter kennen, und wenn, warum ihn decken? Oder war das ein verstecktes Geständnis? Aber warum ausgerechnet gegenüber Richard und Sebastian? Das ergibt keinen Sinn.

Nein, Jonas hat den ersten Mord an Matthias Weber gemeint.

Auf dem Heimweg rasen meine Gedanken, des Rätsels Lösung finde ich aber nicht. Ich lenke meinen Wagen auf unsere Einfahrt und schließe erschöpft die Haustür auf. Ich gebe mir Mühe, leise zu sein, denn ich wähne Julia bereits im Bett. Ich täusche mich. Mit verquollenen Augen sitzt meine wunderschöne Frau am Esszimmertisch und blickt mich vorwurfsvoll an. Ich versuche, wieder wach zu werden, um mir einen Reim auf ihren Gesichtsausdruck machen zu können. Vergeblich. Ich kann mich nicht daran erinnern, womit ich diese Reaktion ausgelöst haben könnte.

»Was ist los?«, frage ich besorgt, lasse meine Notebooktasche unsanft auf den Boden fallen, gehe zu ihr hinüber und streichle ihr liebevoll über den Arm. Sie zieht ihn hastig zur Seite, und Tränen rollen über ihre Wange.

»Warum hast du es mir nicht gesagt?«, beschwert sie sich. Ihre Augen bohren sich regelrecht in meinen Kopf. In all den Jahren hat sie mich so noch nicht angesehen. Fast, als würde sie mich hassen.

»Was hätte ich dir sagen sollen?«, frage ich hilflos. Sie stützt ihren Kopf auf die Handfläche. Dann schluchzt sie.

»Noel«, flüstert sie. »Wie konntest du mir das verheimlichen? Er war Richards Sohn.«

Das ist alles? Das ist der Grund für diese Szene? Ein Stein fällt mir vom Herzen, denn ich habe mit Schlimmerem gerechnet. Diesen Streit werde ich im Keim ersticken können.

»Julia«, beginne ich und setze ein freundliches Lächeln auf. »Das ist doch kein Thema fürs Telefon. Hätte ich dir das per SMS schreiben sollen?« Ich merke selbst, dass ich zynisch klinge, und schäme mich sogleich. Schließlich hätte es natürlich die Möglichkeit gegeben, ihr früher davon zu erzählen. »Ich bin vorher nicht dazu gekommen«, versuche ich es schließlich, als ich erkenne, dass meine lässige Erwiderung gar nicht gut bei ihr ankommt.

»Du hast für gar nichts mehr Zeit«, schimpft sie. »Ich sehe dich überhaupt nicht mehr. Die Kinder fragen schon nach dir. Ich weiß nicht, was ich denen noch sagen soll.«

Daher weht also der Wind. Ein heikles Thema, vor allem, seit ich bei der Mordkommission bin. Und ich habe keine Lust mehr, mich dafür zu rechtfertigen, dass ich meine Arbeit mache, dass ich den Mord an Kindern aufzuklären versuche. Ich mach das nicht zum Privatvergnügen, verdammt.

»Sag ihnen doch, dass ich weg bin, um ihnen dieses Leben hier zu finanzieren.«

Ich bereue meine Worte umgehend, obwohl ich wütend bin. Sie blickt mich hasserfüllt an. Und ich weiß, warum: Julia hat wegen der Kinder ihren sicheren Job als Informatikerin bei einer

Computerfirma aufgegeben. Nach langem Hin und Her hatten wir uns darauf geeinigt, dass das für alle Beteiligten die beste Lösung sei. Ich musste nur versprechen, dass ich ihr niemals vorhalte, als Einziger für den Familienunterhalt aufzukommen. Bislang ist mir das ganz gut gelungen. Bislang.

Ich sehe den Zorn in ihren Augen und kann ihn nachvollziehen. Schließlich hätte Julia sicherlich mehr auf unser Konto beisteuern können, als ich es je tun werde. Doch ein Streit ist jetzt wirklich das Letzte, das ich gebrauchen kann. Ich hebe beschwichtigend die Hände. »Entschuldigung«, flüstere ich schließlich, »das war blöd. Ich nehme es zurück.« Dazu strahle ich sie an, in der Hoffnung, dass sie meinen freundlich funkelnden Augen nicht widerstehen kann. Normalerweise klappt das. Sie kann einfach nicht böse auf mich sein. Heute schon. Ihr Blick hellt sich kein bisschen auf.

»Michael, ich habe lange darüber nachgedacht«, flüstert sie, und ich habe das Gefühl, mein Herz bleibt stehen. Diese ernste Art steht ihr gar nicht, und sie kann nichts Gutes heißen. Meine Kehle ist plötzlich wie zugeschnürt, ich habe Schwierigkeiten zu schlucken.

»Es geht so nicht weiter. Ich mag so nicht weiterleben. Ich hab alles versucht. War immer wieder netter, als ich mich gefühlt habe. Habe versucht, Verständnis aufzubringen, das ich schon lange nicht mehr habe. Vielleicht war das auch dir gegenüber unfair, aber wie auch immer …«

Sie sieht mich an, dann wieder weg, schweigt noch einen Moment und sagt dann: »Es reicht. Ich kann und will diese Fassade nicht mehr aufrechterhalten.« Dazu blickt sie mich aus traurigen, aber entschlossenen Augen an. Dieser Blick verrät mir, dass der Riss dieses Mal nicht mit meinen funkelnden Augen zu kitten ist. Und selbst eine Schachtel Pralinen oder ein Strauß Rosen wird nicht ausreichen. Julia ist im Begriff, mich zu verlassen.

»Was meinst du?«, stammle ich ängstlich, obwohl ich die Antwort bereits kenne.

»Ich will nicht mehr so tun, als wäre ich glücklich. Als wär alles gut.« Sie macht eine Pause. »Nichts ist gut. Ich will nicht immer fröhlich sein müssen. Nur damit du nicht auch noch zu Hause

Frust erlebst. Ich kann mit der ständigen Sorge um dich, aber auch um die Kinder nicht mehr leben. Es geht nicht mehr.«

»Was für eine Sorge um die Kinder?«, frage ich scheinheilig und bin froh, dass sie noch nicht den Zusammenhang zwischen Timo Johnen und Richard Wirtz und damit die ernsthafte Bedrohung unserer Töchter erkennt.

Julia schüttelt wieder stumm den Kopf. Dann blättert sie die Zeitung auf und zeigt auf ein Foto von Noel.

Ich versuche, zu lächeln. Vergeblich. »Julia. Louisa und Elsa sind überhaupt nicht in Gefahr«, erkläre ich. »Dem Mörder geht es um Jungs.« Doch meine Lüge prallt einfach von ihr ab. Ich setze mich geschockt neben sie. Sie legt ihre Hand auf meine, und ich spüre ihre Wärme. Da ist noch Liebe, denke ich. Und solange die nicht gestorben ist, werde ich ganz bestimmt nicht aufgeben. »Ich höre auf«, flüstere ich schließlich, und zum ersten Mal scheinen meine Worte anzukommen.

Julias Blick wird sanfter. »Das kannst du nicht.« Sie streichelt mir über die Hand.

»Doch, ich kann. Ich verspreche es dir. Ich werde meinen Job hinschmeißen.«

»Und dann?«, fragt sie, und tatsächlich meine ich, Hoffnung in ihren Augen zu sehen.

»Dann mache ich etwas anderes. Mal sehen.«

Julia nickt. Sie greift nach meinem Rettungsring. Jetzt darf ich sie nicht mehr loslassen.

»Das wird aber nicht alle Probleme lösen«, sagt sie. Okay, da ist offenbar noch mehr. Etwas, über das sie noch nicht reden möchte. Also belasse ich es dabei.

»Wenn du willst, gehst du wieder arbeiten. Und ich kümmere mich um die Kleinen«, schlage ich vor. Sie lächelt, wirkt aber nicht überzeugt. Und sie soll recht behalten. Denn eine Bedingung muss ich stellen.

»Lass mich nur diesen einen Fall zu Ende bringen!«

# 24

*Tommy*

Als ich an diesem Morgen den Besprechungsraum betrete, ist mir flau im Magen. Das liegt nicht an der Alkoholeskapade vom Vorabend, obwohl mir davon der Kopf zu platzen droht. Ich habe schlicht Angst, die Kollegen mit Jonas Hellmanns Geschichte zu konfrontieren. Vielleicht habe ich Sorge vor deren Reaktion. Ich weiß es nicht. Ich unterdrücke mühsam ein säuerliches Aufstoßen und schließe die Tür. Die Kollegen, inklusive Perkow, sind anwesend und sehen bis auf ebendiesen und Mike hoch motiviert aus. Ich blicke meinen Schwager an, und er sieht besorgt, wenn nicht deprimiert aus. Doch dafür ist jetzt wirklich keine Zeit. Ich streichle mir vorsichtig über meinen flauen Magen. Perkow grinst mich süffisant an. Soll er doch. Er wird gleich sein Fett wegkriegen. Ich lächle Jenny freundlich zu, doch sie ist offenbar noch sauer, dass ich für sie gestern keine Zeit hatte.

»Vorweg«, beginne ich schließlich und erwidere Perkows falsches Lächeln. »Wir können davon ausgehen, dass Willy Pipke zu Unrecht im Gefängnis gesessen hat. Offensichtlich ist dort dem ein oder anderen Kollegen ein Fehler unterlaufen.«

Perkows Grinsen erfriert. Seine Augen fixieren mich, und ich bin froh, dass Blicke tatsächlich nicht töten können. »Ein Mann hat zu Unrecht fünfzehn Jahre im Gefängnis gesessen. Ich denke, wir werden auch noch rausfinden, warum die Kollegen damals nicht genauer geschaut haben. Aber das ist zumindest jetzt noch nicht unser Fall.«

Wutentbrannt steht Perkow auf und verlässt einmal mehr den Raum. Zumindest *das* Problem ist vorerst erledigt. Offenbar sehen das die Kollegen ähnlich, denn keiner bemängelt meinen Führungsstil.

»Okay. Was haben wir?«, frage ich obligatorisch in die Runde.

»Aufgrund der Kopfverletzung und kleiner Metallpartikel spricht meines Erachtens viel dafür, dass es sich bei den Fällen Noel und Timo um denselben Mörder handeln muss«, erklärt Mike müde, während er in eine Akte blickt. »Noel ist nach ersten

Ergebnissen ebenfalls seinen schweren Kopfverletzungen erlegen. Wir müssen natürlich den endgültigen Bericht abwarten. Die Kollegen haben auf den ersten Blick keine Spuren sexueller Gewalt entdecken können.« Mein Schwager blickt auf der Suche nach Bestätigung in die Runde.

»Mich irritiert Noels Aussehen«, wirft Jenny skeptisch ein und erhält damit die ungeteilte Aufmerksamkeit. »Unsere erste Verbindung zwischen den Fällen Matthias Weber und Timo Johnen war die Ähnlichkeit der Opfer. Noel hatte allerdings schwarze Haare und war ein gutes Stück größer als Timo.«

»Ich denke, das Aussehen spielt in unserem Fall keine Rolle«, mische ich mich ein. »Wie Mike schon sagte, scheint es sich nicht um ein Sexualdelikt zu handeln. Insofern können wir das Aussehen wohl vernachlässigen.«

»Moment«, stoppt Gessert überraschend laut meinen Redefluss. »Gab es denn bei Timo Johnen Anzeichen für sexuelle oder körperliche Gewalt?«

Die Frage trifft mich unvorbereitet. Habe ich doch bewusst versucht, das Thema Jonas Hellmann zu umschiffen. Es ist mir keine fünf Minuten gelungen.

»Wir haben den Verdacht, dass Timo von seinem mutmaßlich leiblichen Vater körperlich angegriffen worden ist«, hilft Mike mir aus der Bredouille. »Es gibt keine Anzeichen für einen sexuellen Übergriff.«

»Dann sollten wir uns mit diesem leiblichen Vater unterhalten«, schlägt Jenny vor.

»Das wird nicht leicht«, gebe ich zu bedenken. »Sehr wahrscheinlich heißt der leibliche Vater Jonas Hellmann, und der ist verschwunden«, lasse ich die Bombe schließlich platzen. Ein Raunen geht durch den Raum.

»Das heißt, wir haben einen Tatverdächtigen?«, will Gessert wissen.

Alle Blicke ruhen auf mir. Ich zucke nur mit den Schultern.

»Kennst du diesen Jonas Hellmann nicht?«, fragt Jenny und blickt mich irritiert an.

Ich nicke. »Nicht nur das. Wir kennen auch Noels Vater. Wir sind gute Freunde.«

Die Kollegen sehen sich überrascht an.

»Warum wissen wir nichts davon?«, fragt Jenny vorwurfsvoll, und ich kann es ihr noch nicht einmal verübeln.

»Wir hatten noch keine Gelegenheit, euch über diese Entwicklungen zu unterrichten«, erklärt Mike überraschend sachlich. »Wie dem auch sei. Jonas Hellmann ist verschwunden.«

»Es gibt da noch etwas«, werfe ich ein.

Acht Augen blicken mich gespannt an.

»Ich habe mich mit Timos Mutter über Jonas unterhalten. Sie hat den körperlichen Missbrauch bestätigt. Aber nicht nur das.« Ich mache eine künstliche Pause. »Laut unserer Zeugin hat Jonas Hellmann Yvonne Johnen mit einer Eisenstange verprügelt.«

Ich spüre, dass mich nun auch Mike wütend anblickt. Durchaus zu Recht. Ich hätte ihm früher davon erzählen müssen. Trotzdem: Seine destruktive Art passt mir momentan gar nicht. Also sage ich nur: »Angeblich soll Jonas ihr damit gedroht haben, Timo ›holen zu kommen‹.«

»Also spricht viel dafür, dass dieser Jonas unser Täter ist«, stellt di Matteo trocken fest.

Ich schaue zu Mike, der auf meinen Blick mit einer gleichgültigen Geste reagiert.

»Es deutet momentan einiges darauf hin«, gebe ich schließlich zu.

»Aber das passt doch gar nicht zusammen. Wenn er seine Drohung gegenüber der Johnen wahr gemacht hat, warum sollte er mit Noel weitermachen? Du meintest doch, ihr seid alle Freunde. Das ergibt für mich überhaupt keinen Sinn.«

»Wenn ich ehrlich bin, erkenne ich den Sinn auch nicht. Vielleicht ist zwischen den beiden etwas vorgefallen, vielleicht ist Jonas auf den Geschmack gekommen. Ich weiß es nicht. Wenn Yvonne recht hat, dann hat er der Mutter des Kindes gedroht, sie mit einer Eisenstange attackiert und ist nun verschwunden. Unterm Strich würde ich sagen, dass das relativ eindeutig aussieht.«

»Ich habe mich gestern mit einem zweiten Zeugen unterhalten. Auch er hat in der Nacht, in der Timo ermordet worden ist, einen jungen Mann mit einer Sporttasche in der Nähe der Bahn gesehen. Er beschrieb ihn als eins achtzig groß und schätzte ihn am Gangbild auf zwanzig bis fünfzig Jahre ein. Passt das auf euern Jonas?«, will di Matteo wissen und blickt mich und Mike abwechselnd an.

Ich nicke vorsichtig, und auch Mike verneint nicht.

»Das ist doch Quatsch«, platzt es plötzlich aus Jenny heraus. »Soll er den toten Jungen in der Sporttasche durch die Gegend getragen haben?«, fragt sie sarkastisch. »Oder hat er die Opfer huckepack getragen? Weder noch, würde ich sagen. Noel ist in Köln entführt und in Horrem in derselben Scheune wie Timo gefunden worden. Es ist uns allen klar, dass es sich um denselben Mörder handeln muss. Dasselbe Alter, derselbe Modus Operandi, derselbe Fundort. Doch wie ist Noel von Köln nach Horrem gekommen? Es muss ein Auto geben.«

Ich habe Jenny bislang selten so in Rage gesehen. Doch zum einen gefällt mir das – man könnte auch sagen, es macht mich an –, und zum anderen scheint ihr Gefühlsausbruch recht produktiv zu sein.

»Zweitens, und das verstehe ich wirklich nicht: Seid ihr so blind? Oder wollt ihr das nur nicht wahrhaben?«, raunzt sie mich an. »Zwei Kinder werden ermordet. Beides sind offenbar die Söhne eurer Freunde. Die Leichen werden in eurem Heimatort gefunden. Ja, es gibt eine Verbindung. Und ihr seid Teil davon. Ihr müsst euch von Vollmer von dem Fall abziehen lassen, bevor es weitere Opfer gibt!«

Mike und ich blicken erst uns gegenseitig, dann sie an. Zuerst bleiben wir beide stumm. Dann sagt Mike: »Ich glaube nicht, dass wir in Gefahr sind. Sicherlich gibt es eine Verbindung zwischen uns allen. Freundschaft. Wir sind zusammen groß geworden. Deswegen liegt es uns auch besonders am Herzen, den Mörder zu finden. Aber wenn diese Geschichte etwas mit uns zu tun hätte, dann müssten wir doch wissen, worum es geht.«

Mike nickt mir zu. Ich begrüße es, dass er die Kollegen beruhigen will, auch wenn die Argumentation ein wenig dünn ist. Entsprechend schüttelt Jenny weiter angesäuert den Kopf.

»Also war meine Zeugenbefragung völlig umsonst?«, fragt di Matteo, als täte das irgendwas zur Sache. Ich bin kurz davor, ihn anzublaffen, da betritt ein junger Kollege nach kurzem Anklopfen unaufgefordert den Raum.

Im selben Moment beschließe ich, di Matteo zu ignorieren, und erkläre stattdessen: »Mit dem Auto hat Jenny recht. Es muss ein Fahrzeug geben.«

»Apropos Auto«, mischt sich da der Kollege ein. »Wir haben einen Zeugen ausgemacht, der gesehen haben will, wie ein dunkelhaariger Junge in einen schwarzen Kombi gestiegen ist. Der Zeuge glaubt, Noel wiedererkannt zu haben.«

»Fabrikat?«, frage ich.

»Der Zeuge ist sich nicht sicher, meinte aber, vielleicht ein schwarzer Audi A4.«

Mike und ich starren uns ungläubig an. Wir beide denken dasselbe. Jonas hat einen schwarzen Kombi.

»Wenn der Junge einfach so ins Auto gestiegen ist, müssen wir davon ausgehen, dass er den Fahrer wohl kannte. Dafür spricht auch, dass das Opfer keine Kampfspuren aufwies und beide Kinder am helllichten Tag einfach verschwinden konnten«, erklärt Jenny.

Ich lasse mir ihre Worte durch den Kopf gehen und muss ihr recht geben: Die Opfer kannten den Täter.

»Schreibt Jonas Hellmann umgehend zur Fahndung aus«, fordere ich die Kollegen auf. »Bevor der Kerl noch mehr Schaden anrichten kann. Wir müssen versuchen, ihn über sein Handy zu orten.«

»Ich kümmere mich darum«, gibt Mike vor, doch aus seinen Augen spricht der pure Widerwille.

## 25

*Mike*

Mit seinen Worten löst Tommy bei den Kollegen eine beeindruckende Aufbruchstimmung aus. Leider nicht bei mir. Denn auch wenn die Ermittlungen in Schwung kommen, bin ich nicht im Geringsten bei der Sache. Weil mein Privatleben aus den Fugen gerät. Weil ich das Gefühl habe, verstoßen zu werden. Erst durch den Schlaganfall meiner Mutter und den Zorn meines Vaters und jetzt auch noch durch den Schwebezustand, in dem Julia und ich uns befinden. Zwar hat sie mir meinen Wunsch nicht ausgeschlagen und ist bereit, diesen einen Fall abzuwarten. Doch da steht seit ihrem Ausbruch etwas zwischen uns, und mein Bauchgefühl sagt mir, dass das nicht so leicht zu beheben sein wird. Dementsprechend habe ich letzte Nacht kaum Schlaf gefunden, und das schwere Atmen meiner Frau verriet mir, dass auch Julia nicht zur Ruhe kam. Es ist eine seltsame Situation. Eine Last drückt mir auf den Magen. Als wir am Morgen beim Frühstückstisch saßen, sprachen wir keinen Ton. Elsa und Louisa haben nichts dazu gesagt, aber sicherlich merken auch sie, dass etwas nicht stimmt.

Den ganzen Tag schon spukt Julia in meinem Kopf herum, und selbst jetzt, wo wir einen Durchbruch erzielt haben, gelingt es mir nur schwer, meine Gedanken zu sortieren. Immerhin bringe ich es fertig, ein Foto von Jonas aufzutreiben, das umgehend an sämtliche Medienvertreter verschickt wird. Unterdessen hat Gessert den Zeugen aufs Revier geholt und ihm ein Foto von Noel Wirtz unter die Nase gehalten. Zwar kann der Mann nicht definitiv bestätigen, dass es sich bei der Person auf dem Bild um die gesehene Person handelt, er sei sich aber so gut wie sicher. Tatsächlich gibt er zu Protokoll, einen schwarzen Kombi gesehen zu haben. Er sei kein Autofreak, aber er glaube schon, dass es sich um ein deutsches Fabrikat gehandelt haben könne. Die Schlinge um Jonas Hellmanns Hals zieht sich immer enger zu.

»Was hältst du davon?«, fragt mich Tommy. Doch ich bin ihm in meinem Zustand vermutlich keine große Hilfe. Ich zucke mit den Schultern.

»Wie?«, fragt Tommy zornig und imitiert meine Geste. »Was soll das heißen?«, hakt er gereizt nach. »Dass dir das alles scheißegal ist?« Sein Zorn irritiert mich. Denn ich bin mir nicht sicher, was er genau von mir will.

»Mir ist es nicht scheißegal. Nur habe ich keine Ahnung, was ich davon halten soll. Außerdem habe ich noch ganz andere Probleme«, erkläre ich wütend. Tommy nervt mich zunehmend. Was bildet sich der Kerl bloß ein?

»Ich habe dir angeboten, dass du dir ein paar Tage freinimmst. Du wolltest nicht. Also entweder geh nach Hause und heul dich ordentlich aus oder krieg den Arsch wieder hoch und tu endlich was!«, blafft er mich an. »Mein Gott, es geht um die Kinder deiner Freunde.«

Ich sehe in seinen Augen etwas aufflackern, das ich noch nicht zuordnen kann. »Julia will mich verlassen.« Ich weiß nicht, warum ich ihm das erzähle. Vielleicht hoffe ich, es bringt ihn dazu, sich zu beruhigen.

Tommy blickt mich mitleidig an. Doch in seinem Blick liegt immer noch etwas, das nicht dazu passen will. Wut? Oder gar Hass?

»Ich rede mit ihr«, sagt er schließlich, und sein Gesicht nimmt deutlich entspanntere Züge an. »Doch nichtsdestotrotz erwarte ich von dir hundertprozentigen Einsatz. Ich will wissen, was es mit dem Fall Matthias Weber auf sich hat.«

»Warum?«, frage ich ihn, und obwohl er über meine direkte Art und Weise offenbar mehr als erstaunt ist, ist es genau das, was ich wissen will. Warum in Gottes Namen ist er so versessen darauf, den alten Fall zu lösen?

Dieses Mal schenkt er mir einen genervten Blick, als hätte er dieses Thema mit mir schon einige Male zu oft durchgekaut. »Weil die Fälle Weber, Johnen und Wirtz zusammengehören«, erklärt er mir, und ich muss zugeben, ich habe keine Ahnung, wohin das Gespräch führt. »So weit waren wir doch schon, oder nicht?«, fragt er rhetorisch. »Jonas war damals gerade einmal sechzehn. Mal abgesehen davon, dass er kein Motiv hatte, bezweifle ich ganz stark, dass er in diesem Alter einen Mord begangen hätte. Wir waren damals alle in einem Freundeskreis. Wir hätten doch sicherlich etwas gemerkt, wenn einer von uns in dem Alter etwas verbrochen hätte.«

So gerne ich Tommy auch beipflichten würde, ich kann es nicht. Mit sechzehn hat schon manch einer gemordet. Öfter, als es der Gesellschaft lieb sein kann. Und ich kann mich zudem nur an sehr wenige Mordfälle erinnern, in denen der Mörder im Freundeskreis mit seinen Taten geprahlt hat.

»Mal ehrlich, Mike. Kannst du dir vorstellen, dass Jonas ein Mörder ist?«, fragt Tommy und blickt mich aus traurigen Augen an.

Er erwartet natürlich, dass ich verneine. Weil er es sich offenbar nicht vorstellen kann. Aber meine Antwort auf seine Frage lautet definitiv ja. Ich kann mir das sehr wohl vorstellen.

***

Unsere Abifete gehörte sicherlich zu den größten Partys, die ich je erlebt habe. Wir feierten in einer Kölner Kneipe. Wie in vielen Spelunken stank es nach abgestandenem Bier, kaltem Schweiß und Zigarettenrauch. Ein langer Gang führte entlang der Theke und endete in einem kleinen Räumchen, in dem ein etwas verschrobener Klassenkamerad den Discjockey mimte. Die Musik war absolut nicht nach meinem Geschmack, doch mir ging es auch nicht um die Befriedigung meiner akustischen Gelüste. Es gab jeden erdenklichen Alkohol, und überraschenderweise hatten sich auch einige Lehrer eingefunden, die mit uns den Abschied feiern wollten. Bestimmt feierten sie vor allem, dass sie die Leute von unserem Freundeskreis endlich loswurden, aber das war uns völlig egal. Wir tranken Wodka Red Bull in Unmengen, und allen war relativ früh klar, dass der Abend entweder in einem Desaster oder mit einem schrecklichen Kater enden würde.

Das Abi-Orga-Team, bestehend aus dem lustigen DJ und vier seiner seltsamen Freunde, hatte eine Privatparty durchgesetzt. Noch nicht einmal die eigene Freundin durfte kommen. Das war für uns gar kein Problem. Als viel schlimmer empfanden wir den Umstand, dass selbst die ehemaligen Klassenkameraden, die die Schule vor dem Abi verlassen hatten – also auch Jonas –, nicht eingeladen waren. Wie nicht anders zu erwarten, ließ sich unser Kumpel davon herzlich wenig aus der Ruhe bringen. Er trickste die Türsteher aus und stand noch vor Mitternacht zwischen uns und ließ sich volllaufen.

Wir hatten unglaublich viel Spaß, tranken, tanzten und machten mit irgendwelchen Mädels rum. Es wäre fast der perfekte Abend geworden. Wenn sich Jonas nicht wie der letzte Vollidiot aufgeführt hätte. Im Rausch begann er schließlich eine unsinnige Diskussion über seine verfrühte Schulentlassung. Blöderweise mit einem Lehrer, der zum einen nichts mit Jonas' Rauswurf zu tun hatte und zum anderen den Fehler machte, sich provozieren zu lassen. Statt einfach abzuwinken und Jonas stehen zu lassen, versuchte er, ihn in Grund und Boden zu reden, und steigerte sich dabei immer mehr in seinen moralischen, respektlosen Vortrag rein.

Unser Kumpel ließ den Redefluss über sich ergehen, um dann wie aus dem Nichts dem Pädagogen mit einem gezielten Fausthieb die Nase zu brechen. Es kam zu einem kleinen Tumult, der jedoch jäh von einem Türsteher unterbrochen wurde. Der kräftige Mann brachte Jonas mit einem Elektroschocker zu Boden, setzte sich auf ihn und schlug ihm dann zweimal fest ins Gesicht. Das wiederum entsprach nicht unserem Gerechtigkeitssinn, und so mischten sich Tommy und ich ebenfalls in die Keilerei mit ein. Die Abifete endete für uns und den Türsteher auf dem Polizeirevier und für unsere Klassenkameraden mit einer Schimpftirade des getroffenen Lehrers und verfrühten Aufräumaktionen.

Nachdem wir uns gegenseitig die Schuld in die Schuhe geschoben hatten und der Polizist uns genervt fragte, wer denn jetzt eine Anzeige aufgeben wolle, verabschiedeten sich beide Parteien tatenlos und überraschend friedlich. Doch in Jonas brodelte etwas. Aus seiner Sicht hatte ihn der Türsteher zum Gespött seiner Freunde gemacht. Ich traute mich nicht, ihn darauf hinzuweisen, dass er sich eigentlich selbst zum Affen gemacht hatte. Es wäre auch nicht angekommen. Er war derart in Rage, dass ich bereits ahnte, dass die Geschichte noch nicht abgehakt war.

In den nächsten Tagen und Wochen versuchte Jonas wie besessen, herauszufinden, wo dieser Türsteher sonst seine Brötchen verdiente. Ohne Erfolg. Wir hatten die Sache eigentlich schon längst vergessen, als wir uns wieder mal auf einem dieser seltsamen Dorffeste volllaufen ließen. Als Jonas den Türsteher vor dem Festzelt stehen sah, verabschiedete er sich, um zu Fuß nach Hause zu gehen. Wir ließen uns von seinem aufgewühlten Gemütszustand nicht aus der Ruhe bringen und tauchten in das bunte Treiben ein. Laute Schlagermusik, viel Alkohol und junge Dinger. Daraus bestand damals unsere Abendunterhaltung. Doch plötzlich endete die Musik abrupt.

Wir dachten zunächst an einen Stromausfall. Aber das war es nicht. Eine Gruppe von Polizisten betrat das Festzelt und beendete die Feier. Die Sicherheit sei nicht länger gewährleistet. Und damit meinten die Beamten sicherlich nicht den Ausfall eines Türstehers, der auf dem Toilettenwagen mit einer angebrochenen Glasflasche in seinem Rücken gefunden worden war. Jonas gab die Tat nicht zu. Brauchte er auch nicht. Ihn hatte niemand dabei gesehen, und da er auch den ganzen Abend nicht im Zelt gewesen war, brachten ihn unsere ebenfalls anwesenden Klassenkameraden mit dem Angriff nicht in Verbindung. Doch Tommy und ich wussten ganz genau, wer den Türsteher niedergestochen hatte. Und selbst wenn es uns nicht schon von Beginn an klar gewesen wäre, hätten wir schon bald Gewissheit gehabt: Denn nach diesem Abend war Jonas wie vom Erdboden verschluckt.

Er antwortete auf keine Kurznachrichten, ging nicht an sein Telefon, und selbst die Eltern konnten nicht sagen, wo er sich herumtrieb. Da er aber alt genug sei, gebe es keinen Grund, sich Sorgen zu machen, erklärte mir sein Vater. Doch genau das taten wir. Wir machten uns schreckliche Sorgen. Wir hatten sogar Angst, unser Freund könnte sich etwas angetan haben. Weder Tom noch ich hießen Jonas' Tat gut, das war unmöglich. Und oft dachte ich ernsthaft darüber nach, Jonas anzuzeigen. Doch ich entschied mich dagegen. Jonas hatte sich dafür gerächt, dass man ihn entwürdigt hatte. Diese Rache war seine Sache und seine Verantwortung. Er musste selbst wissen, ob und wie er damit leben konnte und wollte.

In den folgenden Tagen suchten wir nach Jonas. In Kneipen, Imbissbuden, ja selbst im Pfarrheim schauten wir nach ihm. Nur das Naheliegende vernachlässigten wir: die Scheune seiner Eltern. Dort fanden wir ihn nach sieben Tagen. Zwischen Konserven und Bierdosen.

## 26

*Tommy*

Ich wundere mich ein wenig über mich selbst. Natürlich kann auch ich schon mal aus der Haut fahren, aber dass ich Mike ohne vernünftigen Grund so angehe, tut mir fast schon leid. Doch der Kerl geht mir im Moment so unglaublich auf die Nerven. Ich frage mich, wie lange ich diesen Groll schon hege. Als er mir schließlich von Julias Trennungsabsichten berichtet, sehe ich in ihm wieder ganz plötzlich meinen alten Freund. Leider hält das Gefühl nur wenige Augenblicke. Dann versinkt er offenbar im nächsten Tagtraum, denn er ist kaum anzusprechen.

»Was macht die Handyortung?«, frage ich ihn.

Schweigen.

»Mike? Jemand zu Hause?«

Schließlich sieht er mich an und sagt: »Ach so. Handyortung.« Dann ist erneut Sendepause. Dann: »Keine Chance. Sein Handy ist ausgeschaltet.«

Ich bin kurz davor zu platzen. Egal, wie schlecht es ihm geht, so kann ich nicht mit ihm arbeiten.

Doch plötzlich richtet er sich auf und blickt mich mit großen Augen an. »Die Scheune«, sagt er wie aus dem Nichts.

Ich schaue ihn nur irritiert an.

»Na, Jonas' Scheune. Er ist schon einmal geflüchtet. Erinnerst du dich?«

Natürlich erinnere ich mich. Ich ärgere mich, dass ich nicht damals schon sein ungeheures Gewaltpotenzial erkannt habe. Im Gegensatz zu Mike, der zu dieser Zeit alles darangesetzt hat, Jonas wiederzufinden. Seit unserer Schlägerei war mir Jonas egal. Ich akzeptierte, dass er dabei war. Ein Freund war er für mich nicht mehr.

Ganz anders Mike. Der hat Jonas damals täglich anzurufen versucht und ihm zig SMS geschrieben. Doch Jonas antwortete nicht. Irgendwann dachte ich tatsächlich, Mike ginge insgeheim mit Jonas aus und Julia wäre nur dazu da, den Schein zu wahren. War sie nicht, doch der Gedanke ringt mir selbst heute noch ein Lächeln ab.

»Klar«, antworte ich knapp. »Ich kann mir aber nicht vorstellen, dass er dort untergetaucht ist. Er ist ja nicht blöd. Er wird wissen, dass wir gerade in der Scheune nach ihm suchen.«

»Bislang waren wir so doof und haben dort nicht gesucht«, erwidert Mike neunmalklug. Doch ganz unrecht hat er ja nicht.

»Dann nichts wie los.«

Wir nehmen meinen Dienstwagen und fahren zum x-ten Mal den Weg »nach Hause«, wie Mike jetzt sicherlich sagen würde. Je länger ich darüber nachdenke, umso bewusster wird mir jedoch, dass es gar nicht so die verblassende Vergangenheit ist, die mich wehmütig werden lässt. Es ist die Erkenntnis, dass es sich um Mikes Vergangenheit, um seine Freunde und nicht um meine handelt. Mit Richard habe ich mich verkracht, Jonas hat sogar mit dem Gedanken gespielt, mich zu töten, und Mike kommt mir immer fremder vor. Mich stören plötzlich Dinge an ihm, die ich einst geschätzt habe. Wenn ich ehrlich bin, muss ich mir eingestehen, dass ich mit dieser Vergangenheit und den dazugehörigen Freunden nicht mehr wirklich viel zu tun haben will. Nur meine Eltern sind nach wie vor Grund genug, diesen Ort von Zeit zu Zeit aufzusuchen.

Die gesamte Fahrt über schweigen wir, und das ist mir mehr als recht. Ich beobachte die Weizenhalme der Felder, die sich in einer leichten Brise hin- und herwiegen, und finde mein Interesse an einem Bussard, der seine Beute anvisiert und schließlich auch fängt. Es ist die reinste Idylle, und paradoxerweise trägt wohl die Ermordung der beiden Jungen einen Großteil dazu bei: Nur wenige Eltern lassen ihre Kinder auf den Wiesen spielen, und wo doch welche draußen sind, herrscht unter den Kleinen fast paradiesischer Frieden. Ich habe unseren Ort nie so still erlebt.

Als wir in einen Feldweg einbiegen, beobachte ich den Staub, den der Dienstwagen hinterlässt, im Rückspiegel. Ich lasse das Fenster hinunter und atme die nach Gegrilltem und Weizen duftende Luft ein. Das ist meine Heimat. Und nicht dieser idiotische Freundeskreis, der viel zu lange mein Leben bestimmt hat.

Schon von Weitem erkenne ich die Scheune. Sie ist für ihre alten Tage überraschend gut in Schuss. Nur ein weißer Elektrozaun stört mein Déjà-vu-Erlebnis. Ich parke den Wagen vor einer

Eiche. Und in diesem Moment stürmen ohne Vorwarnung all die Erinnerungen auf mich ein.

***

Ich ließ mein Fahrrad unsanft gegen den Baum fallen. Den Abend hatte ich mit meinem Vater und seinem speziellen Freund Jim Beam verbracht. Es war sein Geburtstag, also hatte ich die Party der Jungs heute sausen lassen. Das war nicht unüblich, denn Familienfesten maßen wir schon immer einen hohen Stellenwert bei. Doch irgendwann war er einfach eingeschlafen, und meine Mutter und Julia hatten sich für eine Partie Scrabble entschieden. Für mich genau der richtige Zeitpunkt, das Weite zu suchen. Natürlich auch, weil ich Lena gerne sehen wollte, die sich von meiner Affäre zwar erholt hatte, aber meinen Eltern dennoch aus dem Weg gehen wollte.

Ich war also mit dem Fahrrad durch die dunklen Felder gefahren und hatte bereits nach wenigen Minuten mein Ziel erreicht. Doch schon einige Meter vor der Scheune überkam mich das Gefühl, dass etwas anders war. Anders als von mir erwartet. Und tatsächlich: Als ich die Scheunentür zur Seite schob, musste ich feststellen, dass meine Freunde bereits dabei waren, ihren Rausch auszuschlafen. Sebastian lag vollgekotzt in einer dunklen Ecke, Jonas schlief, mit einer Flasche Bier in der Hand, sitzend auf der Biergarnitur, und Richard schnarchte, mit einer leeren Chipstüte bedeckt, auf der alten Couch. Von den anderen keine Spur.

Enttäuscht drehte ich mich um und dachte ernsthaft darüber nach, mich ebenfalls als Wortakrobat beim Gesellschaftsspiel mit meiner Familie zu probieren. Ich hatte Lena verpasst, oder sie hatte mich verpassen wollen. Vielleicht fand ich zu Hause noch eine Flasche Hochprozentiges, über die ich mich alleine hermachen konnte. Doch irgendetwas hielt mich zurück. Jedenfalls hatte ich trotz allem das dringende Bedürfnis zu bleiben. Ich blickte mich suchend um und köpfte mir schließlich eine Flasche Bier. Ich wanderte über das Heu und genoss die angenehme Ruhe. Nur Richards Schnarchen störte diese wunderbare Nacht. Und noch etwas.

Ich konzentrierte mich auf meine Ohren und spielte mit dem Gedanken, Richard für einen kurzen, aber ausreichenden Moment Nase und Mund zuzuhalten. Ich entschied mich dagegen. Stattdessen trat ich ihm etwas unsanft gegen den Fuß. Er wachte zwar nicht auf, dennoch erzielte ich damit die beabsichtigte Wirkung. Für einen kurzen Moment unterbrach der Fettsack seinen Schnarchmarathon. Ich selbst hielt die Luft an, als könnte ich dadurch besser lauschen. Und dann hörte ich es: ein leises, monotones Stöhnen.

Ein kalter Schauer überlief mich. Mit schnellen, aber behutsamen Schritten durchquerte ich die Scheune. Das Geräusch wurde lauter, und ich schüttelte ungläubig den Kopf, als ich die Stimmlage erkannte. Wütend kletterte ich die Leiter empor und öffnete den kleinen Verschlag. Lena hing wenig bekleidet auf Mike und hatte offenbar ihren persönlichen Rachefeldzug begonnen.

***

Noch immer sitzt dieser Stachel tief in mir, und da mich Mike zurzeit dauernd auf die Palme bringt, muss ich mich zusammenreißen, ihm nicht jetzt ohne Vorwarnung eine zu verpassen. Zum Glück habe ich mich weit genug unter Kontrolle.

Ohne ein Wort zu verlieren, klettere ich über den kleinen Zaun und marschiere in Richtung Scheune. Sie liegt inmitten der Felder, und insofern ist es keine große Kunst, festzustellen, dass Jonas sein Auto hier nicht geparkt hat. Doch das hat nicht viel zu bedeuten. Sicherlich ist ihm bewusst, dass wir auch nach seinem Fahrzeug Ausschau halten werden. Erst als ich die Scheune erreiche, drehe ich mich um und sehe nach Mike. Er steht wie angewurzelt an der alten Eiche und streichelt über ihre Rinde. Vermutlich haben er und Julia ebenfalls eine besondere Erinnerung an diesen magischen Ort. Schließlich entschließt er sich doch noch, sich zu mir zu gesellen. Auch er klettert über den Zaun und geht den Feldweg entlang.

»Das Auto ist nicht da«, erkennt er mit atemberaubender Schläue. Es fällt mir schwer, diese unglaubliche Weisheit nicht zu kommentieren. Trotzdem schweige ich weiter. Und gebe mich dem seltsamen Gefühl hin, nach all den Jahren hierher zurückzukehren.

Die Scheune hat sich verändert. Die rötlichen Backsteine weisen deutliche Witterungsspuren auf, morsche Holzplanken sind notdürftig vor die Fenster geschlagen worden. Einige Dachziegel liegen auf dem Boden und spiegeln den Verfall unserer alten Scheune wider. Vermutlich wird sie die kommenden Herbststürme nicht überstehen.

Ich muss zugeben, bei diesem Anblick spüre ich Wehmut in mir. Und auch Mike verzieht die Mundwinkel, als er mit der flachen Hand über das Gemäuer streicht. Eine weitere Erinnerung, die immer mehr verblasst, bis sie eines Tages gar nicht mehr zurückkehren wird. Es ist kaum noch vorstellbar, welche sensationellen Feste wir in dieser verfallenen Ruine gefeiert haben.

Genauso wenig kann ich allerdings glauben, dass die Scheune momentan einem Menschen Unterschlupf bietet. Dennoch schreite ich zu einem der Fenster und versuche, durch ein kleines Astloch ins Innere zu blicken. Der kleine Sektor, den ich überblicken kann, ist wenig aufregend. Ich sehe nur Heu. Ich will Mike gerade davon überzeugen, den Heimweg anzutreten, als er mich auf ein Schloss aufmerksam macht. Es ist ziemlich simpel an dem alten Holztor befestigt und wird so sicherlich keine Diebe abhalten. Im Gegensatz zu dem heruntergekommenen Gebäude strahlt das Metall im Sonnenschein. Mike streicht mit dem Zeigefinger über das Schloss, diesmal eher prüfend als versonnen.

»Keine Kratzer, kein Rost. Das Schloss hängt hier erst seit wenigen Wochen. Es passt nicht hierher«, stellt er schließlich fest.

Ich muss ihm zustimmen. An dieser alten Scheune wirkt das glänzende Metall deplatziert.

»Wir sollten hineingehen«, schlägt er vor.

Ich bin nicht seiner Meinung. »Wenn von außen abgeschlossen ist, wird ja wohl kaum jemand da drin sein.« Mein Tonfall ist zugegebenermaßen etwas überheblich.

»Wenn Jonas hier war, wird es Spuren geben«, entgegnet mir Mike selbstsicher, und ich bin erfreut, dass er sich offensichtlich wieder auf das Wesentliche konzentriert. »Außerdem stehen wir vor einer alten, heruntergekommenen, vermutlich leeren Scheune.«

Ich kann seiner Anmerkung nicht folgen.

Mike erkennt das offenbar. »Warum sollte man eine leere Scheune abschließen?«

Wieder hat er richtig kombiniert, und diesmal ärgere ich mich. Darauf hätte ich selbst kommen müssen.

»Wir können trotzdem nicht einfach einbrechen«, erwidere ich und kassiere einen etwas spöttischen Blick.

»Als wir ankamen, war das Schloss doch aufgebrochen. Wir wollten nur nach dem Rechten sehen«, stellt Mike fest und schaut sich nach einem Werkzeug um. Vergeblich.

Dafür sehe ich einen Traktor, der nicht weit von uns steht. Vielleicht, denke ich, finde ich in diesem rostigen alten Ding ja das passende Werkzeug. Also gehe ich hin und unterziehe den Trecker einer ausführlichen Untersuchung. Während ich um ihn herumgehe, höre ich Mike hinter mir.

Denke ich.

»Keinen Schritt weiter«, zischt da eine mir bekannte Stimme. Und als ich mich umdrehe, blicke ich in den Lauf einer doppelläufigen Schrotflinte.

## 27

*Mike*

Wie ein Irrer reiße ich an dem blöden Schloss herum. Es bewegt sich minimal. Ein einfacher Tritt hätte vermutlich ausgereicht, um das Tor zu öffnen. Doch da Tommy momentan nicht viel von meiner Eigeninitiative zu halten scheint und sich stattdessen aufgemacht hat, Werkzeug zu suchen, warte ich geduldig auf seine Rückkehr. Nach einigen Minuten werde ich langsam unruhig. Ich weiß, wie schnell Tommys Geduldsfaden in der Regel reißt, trotzdem trödelt er jetzt in der Weltgeschichte herum.

Ich weiß nicht, was mit dem Kerl momentan los ist. Wahrscheinlich ist der Druck zu viel für ihn. Er steht völlig neben sich. Auch, dass er mich dauernd zusammenstaucht wegen irgendeiner Lappalie, ist eigentlich nicht seine Art. Trotzdem sollte ich jetzt mal langsam nach dem Rechten sehen, nicht dass er noch als Geisel genommen wurde.

Ich lache albern und fange an, die Scheune zu umrunden. Kaum ist das Blickfeld frei, sehe ich ihn. Er steht einfach da und streckt sich. Das ist mir jetzt dann aber doch zu blöd. Auch wenn wir keine Ahnung haben, wo Jonas sich herumtreibt, und wir insofern in gewisser Weise machtlos sind, haben wir keine Zeit für Freiluftyoga.

Erst als ich ein paar Schritte näher komme, erkenne ich, dass er die Hände hochhält. Und das wohl nicht freiwillig. Ein kalter Schauer läuft mir über den Rücken. In all unseren Jahren in der Mordkommission sind wir kein einziges Mal bedroht worden. Und obwohl wir Stunden, Tage, wenn nicht Wochen damit verbracht hatten, genau auf diese Situation vorbereitet zu werden, just in diesem Moment fühle ich mich kurzzeitig hilflos.

Mein Herz rast. Ich atme tief durch, um die Schlagzahl wieder herunterzufahren. Was mir mäßig gelingt. Trotzdem nehme ich all meinen Mut zusammen und ziehe meine Walther P99. Jonas steht hinter einem alten rostigen Traktor, sodass ich ihn nicht sehen kann. Doch der Lauf einer doppelläufigen Schrotflinte ist nicht zu übersehen. Ich habe keine Ahnung, ob Jonas im Begriff ist abzudrücken.

Daher weiß ich auch nicht, wie viel Zeit mir zum Handeln bleibt. Doch auf keinen Fall darf ich jetzt überhastet reagieren. In diesem Moment vibriert das Smartphone in meiner Hosentasche. Einen ungünstigeren Zeitpunkt gibt es wohl nicht. Ich ignoriere es.

Gebückt schleiche ich durch das Weizenfeld, bemüht, nicht zu viel Lärm zu verursachen. Als ich den Traktor erreiche, höre ich Tommys Stimme, seine Worte kann ich aber nicht verstehen. Ich schleiche um die Maschine herum und bleibe abrupt stehen. Nur wenige Zentimeter vor mir steht der Angreifer. Mit einem beherzten Schlag ins Genick bringe ich ihn zu Fall.

Von wegen Jonas. Es ist Joseph Weber. Und der benötigt einige Minuten, um wieder zu sich zu kommen. So verpasst er Tommys Schimpftirade. Anstatt sich über seine Rettung zu freuen, blafft mich mein Kumpel an, was mir einfällt, einen alten Mann zu schlagen. Der auch noch seit zwei Jahrzehnten um seinen ermordeten Sohn trauert. Wo denn verdammt noch mal mein Fingerspitzengefühl geblieben wäre. Ich schiebe seine Reaktion auf den besonderen Stressmoment und schlucke seine Worte einfach hinunter. Und auch seinen Befehl, aus dem Auto eine Flasche Wasser zu holen, akzeptiere ich kommentarlos. Als ich zurückkehre, reibt sich der alte Weber über den Kopf, sein Gesicht ist schmerzverzerrt. Ich habe nach wie vor kein Mitleid mit ihm, auch wenn sich Tommy für meinen Schlag entschuldigt. Immer wenn ich den Mann sehe, fühle ich mich angewidert. Trotz seines Verlustes hege ich eine große Abneigung gegen ihn. Wieder spüre ich den Vibrationsalarm meines Handys. Dieses Mal riskiere ich einen Blick auf das Display. Unterdrückte Nummer. Ich stopfe es wieder in die Tasche.

Abgesehen von der kleinen Platzwunde an seinem Hinterkopf sieht Joseph Weber genauso aus wie bei unserer letzten Begegnung. Für sein Alter ist er in Topform, und ich erkenne in ihm alles andere als einen wehrlosen alten Mann. Weber blickt mich böse an, während Tommy die Schrotflinte neben ihn legt. Ich traue dem Mann nicht. Er hat bestimmt einiges auf dem Kerbholz und schreckt offenbar nicht vor Gewalt gegenüber Beamten zurück. Sonst würde er ja nicht damit drohen. Deshalb lasse ich die Waffe vorsichtshalber nicht aus den Augen.

»Sie haben mich grundlos geschlagen«, schimpft er plötzlich los.

»Sie haben einen Beamten mit einer Schrotflinte bedroht.«

»Sie haben Glück, dass ich ihn nicht erschossen habe«, bellt der alte Mann.

»Das Glück ist eher auf Ihrer Seite«, erwidert Tommy scharf, und tatsächlich scheint er seine Meinung über Weber nun zu überdenken. »Wie kommen Sie auf die Idee, einen Polizisten zu bedrohen?«

»Sie hätten nicht herkommen dürfen.«

»Moment, John Wayne«, mische ich mich ein. »Wir sind hier nicht in Texas. Sie können nicht einfach jeden bedrohen, der Ihr Land betritt. Außerdem handelt es sich noch nicht einmal um Ihr Land.«

»Doch«, widerspricht er mir. »Und ob es mein Land ist!«

Ich schüttle genervt den Kopf. Vermutlich weiß der alte Mann nicht, dass wir hier unsere gesamte Jugend verbracht haben und den Besitzer kennen.

»Ich habe es vor zwei Monaten dem jungen Hellmann abgekauft«, fährt Weber fort.

»Wie bitte?« Tommy meint offenbar auch, er hätte sich verhört. »Sie haben das Land mitsamt der Scheune gekauft?«

»Ja.« Der alte Mann steht auf. Ich achte genau auf seine Bewegung und versuche, aus dem Augenwinkel die Waffe im Visier zu behalten. »Mir gehören die ganzen Felder hier im Umkreis. Nur dieses Weizenfeld ist, so lange ich denken kann, im Besitz der Hellmanns. Seit Jahren bemühe ich mich um das Land, hab den Hellmanns immer wieder einen guten Preis geboten. Doch sie waren habgierig, haben mit ihrem Schweigen versucht, den Preis in die Höhe zu treiben. Irgendwann habe ich es dann aufgegeben. Als vor einem Jahr der alte Hellmann gestorben ist, habe ich erneut angefragt, doch wie sich herausstellte, war sie der Grund für die Absagen. Kann man das glauben? Die alte Hellmann hatte einen ausgeprägten Geschäftssinn. Sie hat versucht, mir noch mehr aus den Rippen zu leiern. Ich habe schon nicht mehr an den Kauf geglaubt. Doch vor zwei Monaten rief der Junge an. Erzählte mir, dass nun auch seine Mutter tot ist und er in Zukunft keine

Verwendung mehr für das Feld hat. Und er wollte nicht mal so viel dafür haben, wie ich zuletzt geboten hatte.«

Weber grinst über beide Ohren. Er setzt sich wieder auf einen Heuballen, der vor der Scheune steht.

»Und seitdem war er nicht mehr hier?«, frage ich interessiert.

Weber lächelt, aber es wirkt gekünstelt. »Sieht die Scheune so aus, als wäre er in den letzten Jahren hier gewesen? Das ist die reinste Bruchbude. Nein, der war bestimmt seit Jahren nicht mehr hier.«

»Wenn es eine Bruchbude ist, warum haben Sie sie dann gekauft?«, will ich wissen.

Sein überhebliches Getue nervt mich. »Junge, ich habe das Land gekauft, nicht die Scheune. Das alte Ding wird abgerissen. Ich bin bislang nur noch nicht dazu gekommen.«

Zwar bin ich als Polizist hier, aber was er da erzählt, trifft mich persönlich. Unsere Scheune soll abgerissen werden? Sofort fallen mir Hunderte Geschichten ein, die wir hier erlebt haben. Doch das ist nicht die Hauptsache. Dort, in dieser Scheune, sind wir zu dem geworden, was wir heute sind.

»Aber wenn die Scheune zu nichts zu gebrauchen ist, warum ist sie dann verschlossen?«, hakt Tommy nach.

Weber denkt einen Moment nach. »Da stehen verschiedene Maschinen drin. Da muss ja nicht jeder Spargelstecher mit rumspielen.«

»Wir werden uns einen Überblick verschaffen müssen«, erkläre ich ihm.

Er schnauft drauflos, und ich sehe, wie sein Gesicht wieder rot anläuft.

»Das müssen Sie nicht. Ich kenne meine Rechte. Ohne Durchsuchungsbefehl haben Sie keine Chance, meine Scheune zu durchwühlen. Und so, wie ich die Sache sehe, wird Ihnen kein Richter für diese Ruine einen ausstellen.«

Weber grinst uns wieder blöd an, nimmt die Schrotflinte in die Hand und schleicht davon. Dann dreht er sich um. »Sehen Sie zu, dass Sie mein Land verlassen. Sonst muss ich die hier vielleicht doch noch benutzen«, sagt er und reckt die Waffe in die Höhe.

# 28

*Tommy*

Ich muss zugeben, ich schäme mich ein wenig. Es gibt eigentlich keinen Grund, Mike so zu behandeln. Ich glaube zwar nicht, dass Weber eine ernsthafte Bedrohung dargestellt hat, doch sicher kann ich mir auch nicht sein. Schließlich ist der jähzornige alte Mann alles andere als normal. Vielleicht hat mein Schwager mir tatsächlich das Leben gerettet.

Woher kommt bloß diese plötzliche Abneigung gegen ihn? Ich denke lange darüber nach, komme aber nicht auf die Ursache. Vermutlich hat diese Reise in die Vergangenheit unterbewusst etwas freigelegt, das ich noch nicht greifen kann. Wahrscheinlich tut der Stress ein Übriges.

Ich rede mir ein, nicht mehr viel unternehmen zu können. Die Fahndung nach Jonas Hellmann ist eingeleitet, die Medien haben unsere Arbeit bereitwillig aufgenommen und tragen mit der Veröffentlichung der Fahndungsbilder sowie dem Aufruf nach Hinweisen aus der Bevölkerung ihren Teil zu möglichen Ermittlungserfolgen bei. Tatsächlich fällt mir nichts ein, was die Untersuchungen noch voranbringen könnte, und mein Körper schreit nach einer Auszeit. Ein schlechtes Gewissen brauche ich nicht zu haben, denn auch Mike hat den Arbeitsplatz frühzeitig verlassen.

Ich verabschiede mich am Nachmittag von den anderen Kollegen und stehe keine zwanzig Minuten später mitten in meinem Wohnzimmer. Ich gönne mir einen fünfzehn Jahre alten dunklen Bowmore, dann lasse ich mir eine Wanne volllaufen, in der Hoffnung, dort einen kurzen Moment der Ruhe zu finden. Vergeblich. Zwar erfrischt mich das Bad, obwohl die Temperatur des Wassers sicherlich der Außentemperatur entspricht, doch die Mordfälle lassen einfach nicht ab von mir.

Wenn Yvonne die Wahrheit sagt, und davon gehe ich nach unserer Vorgeschichte aus, wie war Jonas dann zu so einer Tat fähig? Was war in seiner, in unserer Kindheit bloß falsch gelaufen? Ich denke an die toten Kinder, an Jonas, an Mike und an den alten

Weber. Ist er immer schon so verbohrt gewesen? Mein Gott, er hat sein Kind verloren. Vermutlich würden wir alle unter diesen Umständen so werden. Natürlich hätte er uns die Scheune ohne Weiteres zeigen können. Doch er wollte einfach nicht. Und ich kann ihm dieses Misstrauen noch nicht einmal verübeln. Aus seiner Sicht hat die Polizei versagt, und das sind im weitesten Sinne wir, auch wenn wir damals noch lange nicht dazugehörten.

Es ist noch hell, als Jenny an der Tür klingelt. Auch wenn ich an ernst zu nehmenden Beziehungen bislang weniger interessiert gewesen bin, kann ich mich so langsam an den Gedanken gewöhnen, die Kollegin öfter zu sehen. Ich bilde mir sogar ein, Schmetterlinge im Bauch zu spüren. Vielleicht ist es aber auch einfach nur der Hunger, der meinen Magen rebellieren lässt.

Glücklicherweise hat Jenny zwei Gerichte von einem indischen Restaurant mitgebracht. Wir öffnen eine Flasche Rotwein, ich zünde eine Kerze an, und wir lassen es uns gut gehen. Den Umständen entsprechend. Tatsächlich sprechen wir während des gesamten Essens kein einziges Wort, und wenn ich ehrlich bin, ist es genau das, was ich jetzt brauche. Jenny scheint es ähnlich zu gehen. Sie verputzt ihr Curry in Windeseile und stochert dann auf meinem Teller nach ein paar Hähnchenresten.

Ich beobachte sie. Sie ist wirklich bildhübsch. Ihr Lächeln kann Berge versetzen, und ihre strahlenden Augen verbreiten eine angenehme Wärme. Kurzum, ich bin im Begriff, mich in sie zu verlieben. Nach dem Essen legen wir Scorseses »Departed« mit Leonardo DiCaprio und Matt Damon in den Blue-Ray-Player ein, und es dauert keine fünf Minuten, bis Jenny in meinen Armen einschläft. Es ist ein großartiges Gefühl. Für ein paar wenige Augenblicke schaffe ich es tatsächlich, abzuschalten. Ich nehme die Fernbedienung, drücke auf Stopp und zappe zu einem Fußballspiel, das mich allerdings ähnlich wenig interessiert. In der Halbzeitpause wacht Jenny auf und fragt mich, wie der Film ausgegangen sei. Ich lächle sie ganz unschuldig an, und sie gibt mir dafür einen Kuss.

»Sollen wir raufgehen?«, fragt sie mich schließlich. Ich blicke sie erneut an. Die Vorstellung ist verdammt verlockend, und doch, in diesem Moment möchte ich etwas anderes. Ich schüttle den Kopf.

Jenny nimmt es mir nicht übel. Stattdessen streichelt sie meine Wange und sieht mich ernst und doch liebevoll an. »Was ist los?«, fragt sie leise.

Tja, was ist los? Ich zucke mit den Schultern, weil ich es selbst nicht besser weiß.

»Ist es der Mordfall?«, hakt sie nach. Natürlich beschäftigt mich dieser Fall. Zumal ich Noel wirklich gekannt habe. Nicht unbedingt gemocht, aber gekannt. Sicherlich geht mir der Tod des Jungen nahe, doch das ist bestimmt nicht der Grund für meine Laune.

Jenny fragt mich weiter aus. Nach Richard Wirtz, nach Jonas Hellmann. Und dann lächelt sie mich plötzlich an. »Es ist wegen Mike«, sagt sie und legt ihren Kopf auf meine Schulter. Es ist eine Feststellung, keine Frage. Deshalb braucht sie auch nicht meine Bestätigung.

Und natürlich hat sie recht. Es ist das immer schlechter werdende Verhältnis zu Mike, das mir auf die Stimmung drückt.

»Was ist los mit euch?« Jetzt fährt ihre Hand durch meine Haare, und das gibt mir das Gefühl, dass ich ehrlich sein kann. Darf.

»Ich habe keine Ahnung«, erkläre ich und glaube, dass ich nicht lüge.

»So kenne ich euch gar nicht. Er ist doch der Mann deiner Schwester, oder?«

»Ja, leider«, rutscht es mir raus, und sofort schäme ich mich wieder. Allerdings nur kurz, dann behauptet meine Abneigung wieder ihre Vormachtstellung. »Fragt sich nur noch, wie lange«, sage ich schadenfroh.

»Wieso?« Vor Überraschung macht sie große Augen. Überraschung und Sorge. So habe ich meine attraktive Kollegin noch nie gesehen. Und das rührt etwas in mir, das mich gleichzeitig freut und erschreckt.

»Sie will sich von ihm trennen«, erkläre ich sachlich, auch, um mich von meinen konfusen Gefühlen abzulenken. Gleichzeitig spüre ich, dass mir tatsächlich ein Lächeln übers Gesicht huscht. Als ob es mich freut, dass Mike bald ohne Julia dasteht.

»Weiß er das?«

»Er hatte sie fast schon überredet zu bleiben. Aber ich habe heute Mittag mit ihr gesprochen. Sie wird wohl gehen. Sie macht sich große Sorgen um Elsa und Louisa. Aber das ist nicht alles.«

»Die Arbeit?«

»Genau. Sie hat sogar was von einer Affäre gesagt. Weil er vor wenigen Tagen mitten in der Nacht weg ist, und als er Stunden später wiederkam, so leise ins Haus schlüpfte, als hätte er was zu verbergen. Wie ich ihn kenne, wird er im Büro gewesen sein. Für Julia macht das keinen Unterschied. Das Thema ist durch.«

»Das ist ja schrecklich. Und die Kinder?«

Für die Kinder ist es schrecklich, doch für Julia vermutlich das Beste. »Sie wird sie mitnehmen.«

»Mein Gott. Du musst ihm das sagen«, sagt sie streng, und ich blicke sie irritiert an. »Tommy, du musst es Mike sagen. Er ist dein bester Freund.«

Und genau in diesem Moment wird mir bewusst, was mich seit Wochen beschäftigt. Ich empfinde Mike nicht mehr als meinen besten Freund. Ich empfinde überhaupt keine Freundschaft mehr. Ich glaube sogar, die Abneigung, die mir so neu und unfassbar vorkam in den letzten Tagen, war schon lange da. Seit vielen Jahren.

## 29

*Mike*

Es ist bereits dunkel, als ich meinen Wagen auf der Einfahrt parke. *Alles* ist dunkel. Genau das ist in diesem Moment mein größtes Problem. Auch im Haus sehe ich kein Licht. Nichts. Es ist einfach so schwarz wie die Nacht, die sich gerade über die Stadt gesenkt hat. Verwundert blicke ich durch die Fenster und dann auf die Uhr im Display des Armaturenbretts. »21:35« leuchtet es in großen roten Ziffern. Zunächst denke ich an einen Stromausfall, aber dann hätte sich Julia sicherlich mehrfach gemeldet. Verzweifelt suche ich nach den Kollegen, die eigentlich für den Schutz meiner Kinder hier postiert sein sollten. Ich ziehe mein Smartphone aus der Hosentasche, um festzustellen, ob mich jemand angerufen hat. Hat niemand. Nicht mehr nach den beiden Anrufen am späten Nachmittag mit unterdrückter Nummer. Vorsichtshalber stelle ich den Klingelton ein.

Mein komisches Bauchgefühl setzt mit deutlicher Verspätung ein. Doch dafür kommt es nun in Begleitung eines beschleunigten Pulses. Ich spiele mit dem Gedanken, meine Walther an diesem Tag zum zweiten Mal zu ziehen, halte mich aber dann doch zurück. Ich will mich sicherlich nicht zum Gespött der Nachbarschaft machen. Stattdessen wähle ich Julias Nummer. Es klingelt viermal, bevor sich die Mailbox meldet. Nichts Ungewöhnliches. Sie schafft es selten, ihr Smartphone rechtzeitig aus der Tasche zu kramen. Und obwohl ich ihr erklärt habe, wie sie die Einstellungen an ihrem Handy bearbeiten kann, hat sich bislang nichts verändert.

Ich wähle die Rufnummer erneut, werde aber dieses Mal direkt abgewürgt. Immerhin scheint sie in der Lage, die Tasten ihres Telefons zu bedienen. So schlecht kann es ihr also nicht gehen, und meine Sorge beginnt sich in Zorn zu verwandeln. Dennoch habe ich das Gefühl, dass hier etwas ganz und gar nicht stimmt. Ich schreibe ihr eine Kurznachricht, sie möge mich bitte so schnell wie möglich zurückrufen, und klettere etwas schwerfällig aus dem Auto. Vorsichtig schleiche ich den kleinen Pfad zur Haustür entlang, bemüht, nicht zu viel Lärm zu verursachen, gleichzeitig aber auf jede Situation vorbereitet zu sein.

Auf diese Situation hier bin ich jedoch ganz und gar nicht vorbereitet. Ich bleibe vor der Haustür stehen, kann aber keine Einbruchsspuren ausmachen. Auch die Fenster der Hausfront sind auf den ersten Blick in Ordnung. Behutsam öffne ich die Tür und schleiche in den dunklen Flur. Meine Augen benötigen einen kleinen Augenblick, um sich an die Dunkelheit zu gewöhnen. Im ersten Moment ist alles wie immer. Trotz kleiner Kinder überraschend aufgeräumt und sauber. Ich halte die Luft einen Moment an in der Annahme, so besser hören zu können. Nichts. Stille. Mein Puls überschlägt sich mittlerweile. Ich schleiche den Flur entlang und öffne nach und nach sämtliche Zimmertüren. Dann betrete ich das Wohnzimmer und kontrolliere die Gartentür. Nichts. Kein Einbrecher. Aber warum ist Julia nicht zu Hause? Was ist mit den Zwillingen? Wo sind die Kollegen? Vorsichtig schleiche ich die Treppe empor und wiederhole meine Suche im ersten Stock. Vor dem Kinderzimmer bleibe ich stehen. Wieder halte ich die Luft an und lausche. Nichts. Das Klingeln meines Smartphones lässt mich aufschrecken. Ich ziehe es fluchend aus der Tasche und werfe einen Blick auf das Display. Tommy. Keine Zeit. Ich drücke ihn weg. Vorsichtig öffne ich die Zimmertür, doch von Louisa und Elsa fehlt jede Spur.

Aufgeregt wähle ich Julias Nummer und werde erneut an die Mailbox verwiesen. Das Innere unseres Hauses erstrahlt mittlerweile im Glanz etlicher Energiesparglühbirnen, mit denen Julia sämtliche Lampen des Hauses versehen hat. Doch von meiner Frau und den Kindern fehlt nach wie vor jede Spur. Ich muss mich beruhigen. Etwas trinken. Mechanisch gehe ich ins Wohnzimmer, mechanisch schraube ich die Flasche auf, schenke mir fast ein halbes Glas ein, das ich mechanisch hinunterkippe. Doch der Whiskey erzielt nicht die erhoffte beruhigende Wirkung.

Ich male mir die unterschiedlichsten Szenarien aus, suche nach Erklärungen. Vergeblich. Egal, was passiert ist, dass Julia mich offensichtlich nicht angerufen hat, gefällt mir gar nicht. Aufgeregt setze ich mich auf die Couch. Im Fernsehen läuft ein für mich bedeutungsloses Fußballspiel. Doch selbst ein EM-Finale hätte mir jetzt nicht die nötige Ablenkung gebracht. Wieder wähle ich Julias Nummer, wieder redet nur die Mailbox mit mir. Eine weitere Kurznachricht, ein weiterer Bourbon. Vielleicht ein Autounfall? Aber warum hat ihr Handy erst geklingelt, und warum hat sie mich schließlich weggedrückt? Nein. Warum sollte sie auch so spät mit Elsa und Louisa unterwegs sein? Ich denke, dass ich die Antwort kenne, aber ich will sie nicht wahrhaben. Ich wähle die Nummer der Zentrale auf der Suche nach den beiden Beamten, die hier hätten sein sollen, werde aber vorerst vertröstet.

Auch wenn ich mir schon das nächste Glas genehmigt habe – wieder vergeblich, denn ich kann mich einfach nicht beruhigen –, entscheide ich mich schließlich, aufs Revier zu fahren. Was bleibt mir schon anderes übrig? Ich ziehe mir einen dünnen Pullover über und fahnde hektisch nach den Autoschlüsseln. Ich finde sie schließlich auf dem kleinen Schuhschrank im Flur. Auf einem Brief. Im Dunkeln eben konnte ich nicht sehen, worauf ich da meinen Schlüssel hab fallen lassen. Mein Herz bleibt stehen, als ich Julias Schrift erkenne. »Mike«. In diesem Moment wird mir sofort klar, was passiert ist, und im selben Moment gehe ich vor Wut regelrecht an die Decke. Nur dass niemand da ist, an dem ich sie auslassen kann.

Mit zittrigen Fingern öffne ich den Umschlag, nehme das Blatt Papier heraus, zwinge mich, die Wörter darauf zu lesen. Tatsächlich habe ich mich nicht getäuscht. Schon nach den ersten Zeilen ist mir eins klar: Julia hat mich verlassen. Mit den Kindern. Meinen Kindern. Sie seien bei ihren Eltern in Sicherheit. Tiefe Trauer und Ohnmacht überkommen mich.

Wie kann das sein?

Julia schreibt, sie würde die Schuld nicht bei mir suchen. Auch wenn sie eine Affäre nicht ausschließen könne. Wegen mir wären die Kinder in Lebensgefahr. Der Polizeischutz habe das Fass zum Überlaufen gebracht. »Ich habe immer Verständnis gehabt, mich immer wieder bemüht, weil ich wusste, welch schwere Last du mit dir rumträgst seit Tinas Tod. Wie sehr du deine Schwester vermisst.«

Ich habe keine Ahnung, warum sie ausgerechnet jetzt schon wieder mit Tina anfängt. Ich verstehe nur eines: Unterm Strich gibt sie uns keine Chance mehr. Und nach all den Jahren kenne ich sie gut genug, um zu wissen, dass sie diese Entscheidung nicht im Affekt getroffen hat. Aber sie kann mir doch nicht die Kinder nehmen. Julia hat mich nicht wegen eines anderen verlassen. Sie hat mich wegen mir verlassen. Sie schreibt, es würde kein Zurück geben. Übelkeit steigt in mir auf, und ich spüre eine innere Leere.

Wieder ist es mein Handy, das mich aufschrecken lässt. Unbekannte Nummer. Natürlich hoffe ich, Julias Stimme zu hören. Aber es ist Tommy.

»Wo bist du?«, fragt er mich, und ich versuche, an seinem Tonfall zu erkennen, ob er es bereits weiß.

»Zu Hause«, flüstere ich traurig.

»Wir haben Jonas' Wagen gefunden. Du musst herkommen.«

»Jetzt?«, frage ich dümmlich und blicke verzweifelt auf meine Armbanduhr. Tommy nennt mir die Adresse und legt ohne ein weiteres Wort auf. Er weiß es also.

# 30

*Tommy*

Dieser Teil von Bergheim gehört sicherlich nicht zu den schönsten Plätzen, an die es mich in meinem Leben bislang verschlagen hat. Graue Baucontainer reihen sich an kleine Autohäuser oder Kfz-Werkstätten. Ansonsten Felder mit wilden Kippen. Ich biege auf eine einsame Straße, an deren Ende ich Blaulicht aufflackern sehe. Ich beschleunige den Dienstwagen und bremse schließlich vor einem großen Hof. Eine Halle versperrt den Blick zu verschiedenen Containern. Schwere Kraftfahrzeuge säumen einen staubigen Feldweg. Die dicken Metalltore stehen offen. Ein junger Kollege inspiziert meinen Dienstausweis, nickt mir schließlich zu und gibt den Weg zum Innenhof frei.

Schon als ich auf das eigentliche Gelände biege, sehe ich zwei Streifen- und einen Feuerwehrwagen. Der ausgebrannte Pkw qualmt noch immer. Es handelt sich tatsächlich um einen Kombi. Doch weder Farbe noch Marke lassen sich ohne Weiteres rekonstruieren. Man muss wahrlich kein Fachmann sein, um zu erkennen, dass der Wagen kontrolliert ausgebrannt ist. Ein ekelhafter Gestank kriecht mir in die Nase.

»Es ist wohl ein Audi«, erklärt mir di Matteo achselzuckend. Wirklich überzeugt wirkt er auch nicht.

»Wer sagt das?«, frage ich skeptisch und blicke auf die Reste des Fahrzeugs.

»Der Feuerwehrmann da.« Di Matteo zeigt auf einen schlaksigen Kerl, der in einer viel zu kleinen Uniform steckt. Der Typ ist mir schon von Weitem unsympathisch, und mein Gefühl trügt mich nicht. Als er mich sieht, kommt er mit unkoordinierten Schritten auf mich zu.

»Volker Müller. Oberbrandmeister Volker Müller«, stellt sich der Kerl stolz vor. Er drückt seine warme Hand schlaff in meine und nickt mir in vermeintlich enger Freundschaft zu. »Ich hab's schon untersucht«, erklärt er nach seiner Begrüßung und nickt erneut zur Bestätigung. »Audi A4«, stellt er fest und blickt mir tief in die Augen. »Erkennt man doch.« Er sieht wohl die Unsicherheit und fährt mit breiter Brust fort: »An den schwungvollen Linien.« Ich erkenne weder Linien noch etwas Schwungvolles an dem ausgebrannten Wrack. »Ein Avant. Ich würde sagen 2012er Jahrgang.«

»Sie sind nebenbei Audi-Händler, oder wie kommen Sie zu der Annahme?«, frage ich ironisch.

Der junge Mann schnalzt überheblich mit der Zunge. »Das erkennt man doch sofort«, belehrt er mich und grinst dazu dämlich.

*Du spielst gerade mit deinem Leben*, denke ich. Sage aber nur: »Und Sie haben das Auto kontrolliert ausbrennen lassen?« Hauptsache, der Nachhilfeunterricht in der Audi-Lehre hat ein Ende.

Wieder schnalzt er mit der Zunge, wieder grinst er überheblich. »Natürlich. Das macht man heutzutage so.«

»Und sämtliche Spuren sind unbrauchbar«, pfeife ich durch meine Zähne.

Der Mann zuckt kurz zusammen und denkt einen Moment nach. »Na ja. Das kommt immer darauf an«, beginnt er, und er klingt kein bisschen kleinlaut. Im Gegenteil.

Ich schüttele den Kopf und schleiche davon. Eine Forensik-Belehrung brauche ich nun wahrlich nicht. Vor allem nicht von einem Feuerwehrmann. Doch der Kerl lässt sich nicht abschütteln, und so bin ich überraschend froh, Mike ankommen zu sehen.

Er sieht schlecht aus. Seine Augen sind aufgequollen, seine Haare zerzaust. Ohne Frage hat auch seine Leber schon bessere Tage gesehen. Offensichtlich hat er auch jetzt getrunken und hätte nicht mit dem Wagen kommen dürfen. Doch ich verkneife mir einen Kommentar. Auch weil ich weiß, dass Mike momentan eine schwere Phase durchmacht. Ich lege ihm tröstend die Hand auf die Schulter. Mehr kann ich momentan nicht für ihn tun.

»Es könnte Jonas' Auto sein«, erkläre ich schließlich. In der Hoffnung, so seiner Leidensgeschichte aus dem Weg zu gehen. »Aber du siehst ja, was davon übrig ist.«

Mike nickt nur. Er kämpft sichtlich mit den Tränen. Wie gerne hätte ich ihn angeraunzt, er soll sich gefälligst auf das Wesentliche konzentrieren. Doch ich reiße mich zusammen. »Der lustige Feuerwehrmann glaubt, dass es ein Audi A4 Avant ist.«

»Es ist ein Audi A4«, wiederholt Müller zur Bestätigung. Ich schüttle wieder den Kopf, und tatsächlich hellt sich Mikes Miene für einen kurzen Moment auf.

»Können wir noch Spuren nehmen?«, will er wissen.

»Di Matteo hat die KTU herbestellt. Vielleicht haben wir Glück«, komme ich dem Feuerwehrmann zuvor. Mike nickt wieder und geht vorsichtig näher an das Fahrzeug heran. Nach einigen Augenblicken kehrt er gemeinsam mit di Matteo zurück.

»Was ist passiert?«, fragt er schließlich.

»Eine Gruppe von Jugendlichen hat am frühen Abend den Brand entdeckt und die Feuerwehr alarmiert«, erklärt di Matteo. »Vermutlich haben sie in Wahrheit selbst das Feuer gelegt.«

»Das glaube ich nicht«, erwidere ich. »Das macht keinen Sinn. Wenn ich in dem Alter ein Feuer gelegt habe, wollte ich auch zugucken, bis es von selbst ausbrennt. Warum sollten sie die Feuerwehr rufen? Hier ist doch weit und breit niemand.«

»Vielleicht haben sie kalte Füße bekommen«, mischt sich nun auch Mike ein.

Ich sehe ihn an, frage mich, warum er das Naheliegende nicht ausspricht. Und tue es dann selbst: »Wenn es wirklich Jonas' Wagen ist, wollte er sicherlich die Spuren verwischen.«

»Es ist Jonas' Wagen«, stellt Mike fest und deutet mit dem Kopf auf das Wrack.

»Wieso bist du dir da so sicher?«

»Weil er mir geschrieben hat, er würde ihn verschwinden lassen.«

# 31

*Mike*

Natürlich ist mir klar, dass ich mit Jonas' SMS eine Bombe habe platzen lassen, und natürlich ist mir auch durchaus bewusst, dass ich Tommy früher davon hätte berichten müssen. Doch ich muss gestehen, dass ich mich über den Gesichtsausdruck meines Noch-Schwagers in gewisser Weise freue. Tommy ärgert sich, dass Jonas ausgerechnet zu mir Kontakt aufgenommen hat. Und das verschafft mir eine seltsame Genugtuung. Wenn auch nur kurz.

Natürlich hält mir Tommy eine Standpauke. Wir hätten ihn doch ausfindig machen können, Kontaktaufnahme findet nur unter Absprache statt, und was mir überhaupt einfallen würde, das so zwischen Tür und Angel zu offenbaren. Sein Gelaber nervt mich unglaublich, und am liebsten würde ich ihm auch ordentlich meine Meinung sagen. Doch ich habe zurzeit andere Probleme, da ist Tommys Machtgehabe meine geringste Sorge. Warum sollte ich Energie darauf verschwenden?

Also sage ich nur: »Ich hab dich zwar nicht gleich informiert, aber wenigstens gehandelt. Ich dachte, wenn Jonas mir eine Nachricht schreibt, kann ich sein Handy orten. Ging aber nicht. Offenbar hat er das Gerät sofort nach dem Versenden der SMS ausgeschaltet.«

Tommy nimmt die Info nickend zur Kenntnis und schickt mich dann wütend weg.

Es ist kurz vor Mitternacht, als ich nach Hause komme. Der Alkoholpegel hat zwar abgenommen, doch dafür breitet sich jetzt ein dumpfer Kopfschmerz hinter meiner Stirn aus. Ich entscheide mich, den kürzesten Weg ins Bett zu nehmen, und mache nur noch einen eher sporadischen Badezimmerbesuch. Dabei riskiere ich auch einen Blick in den Spiegel und sehe in schwarz umrandete Augen. Ruß an meiner Stirn, Flecken im Gesicht. Überhaupt gefällt mir nicht, was ich sehe, und ich mache mir ernsthaft Sorgen um mich selbst. Ich lege mich in unser Bett, in der Hoffnung, einfach einzuschlafen vor Erschöpfung, doch stattdessen wälze ich mich gefühlte zwei Stunden hin und her. Schließlich entschließe ich mich, es doch noch einmal mit einem Glas Jack Daniel's zu versuchen, und finde im Wohnzimmer ein gemütliches Plätzchen. Es werden fünf.

Danach muss ich an Ort und Stelle eingeschlafen sein. Als ich gegen vier Uhr in dem alten Ledersessel wach werde, schmerzt mein Rücken, als hätte er Bekanntschaft mit einem Lkw gemacht. Ich versuche, mich zu strecken, dabei überkommt mich sofort eine heftige Übelkeit, und ich schaffe es gerade eben noch rechtzeitig ins Badezimmer. Anschließend wische ich mit einem feuchten Küchentuch die Spritzer auf und rede mir ein, eine Dusche würde mich zurück ins Reich der Lebenden befördern. Vergeblich. Ich lege mich ins Bett, überraschenderweise finde ich zwei weitere Stunden Schlaf, wenn auch keinen erholsamen. Als um halb sieben der Wecker klingelt, denke ich zum ersten Mal in meiner Polizeikarriere ernsthaft über einen Krankheitsausfall nach. Ich fühle mich elend und gleichzeitig seltsam leer. Mein Magen dreht sich im Kreis, macht eine kurze Pause, um ein dumpfes Gefühl von Liebeskummer zu hinterlassen, und dreht sich anschließend in die entgegengesetzte Richtung weiter. Doch diese Blöße will ich mir nicht geben. Eine Dose Cola hilft mir über die größte Not hinweg, und etwa drei Stunden später treffe ich tatsächlich auf dem Revier ein.

Ich habe die Frühbesprechung verpasst, Tommys Zorn jedoch nicht. Er passt mich auf dem Flur ab und führt mich mit einer etwas übertriebenen Geste in sein Büro. Ich schiebe seine grobe und herablassende Art auf den Stress, dem er sicherlich ausgesetzt ist, und lasse widerwillig eine weitere Schimpftirade über mich ergehen. Trotzdem nervt mich sein Boss-Getue. Weiter noch: Es kotzt mich an.

»Ich habe dir gesagt, wenn dir das alles zu viel wird, sollst du zu Hause bleiben. Dass du hier das Opferlamm spielst, okay. Dass du hier Mitleid erheischen willst, auch okay. Aber dass du deine Arbeit nicht ordentlich machst, ist nicht okay. Du hast mir wichtige Informationen vorenthalten. Vielleicht hätten wir Jonas überreden können, zurückzukommen«, erklärt er.

Auch wenn ich daran erhebliche Zweifel habe, verkneife ich mir jeglichen Kommentar. Tommy redet sich so in Rage, dass ich es vorziehe, den Mund zu halten. Umso erfreuter bin ich, als Jenny ohne Klopfen eintritt. Sie blickt mich verdutzt an, wedelt dann aber fröhlich mit einer Akte.

»Die Kollegen haben die ganze Nacht durchgearbeitet«, erklärt sie und legt den Ordner auf den Tisch. »Es handelt sich tatsächlich um einen Audi A4 Avant. Schwarz. Es wäre schon ein extrem großer Zufall, wenn das Auto nicht Jonas gehören sollte.« Stolz strahlt sie Tommy an, der ihr Lächeln umgehend erwidert. Sämtlicher Zorn ist aus seinem Gesicht verschwunden.

»Jonas hat Kontakt zu uns aufgenommen«, berichtet Tommy, nickt und wirft mir einen bösen Blick zu. »Besser gesagt, zu Mike. Er hat ihm eine SMS geschrieben. Dass er sein Auto entsorgen will. Wir können also davon ausgehen, dass es sich um sein Fahrzeug handelt.«

»Das ist gut zu wissen«, sagt Jenny. »Zumal wir Blut in seinem Auto gefunden haben.«

Ich spüre, wie die Luft in dem kleinen Büro plötzlich zum Reißen gespannt ist.

»Ich dachte, das Fahrzeug war komplett ausgebrannt«, wundere ich mich laut. Wieder ein unangenehmes Kribbeln in mir.

Jenny nickt. »War es. Aber es ist äußerst selten, dass sämtliche Spuren unbrauchbar sind. Hat zumindest Gerner von der KTU gesagt. Anscheinend hatten wir großes Glück. Er hat Blut an der Kante zu einer Abdeckung gefunden. Das müssen wir jetzt nur noch untersuchen.« Wieder dieses Strahlen, wieder Tommys Lächeln. Zwischen den beiden läuft definitiv etwas.

»Vermutlich ist es sein Blut«, wage ich mich vor. Weil ich mir in dem Punkt ziemlich sicher bin. Ich glaube nicht, dass Jonas der Mörder ist. Und Tommys Argument hat Hand und Fuß. Es gibt keine weitere Vermisstenanzeige.

Als mich Tommy am Nachmittag zum x-ten Mal auf mein Versäumnis in Bezug auf Jonas' SMS hingewiesen und er mich zum zweiten Mal an diesem Tag dösend erwischt hat, werde ich frühzeitig nach Hause geschickt. Ich denke, Tommy weiß, dass das für mich momentan der schlimmste Platz und insofern die größte Strafe ist.

Ich versuche, mich für den restlichen Tag irgendwie zu beschäftigen. Wandere in ein Einkaufscenter, einen griechischen Imbiss und lasse mir sogar die Haare schneiden. Doch nichts bringt die erhoffte Abwechslung. Ab und zu denke ich an das Blut in Jonas' Wagen und an Jennys Idee von einem weiteren Opfer. Dann wieder diese unglaubliche Leere in meinem Kopf. Und so entscheide ich mich, Tommys Anweisung zu befolgen, und fahre schließlich doch nach Hause.

Es ist noch keine achtzehn Uhr, als ich meinen Wagen auf der Einfahrt parke. Ich öffne die Tür und falle fast über einen Pappkarton, der vor der Haustür steht. Als ich mich umblicke, sehe ich Julias Kleinwagen. Mein Herz macht einen Satz. Denn ich gehe natürlich davon aus, Julia sei zur Vernunft gekommen. Ich treffe sie auf der Treppe an. Als sie mir in die Augen blickt, wird mir sofort klar, dass sie nicht zur Versöhnung zurückgekehrt ist.

»Wo sind sie?«, schreit sie mich an, und erst jetzt erkenne ich die Tränen in ihren geröteten Augen. »Das hätte ich selbst dir nicht zugetraut!«

»Wo ist wer?«, frage ich konsterniert.

»Hör auf, Spielchen zu spielen«, raunzt sie mich an.

»Julia, wenn du mir nicht sagst, was du suchst, kann ich dir nicht helfen«, versuche ich ihr sachlich zu erklären.

»*Was* ich suche?«, schreit sie mich an. »Ich suche Elsa und Louisa.«

»Ich dachte, du hättest sie zu deinen Eltern gebracht?«

Ihre Augen funkeln vor Wut. »Genau, und dort hast du sie aus dem Garten geholt!«, schreit sie wie im Wahn.

»Sie sind weg?«, werde ich nun ebenfalls laut. »Ich hatte euch doch extra Polizeischutz gegeben.«

»Toller Polizeischutz!« Sie grinst mich ironisch an. »Erst merken deine Kollegen nicht, dass ich das Haus durch die Gartentür verlasse, und als ich wiederkomme, ist von ihnen nichts mehr zu sehen.«

Ich blicke meine Frau irritiert an. Ein flaues Gefühl überkommt mich. »Das heißt, die Kinder waren die ganze Zeit in Götzenkirchen?«, flüstere ich. Und genau in diesem Moment schlagen Jennys Worte mit aller Macht zu.

## 32

*Tommy*

An diesem Abend ändert sich mein Bild von Mike erneut. Natürlich durfte ich ihn in dieser Situation nicht alleine lassen. Doch als ich eintreffe, wirkt Mike seltsam gefasst. Er versucht vergeblich, Julia zu beruhigen, die verständlicherweise hysterisch reagiert hat. Ich glaube, in den letzten Tagen hat Mike so viel Unglück erfahren, dass er das Hoffen auf Besserung bereits aufgegeben und sich dem Schicksal ergeben hat. Jetzt macht er fast schon einen resignierten Eindruck, will aber offenbar für Julia da sein. Meine Schwester scheint trotzdem noch immer nicht überzeugt, dass Mike die Wahrheit sagt. Sie hält es immer noch für möglich, dass er die Kinder hat, das spüre ich.

Gleichzeitig hat sie panische Angst, ihre Töchter könnten in die Hand des Serienkillers geraten sein. Natürlich kann ich ihre Sorge nachvollziehen. Auch ich mache mir meine Gedanken, schließlich sind weitere Kinder – meine Nichten! – verschwunden. Doch eine Parallele zu unseren Mordfällen zu ziehen, ist noch etwas verfrüht. Auch wenn Noel und Timo sich optisch nicht ähnlich sahen, gibt es ein gewisses Muster. Beide waren zwölf Jahre alt, beide Jungs. Es gibt keinen konkreten Grund, anzunehmen, dass der Täter nun ausgerechnet zwei viel jüngere Mädchen entführt hat, versuche ich mir einzureden. Dabei gibt es durchaus einen Grund. Doch diesen haben Mike und ich vor Julia verschwiegen. Sollte es sich bei dem Täter wirklich um Jonas handeln, und er wird immer verdächtiger, können wir ein persönliches Motiv natürlich nicht mehr ausschließen. Ein persönliches Motiv, das in einer perversen Rache an uns allen mündet.

Und noch etwas haben wir Julia bislang wissentlich vorenthalten. Die Blutspuren in Jonas' Fahrzeug. Ich sehe keinen Anlass, sie jetzt schon darüber in Kenntnis zu setzen. Auch wenn wir natürlich DNA der Mädchen anhand von Haaren mitnehmen werden, um sie mit dem Blut zu vergleichen. Zwar bemüht sich Mike äußerlich um Gelassenheit, aber ich nehme ihm diese scheinbare Kontrolle nicht ab. Er hat Angst, daran habe ich keinen Zweifel.

Auch dürfte ihm klar sein, dass er nun nicht mehr wirklich viel mit den Ermittlungen zu tun haben wird. Doch darauf werde ich zu einem späteren Zeitpunkt zu sprechen kommen.

Ich gehe mit den beiden noch einmal die Geschehnisse des Vortages durch, und meine Skepsis steigt unwillkürlich. Mein Gott, die Kinder sind spurlos aus dem Garten meiner Eltern verschwunden, und angeblich hat es niemand bemerkt. Irgendetwas stimmt hier nicht. Wir verfrachten Julia unter Protest in das Ehebett der beiden, und ich koche ihr einen Tee. Mike will noch einen Moment bei ihr bleiben, obwohl ich bezweifle, dass sie schon wieder bereit ist, mit ihm zu sprechen. Selbst in dieser Situation – oder gerade deswegen.

Ich zucke zusammen, als er plötzlich hinter mir in der Küche auftaucht und mich an meinem Ellbogen zurückzerrt, als wollte er eine Schlägerei mit mir anfangen. Kann ich mich in all den Jahren so in ihm getäuscht haben? Ist er in der Lage, die eigenen Kinder vor Julia zu verstecken und sie damit in Angst und Schrecken zu versetzen?

Doch was er dann sagt, passt nicht zu meinen Gedanken. »Thomas, wir müssen sofort mit dem Scheiß aufhören!« Etwas verwirrt blicke ich ihm in die Augen und sehe bittere Entschlossenheit. Ich kann mich auch nicht erinnern, dass er mich jemals bei meinem richtigen Vornamen genannt hat.

»Womit? Wovon redest du?«

»Wir müssen das Spielchen beenden, bevor es zu spät ist«, fleht er förmlich.

Seinen neuen Elan in Ehren, aber ich habe nicht die leiseste Ahnung, wovon der Kerl redet. »Mike, beruhige dich. Und sag mir endlich, wovon du überhaupt sprichst«, versuche ich es erneut.

Er grinst mich schief an, als würde er mich für begriffsstutzig halten. Gleichzeitig überkommt mich ein seltsames Gefühl.

»Wirklich nicht, Tom? Wir müssen es uns jetzt endlich eingestehen. Erst Jonas' Sohn, dann Richards, jetzt meine Töchter. Wir können nicht länger ignorieren, dass die Geschichte eine Menge mit uns zu tun hat.«

Ich reiße mich mühsam aus der festen Umklammerung.

»Dann sag mir, was«, dränge ich ihn. »Dann sag mir doch endlich, was wir mit der Geschichte zu tun haben?«

Mike schüttelt den Kopf. »Ich weiß es nicht. Ich weiß nur, dass das alles kein Zufall sein kann und wir uns auf die wesentlichen Dinge konzentrieren sollten.« Diese wild und zornig flackernden Augen machen mir Angst. »Meine Töchter sind verschwunden. Deine Nichten.« Jetzt überschlägt sich auch sein Ton. »Tommy, das ist kein Spiel mehr, das ist tödlicher Ernst!«

In meiner eigenen Wut darüber, dass er sich so aufführt, muss ich aufpassen, dass mir die Situation nicht entgleitet. Aber ich muss auch Dampf ablassen. »Es war nie ein Spiel, verdammt, es war von Anfang an tödlicher Ernst. Was redest du denn da? Wir sind bei der Mordkommission, da will keiner nur spielen. Erst recht nicht, wenn Kinder sterben!«

»Bist du fertig?«, fragt Mike. Bevor er sagt, nein zischt: »Denkst du ernsthaft, das alles weiß ich nicht?«

Ich blicke ihn einen Moment stumm an. Versuche, mich zu beruhigen. »Und was sind deiner Meinung nach die wesentlichen Dinge?«, flüstere ich und klinge ähnlich aggressiv wie er. Auch um ihm zu zeigen, dass ich nach wie vor der Chef der Abteilung bin.

Mike denkt einen Moment über meine Frage nach. Ohne dass der Zorn aus seinen Gesichtszügen weicht. »Wieso vergeuden wir unsere Zeit mit der Scheißsuche nach Jonas?«, fragt er schließlich. »Warum hast du dich so an ihm festgebissen? Es entbehrt jeglicher Logik, dass er seinen eigenen Sohn entführt und tötet und dann mit Richards und meinen Kindern weitermacht.«

Mike schluckt, als ihm seine eigenen Worte bewusst werden. Einen Moment lang versagt ihm die Stimme. Dann spricht er weiter und klingt wütender denn je. »Ich werde jedenfalls nicht hier herumsitzen und zulassen, dass wir wertvolle Zeit verspielen.« Dazu blickt er mir böse in die Augen, dreht sich theatralisch um und verlässt die Küche. Nach wenigen Sekunden höre ich die Haustür zuknallen.

Eine Weile stehe ich einfach nur da. Dann hole ich tief Luft, schüttele mich kurz und lasse anschließend seine Worte noch einmal Revue passieren. Woher dieser plötzliche Sinneswandel? Erst Mike hat uns doch auf die Fährte von Jonas gebracht. Ich gieße heißes Wasser in eine kleine Tasse und lasse den Tee einen Augenblick ziehen. Dann schreite ich ruhig die Treppe hinauf, klopfe an die Schlafzimmertür und trete ein. Julia liegt auf der Seite, doch ihrem leisen Schluchzen entnehme ich, dass sie nicht schläft.

»Ist er weg?«, fragt sie mit zitternder Stimme und dreht sich langsam zu mir. Meine Schwester sieht fürchterlich aus. Ihre Augen sind verquollen und mit schwarzen Rändern untermalt, ihr Gesicht ist eine einzige Fratze. Ich nicke vorsichtig. »Ich kann ihn nicht mehr sehen«, fährt sie fort. »Wenn den beiden etwas passiert, werde ich ihn eigenhändig töten«, flüstert sie, und ihre Augen lassen wenig Zweifel an ihrer Entschlossenheit.

»Was ist bloß los mit ihm?«, frage ich, ohne eine Antwort zu erwarten.

»Er hat sich verändert«, flüstert sie. Das stimmt. Auch wenn ich mir selbst eingestehen muss, dass unsere Freundschaft schon seit einigen Jahren absolut oberflächlich gewesen ist, Mike hat sich in den letzten Wochen verändert. Gott weiß, warum. Nur leider nicht zu seinem Besseren.

»Er ist so aggressiv«, stelle ich ruhig fest.

Julia blickt zu Boden, und augenblicklich habe ich ein schreckliches Gefühl.

»Hat er dich oder die Kinder jemals geschlagen?«, frage ich entsetzt. Mein Herzschlag beschleunigt sich. Doch Julia verneint, und für einen kurzen Moment bin ich wirklich erleichtert.

»Nein«, sagt sie und fügt dann hinzu: »Aber er neigt dennoch zu Gewalt.«

Ich sehe Julia an, krame in meiner Erinnerung nach Szenen, in denen Mike gewalttätig gewesen ist. Klar, wir haben uns früher oft geprügelt. Und Mike hat damit oft angefangen. Aber das ist so viele Jahre her.

»Was meinst du?«, will ich von ihr wissen. Ich setze mich auf die Bettkante und stelle den Tee auf den Nachttisch.

»Weißt du noch, als Tina den Unfall hatte?«, fragt sie mich mit ruhiger Stimme.

Natürlich kann ich mich noch daran erinnern. Mike hat uns völlig aufgebracht davon berichtet. Ich muss zugeben, dass ich mich vielleicht mehr um ihn und seine Probleme hätte kümmern können. Wenn ich mich recht entsinne, hat Richard diese Aufgabe übernommen und dankenswerterweise ausreichend erfüllt.

»Mikes Vater hat mir von einem Abend viel später erzählt. Mike kam damals ziemlich betrunken nach Hause. Hat geflucht, getobt und herumgeschrien. Hat sogar dem antiken Schrank einen so heftigen Schlag verpasst, dass ein Stück abgesplittert ist. Laut Günter war er kaum zu beruhigen. Als sein Vater dann wissen wollte, was los war, und ihn daran erinnert hat, dass Tinas Unfall schon schlimm genug ist, hat Mike wohl überhaupt nicht darauf reagiert. Hat nur weitergeschimpft und sich in seinem Zimmer eingeschlossen. Als seine Eltern am nächsten Morgen nach ihm schauen wollten, war er fort. In der Nacht hat er anscheinend sein ganzes Mobiliar kurz und klein geschlagen. Günter meinte, er hätte Mike niemals zuvor so gesehen. Auch in den folgenden Tagen war er nicht zu beruhigen. Günter versuchte immer wieder, mit ihm zu sprechen, ihn zu beruhigen. Vergeblich. Irgendwann soll er seinem Vater gesagt haben, dass er sich erst wieder beruhigen würde, wenn er ›das Schwein erwischt‹ hat.«

»Was für ein Schwein?«, hake ich nach.

»Ich habe ihn viele Jahre später danach gefragt. Doch er hat nur den Kopf geschüttelt und gegrinst. Und gesagt: ›Da muss Papa irgendwas durcheinanderbringen.‹ In ganz beiläufigem Ton. Danach kam das Thema nie wieder zwischen uns zur Sprache. Irgendwann habe ich Günter gefragt, was er vermutet.«

Julia macht eine Pause. Ich lege den Kopf zur Seite und warte gespannt auf die Antwort.

»Er glaubt, dass Mike irgendjemandem die Schuld am Unfall seiner Schwester gibt.«

»Aber wem? Es war ein Unfall. Er war mit uns auf dem Weg ins Schwimmbad.«

Julia zuckt die Schultern. »Wie gesagt, Mike hat nie wieder mit mir darüber gesprochen. Er redet ohnehin schon lange nicht mehr wirklich mit mir.« Ein Vorwurf, der für Julia eine übergeordnete Rolle zu spielen scheint.

»Wenn einer schuld war«, sage ich und werde schon wieder sauer auf meinen ehemaligen besten Freund, »dann er selbst. Er hätte besser auf Tina aufpassen müssen.«

»Ich habe mir lange Gedanken darüber gemacht, Tommy. Ich weiß es nicht.« Sie stockt.

»Was weißt du nicht?«, hake ich nach.

Sie zögert, und ich sehe ihr an, dass sie um die richtigen Worte kämpft.

»Du darfst das nicht falsch verstehen«, sagt sie dann. »Ich will nur seinen Gedankengang nachvollziehen können. Versprochen?«

Ich nicke.

»Habt ihr ihn damals überredet, mit ins Schwimmbad zu gehen?«, fragt sie mich.

Ich merke sofort, worauf sie hinauswill. Also fange ich an, in meinem Gedächtnis zu graben. Aber ich kann mich beim besten Willen nicht an den Tag damals erinnern.

Doch was spielt das für eine Rolle? Selbst wenn es so war, dass wir ihn überredet haben – er kann doch nicht allen Ernstes uns die Schuld dafür geben, dass er Tina allein gelassen hat.

Oder doch?

# 33

*Mike*

Wütend lasse ich die Tür ins Schloss fallen. Vielleicht schlage ich sie auch hinter mir zu. Das Verschwinden meiner geliebten Töchter, aber auch Tommys Engstirnigkeit bringen mich noch um den Verstand. Ich kapier nicht, warum mein Schwager so fixiert auf Jonas Hellmann ist. Natürlich habe ich meinen Teil dazu beigetragen, es gab ja zwischendurch schon Gründe, sich über sein Verhalten zu wundern. Doch Jonas hat meine Töchter nicht entführt. Dazu ist er nicht in der Lage. Auch wenn momentan natürlich einiges für seine Schuld spricht, in diesem Punkt bin ich mir absolut sicher.

Doch wo sind Elsa und Louisa? Ich massiere mit Zeige- und Mittelfinger meine Schläfen. Natürlich hat die Geschichte mit unserer Vergangenheit zu tun. Es kann kein Zufall sein, dass ein Mörder willkürlich die Kinder eines gesamten Freundeskreises entführt und ermordet. Als Jugendliche waren wir sicherlich alle keine Kinder von Traurigkeit. Auch ich nicht. Und tatsächlich kommen mir teils schreckliche Bilder in den Sinn, wenn ich an damals denke. Doch auch wenn sich in den letzten Wochen meine Erinnerungen fast schon selbstständig wie ein Puzzle zu einem großen Ganzen zusammenfügen, dann gibt es für mich nach wie vor eine alles entscheidende Frage: Was hat all das, was heute geschieht, mit dem Gestern von vor sechzehn Jahren zu tun? Es will mir einfach nicht einfallen.

Das hat aber auch keine Priorität. Ich muss meine Töchter finden, bevor ihnen etwas Grausames zustößt. Doch wo? Wieder spüre ich diesen unbändigen Zorn in mir aufsteigen.

***

Als ich Tina im Krankenhaus besuchte, brach eine Welt für mich zusammen. Ihr Schädel war in verschiedene Verbände gehüllt, und doch war zweifelsfrei zu erkennen, dass ihr Gesicht entstellt war. Ich hatte bis zu diesem Zeitpunkt nie etwas Schlimmeres gesehen. Und sie war meine kleine Schwester, mein Schmerz war unerträglich, ich wusste nicht, wohin damit.

Ich saß unzählige Stunden an ihrem Bett, in dem Wissen, dass sie nicht mit mir sprechen würde. Ich hielt ihre Hand, obwohl ich glaubte, dass sie mich nicht spürte. Die Ärzte hatten sie in ein künstliches Koma versetzt und meinen Eltern geraten, sich darauf gefasst zu machen, dass Tina niemals wieder so leben würde wie früher. Meine Mutter weinte seither sehr viel. Eigentlich ununterbrochen. Mein Vater übernahm die Arztgespräche und organisierte das alltägliche Leben. Er war der ruhende Pol der Familie und spendete uns damit viel Trost. Sein Glauben an Gott half uns zu dieser Zeit.

Doch in mir brodelte etwas. Etwas, das nach einem Ventil suchte. Ich löcherte meinen Vater mit Fragen, suchte nach Erklärungen und hoffte zu verstehen, warum Tina etwas derart Grausames zugestoßen war. Sie war doch nur auf dem Spielplatz gewesen!

Als ich meinem Vater schwor, den Übeltäter ausfindig zu machen, schüttelte er liebevoll den Kopf, streichelte mir über meinen und erklärte mir, es gäbe keinen Verursacher. Tina wäre einfach von dem Klettergerüst gefallen und hätte sich den Kopf an der Metalltreppe einer Rutsche eingeschlagen.

Ein anderes Kind, ein Junge, hatte meine Schwester gefunden, ohnmächtig und inmitten einer Blutlache. Bestimmt hatte er sich bei dem Anblick die Seele aus dem Leib geschrien. Aber dann rief er seine Eltern und die sofort einen Krankenwagen.

Ich besuchte Tina jeden Tag. Eines Tages sprach ich einen Arzt auf ihre Verletzungen an. »Wie schlimm ist es?«

»Sehr schlimm«, antwortete mir der Mann reserviert. Sein Lächeln machte mich rasend.

»Was ist passiert?«

»Ein schweres Schädel-Hirn-Trauma«, erklärte er sachlich. »Beim Aufprall hat sich deine Schwester irreparable Verletzungen am Gehirn zugezogen. Wie schwer, können wir noch nicht sagen. Aber ich bezweifle, dass sie jemals wieder normal laufen, geschweige denn wie früher sprechen kann.«

Am liebsten hätte ich den Kerl umgehauen. Da stand er braun

gebrannt vor mir, vermutlich mit einer dicken Karosse vor der Tür, frisch heimgekehrt aus seinem Sommerurlaub von der Côte d'Azur, und erzählte mir etwas über die schweren Verletzungen meiner Schwester. Und das so neutral, als ginge es nicht um ein Lebewesen. Wie zum Ausgleich dafür tätschelte er mir den Kopf und ging summend davon.

Ich hatte keine Ahnung von Medizin und musste diesem ekligen Typen glauben. Doch irgendetwas störte mich an der Geschichte. An diesem Tag ging ich nicht zu Tina ins Zimmer. Ich verließ das Krankenhaus und fuhr mit meinem Fahrrad zu dem Spielplatz, an dem ich Tina im Stich gelassen hatte. Der Sandkasten war überfüllt mit schreienden Kindern, und doch umgab ihn eine seltsame Aura. Zumindest in meiner Wahrnehmung. Einzelne Kinder rannten um mich herum, und ich spürte die Blicke, die mir skeptische Eltern zuwarfen. Ich konnte es ihnen noch nicht einmal verdenken. Warum trieb sich ein Halbstarker am helllichten Tag alleine auf einem Spielplatz herum? Doch wo waren diese Eltern, als meine Schwester von dem Klettergerüst gestürzt war?

Ich schaute mich um. Dann stellten sich meine Nackenhaare auf. Noch immer waren Tinas Blutspuren im Sand zu erkennen. Tränen sammelten sich in meinen Augen, und ein unglaublicher Zorn stieg in mir auf. Man hatte sich noch nicht einmal die Mühe gemacht, ihr Blut abzutragen. Wütend stapfte ich durch den Sand. Und blieb abrupt stehen.

Ich spürte das Grauen, das sich hier auf diesem Spielplatz ereignet hatte. Aber vor allem verspürte ich das dringende Verlangen, zu erfahren, was wirklich passiert war. Es gab einen Übeltäter, da war ich sicher. Tina fällt nicht einfach so vom Klettergerüst. War mein Vater so verbohrt, so überzeugt von meiner Nachlässigkeit und Schuld, dass er vergaß, wie vorsichtig Tina schon immer gewesen war?

Mein Blick wanderte über den Steinboden, der in den Sandkasten führte. Ich bewegte mich ganz langsam, als suchte ich etwas. Und tatsächlich. Da war etwas. Geschätzte drei Meter von Tinas Unfallort entfernt sah ich auf den hellen Gehplatten weitere Blutflecken.

Mein Herzschlag beschleunigte sich. Ich blickte auf das Klettergerüst und die Metalltreppe der Rutsche, auf die Tina gefallen sein musste. Die beiden Spielgeräte standen sicherlich zwei Meter voneinander entfernt. Tina hätte springen müssen, um die Treppe zu erreichen. Warum hätte sie das tun sollen? Und dann die Blutspuren auf den Steinen. Wie waren die hierhergekommen? Nach dem Sturz war Tina sicherlich nicht mehr in der Lage gewesen, vorwärtszurobben.

Das Adrenalin schoss förmlich durch meinen Körper, als die Erkenntnis mein Gehirn erreichte: Tina hatte keinen Unfall, sie war angegriffen worden. Und ich würde den Übeltäter kriegen.

***

Jetzt, etliche Jahre später, empfinde ich die gleiche Entschlossenheit. Wer auch immer meine Kinder entführt haben sollte, würde dafür büßen.

# 34

*Tommy*

Mikes Argumente haben Skepsis in mir geweckt. Dennoch bleibt Jonas Hellmann für mich der Hauptverdächtige. Er neigt zur Gewalt, er ist vermutlich mit einem der Opfer gesehen worden, und er kennt alle weiteren Opfer. Am verdächtigsten jedoch macht ihn, dass er von jetzt auf gleich verschwunden ist und dann auch noch die Spuren in seinem Auto vernichten wollte. Auch wenn ich keine Ahnung habe, warum er Mike darüber informiert.

Das Blut in Jonas' Fahrzeug setzt das Team zusätzlich unter Druck. Es ist davon auszugehen, dass wir schon bald ein weiteres Opfer finden werden. Womöglich gleich zwei auf einmal. Dass es sich dabei um meine Nichten handeln kann, zerreißt mir das Herz. Ich mache mir schreckliche Sorgen, dass ich die beiden nicht mehr lebend wiedersehen werde. Doch diesen Gedanken schiebe ich so gut es geht beiseite. Ich kann mir keine Ablenkung erlauben, so schwer es mir fällt.

Überhaupt gilt es jetzt, ruhig zu bleiben. Schließlich muss ich die kommenden Schritte genau planen, um nicht aus Befangenheit aus der Soko abgezogen zu werden. Ich bin es meiner Schwester schuldig, den Fall selbst zu klären. Alles zu tun, was in meiner Macht steht. Das kann ich nicht von der Seitenauslinie.

Die Suche nach meinen Nichten wird von einem Kölner Kollegen organisiert, den ich nur flüchtig kenne. Er verspricht mir, besonders sorgfältig vorzugehen, und spricht mir Mut zu. Er habe erhebliche Zweifel, dass wir den Fall überhaupt übernehmen müssen. Die beiden Mädchen passten ja wahrlich nicht ins »Beuteschema« des Täters. Alleine für den Begriff »Beuteschema« in Bezug auf meine Nichten hätte ich dem Typen am liebsten eine verpasst.

Auch wenn ich Elsa und Louisa so möglicherweise in Gefahr bringe und mir deswegen schwere Vorwürfe mache, verschweige ich dem Kollegen den Zusammenhang zwischen den Opfern. Zum einen, um weiterhin möglichst genaue Einblicke in die Ermittlungen zu erhalten, zum anderen, um nicht selbst mit den

Geschehnissen in Zusammenhang gebracht zu werden. Dennoch wird die Suche gerade aufgrund der Vorkommnisse der letzten Wochen besonders ernst genommen und selbst über die Nacht hinweg fortgesetzt.

Trotzdem: Auch wenn ich an unser Rechtssystem und gerade die Polizei immer geglaubt habe, in diesem Moment habe ich erhebliche Zweifel, dass wir die Kinder wiederfinden werden. Ich glaube nicht an ein Happy End. Das ist kein Film. Die Realität sieht leider anders aus. Es gibt eigentlich noch nicht einmal Hoffnung. Dem Entführer geht es offenbar nicht um Erpressung, sonst hätte er Forderungen gestellt. Als mir dieser Zusammenhang bewusst wird, wird mir schummrig vor Augen, und ich kann nicht mehr klar denken.

Ich lege mich auf Mikes Couch und versuche, ein wenig Schlaf zu finden. Vergeblich. Alles dreht sich, und es fühlt sich an, als würde ich am nächsten Morgen mit einem schrecklichen Kater aufwachen. In meiner Wahrnehmung vergehen Stunden, bis sich mein Kreislauf wieder beruhigt. Mittlerweile sind sämtliche Kollegen verschwunden, die Suche läuft irgendwo draußen auf Hochtouren, und das Haus wird von einer entsetzlichen Stille heimgesucht.

Es ist kaum auszuhalten. Ich rede mir ein, dass ich momentan eh nichts an der Lage ändern kann. Doch ich glaube mir selbst nicht. Also verlasse ich gegen Mitternacht Mikes Haus und fahre mit dem Auto in die Innenstadt. Menschenmassen schieben sich lachend und ausgelassen über die Kölner Ringe. Für die Leute ist es eine Nacht wie jede andere, und nur wenige Kilometer entfernt bricht eine ganze Welt zusammen.

In einer Seitenstraße finde ich eine urige Kneipe. Ich setze mich an den Tresen, bestelle mir ein Mettbrötchen und ein Herrengedeck und versuche, ein wenig abzuschalten. Der alternde bierbäuchige Köbes mit Vokuhila-Frisur lächelt mir freundlich zu, wackelt mit seinem Schnäuzer und fragt mich, was denn los sei. Ich habe keine Worte für ihn übrig und schüttle nur ziemlich unfreundlich den Kopf. Schweigend stellt er mir kurz darauf ein weiteres Bier vor die Nase.

»Manchmal liegt die Lösung direkt vor einem, man hat sie

eigentlich schon lange parat, steht sich aber selbst im Weg«, sagt er, und sein singender kölscher Tonfall nimmt mich für ihn ein. Er könnte der Leadsänger einer Karnevalsband sein, der mir gerade den Refrain seines neusten Schlagers vorstellt.

Ich denke lange über seine Worte nach und versuche, sie für mich zu interpretieren. Liegt die Lösung direkt vor mir? Ich bestelle mir ein weiteres Bier. Was ist denn naheliegend?

Wieder finde ich nur eine Antwort: Jonas Hellmann. Erleichtert atme ich auf. Sosehr mich Mike nervt, er kann nichts mit dieser Geschichte zu tun haben.

Als ich das zehnte Kölsch getrunken und die neuesten Weisheiten des Köbes gehört habe, verlasse ich den Laden und mache mich auf den Heimweg. Erschreckenderweise schlafe ich dort umgehend ein.

Mein Kopf dröhnt, als mich mein Handy mitten in der Nacht weckt. Sofort schnellt mein Puls in die Höhe. Denn ein Anruf zu dieser Zeit kann nichts Gutes bedeuten. Ich blicke auf den Wecker, wische mir über die müden Augen und versuche, die roten Zahlen in die richtige Reihenfolge zu bringen. Fünf Uhr vierunddreißig.

»Scheiße«, fluche ich. Ich blicke auf mein Display. Jenny! Mein Herz setzt aus. Ich räuspere mich, bevor ich das Gespräch schließlich annehme.

»Tommy? Du musst kommen. Sofort!«

## 35

*Mike*

Es dämmert bereits, als ich um kurz nach sechs den Feldweg entlangfahre. Ich bin vollkommen übermüdet, und meine rechte Hand schmerzt. Auf der Suche nach meinen Kindern habe ich mich geschnitten. Nicht tief, aber schmerzhaft. Nachdem ich zur Tür raus bin, habe ich lange überlegt, wo ich Louisa und Elsa finden könnte. Ich blieb an einer einzigen Möglichkeit hängen. Also habe ich mich auf den Weg gemacht.

Nach zwanzig Minuten Fahrzeit bin ich eingetroffen. Ich stieg langsam aus und lauschte in die Nacht. Irgendwo zirpten Grillen und durchschnitten das unheimlich schweigende Morgengrauen. Eine leichte Brise wehte mir entgegen, und ich atmete tief ein. Mit einer Taschenlampe und meiner Walther bewaffnet, schlich ich mich an das alte Gebäude heran. Ich drückte mein Ohr gegen das morsche Holz, konnte aber nichts hören. Dann versuchte ich krampfhaft, einen Blick durch das Fenster zu werfen. Ich konnte nichts sehen. Im Inneren war es komplett dunkel.

Ich vergewisserte mich, alleine zu sein, steckte Pistole und Taschenlampe in meinen Hosenbund und warf mich mit aller Kraft gegen das Holztor. Das neue Schloss gab nicht einen Millimeter nach. Also versuchte ich es an den Brettern, die notdürftig das Fenster verschlossen. Dieses Mal war ich deutlich erfolgreicher. Schon beim ersten Versuch ächzte das Holz. Als ich mich schließlich zum vierten Mal gegen das Fenster warf, gab es endlich nach. Ich stürzte durch die Öffnung, blieb mit der Hand an einem rostigen Nagel hängen und versuchte, mir meine letzte Tetanusimpfung ins Gedächtnis zu rufen. Bei dem Sturz verlor ich Taschenlampe und Walther. Doch der Schein der Lampe versicherte mir, dass ich zumindest in diesem Teil der Scheune alleine war. Augenblicklich vermischte sich ein seltsames Gefühl mit meiner Sorge um die Kinder.

Ich sah Richard auf seinem Heuballen in der Ecke sitzen, während wir uns auf der Biergarnitur mit irgendeinem billigen Fusel volllaufen ließen. Ich sah Yvonne und Lena. Nur Julia fehlte in diesem Bild. Natürlich war sie damals auch hier gewesen. Ich glaube, mein Unterbewusstsein versuchte, sie auszublenden, doch ihr Fehlen fühlte sich besonders grausam an.

Ich fand die Pistole unterhalb des Fensters, hob die Taschenlampe auf und untersuchte notdürftig den Schnitt an meiner Hand. Es schmerzte sehr, doch für Wehwehchen war jetzt keine Zeit. Leise schlich ich durch das Heu, versuchte, so flach es ging zu atmen, nahm aber keine anderen Geräusche wahr. Die Hoffnung, Louisa und Elsa hier zu finden, drohte im Keim zu ersticken. Doch noch gab ich nicht auf.

Auch der hintere Teil der Scheune weckte alte Erinnerungen in mir. Unpassenderweise huschte mir ein Lächeln übers Gesicht. Umgeben von Heu und Holz hatten wir allen Ernstes ein Lagerfeuer gemacht. Tommy hatte seine Gitarre mitgebracht, und wir hatten einen wunderbaren Abend verlebt. Spätestens das wäre der Moment gewesen, an dem Jonas' Eltern uns ein für alle Mal den Zugang zu der Scheune hätten verbieten müssen. Doch wo kein Kläger, da kein Richter. Dafür hatten wir an einem besonders heißen Sommerabend mit einem Rasensprinkler in der Scheune für die nötige Abkühlung gesorgt. Zu gerne hätte ich die ganze Vergangenheit noch einmal aufleben lassen. Doch in mir wuchs zunehmend der Eindruck, dass sich diese Tür bereits geschlossen hatte und der Schlüssel unauffindbar war.

Ich schlich durch die dunkle Kammer. Von meinen Töchtern fehlte jede Spur. Ich musste mir wohl eingestehen, auf dem Holzweg zu sein. An der alten Leiter hielt ich kurz inne, verstaute die Waffe in meiner Hosentasche und kletterte auf den Heuboden. Wieder übermannten mich alte Erinnerungen. Wie Tommy, Jonas und ich als kleine Kinder Verstecken gespielt hatten und wir den Schutz der Dunkelheit suchten, nachdem wir dem alten Weber die Äpfel geklaut hatten. Und ich dachte an Julia. Hier hatten wir uns an einem regnerischen Sommertag das erste Mal geküsst. Ich spürte eine warme Träne auf meiner Wange. Nur mit Mühe unterdrückte ich weitere. Vielleicht würde Julia zu mir zurückkommen, wenn ich Louisa und Elsa heil zurückbrachte.

Ich kletterte über einige alte Kisten und Maschinenteile. Hinter einem vermoderten Tisch fand ich schließlich den Verschlag. Ich duckte mich unter dem Türrahmen hindurch und blieb erneut an einem Nagel hängen. Doch diesmal verletzte ich mich nicht. Nur mein T-Shirt hatte etwas abbekommen. Den Raum umgab eine seltsame Aura. Er hatte etwas Geheimnisvolles. Vielleicht auch, weil in dieser Scheune so viele Geheimnisse verborgen lagen. Mit der Taschenlampe leuchtete ich mir den Weg. Auch wenn ich mir nun sicher sein konnte, dass meine Töchter nicht hier waren, suchte ich weiter. Und schließlich wusste ich auch wieder, wonach.

Die alte Kiste. Sie stand direkt vor mir. Ich hatte sie viel größer in Erinnerung, und das vermoderte Holz hatte damals auch einen besseren Eindruck gemacht. Wie hatte ich sie bloß vergessen können? Unsere alte »Schatzkiste«. Die Kiste, die mein Leben so dramatisch verändert hatte. Ich kniete mich auf den Boden und streichelte vorsichtig über die Kanten. Dann atmete ich tief durch und gab mir einen Ruck.

Wenige Stunden später bin ich, völlig übermüdet und gefrustet, schon wieder auf dem Weg zur alten Scheune.

# 36

*Tommy*

Noch immer ziemlich verpennt treffe ich in den frühen Morgenstunden ein. Ich parke mein Auto an der alten Eiche. Es ist kälter als gedacht, und ich bin froh, meine Jacke eingepackt zu haben. Ich ziehe den Reißverschluss zu und klettere über den kleinen Zaun. Eine dunkle Rauchwolke wird in einem schnellen Rhythmus blau erleuchtet. Je näher ich der alten Scheune komme, oder besser gesagt ihren Resten, umso wärmer wird mir. Jenny spendet mir ein mitfühlendes Lächeln, als sie mich sieht. Und auch der nette Feuerwehrmann, der mir vor wenigen Tagen schon auf die Nerven gegangen ist, freut sich offenbar, mich zu sehen. Mit großen Schritten kommt er auf mich zu, bevor ich zu meiner Kollegin gehen kann, und hält mir seine Hand hin. Widerwillig schlage ich ein.

»Brandstiftung, Herr Ullrich«, erklärt er mir selbstsicher und blickt auf das verkohlte Holz. »Wir haben den Brand so schnell es ging gelöscht. Nicht, dass weitere Spuren verloren gehen.«

»Woran machen Sie das fest, Herr …«, frage ich ihn.

»Müller«, entgegnet er sichtbar enttäuscht darüber, dass ich mir seinen Namen nicht gemerkt habe. »Volker Müller. Oberbrandmeister.« Stolz zeigt er auf ein Wappen an seinem Ärmel.

»Okay, Herr Müller. Warum glauben Sie, dass es Brandstiftung war?«, frage ich ihn und ärgere mich, überhaupt auf das Gespräch eingegangen zu sein.

Müller lächelt erneut sein überhebliches Lächeln, und wieder habe ich nicht übel Lust, ihm das Maul zu stopfen.

»Na, das sieht man doch. Warum sollte sonst mitten in der Nacht eine alte Scheune brennen?«

»Einleuchtend.« Ich habe Jenny gar nicht kommen hören und zucke zusammen. Dass sie dem Feuerwehrmann zustimmt, stört mich aber viel mehr. »Die Kollegen haben einen Benzinkanister gefunden«, sagt sie. »Es gibt wohl wenig Zweifel.«

»Sag ich doch«, verkündet Müller stolz.

»Warum sind wir hier?«, frage ich Jenny ein wenig zu barsch.

Sie blickt mich mit ihren großen Augen an, und es tut mir umgehend leid. »War nicht so gemeint, Jenny. Aber im Ernst, warum sind wir hier? Gibt es eine Leiche?«, frage ich nun deutlich freundlicher.

Jenny verkneift sich einen frechen Kommentar, sie lächelt sogar wieder und berührt kurz meinen Oberarm, so, dass nur ich es merke, aber nicht Herr Müller.

»Nein, Tommy, es gibt keine Leiche. Es geht nur um Brandstiftung. Aber es ist eure Scheune, die brennt. Hier habt ihr eure Kindheit verbracht. Und alle toten oder entführten Kinder gehören zu mindestens einem aus eurem Freundeskreis. Da gibt es doch einen Zusammenhang. Und ich dachte, den wollt ihr doch sicher lieber sofort untersuchen.«

»Wir?«, frage ich neugierig.

»Du und Mike. Ich habe ihn auch angerufen. Er ist auf dem Weg.«

Na toll, Mike ist gerade die letzte Person, die ich sehen will. Er wird vermutlich in Tränen ausbrechen, wenn er den Zustand seiner geliebten Scheune sieht. Aber Jenny hat ja richtig gehandelt und mein barsches Auftreten in keinster Weise verdient. Nach den jüngsten Entwicklungen ist ein solcher Zusammenhang nicht von der Hand zu weisen.

Als Mike endlich eintrifft, habe ich mir bereits ein komplettes Bild von der Scheune gemacht. Es ist nicht wirklich viel übrig geblieben. Bei dem ganzen Heu und dem teilweise morschen Holz ist das aber auch kein großes Wunder.

Mike sieht völlig fertig aus, als er aus seinem Auto steigt. Wahrscheinlich hat er die ganze Nacht durchgezecht, um seinen Kummer zu ertränken, denke ich. Ich muss ihn aus dem Verkehr ziehen. So viel ist klar. Doch noch finde ich die richtigen Worte nicht. Langsam schreitet er auf mich zu. Seine Hand ist in einen dicken notdürftigen Verband gehüllt und sein T-Shirt in Höhe seiner rechten Schulter zerrissen. Egal, mit wem er gekämpft hat, er hat offenbar den Kürzeren gezogen.

»Wo warst du?«, raunzt Jenny ihn an. »Ich habe dich vor einer Stunde angerufen. So weit hast du es ja nun auch nicht.«

Aus irgendeinem Grund schrillen in meinem Kopf Alarmglocken. Doch vielleicht bin ich zurzeit auch einfach nur extrem dünnhäutig, wenn es um Mike geht.

»Ich habe geschlafen«, erklärt Mike, nicht mal wirklich bemüht, die offensichtliche Lüge zu vertuschen. Vielleicht hat er tatsächlich eine Affäre, denke ich.

»Was ist mit deiner Hand passiert?« Ich deute mit dem Kopf auf seine Rechte.

Er zuckt nur die Schultern. Dann weiten sich seine Augen. Apathisch starrt er auf die Reste seiner Scheune. Ein weiterer Teil seiner Vergangenheit bricht wie ein Kartenhaus zusammen.

»Wir sollten uns mit dem alten Weber unterhalten«, schlage ich vor.

Mike benötigt einen Moment, bevor er meine Worte aufnimmt.

»Warum?«, fragt er mich verwirrt.

»Weil ich mich frage, wo die teuren Maschinen sind, die er eingeschlossen haben will.«

Mike nickt nachdenklich.

»Was hat er in der Scheune versteckt?«

»Nichts wahrscheinlich«, antwortet Mike entschieden. »Er wollte nur nicht, dass irgendjemand hier herumschnüffelt. Und vielleicht sollten wir das auch nicht tun. Ich werde mich jedenfalls auf die Suche nach meinen Kindern machen«, erklärt er und verschwindet.

Ich blicke Jenny fragend an, völlig perplex über Mikes Benehmen.

»Er kann doch nicht einfach gehen«, sagt sie fassungslos.

»Ist aber vielleicht besser so. Ich spiele mit dem Gedanken, ihn aus dem Verkehr zu ziehen.«

»Hast du sein T-Shirt gesehen?«

»Klar.«

»Es sieht so aus, als wäre er irgendwo hängen geblieben«, sagt sie leise. »Zum Beispiel an einem Nagel«, fährt sie fort und deutet mit dem Kopf auf einen rostigen Nagel, der aus einem verkohlten Balken hervorlugt.

# 37

*Mike*

Vollkommen entnervt setze ich mich wieder in mein Auto und brause davon. Die Geschichte läuft vollkommen aus dem Ruder. Natürlich ist mit dem Brand der Scheune ein weiterer Teil meiner Vergangenheit einfach verpufft. Nie wieder werde ich diesen wichtigen Ort meiner Jugend betreten.

Doch für Sentimentales ist nun wirklich kein Platz. Es geht um das Leben meiner Töchter. Ich bin mir sicher gewesen, sie in der Scheune zu finden. Wo hätte er sie sonst verstecken sollen. In seinem eigenen Haus? Nein, das halte ich für ausgeschlossen. Wenn sie noch leben, hätten sie Lärm gemacht. Kinder machen nun einmal Lärm.

Wenn sie denn leben … Die Worte treiben mir Tränen in die Augen. Ich wische sie mit dem Verband weg und versuche, mich zu konzentrieren. Doch die Müdigkeit lässt kaum einen klaren Gedanken zu.

Ich entschließe mich trotz der frühen Stunde, bei meinen Eltern einen kurzen Zwischenhalt zu machen. Als hätte er mich erwartet, steht mein Vater am Küchenfenster und spinkst durch den Vorhang. Als er mich entdeckt, winkt er mir und kommt umgehend zur Tür.

»Ich hatte im Gefühl, dass du kommst«, sagt er und tätschelt meinen Arm.

»Also hat Julia sich bei euch gemeldet?«

Mein Vater nickt.

»Hat sie euch erzählt, was passiert ist?«

»Ja. Aber ich werde Mutti davon noch nichts sagen. Sie wird einen weiteren Schicksalsschlag nicht verkraften«, flüstert er, während er mich ins Haus führt.

»Was ist das bloß mit unserer Familie?«, frage ich verzweifelt. »Warum haben wir so viel Pech und andere haben Glück?«

Mein Vater ringt sich ein gequältes Lächeln ab. »Man ist immer selbst für sein Glück verantwortlich. Man kann es nicht erzwingen, aber man kann es beeinflussen«, erklärt er mir. Ich setze mich auf die Couch, während mein Vater uns einen Kaffee kocht. Vorsichtig streiche ich über die weiche Polsterlehne.

***

Tinas kleiner Kopf lag auf dem weichen Grau. Ein Sabberfaden lief ihr aus dem Mund und breitete sich ganz langsam auf dem Stoff zu einem kleinen See aus. Es tat so unglaublich weh, sie in diesem Zustand zu sehen. An diesem Morgen war sie nach Hause gekommen. Nach einigen Wochen im Krankenhaus. Nun vegetierte sie auf dem Sofa dahin, kaum in der Lage, sich verständlich zu machen. Ich streichelte ihr vorsichtig über den Kopf und meinte, eine leichte Regung unter ihren Augenlidern zu erkennen.

»Lass sie doch schlafen«, ermahnte mich meine Mutter, die natürlich wusste, dass Tina nicht schlief. »Sie braucht Erholung.« Ich ließ meine Schwester los, ließ sie aber nicht aus den Augen. Mein Verdacht hatte sich mittlerweile so gut wie bestätigt. Auch die Ärzte glaubten nicht, dass Tinas Verletzungen auf einen Sturz zurückzuführen waren. Sie hatte gleich mehrere Verletzungen an Schädel und Gehirn, die darauf schließen ließen, dass meine Schwester mehrfach mit einem stumpfen Gegenstand geschlagen worden war.

In den folgenden Tagen war die Polizei oft bei uns zu Hause. Sie unterhielten sich mit meinem Vater, wobei ich mit meinem heutigen Wissen durchaus von einem Verhör sprechen würde. Und auch mich nahmen sie zwischenzeitlich in die Mangel. Als sie unsere Alibis überprüft hatten, waren sie offenbar mit ihrem Latein am Ende. Ein halbes Jahr später wurde die Ermittlung ergebnislos eingestellt.

Auch meine Nachforschungen verliefen schleppend. Ich hatte mir geschworen, denjenigen zu finden, der Tina brutal verletzt hatte. Jeden Tag ging ich nach der Schule auf den Spielplatz und suchte Zeugen, Beweise oder zumindest Anhaltspunkte. Ich klingelte in der gesamten Nachbarschaft und fragte nach Auffälligkeiten. Ergebnislos. Niemand hatte etwas gesehen. Manche redeten nicht einmal mit mir, schickten mich einfach weg. Andere redeten mir gut zu, die Sache doch der Polizei zu überlassen. Nach wenigen Tagen bat mich mein Vater, damit aufzuhören. Nachbarn hatten sich bereits über mich beschwert. Meine Eltern wollten keine Vergeltung, sie wollten Ruhe. Die ganze Geschichte hatte an ihren Kräften gezehrt, sodass sie einfach nur noch vergessen wollten. Es dauerte einige Monate, bis ich ihrem Wunsch nachkam. Aber nur, weil mir nichts anderes übrig blieb. Ich wusste einfach nicht mehr weiter.

***

Es ist fast Mittag, als mich mein Handy weckt. Ich spiele mit dem Gedanken, den Anrufer wegzudrücken, entschließe mich dann aber doch, abzunehmen. Ausnahmsweise überrascht mich Tommy mit einer positiven Nachricht.

»Mike? Wo bist du?«, fragt er mich aufgeregt.

»Bei meinen Eltern. Ich bin gerade auf dem Sprung«, lüge ich.

»Wir haben die Ergebnisse aus dem Labor erhalten. Die über das Blut in Jonas' Wagen.« Er macht eine kurze Pause. »Es ist nicht von deinen Töchtern«, erklärt er erleichtert.

Ich atme tief durch.

»Vermutlich sind sie wohlauf. Wir werden das Blut jetzt noch mit der DNA der Opfer vergleichen.«

Er bietet mir an, ein paar Tage freizunehmen. Und nach kurzem Hin und Her stimme ich zu. Vermutlich kann ich mich so besser auf die Suche nach meinen Töchtern konzentrieren. Dann ringt er mir das Versprechen ab, nichts auf eigene Faust zu unternehmen, und schließlich legt er auf.

So nett habe ich ihn seit Tagen nicht erlebt. Doch ich teile seinen Optimismus nicht. Ich habe nicht damit gerechnet, dass es sich bei dem Blut in Jonas' Wagen um das meiner Töchter handelt. Und dass es jetzt nachweislich nicht ihr Blut ist, heißt leider noch lange nicht, dass Elsa und Louisa wohlauf sind.

Ich richte mich langsam auf und versuche, einen klaren Gedanken zu fassen, als mein Vater lächelnd in der Tür erscheint. In seiner Hand hält er ein Fotoalbum. Ich kenne es nur zu gut. Bilder von Tina. Vor ihrem »Unfall«. Wir blättern durch die Fotos, und ich weiß, mein Vater möchte, dass wir uns gemeinsam an ihrem Lächeln erfreuen. Damit wir Tina »in unserer Erinnerung am Leben erhalten«. Doch ich schließe die Augen, während er die Schnappschüsse kommentiert, und stemme mich mit Macht gegen die schmerzlichen Erinnerungen, die alles andere unter sich begraben wollen.

»Junge, kann ich irgendetwas tun?«, fragt mich mein Vater, als er meine Tränen sieht.

Ich nicke. »Sag mir, warum du mir die Schuld an Tinas Tod gibst.«

## 38

*Tommy*

Vollkommen überrascht lege ich auf. Hat Mike sich wirklich bereit erklärt, ein paar Tage freizunehmen? Das ging ja leichter als gedacht, schießt es mir durch den Kopf, obwohl mir natürlich bewusst ist, dass er nun auf eigene Faust ermitteln wird. Aber vorerst habe ich ihn aus dem Weg geräumt, und sicherlich wird ihm eine Rückkehr nicht leichtfallen – oder leicht gemacht werden.

Ich blicke auf die Ergebnisse der Laboruntersuchung. Auch wenn das Resultat natürlich nichts über den Gesundheitszustand meiner Nichten verrät, bin ich erleichtert. Immerhin hätte eine Übereinstimmung dramatische Folgen gehabt. Überhaupt hat der Brand in der Scheune wie ein erneuter Startschuss auf das Team gewirkt. Waren wir zwischenzeitlich in einen Trott verfallen, strotzen wir nun wieder vor Tatendrang.

Di Matteo hat umgehend weitere Untersuchungen in Auftrag gegeben, und nach mehreren Anrufen verkündete er, dass wir innerhalb weniger Stunden mit den Ergebnissen rechnen könnten. Anschließend versammelten wir uns im Konferenzraum und tauschten die neusten Entwicklungen aus. Wir sind uns alle schnell einig geworden, dass unser Hauptaugenmerk weiter auf Jonas Hellmann liegt. Daran hat der Brand nichts geändert. Eher im Gegenteil. Jahrelang hat Jonas Zugang zu der alten Scheune gehabt. Vermutlich gab es dort irgendwelche Spuren, die er vernichten wollte. Bei seinem Auto ist er schließlich genauso vorgegangen.

Und doch gibt es noch einen weiteren Verdächtigen. Zumindest aus meiner Sicht.

Mike.

Die gesamte Fahrstrecke von der Scheune ins Revier haben wir über seinen Auftritt diskutiert. Jenny hatte Mike vor mir kontaktiert. Und obwohl er deutlich näher am Tatort wohnt als ich, hat er viel länger gebraucht. Hinzu kommt seine Verletzung. Ist es vielleicht eine Verbrennung? Dann das zerrissene T-Shirt. Doch am meisten hat mich seine Reaktion auf die niedergebrannte Scheune erstaunt. Es gab keine. Kein Zucken, keine Tränen – und das, obwohl mein Schwager die Vergangenheit nie loslassen konnte und stets auf alles, was damit zusammenhing, sehr emotional reagiert.

Jenny war Mike gegenüber immer neutral. Deshalb hatte ich mich auch so gewundert, dass sie auf einmal diejenige ist, die ihn anblafft. Inzwischen hat sie mir erklärt, dass sie vor allem sein phlegmatisches Benehmen und seine lapidaren, halbgaren Erklärungsversuche auf die Palme gebracht haben. Doch Jenny war objektiv genug, um auch das Leiden meines Schwagers zu erkennen. Immerhin sind seine Töchter spurlos verschwunden und könnten längst zu Mordopfern geworden sein. Ich wüsste auch nicht, wie ich mich in einer solchen Situation verhielte. Doch ein leiser Verdacht bleibt bestehen und brennt sich in meinen Schädel.

Am frühen Nachmittag telefoniere ich mit dem Kollegen, der die Suche nach Louisa und Elsa koordiniert. Es gibt bislang keine Entwicklung. Die Hundertschaften durchkämmen sämtliche Felder und Wiesen, und die Hubschrauber mit Wärmebildkameras säumen den strahlenden Himmel. Der Kollege steht zudem im direkten Kontakt mit Mike und Julia, denen es aber nach seiner Aussage den Umständen entsprechend gut gehe.

Als ich auflege, steht di Matteo mit einer Akte in der Tür. Er lächelt mich mit breitem Grinsen an. »Treffer!«, ruft er.

»Das heißt?«

»Die Jungs haben das Blut mit der DNA der beiden Opfer verglichen.«

Der junge Italiener legt eine übertrieben lange Kunstpause ein. Mit einer Handbewegung fordere ich ihn auf, nicht zu viel Zeit zu verlieren.

»Es ist weder das Blut von Timo Johnen noch von Noel Wirtz.«

»Worüber freust du dich dann wie ein Schneekönig?«

»Wir können mit großer Sicherheit sagen, dass es sich um das Blut eines Verwandten von Timo Johnen handelt. Timos DNA enthält das gleiche Erbmaterial.«

»Sein Vater?«, frage ich etwas enttäuscht. Denn ich habe mit dem großen Durchbruch gerechnet und nicht mit der Bestätigung einer von uns angenommenen Tatsache.

Di Matteo nickt.

»Sein Vater. Das Blut gehört vermutlich zu Jonas Hellmann.«

»Also führt uns das auch nicht weiter. Wer weiß, wobei er sich verletzt hat. Es ist sein Auto. Ich finde das jetzt nicht sonderlich ungewöhnlich.«

Resigniert schüttelt di Matteo den Kopf und verlässt das Büro. Doch ich muss nicht lange auf den nächsten Besuch warten.

»Der Kanister ist schon untersucht. Keine Fingerabdrücke«, erklärt Jenny. »Die Kollegen haben den alten Weber noch nicht erreicht.«

»Er wird schon merken, dass seine Scheune nicht mehr steht«, antworte ich zugegebenermaßen genervt. »Spätestens dann werden wir von ihm hören.«

»Aber mir lässt das keine Ruhe. Warum verschließt er einen leeren, heruntergekommenen Schuppen? Das ergibt doch keinen Sinn. Er muss dort etwas versteckt haben, da bin ich mir sicher.«

Ich denke über Jennys Worte nach, und plötzlich fällt es mir wie Schuppen von den Augen. Nicht der alte Weber hat etwas versteckt, Jonas hat. Umgehend greife ich zum Telefon.

***

Es regnete Bindfäden, als wir uns an Ostern sahen. In diesen Momenten hatte die Scheune etwas seltsam Beruhigendes, fast schon Romantisches. Während sich Mike, Richard und Sebastian bei ihren Familien die Bäuche vollschlugen, traf ich mich mit Jonas in dem Schuppen. Wir waren nie die besten Freunde. Und dennoch verband uns etwas. Wenn die anderen Jungs nicht dabei waren, war die Scheune für uns eine Art Ruhepol. Und das aus einem ganz einfachen Grund: Während sich Mike vehement gegen Drogen aussprach, hatten Jonas und ich die Liebe zum Hasch entdeckt. Auf den Geschmack hatte mich Jonas gebracht. Er hatte schon immer zwielichtige Personen gekannt. Und so war es ihm ein leichtes, an das Hasch zu kommen. »Gutes Hasch«, wurde er nicht müde zu erwähnen.

Heute hatten wir uns für den frühen Nachmittag verabredet. Die Not war offensichtlich so groß, dass uns selbst der Regen nicht davon abhalten konnte. Wir setzten uns auf die Kante des Heubodens, ließen Beine und Seele baumeln und tauchten in den grünen Rauch ein. Oft lagen wir dann einfach nur da und ließen die Stunden in den Tag ziehen. Doch an diesem Tag hatte ich noch einen Anschlag auf Jonas vor. Meine Eltern hatten einen Kurztrip zu meinen Großeltern geplant. Und sosehr ich mich auch bemühte, es gab keine Chance, diesen Ausflug zu verpassen. Meine nervige Schwester und das fröhliche Getue meiner Mutter würden mich voraussichtlich meine letzten Nerven kosten, und so redete ich mir ein, dass ich unbedingt etwas Hasch für die Fahrt brauchte. Jonas lächelte, als ich ihn fragte. Vermutlich witterte er schon damals das große Geschäft.

»Dann komm mal mit«, sagte er und stiefelte los. Ich folgte ihm in einen kleinen Verschlag, der mir bislang nie aufgefallen war. Eine weiche Matratze lag auf dem Boden. Auf ihr befanden sich ein gemütliches Kissen sowie eine Wolldecke. Offenbar hatte sich Jonas hier einen kleinen Zufluchtsort eingerichtet. Am Ende des Verschlags sorgte ein dunkler Vorhang für gemütliche Atmosphäre. Und auf einer kleinen Truhe, die als Tisch fungierte, standen ein paar Kerzen und eine Taschentuchbox. Ich war fünfzehn. Natürlich wusste ich, was er hier tat. Die Hefte mit den wenig bekleideten Schönheiten waren sicher auch nicht weit.

Jonas stellte die Box und die Kerzen behutsam auf den Boden. Dann zog er die kleine Tischdecke zur Seite, und zum Vorschein kam eine große schwarze Kiste.

»Die ist von meinem Opa. Cool, oder?«, fragte er stolz.

Die Kiste sah aus wie eine Schatztruhe aus einem Piratenfilm. Jetzt fehlten nur ein lustiger Papagei und ein bärtiger Pirat mit Augenklappe. Doch die Truhe war wirklich cool, also nickte ich vorsichtig.

»Hier bewahre ich meine Schätze auf«, erklärte er mir, während er einen kleinen Schlüssel aus seiner Hosentasche zog. Er öffnete die Truhe und hatte nicht zu viel versprochen. Natürlich enthielt sie kein Gold oder Schmuck. Es war die Truhe eines Fünfzehnjährigen. Sie enthielt die erwarteten Playboys, dazu ein Springmesser, Wodkaflaschen und eben Gras. Jede Menge Gras. »Wie viel brauchst du?«, fragte er, ganz der Gönner.

»Vielleicht fünf Gramm«, erwiderte ich selbstsicher.

Jonas zauberte aus seiner Truhe eine Waage und ein Plastiktütchen hervor. Gekonnt versperrte er mir den Blick auf die Waage, nahm ein Bröckchen aus seinem Vorrat und reichte mir schließlich das kleine Tütchen. Als ich danach griff, zog er es wieder weg.

»Erst das Geld«, befahl er, und seine Augen verengten sich.

Wir hatten nie großartig über Geld gesprochen. Bislang hatte er mich immer einfach teilhaben lassen. Insofern war ich schon ein wenig überrascht. Auch wenn ich natürlich nicht davon ausgegangen war, er würde mir die Drogen umsonst überlassen.

»Achtzig Mark«, sagte er und hielt die Hand auf.

»Achtzig Mark?«, fragte ich entsetzt. Ich hatte keine Ahnung, was Haschisch kostete. Aber der Preis kam mir schon deutlich zu hoch vor.

»Sagen wir siebzig?«, fragte ich vorsichtig.

»Tommy«, Jonas grinste überheblich, »wir sind hier nicht auf einem türkischen Basar. Du kannst mir das Zeug für achtzig Mark abkaufen. Du kannst aber gerne auch woanders fragen.« Er legte das Tütchen in die Truhe, schloss den Deckel und setzte den Schlüssel an.

»Ist ja schon gut«, gab ich nach. »Bis wann brauchst du die Kohle?«

»Normalerweise sofort. Aber weil du es bist, gib's mir, wenn du wieder da bist.« Wieder dieses Grinsen. »Dann kannst du noch ein bisschen sparen.«

Danach versorgte mich Jonas eine ganze Weile mit seinem Zeug. Die Preise stiegen immer weiter, und gerade als ich mich entschloss, mein Geld besser in sinnvollere Güter zu investieren – nämlich Wodka und Rum –, war es auf einmal Jonas, der mich um Hilfe bat. Er habe sich verzockt, erklärte er mir kleinlaut und wolle sich von mir Geld leihen. Ich gab es ihm, ohne zu murren. Zurück bekam ich es nicht. Immer wieder sprach ich ihn auf das Geld an und wurde vertröstet. Dabei brachte Jonas zu unseren Feiern immer die tollsten Schnäpse mit und gab mit dem neusten technischen Schnickschnack an. Irgendwann hatte ich die Faxen dicke und stellte ihn zur Rede. Ich drohte ihm sogar damit, zur Polizei zu gehen.

»Ich kann dir nichts geben«, erklärte er mir. »Ich hab doch nichts.«

Wutentbrannt packte ich ihn am Kragen, zog ihn zur Leiter und zwang ihn in den kleinen Verschlag. Ich schubste ihn auf die Matratze.

»Gib mir mein Geld!«, fauchte ich ihn an.

»Ich hab es nicht. Wirklich.«

Er zitterte sogar, aber ich presste seinen Kopf gegen die Truhe. »Dann gib mir dein Gras, und ich besorg mir mein Geld selbst.«

»Es ist nichts mehr da«, jammerte er. »Wirklich, Tommy. Ich verarsch dich doch nicht.«

Ich glaubte ihm kein Wort. Sein Blick war ängstlich, aber eisig.

»Schließ die Scheißkiste auf«, forderte ich ihn wütend auf. Jonas schaute mich mit großen Augen an. »Mach schon!«, schrie ich ihn an und trat nach ihm.

»Die ist leer«, log er mir ins Gesicht.

»Pass auf. Du Spinner, das wird mir jetzt zu blöd. Ich will mein Geld haben. Spätestens morgen liegt es unten auf dem Tisch«, fluchte ich und trat erneut nach ihm.

»Lass ihn in Ruhe!«, sagte eine gebieterische Stimme.

Ich drehte mich um und sah, dass Mike hinter mir stand.

»Komm schon, es ist doch gut.« Er legte mir seine Hand auf die Schulter, und ich ließ mich tatsächlich von ihm beruhigen.

Am nächsten Tag lag mein Geld tatsächlich auf dem Biertisch. Ich bin mir ziemlich sicher, dass Mike es dorthin gelegt hatte. Mir war es egal.

***

Ich greife nach dem Telefon und lasse mich mit einem Kollegen verbinden, der den Tag am Brandort verbracht hat. Ich frage ihn nach der Truhe und anschließend nach Anzeichen, die auf die Truhe hindeuten könnten. Es gibt keine. Keine Schlösser, keine Reste, nichts. Genau könne das aber nicht mehr festgestellt werden. Braucht es auch nicht, denke ich. Jonas hat die Scheune in Brand gesetzt, nachdem er seine Kiste in Sicherheit gebracht hat.

Ich bedanke mich und lege auf. Ich habe das Telefon noch nicht zurückgelegt, als es erneut schellt.

»Was denn noch?«, frage ich genervt. Im nächsten Moment stockt mir der Atem, und mein Herz setzt mehrere Schläge aus.

»Was ist los?«, fragt Jenny, die noch immer im Raum steht.

»Man hat in der Erft eine Leiche gefunden«, antworte ich. Und nach einer Pause: »Möglicherweise ein Kind.«

## 39

*Mike*

Seit vielen Jahren arbeite ich nun schon bei der Polizei. Ich habe zwar nie viel mit Entführungen zu tun, trotzdem sollte ich doch wissen, was als Nächstes zu tun ist. Doch ich habe nicht die leiseste Ahnung. Wie gelähmt sitze ich seit einer halben Stunde in meinem Auto und denke über die notwendigen Schritte nach. Vergeblich. Zusätzlich hat sich einmal mehr mein berüchtigtes schlechtes Gefühl in der Magengegend ausgebreitet. Ich spüre, dass etwas passiert ist. Und dass es mit meinen Töchtern zu tun hat.

Ich greife zu meinem Handy und wähle Tommys Nummer. Nach dem fünften Klingelton gebe ich ungeduldig auf und versuche es bei Jenny. Auch sie antwortet nicht. Ich spüre mein Herz rasen. Ich spiele mit dem Gedanken, auf dem Revier anzurufen, entscheide mich aber, auf den Rückruf meiner Kollegen zu warten. Hilflos starte ich den Motor und winke meinem Vater zu, der mich seit einer gefühlten Ewigkeit traurig anstarrt. Ziellos kurve ich durch die Gegend. Ratlos, wie und wo ich meine Töchter finden kann. Die Suchtrupps sind unterwegs, die Helikopter in der Luft. Was soll ich noch tun? Schließlich kommt mir doch eine Idee. Ich lenke das Auto dorfauswärts.

Ich habe lange keine Observation mehr durchgeführt und fast schon vergessen, wie unglaublich langweilig dieser Job ist. Dass es in diesem Fall um Leben und Tod geht, macht es nicht angenehmer. Ungeduldig trommle ich auf das Armaturenbrett, ohne das Haus aus dem Blick zu lassen. Ein kleiner Junge klopft an meine Fensterscheibe und fragt mich etwas auf Türkisch. Ich gebe ihm deutlich zu verstehen, dass ich jetzt keine Zeit für ihn habe, und konzentriere mich wieder auf meine Aufgabe. Mein Unbehagen wächst. Ich wähle erneut Tommys Nummer. Wieder vergeblich. Und auch Jenny ist weiterhin nicht zu erreichen. Ich halte es keine zwanzig Minuten durch, bis ich die Observation abbreche.

Vermutlich ist es das Beste, bei Julia zu bleiben und mich meinem Schicksal zu ergeben. Unterwegs schalte ich dennoch den Polizeifunk ein. Die Nachricht einer Wasserleiche trifft mich wie der Schlag. Am Erftufer hat man die Leiche entdeckt. Offenbar zwischen Götzenkirchen und Sindorf. Da ich den Fundort nicht genau kenne, fahre ich erst einmal Richtung Sindorf. Unmittelbar nach der Autobahnausfahrt erblicke ich einen Einsatzwagen mit Blaulicht. Mein Magen zieht sich noch schmerzhafter zusammen, während ich dem Kollegen kurzerhand folge.

An einer kleinen Seitenstraße biegt er ab und nimmt Kurs auf die Erft. Schließlich bleibt er an der Böschung stehen. Ich parke mein Auto ebenfalls und steige aus. Schon von Weitem kann ich Tommy und Jenny sehen. Dann sehe ich einen schwarzen Leichensack hinter einer weißen Plane.

# 40

*Tommy*

Ich bin lange genug bei der Mordkommission, um die Nachricht vom Fund einer Leiche verdauen zu können. In diesem Fall jedoch nicht. Auch wenn wir jede Minute mit der Hiobsbotschaft gerechnet haben, der Anruf hat mich dennoch vollkommen aus dem Tritt gebracht. Die Vorstellung, meinen Nichten könne etwas zugestoßen sein, lähmt mich, und nur mühsam finde ich den Weg zum Dienstwagen. Immerhin ist bislang nur von dem Fund *einer* Leiche gesprochen worden. Doch ob das wirklich ein Trost ist?

Ich greife nach meinem Smartphone, lasse es aber sofort wieder in die Hosentasche zurückgleiten. Es hat keinen Zweck, Julia oder Mike damit zu diesem Zeitpunkt zu konfrontieren. Ich bin heilfroh, dass Jenny das Lenkrad ohne Widerworte übernimmt und ich mich so auf den bevorstehenden Anblick einigermaßen vorbereiten kann. Wenn das bloß so einfach wäre. Jenny lenkt das Fahrzeug geschickt durch den Nachmittagsverkehr der Autobahn, und innerhalb weniger Minuten erreichen wir dieses kleine verträumte Dörfchen, das mich an meine Heimat erinnert. Ein mulmiges Gefühl überkommt mich, als wir den Fundort erreichen. Umgehend werden Erinnerungen wach. An ähnlicher Stelle hat mich Jonas vor vielen Jahren fast umgebracht, wäre nicht ein hilfsbereiter Wanderer dazwischengegangen.

»Ich habe noch nie eine Wasserleiche gesehen«, sagt Jenny plötzlich. Falls sie mich damit ablenken will, ist sie gescheitert. Die Angst, Elsa oder Louisa mit weiten Augen aufgedunsen in der Erft liegen zu sehen, lässt mein Herz aus dem Takt kommen. Und zum x-ten Male schwöre ich mir in diesem Moment, den Täter büßen zu lassen. Selbst wenn es sich um meinen Jugendfreund Jonas handelt.

»Du musst nicht aussteigen, Tommy«, sagt Jenny. Sie klingt ziemlich kläglich, denn natürlich weiß sie, dass ich als Leiter der Mordkommission schwer kneifen kann. Sollte es sich tatsächlich um meine Nichten handeln, werde ich vermutlich abgezogen werden. Doch erst dann. Zudem brauche ich die Gewissheit.

Das bin ich meiner Schwester und meinen Nichten schuldig. Ich schüttele also den Kopf und gebe Jenny gleichzeitig zu verstehen, dass ich momentan nicht in der Laune bin, große Gespräche zu führen. Jenny nickt verständnisvoll, schnallt sich ab und steigt aus.

Ich warte noch einen Moment, atme tief durch, um meinen Puls zu senken, und folge ihr. Die Kollegen haben mit Absperrband den Tatort von den Schaulustigen abgegrenzt, die den Sommernachmittag offenbar zu einem Ausflug der ganz besonderen Art genutzt haben. Eine weiße Plane verdeckt allerdings die Leiche, sodass auch ich noch keinen Blick erhaschen kann. Di Matteo und Perkow sind bereits vor Ort und machen sich offensichtlich ein Bild von der Lage. Perkow kniet am Ufer des Flusses und flucht laut, als eine kleine Welle seine Lederschuhe durchnässt. Di Matteo sieht mich, und sein Gesicht gefriert. Mit großen Schritten kommt er die Böschung hinauf und steuert direkt auf mich zu.

»Ich bin mir nicht sicher, ob du das sehen willst«, flüstert er, und sein Gesichtsausdruck wirkt aufrichtig betroffen.

»Ich muss. Ich muss sie sehen«, erkläre ich wie in Trance.

Der junge Kollege sieht mir offenbar an, dass ich nicht mit mir diskutieren lasse, und macht einen Schritt zur Seite. Jenny bleibt bei di Matteo stehen und überlässt mich selbst meinem Schicksal. Auch Perkow hat mich mittlerweile gesehen. Er lächelt mich jedoch süffisant an. Für einen Beamten kurz vor der Pensionierung ein ziemlich seltsames Verhalten. Doch darüber brauche ich mir wirklich keine Gedanken zu machen. Verschiedene Kollegen drehen mir in Zeitlupe ihre Köpfe zu und schenken mir bemitleidende Blicke. Ein Beamter der KTU klopft mir auf die Schulter. Nach einer gefühlten Ewigkeit erreiche ich die weiße Plane. Ich atme noch ein weiteres Mal tief durch, bevor ich endlich einen Blick riskiere. Und vor Erleichterung fast ohnmächtig werde.

Vor mir liegt die aufgedunsene Leiche eines Mannes. Ein dickes Loch ziert die aufgequollene Stirn, die blauen Augen starren leblos in den Himmel. Es klingt äußerst taktlos, aber in diesem Moment durchfährt mich eine unglaubliche Freude. Mittlerweile hat mich Jenny eingeholt und ihren Arm auf meine Schulter gelegt.

»Ich hatte Schlimmes befürchtet«, flüstert sie leise in mein Ohr.

»Ich auch«, entgegne ich mehr zu mir selbst.

»Dann hat unser Mörder noch nicht zugeschlagen«, stellt sie fest.

Ich widerspreche ihr. »In gewisser Weise schon. Das da ist unser vermeintlicher Mörder. Das ist Jonas Hellmann.«

Ein eigenartiges Gefühl überkommt mich, als mir bewusst wird, dass Jonas an einer ähnlichen Stelle tot aufgefunden wurde wie die, an der er mich hatte töten wollen.

## 41

*Mike*

Ich bleibe noch einen Moment in meinem Wagen sitzen. Erst als sich mein Magen beruhigt hat, steige ich aus und gehe zur Erft hinunter. Eine Menschentraube hat sich auf dem kleinen Weg gebildet, und immer mehr Spaziergänger und Radfahrer gesellen sich dazu. Vermutlich ist es nur noch eine Frage der Zeit, bis die Presse eintrifft und die Kollegen mit dummen Fragen nerven wird.

Mir ist durchaus bewusst, dass Tommy mich momentan sicherlich nicht gerne bei sich hat. Aber natürlich kann ich nicht anders, als mir meinen Weg durch die Menschen zu bahnen. Genervt schiebe ich einen dicken Kerl zur Seite, der genüsslich an seinem Flutschfinger leckt. Ich ärgere mich über die Geilheit dieser Voyeure und frage mich, wie lange es dauern wird, bis ein gewiefter Geschäftsmann auf die Idee kommt, genau hier seinen Eiswagen zu postieren. Ein kleiner Junge drängelt sich vor mich. Ich gebe ihm einen beherzten Schubs. Er rutscht aus und kann sich gerade noch an dem Hosenbein des dicken Mannes festhalten. Wütend blickt er mich an, sieht den kalten Ausdruck in meinem Gesicht und dreht sich umgehend um.

Nach einigen Minuten erreiche ich das Absperrband. Ich zeige einem Kollegen in Dienstuniform meinen Ausweis. Er nickt und lässt mich passieren. Viel weiter komme ich jedoch nicht. Tommy hat mich bereits gesehen und postiert sich nun vor mir.

»Du solltest nach Hause gehen«, befiehlt er mir in ruhigem Tonfall.

»Ich will ihn sehen«, erwidere ich entschlossen.

»Keine Chance, Mike. Ich habe dir gesagt, du sollst erst mal zur Ruhe kommen, und dabei bleibe ich. Julia braucht viel Unterstützung. Auch wenn du vielleicht nicht gerade der beste Ansprechpartner bist, solltest du nach Hause fahren und da sein, wenn sie dich braucht.«

Ich lasse mir seine Worte durch den Kopf gehen und stimme ihm zu. Julia darf nicht alleine zu Hause sein, falls eine schreckliche

Nachricht eintrifft. Doch sollte wirklich ich die Person sein, die dann da ist? Würde es irgendwas ändern?

»War es Mord?«, frage ich neugierig. Tommy blickt mich skeptisch an. Vermutlich überlegt er, inwiefern er mich einweihen soll oder darf. In diesem Moment spüre ich, dass das hier unser letzter gemeinsamer Fall ist. Auch wenn ich schon gar nicht mehr richtig in ihn involviert bin. Dann nickt er plötzlich.

»Kopfschuss. Genau in die Schläfe. Er muss sofort tot gewesen sein.«

»Rechts oder links?«

Tommy denkt einen Moment nach, dann lächelt er mich an.

»Wo war dieser Spürsinn in den letzten Wochen, Mike? Den habe ich vermisst«, sagt er, bevor sein Lächeln verschwindet und er mir antwortet. »Rechts.«

Als ich nichts dazu sage, fährt er fort: »Es ist also durchaus möglich, dass er sich aufs Geländer einer Brücke gesetzt und selbst abgedrückt hat.«

»Es spricht einiges dafür. Er hat es zu Ende gebracht«, stelle ich zufrieden fest.

Und auch Tommy nickt. »Möglich. Aber zu Ende ist es erst, wenn wir Elsa und Louisa finden«, erklärt er. »Du solltest dich auf den Weg machen.« Er legt mir seine Hand auf die Schulter und drückt zu.

Ich versuche krampfhaft, einen Blick auf die Leiche zu werfen, doch die weiße Plane verdeckt die Sicht.

»Mike, das war kein freundschaftlicher Rat. Das war ein Befehl.«

Tommy löst den Griff, klopft mir noch einmal auf die Schulter und starrt mir kalt in die Augen. Ich nicke und drehe mich langsam um. Ich habe hier nichts zu suchen. Jetzt wird es Zeit, meine Töchter zu holen.

## 42

*Tommy*

Ich blicke Mike noch einige Augenblicke nach, um sicherzugehen, dass er sich wirklich davonmacht. Natürlich ist mir klar, dass er nicht nach Hause fahren wird. Er wird seine Töchter suchen. Aber Hauptsache, er steht mir jetzt nicht im Weg. Ich drehe mich langsam um. Der schwarze Leichensack verschwindet in einem Sarg. Nun wird Jonas Hellmann seinen Weg zur Gerichtsmedizin antreten.

»Er ist nicht hier gestorben«, erklärt Jenny, als ich zum Ufer zurückkehre, »und wir wissen nicht, wie lange er tot ist. Das ist bei Wasserleichen schwer zu sagen.«

»Mike glaubt an Selbstmord«, werfe ich in den Raum.

»Und was glaubst du?«

»Ist zumindest nicht abwegig. Nachdem er die ganzen Kinder getötet hat, ist das vielleicht sein Ausweg.«

»Klingt plausibel. Das heißt, seine Mission ist beendet.« Jenny blickt mich mit großen Augen an, als sie sich ihrer Worte bewusst wird.

Doch ich befürchte, sie hat recht. Wenn Jonas so sein Werk beendet hat und er der Entführer meiner Nichten ist, kann das nur bedeuten, dass Louisa und Elsa nicht überlebt haben. Ein eiskalter Schauer läuft mir über den Rücken und setzt sich dann in mir fest. So weit hat Mike offenbar nicht gedacht.

Ich muss mich mit Gewalt aus der Erstarrung reißen. Mit übertrieben fester Stimme sage ich: »Wir müssen uns erst mal um Jonas Hellmann kümmern. Er ist unter das Dickicht getrieben. Die Kollegen sollen die Brücken in südlicher Richtung nach Blut absuchen. Wenn er sich wirklich selbst getötet hat, muss es Spuren geben.«

Di Matteo nickt und delegiert die Aufgabe direkt weiter. Ich setze mich einen kurzen Moment auf einen Stein und atme tief durch.

»Wir werden sie finden«, will Jenny mir Mut machen. »Jetzt, wo Jonas außer Gefecht ist, geht es ganz schnell.« Sie hockt sich neben mich, lächelt mich an und streichelt wie nebenbei meinen Unterarm. »Glaub mir, wir werden sie finden.«

Ich nicke entschlossen und blicke auf die Erft.

»Wir werden sie finden«, wiederhole ich. »Und wir fangen sofort mit der Suche an.«

## 43

*Mike*

Bevor ich losfahre, sehe ich mir durch die Windschutzscheibe die Voyeure an, die mittlerweile in mehreren Reihen hintereinander stehen und mit ihren Smartphones einen Schnappschuss der Leiche machen wollen. Sie sind zu spät. Ein Leichenwagen bahnt sich bereits seinen Weg. Ich blicke in die ganzen Gesichter, bekannte und unbekannte, und muss schmunzeln, als ich sehe, dass selbst Feinde wie der Pastor und der alte Weber fast schon Arm in Arm dem Spektakel folgen.

Ich kann nicht mehr sagen, zu welchem Zeitpunkt sich die Puzzleteilchen zusammengefügt haben, doch das Rätsel ist für mich gelöst. Ich weiß jetzt, wo ich meine Töchter finden werde. Geahnt habe ich es schon vorher. Seit Jonas' *Verschwinden*. Jetzt habe ich Gewissheit. Und kann nur hoffen, dass es nicht zu spät ist. Dass ich nicht zu lange gewartet habe. Doch selbst wenn – es ging ja nicht anders. Weil die ganze Geschichte so verzwickt ist. Immerhin kann ich mir jetzt sicher sein, dass ich bei der Suche nach meinen Töchtern nicht gestört werde. Jetzt werde ich die beiden retten.

Ich wende den Wagen, und nach einem letzten Blick durch den Rückspiegel lasse ich den Leichenfundort samt Täter hinter mir.

*Von wegen Selbstmord!*

Auf dem Weg zu meinen Töchtern male ich mir Hunderte Befreiungsaktionen aus. Sinnvoll ist allerdings nur eine: einbrechen, Töchter befreien, abhauen. In der Theorie ganz einfach. In der Umsetzung deutlich schwerer.

*Sie sind nicht tot!*

Das weiß ich so sicher, wie ich den Täter kenne. Weil der Täter sie lebend braucht. Oder besser: will.

Ich benötige nicht lange für die Fahrt zu dem Haus, parke mein Auto ein paar Seitenstraßen entfernt und laufe den Weg zurück. Der Duft von gegrillten Würstchen steigt mir in die Nase. Irgendwo grölen ein paar Jugendliche, und aus einem Garten ertönt eine nervtötende Schlagermusik. Es ist ein wunderbarer

Sommerabend, sieht man davon ab, dass nur wenige Kilometer entfernt eine Leiche mit einem Loch im Kopf an Land gespült wurde und vielleicht ganz in der Nähe zwei kleine Kinder um ihr Leben bangen.

Ein älterer Herr mit Dackel nickt mir freundlich zu, als ich eine Straße überquere. Schließlich bleibe ich an einem unscheinbaren alten Haus stehen.

*Hier werde ich sie finden.*

Mein Magen zieht sich zusammen, und etwas drückt mir gegen die Brust. Nach kräftigem Durchatmen vergewissere ich mich, alleine zu sein, und schleiche die Einfahrt hinauf. Das Haus macht von außen einen gepflegten Eindruck und passt insofern perfekt zu dem penibel getrimmten Rasen und der gestutzten Hecke. Ein dicker Mercedes steht in der Garage und wartet auf seine nächste Ausfahrt. Während ich mich bis zur Hauswand schleiche, werfe ich einen Blick durch das Fenster. Das Innere des Gebäudes ist dunkel und wirkt verlassen. Es kann ja auch niemand hier sein. Ich mache einen Rundgang um das komplette Haus. Wie erwartet sind alle Fenster und Türen verschlossen. Also klettere ich über ein kleines Mäuerchen zurück in den Garten und werfe einen Blick durch die Terrassentür. Als ich sicher bin, dass mich niemand beobachtet, trete ich mit aller Kraft gegen den Türrahmen. Schon beim zweiten Versuch gibt er nach.

Im Inneren des Hauses riecht es nach gegartem Fleisch. Mein Magen zieht sich noch ein wenig weiter zusammen, die Brust wird noch enger. Ich beginne mit meiner Suche im Erdgeschoss. Die Wohnung ist stilvoll und modern eingerichtet. Der Besitzer verfügt offenbar über einen guten Geschmack und das nötige Kleingeld. Nachdem ich Wohnzimmer, Küche und Gästetoilette gesehen habe, setze ich meine Suche im zweiten Stock fort. Doch auch in den beiden Schlafräumen fehlt von meinen Töchtern jede Spur. Ich steige die Treppe hinab und finde neben einem Vorratsschrank die Kellertür.

Ich drücke die Klinke, spüre, wie sich mein Puls beschleunigt. Die Tür ist verschlossen. Auch hier setze ich einen gezielten Tritt an. Allerdings mit mäßigem Erfolg. Auch die nächsten beiden Tritte verfehlen ihr Ziel. Ich gehe zurück ins Wohnzimmer und durchwühle die Schubladen auf der Suche nach einem Schlüssel. Nichts. Auch in der Küche werde ich nicht fündig.

Ich will tatsächlich aufgeben, als ich einen entsetzlichen Schrei höre. Weit weg und leise, aber er dringt mir in alle Winkel meines Körpers. Wutentbrannt schmeiße ich mich gegen die Tür. Nichts. Ich verlasse das Haus und finde in der Garage eine Axt. Augenblicke später mache ich aus der Tür Kleinholz, behalte die Axt in der Hand und betrete die Kellertreppe.

Ich wünschte, ich hätte es gelassen.

# 44

*Tommy*

Am frühen Abend verlassen wir also den Fundort der Leiche, im sicheren Glauben, den Fall bald ad acta legen zu können. Jenny setzt sich wie selbstverständlich hinter das Lenkrad und steuert Jonas' Apartment in Köln an. Dass Jonas das alte Haus seiner Eltern geerbt hat, lassen wir dummerweise völlig außer Acht. Auch wenn wir auf der Suche nach den Mädchen kein Stück weiter sind, hat meine neue Entschlossenheit die eisige Lähmung aus meinem Körper vertrieben. Ich registriere sogar den lauen Sommerabend.

Nach einer knappen Viertelstunde biegt Jenny in die richtige Straße ein, und innerhalb weniger Sekunden hat sie den Dienstwagen perfekt in eine schmale Parklücke manövriert. Beeindruckt nicke ich ihr zu, schnalle mich ab und steige anschließend aus. Die frische Luft und die Stille stehen im krassen Gegensatz zu dem Menschenauflauf am Erftufer eben. Bislang habe ich immer gedacht, die Stadt sei das lautere Pflaster. Zumindest für diesen Teil Kölns trifft das ganz und gar nicht zu.

Von unterwegs habe ich einen Schlüsseldienst gerufen, der allerdings noch nicht eingetroffen ist. Dafür steht Jonas' Nachbarin vor der Haustür und wirft einen Blick in sämtliche Briefkästen. Jenny räuspert sich und löst bei der älteren Dame fast einen Herzinfarkt aus. Erschrocken dreht sich die Frau um. Anscheinend erinnert sie sich nicht an mich, denn sie blickt uns fragend an.

»Hallo, ich bin Hauptkommissar Thomas Ullrich, ich war bereits vor einigen Tagen hier auf der Suche nach Ihrem Nachbarn, dem Herrn Hellmann.« Die Frau schaut mich skeptisch an, deshalb fahre ich noch freundlicher fort: »Darf ich Ihnen meine Kollegin vorstellen, Kommissarin Jennifer Michels. Ich will Sie nicht erschrecken, aber wir sind von der Mordkommission. Es ist wirklich wichtig.«

Trotz meiner Charmeattacke und dem Hinweis auf die Schwere der Verbrechen, die wir aufzuklären haben, will die alte Dame mir offenbar noch immer nicht trauen. Jedenfalls schweigt sie weiter.

»Haben Sie den Herrn Hellmann zuletzt irgendwann gesehen?«, frage ich.

Daraufhin schüttelt die Frau immerhin den Kopf. Und sagt dann: »Nein, nein. Sein Briefkasten ist auch ganz voll. Aber er hat ja gesagt, dass er verreisen will.«

»Ich erinnere mich«, versuche ich weiter ihr Misstrauen auszuräumen. »Ich wollte nur sichergehen, dass er nicht frühzeitig zurückgekommen ist.«

Jenny will offenbar lieber mit dem Kopf durch die Wand. »Denken Sie noch mal nach«, mahnt sie die alte Frau und klingt streng dabei. »Vielleicht haben Sie ja doch was gehört oder gesehen und es nur vergessen.«

Wenn die Nachbarin mir schon skeptisch gegenübersteht, dann meiner Partnerin erst recht. Sie blickt sie nur finster an und schüttelt erneut den Kopf.

»Und Kinder?«, frage ich in ruhigem Ton. »Haben Sie vielleicht Kinderstimmen gehört? Mädchenstimmen?«

»Nein«, antwortet sie und wirkt regelrecht konsterniert. »Hier im Haus gibt es keine Kinder. Das wüsste ich.« Nach diesen Worten dreht sie sich weg und verschwindet im Haus. Bevor die Haustür ins Schloss fällt, kann ich gerade noch meinen Fuß dazwischenschieben.

Wir warten noch weitere zehn Minuten, bevor der Schlüsseldienst endlich eintrifft. An eine Entschuldigung denkt der schwergewichtige Mann gar nicht. Immerhin schafft er es im Normaltempo die Treppe hinauf und hat in wenigen Sekunden die Wohnungstür geöffnet.

Abgestandene Luft steigt uns entgegen. Wir betreten die Wohnung und begeben uns auf Spurensuche. Das ganze Apartment ist modern und stilsicher eingerichtet. Das Wohnzimmer ist weitestgehend in Weiß gehalten. Der dunklen Couch gegenüber steht ein großer LED-Fernseher. Insgesamt wirkt die Wohnung perfekt aufgeräumt. Ich notiere mir, dass wir feststellen sollten, ob er eine Putzfrau hatte. Falls ja, sollten wir auch sie befragen, ob ihr in letzter Zeit ungewöhnliche Dinge aufgefallen sind.

Auch die Küche ist penibel sauber. Als ich den Kühlschrank öffne, strömt mir ein säuerlicher Gestank entgegen. Die Ursache hierfür mache ich schnell aus: eine verschimmelte Käseplatte. Jonas ist offensichtlich ein Liebhaber besonderer Genüsse. Neben der Käseplatte liegt eine Papiertüte mit dem Schriftzug eines Delikatessenladens, im Fach darunter befinden sich sechs Flaschen Chardonnay. Teures Zeug, wie ich an den Etiketten erkenne. Dieser ganze Luxuskram passt gar nicht in das Bild, das ich von Jonas hatte.

*Was hat das zu bedeuten?*

Ich verlasse die offene Küche und betrete das Schlafzimmer. Und auch hier präsentiert sich mir ein ganz neues Bild von meinem ehemaligen Schulfreund. Der Raum ist relativ groß, wirkt aber durch die dunklen schweren Vorhänge beängstigend eng. Dann fällt mein Blick auf das rustikale Metallbett, und ich erstarre.

Zwei Handschellen baumeln müde von den Bettpfosten, und am vermeintlichen Fußende sind Lederschlaufen befestigt. Am verstörendsten sind aber die unzähligen Spiegel, die den gesamten Raum für mich unbewohnbar gemacht hätten. Ich will mir gar nicht ausmalen, was Jonas hier mit wem auch immer alles getrieben hat.

»Wow«, staunt Jenny nicht schlecht, als sie hinter mir in der Tür auftaucht. »So hätte ich ihn gar nicht eingeschätzt«, stellt sie fest.

Ich nicke zustimmend, bin aber immer noch fast in Trance.

»Hast du was gefunden?«

Ich sehe Jenny an und schüttle den Kopf. »Nein. Nichts Interessantes. Nichts, was uns wirklich weiterhilft.«

Endlich rühre ich mich von der Stelle und werfe einen Blick in den modischen Kleiderschrank. Auch hier nichts Außergewöhnliches. Ernüchtert verlassen wir das Schlafzimmer und widmen uns dem letzten Raum der Wohnung. Das Arbeitszimmer offenbart einen Ausblick auf einen kleinen Weiher mitten in der Kölner Innenstadt. Die Fenster sind großzügig geschnitten, und der Raum steht im krassen Gegensatz zu dem dunklen Schlafzimmer. Jonas Hellmann war ohne Zweifel ein Mann mit zwei Gesichtern. An der einen Seite des Zimmers erschlägt uns eine Bücherwand, deren Inhalt mich einmal mehr überrascht: Kunstbildbände, gehobene Literatur, philosophische Werke. Langsam frage ich mich, ob wir uns überhaupt in der richtigen Wohnung befinden.

Auf der anderen Seite des Raumes steht ein alter Sekretär. Jenny zögert nicht lange und durchwühlt die Schubladen. Hin und wieder zieht sie einen Umschlag hervor, um ihn anschließend wieder zurückzulegen. Bei einem weiteren bleibt sie jedoch hängen, irgendwas scheint sie stutzig zu machen. Nach kurzem Innehalten legt sie auch diesen Umschlag wieder zurück. Auf dem Schreibtisch liegt ein Handy, das offenbar aufgeladen wurde. Ich löse das Smartphone vom Ladekabel und lasse es in eine Asservatentüte fallen, die ich anschließend verschließe und einstecke. Wir durchwühlen noch eine alte Kommode und geben schließlich auf.

»Und?«, will Jenny wissen. »Was glaubst du?« Ratlos zucke ich mit den Schultern. Hat sich Jonas Hellmann wirklich getötet? Hat er so dem Ganzen ein Ende gesetzt? Wir haben gehofft, die nötigen Antworten zu finden. Vergeblich. Ich will gerade meine Zweifel kundtun, als ich auf einem Sideboard unter der Garderobe einen weiteren Briefumschlag liegen sehe. Ich spüre meinen Puls in meinem Kopf hämmern. Mir stockt kurz der Atem. Denn ich ahne, worum es sich handelt. Ich greife nach dem Umschlag, öffne ihn und lese die ersten Worte.

*Lieber Mike, lieber Tom,*
*mir war durchaus bewusst, dass ihr diesen Brief früher oder später finden werdet. Natürlich fragt ihr als Erstes nach dem Warum. Darauf kann ich euch keine Antwort geben. Das herauszufinden, ist nach wie vor eure Aufgabe. Nur so viel: Es war nötig. Und doch kann ich mit meinen Taten nicht leben …*

»Also doch Suizid«, flüstere ich. Jenny blickt mich mit großen Augen an. Ich lege Jonas' Abschiedsbrief auf das Sideboard.

»Steht da etwas über die Kinder?«, fragt sie aufgeregt. Ich reiße mich zusammen, konzentriere mich auf meine Aufgabe und überfliege die weiteren Worte. Dann schüttele ich resigniert den Kopf.

»Nein. Gar nichts. Das übliche Blabla«, erkläre ich enttäuscht. »Von meinen Nichten fehlt jede Spur. Ich wüsste nicht, wo wir noch suchen sollten.«

Jenny nimmt mich in den Arm, und ich spüre Tränen in meinen Augen. Doch ganz plötzlich lässt sie mich los.

»Moment«, sagt sie nachdenklich und geht zurück in das große Arbeitszimmer. An dem kleinen Sekretär bleibt sie stehen und zieht den grauen Umschlag erneut hervor. »Sagt dir die Merodestraße etwas?«

Und ob. Unsere Dorfkneipe ist dort, und in unmittelbarer Nähe liegt der Sportplatz, auf dem wir als Kinder Fußball trainiert haben. Doch nicht nur das.

»Jonas' Elternhaus«, platzt es aus mir heraus.

»Ich glaube, jetzt wissen wir, wo deine Nichten sind«, erklärt Jenny und stürmt aus der Wohnung.

## 45

*Mike*

Die Treppe hinab zum Keller knarrt bei jedem Schritt, und obwohl ich weiß, dass mich niemand hören kann, zucke ich jedes Mal zusammen. Inzwischen weiß ich: Was da meinen Magen und meine Brust immer enger zusammendrückt, ist Angst. Angst vor dem nächsten Schritt, Angst vor dem Anblick meiner eingesperrten, vermutlich misshandelten Töchter. Mein Herz rast wie verrückt, während ich mechanisch einen Fuß vor den anderen setze.

Wieder zerschneidet das leise, entfernte Kreischen eines Kindes die Stille und dringt bis in mein Rückenmark. Sofort schießen mir Tränen aus den Augen. Denn ich bin sicher, Elsas Stimme erkannt zu haben. Elsa. Meine kleine Tochter lebt. Aber ihr Schreien lässt mich am ganzen Körper erzittern.

*Was tut er ihr an?*

Ein modriger Geruch stößt mir entgegen, als ich die letzten Stufen der Treppe im Eilschritt hinabsteige. Es ist der übliche Geruch, der sich in schimmelnden Kellerräumen nach Jahren einschleicht. Und dieses Haus hat etliche Jahre hinter sich. Schwitzend erreiche ich nach einer gefühlten Ewigkeit den Keller. Von einem kleinen Flur gehen drei Räume ab. Ich halte die Luft an, in der Hoffnung, so Elsa beim nächsten Schrei lokalisieren zu können. Der lässt nicht lange auf sich warten, und ich schleiche hektisch weiter. Wieder ein Schrei, und er klingt noch entsetzlicher als der vorige.

Im nächsten Moment stehe ich vor einer Holztür, in deren Mitte gelbliches Milchglas eingelassen ist. Elsas Schreie kommen von weiter weg, doch vielleicht hat er Louisa hierhergebracht.

Ich öffne vorsichtig die Tür. Meine Augen gewöhnen sich nur langsam an die Dunkelheit. Ich leuchte mit meinem Smartphone durch den Raum und suche einen Lichtschalter. Ich knipse das Licht an, halte mir die Hand blinzelnd vor die Augen. Konservendosen, leere Flaschen und verpackte Pappkartons entlarven das Zimmer schnell als weitere Vorratskammer. Zig Kisten stehen auf engstem Raum gestapelt. Von meinen Töchtern fehlt jede

Spur. Enttäuscht schließe ich die Zimmertür wieder und versuche es im nächsten Raum. Hier finde ich den Lichtschalter wesentlich schneller. Eine einzelne Glühbirne hängt verloren von der Decke und spendet gerade ausreichend Licht, um diesen Raum als Waschzimmer auszumachen. Schmutzige Wäsche liegt in den Ecken, und als ich auf einem karierten Hemd einen großen roten Fleck sehe, wird mir übel. Im selben Moment setzt das Geschrei wieder ein. Nicht mehr so weit entfernt, bilde ich mir ein.

Ich knalle die Tür zu und renne zur nächsten. Die Tür ist aus Metall und lässt sich natürlich nicht so einfach öffnen. Ich stemme mich mit aller Kraft dagegen, doch es hat keinen Sinn. Ich muss einen anderen Weg finden. Hilflos blicke ich mich um und werde tatsächlich fündig. Auf einem kleinen Regal finde ich einen alten Werkzeugkoffer. Ich öffne ihn, räume diverse Schraubenschlüssel und einen Hammer zur Seite, bevor ich schließlich ein altes rostiges Brecheisen finde. Ich setze die Stange in Höhe des Schlosses an und wende alle meine Kraft auf. Die Tür gibt nur Millimeter nach. Ich wiederhole die Prozedur ein weiteres Mal. Und noch mal. Dünne Metallspäne fressen sich in meine Hand. Und dann endlich, beim sechsten Versuch, gibt die Tür nach.

Ich lasse die Stange fallen und stürme in den Heizungskeller. Zunächst kann ich nur Umrisse sehen. Doch nach und nach gewöhnen sich meine Augen an die Dunkelheit, und ich sehe erste Konturen. Bis ich erkenne, dass ich auf die Umrisse eines Menschen starre. Vor mir sitzt Elsa. Auf den ersten Blick unverletzt. Für einen kurzen Moment spüre ich Erleichterung. Bis ich den Lichtschalter betätige.

Über den ganzen Boden hat sich eine große Blutlache ausgebreitet. Schockiert stürze ich mich auf meine Tochter, die mitten in der roten Pfütze sitzt. Kaum sieht sie mich, stößt sie wieder einen markerschütternden Schrei aus. Ich bezweifle, dass sie mich erkennt. Ich knie mich neben sie und untersuche sie gründlich. Keine Schnittspuren. Keine Wunde. Nichts.

Jetzt tatsächlich erleichtert, will ich Elsa in den Arm nehmen, doch sie macht sich ganz steif.

Sie steckt in diesem Alptraum fest, denke ich. Ich muss sie beruhigen. Ich fange an, auf sie einzureden, streiche ihr dabei immer wieder über den Kopf. »Ich bin jetzt da. Alles wird gut. Ich hol euch hier raus. Du musst atmen. Schließ die Augen und denk nicht an das Blut. Der Mann ist krank und will euch nur schockieren. Mir einen Schreck einjagen. Aber bald bist du zu Hause …«

Elsa zeigt keine Reaktion. Aber langsam läuft mir die Zeit davon, denn von Louisa gibt es noch keine Spur.

Ich blicke meine Tochter an, die immer noch stocksteif dasitzt und durch mich hindurchzusehen scheint. Ich spüre, dass sich die Panik wieder über die Erleichterung legt, und muss was tun.

»Wo ist deine Schwester?«, frage ich Elsa und schüttle sie. Vielleicht etwas zu grob, aber sie muss mir jetzt helfen. Doch sie blickt mich nur mit großen verquollenen Augen an. Und schreit.

Irritiert nehme ich sie wieder in den Arm. Gleichzeitig halte ich Ausschau nach der Quelle des Blutes. Ich folge dem Blutverlauf und bleibe an einer alten Holzkiste stehen. Ich lasse Elsa los und gehe auf die Kiste zu. Es ist eher eine Truhe. Ich gehe in die Hocke. Lege meine Hand auf das Holz. Dann schließe ich die Augen und hebe den Deckel an. Erst nachdem ich noch einmal tief Luft geholt habe, öffne ich die Augen wieder.

Und starre in Louisas leblose Augen. Ihr Körper liegt in einer unnatürlichen Haltung in der Kiste, und an den tiefen Wunden in ihrem Schädel klebt trockenes Blut. Ihre Haut ist bereits lila verfärbt. Rasend vor Verzweiflung und tiefstem Entsetzen schließe ich die Kiste. Ich fühle mich der Ohnmacht nahe. Aber ich darf jetzt keine Schwäche zeigen. Louisa kann ich nicht mehr helfen. Elsa schon.

*Ich muss sie hier wegschaffen!*

Das schwingende Brecheisen nehme ich einen Augenblick zu spät war. Fast im selben Augenblick wird es dunkel.

# 46

*Tommy*

Ich ärgere mich maßlos über mich selbst, dass ich nicht früher an Jonas' Elternhaus gedacht habe. Und das nicht nur, weil wir dann schon früher nach Louisa und Elsa hätten suchen können. Vermutlich hatte sich Jonas die ganze Zeit in dem Haus versteckt. Womöglich hätten wir ihn in Gewahrsam nehmen können, bevor er Richards Sohn ermordet. Dann hätten wir zwei Tote weniger, und meine Nichten wären gar nicht erst in Gefahr geraten. Ungläubig schüttele ich den Kopf und schlage mit der flachen Hand so fest aufs Armaturenbrett, dass Jenny erschrocken zusammenzuckt.

»Muss das sein?«, fährt sie mich an.

»Ja«, schreie ich und hämmere erneut auf das Auto ein. »So eine verfluchte Scheiße!«

Jenny seufzt schwer, dann sagt sie: »Mein Gott, Tommy. Wir haben etwas übersehen. Mehr nicht.«

»Etwas?« Ich starre sie ungläubig an. »Wir haben *etwas* übersehen? Verdammt noch mal, Jenny, kapierst du nicht? Unsere Nachlässigkeit kann meine Nichten das Leben kosten! Vielleicht hat sie das längst.« Wieder haue ich auf das Armaturenbrett ein. »Wir sind verantwortlich für mindestens ein weiteres Opfer, vermutlich mehr.« Himmel, denke ich, wie kann sie so naiv sein.

Jenny schweigt einen Moment, als würde sie nachdenken. »Das wissen wir doch noch gar nicht«, sagt sie dann. »Vielleicht sind wir auf dem Holzweg, vielleicht hat er das Haus schon längst verkauft.«

Doch ich spüre, dass sie sich ihre eigenen Worte nicht abkauft. Unsicherheit flackert in ihren Augen, und ich glaube, Verzweiflungstränen zu sehen. Mein Magen rebelliert. Und das liegt nicht an Jennys rasantem Fahrstil. Ganz im Gegenteil. Ich bin froh, dass sie fährt und sich nicht an Geschwindigkeitsbegrenzungen hält. Wir haben schließlich keine Zeit zu verlieren.

Ich atme zum hundertsten Mal tief durch und versuche, einen klaren Gedanken zu fassen. Dann wähle ich di Matteos Nummer und beordere ihn ebenfalls zum Hause Hellmann.

Obwohl ich die Straße kenne, haben wir Probleme, das richtige

Haus auf Anhieb zu finden. Mir fällt auf, dass ich Jonas nie zu Hause besucht habe und auch seine Eltern mir überhaupt kein Begriff sind. An einer mit Efeu bewachsenen Häuserfront entdecke ich die richtige Hausnummer.

Nach einer gefühlten Ewigkeit stellt Jenny den Dienstwagen endlich ab. Ich schnalle mich los und steige aus. Und als hätte ich plötzlich alle Zeit der Welt, halte ich einen Moment inne und lasse die Atmosphäre auf mich wirken. Vögel zwitschern, irgendwo spielen Kinder, und ein Nachbar mäht den Rasen. Vielleicht brauche ich diesen Moment Ruhe vor dem Sturm, ich weiß es nicht.

Jenny reißt mich aus der Lethargie. »Wollen wir vielleicht mal reingehen?«, fragt sie gereizt. Aus ihren Augen spricht eine unbändige Angst. Da wird mir klar: Sie ist nicht naiv. War sie nie. Sie wollte nur dafür sorgen, dass ich mich beruhige und meine Arbeit mache. Eben weil wir keine Zeit zu verlieren haben. Ich war der Klotz an unserem Bein.

Wir überqueren die Straße. Das Haus scheint in einem guten Zustand, und der Rasen wirkt gepflegt. Mittlerweile bin ich mir sicher, dass Jonas hier einen Großteil seiner Freizeit verbracht hat. Zum Haus führt ein Kieselsteinweg, auf dem man nicht schnell vorankommt. Die Garage steht offen und gibt den Blick auf einen nagelneuen Mercedes frei. Da lässt sich der Verlust des ausgebrannten Audi sicher verschmerzen, denke ich. Zumindest hatte er Zugang zu einem weiteren Fahrzeug.

Ich werfe einen Blick durch das Küchenfenster, kann aber nicht wirklich viel erkennen. Auf der Klingel steht noch immer der Name Hellmann. Ich drücke auf den Messingknopf. Nach wenigen Sekunden wiederhole ich die Prozedur und lege dieses Mal mein Ohr an die massive Holztür. Im Inneren des Hauses tut sich nichts. Di Matteo und Gessert sind mittlerweile ebenfalls vorgefahren.

»Sollen wir einen Schlüsseldienst anrufen?«, fragt Jenny. Ich verneine. Das dauert zu lang. Ich nehme einen Schritt Anlauf und trete mit aller Kraft gegen die Tür. Sie gibt keinen Millimeter nach. Ich versuche es erneut. Und dann noch einmal. Beim vierten Versuch bricht das Schloss aus der Fassung, und wir können eintreten.

Di Matteo und Gessert übernehmen den ersten Stock, während Jenny und ich uns im Erdgeschoss umblicken. Das Haus wirkt ähnlich verlassen wie Jonas' Wohnung. Es ist penibel aufgeräumt. Jonas scheint einen richtigen Ordnungsfimmel zu haben. Das Wohnzimmer ist geschmackvoll, aber rustikal eingerichtet. In der Mitte steht ein großer dunkler Eichentisch. Um ihn herum stehen acht Stühle in Reih und Glied. Darüber thront ein dicker Kronleuchter. Entlang einer gelblichen Raufasertapete stehen verschiedene alte Schränke. Sämtliche Ablageflächen inklusive Tisch sind leer.

»Es wirkt so seltsam steril«, stellt auch Jenny jetzt fest. »Ich könnte so nicht leben.«

Trotz der Anspannung huscht ein Lächeln über mein Gesicht. Schließlich kenne ich ihre Unordnung. Aber auch in mir verursacht dieses Haus Unwohlsein.

Ich gehe durch einen kleinen Flur, an dessen Ende sich die Küche befindet. Die Küchenschränke sind der Optik nach schon etliche Jahre alt, befinden sich aber in einem hervorragenden Zustand. Mit dem Finger streiche ich über die leer geräumte Anrichte. Nicht ein Staubkorn. Ich öffne den Kühlschrank. Gähnende Leere. Jonas hat das Haus in Ordnung gehalten, gewohnt hat er hier bestimmt nicht.

»Nichts«, sagt di Matteo, als er in die Küche kommt. »Die Betten im Schlafzimmer sind gemacht, aber ich würde sagen, schon eine geraume Zeit nicht benutzt. Die Kleiderschränke sind komplett leer. Er war nicht hier«, erklärt der junge Kollege.

»Irgendwelche Papiere?«, frage ich neugierig.

»Ebenfalls Fehlanzeige.«

Schweigend sehe ich mich weiter um. »Es ist mir ein bisschen zu sauber hier«, sage ich schließlich.

Jenny nickt.

»Ich meine nicht zum Leben«, erkläre ich mein Unbehagen näher. »Ich habe den Eindruck, Jonas wollte, dass wir das Haus in diesem Zustand finden. Es ist mir zu aufgeräumt.«

»Warum sollte er das wollen?«, fragt Gessert, der mittlerweile auch den Weg in die Küche gefunden hat.

»Weil er etwas zu verbergen hat«, stelle ich trocken fest. Ich bahne mir den Weg zurück ins Wohnzimmer und setze mich an den alten Tisch. Die Kollegen folgen meinem Beispiel. »Wir übersehen etwas«, fahre ich fort.

»Es ist ein altes Haus. Es wird einen Keller geben«, schlägt di Matteo vor. In diesem Moment fliegt die Wohnzimmertür auf. Eine dickliche, künstlich blondierte Frau guckt uns mit entsetzten Augen an.

»Was machen Sie hier?«, fragt sie forsch. »Ich rufe die Polizei.«

Amüsiert blicke ich die Frau an. Sie ist mindestens fünfzig, hat sich aber auf jung zurechtmachen wollen. Vergeblich. Die Schminke erinnert an eine Porzellanpuppe, und ihre Kleidung ist mindestens zwei Nummern zu klein.

»Wir sind von der Polizei.« Ich ziehe meinen Dienstausweis aus der Hosentasche. »Darf ich fragen, wer Sie sind?«

»Ich bin die Immobilienmaklerin. Kommen Sie zur Besichtigung?«

## 47

*Mike*

Dunkelheit. Als ich die Augen öffne, sehe ich nichts. Gar nichts. Dafür spüre ich meinen Schädel. Das Brecheisen hat mich offenbar an der Stirn getroffen. Denn von dort zieht sich ein dumpfer Schmerz über meinen gesamten Kopf. Zu gerne würde ich die Stelle mit den Fingern betasten, doch ich kann meine Hände nicht bewegen. In Embryonalstellung liege ich auf dem harten, kalten Betonboden.

Nur langsam gewöhnen sich meine Augen an die Dunkelheit. Dann erkenne ich, dass ich mich nicht mehr in dem Keller befinde. Dieser Ort ist mir völlig fremd. Ich versuche, meinen Kopf aufzurichten. Doch sofort packt mich Übelkeit, und mir wird schwindlig. Ich kotze mir die Seele aus dem Leib, so sehr, dass Zwerchfell und Speiseröhre schmerzen. Meine Augen drohen zuzufallen, doch mein Überlebensinstinkt siegt. Ich rappele mich ein wenig auf und blicke mich suchend nach Elsa um. Vergeblich. Von meiner Tochter fehlt jede Spur.

Plötzlich kommt mir das Bild von Louisa in den Sinn. Wieder schießen mir Tränen in die Augen. Zudem fühlt sich mein Kopf an, als wolle er explodieren. Und schließlich überfällt mich eine tiefe Depression, die mir die letzten verbleibenden Kräfte raubt.

Ich habe alles versaut. Louisa ist tot, Elsa entführt. In diesem Moment wünsche ich mir nichts sehnlicher als den Tod.

## 48

*Tommy*

Frustriert sitzen wir in unserem Besprechungsraum. Die Immobilienmaklerin ist schon vor Wochen von Jonas beauftragt worden, einen Käufer für das Haus zu finden. Deswegen wohl auch die übertriebene Ordnung. Die korpulente Frau hat uns tatsächlich ein wenig herumgeführt und uns auch die Kellerräume gezeigt. Doch auch diese waren penibel sauber. Von meinen Nichten fehlt weiterhin jede Spur. Wir entschließen uns, die Suche für diesen Abend abzubrechen. In unserer Verfassung ist es nicht leicht, klare Gedanken zu fassen. Überhaupt schleicht sich so langsam ein Gefühl von Resignation ein. Wir haben nichts. Die Chancen, die Mädchen noch einmal lebend zu sehen, schwinden von Minute zu Minute.

Gegen zweiundzwanzig Uhr treffe ich in meiner Wohnung ein. Unterwegs habe ich Julia angerufen, sie aber nicht erreicht. Jetzt lese ich mir zum x-ten Mal Jonas' Abschiedsbrief durch. Doch es gibt keinerlei Andeutungen, wo er die Kinder hätte verstecken können. Nichts. Es hat keinen Zweck, denke ich und gehe schlafen. Allerdings erst, nachdem ich mir noch einen Talisker genehmigt habe. Doch auch der süße, rauchige Geschmack des maritimen Whiskys konnte nichts für mich tun.

Nun, um kurz nach acht, sitzen wir im Konferenzraum und versuchen mit viel zu dünnem Kaffee, die Müdigkeit zu verscheuchen.

»Das Handy?«, schlägt Jenny plötzlich vor. Es dauert einen Moment, bis der Groschen auch bei mir fällt. Natürlich! Ich gehe zu meinem Schreibtisch und ziehe Jonas' Smartphone aus der Asservatentüte. Dann drücke ich auf den Touchscreen und atme erleichtert aus. Das Gerät war tatsächlich nur im Stand-by-Modus. Wenigstens das.

Ich bringe das Telefon in den Konferenzraum und entsichere die Tastensperre. Vierundzwanzig Anrufe in Abwesenheit. Ich blättere durch die Nummern. Offenbar hat Mike zweimal versucht, Jonas zu erreichen. Ansonsten kenne ich auf Anhieb keine

Nummer. Jonas hat seinen letzten Anruf vor zwei Wochen getätigt. Eine Nummer mit Kerpener Vorwahl. Dann kontrolliere ich den Ausgang seiner Textnachrichten. Die letzte hat er vor einigen Tagen verschickt. Ich öffne sie. Jonas bittet eine Yvonne um ein Gespräch. Es ist der einzige Eintrag in dem Thread. Entweder war dies tatsächlich die einzige schriftliche Kontaktaufnahme, oder Jonas hat den vorherigen Austausch gelöscht.

Ich will das Smartphone schon ernüchtert zur Seite legen, als mir doch noch etwas einfällt. »Wann haben wir Jonas' Auto gefunden?«, fragte ich in den Raum.

»Vor drei Tagen«, weiß Gessert.

Ich blättere mich erneut durch seinen SMS-Austausch. Anschließend kontrolliere ich, ob er weitere Apps auf seinem Telefon hat, mit denen man Kurznachrichten verschicken oder chatten kann.

»Okay, das ist seltsam«, flüstere ich. Anscheinend aber nicht besonders leise, denn alle Kollegen sehen mich gespannt an.

»Mike hat uns doch gesagt, Jonas hätte ihm geschrieben, dass er sein Auto verschwinden lassen würde. Von diesem Smartphone ist sie anscheinend nicht verschickt worden. Und hat Mike nicht behauptet, er hätte das Handy nicht orten können, weil es ausgeschaltet sei? Das scheint aber nicht der Fall zu sein.«

»Aber warum sollte er uns anlügen?«, fragt Gessert. Ich sehe mir die gesendeten Nachrichten genauer an. Tatsächlich ging eine an Mike. An dem Abend, als wir in der Kneipe waren.

*Wir müssen uns dringend unterhalten. Ich habe da etwas in der Scheune gefunden. Das dürfte dich interessieren.*

»Weil er bis über beide Ohren in die Sache verwickelt ist«, platzt es aus mir heraus. In diesem Moment betritt Perkow den Konferenzraum. Er grinst über beide Ohren und winkt mit einer grauen Akte. »Hier sind die ersten Ergebnisse der Gerichtsmedizin«, sagt er. »Nach den ersten Untersuchungen schließen die Kollegen einen Selbstmord aus.«

»Aber der Abschiedsbrief?«, hakt Jenny nach. Wütend schlage ich auf den Tisch.

»Fuck!«, schreie ich. »Er hat uns alle verarscht!«

Meine Kollegen blicken mich ungläubig an. So einen Gefühlsausbruch haben sie bei mir erst selten erlebt, von Jenny mal abgesehen.

»Der Abschiedsbrief ist nicht mit der Hand geschrieben. Die Unterschrift kann jeder gemalt haben. So eine Scheiße!«

»Nicht nur das«, fährt Perkow unbeirrt fort. »Laut Gerichtsmedizin ist Jonas seit mehreren Tagen tot. Er muss sich irgendwo in der Erft verfangen haben. Zumindest lassen einige Kratzspuren an seinem Körper darauf schließen.« Ich schlucke. Mein Atem stockt.

»Das heißt, Jonas Hellmann kann deine Nichten gar nicht entführt haben«, erklärt Jenny. »Stellt sich also die Frage, warum Jonas sterben musste.«

»Weil er etwas gewusst hat?«, schlägt Gessert vor.

»Oder dieser Wirtz hat seine Drohung wahr gemacht«, sagt di Matteo.

Ich höre nur halbherzig zu, denn mir will eine Situation nicht mehr aus dem Kopf gehen. Ich rufe mir den Blick von der Böschung auf die weiße Plane in Erinnerung und krame nach Mikes Worten. »Ich will ihn sehen«, hat er gesagt. *Ihn?* Wie konnte Mike wissen, dass es Jonas war, wenn der noch unter der Plane lag. Mike hat gewusst, dass es keine seiner Töchter war. Aber woher? Es kann nur eine Antwort geben.

Wütend stehe ich auf und verlasse den Konferenzraum. Nach einer kurzen Stippvisite in Mikes Büro renne ich zu meinem Dienstwagen. Gleichzeitig wähle ich Mikes Nummer. Ohne Erfolg. Dann rufe ich Julia an. Meine Schwester nimmt nach dem zweiten Klingeln ab. Mike ist in der Nacht nicht nach Hause gekommen und hat sich auch sonst nicht gemeldet. Wirkliche Sorgen scheint sie sich um ihn nicht zu machen.

Nach wenigen Minuten Fahrt erreiche ich Jonas' Apartment. Ich parke mitten auf dem Gehweg, klettere aus dem Fahrzeug und renne zum Hauseingang. Da Jonas wohl eher nicht aufmachen wird, drücke ich sämtliche Klingelknöpfe. Die Haustür surrt, und ich trete ein. Ich renne in den zweiten Stock und bleibe vor Jonas' Tür stehen, dann klingele ich bei der Nachbarin. Nach wenigen Sekunden öffnet sie. Sie sieht wieder wie aus dem Ei gepellt aus, scheint mich aber dieses Mal zu erkennen. Zumindest streckt sie mir freundlich ihre Hand entgegen. Mir fällt ein, dass ich ihren Namen noch immer nicht kenne. Doch der ist jetzt auch unwichtig. Ich ziehe aus meiner Hosentasche ein Familienfoto, das ich in Mikes Büro gefunden habe.

»Erinnern Sie sich noch an den Mann, der Ihnen vor Kurzem mit seinen Koffern den Weg versperrt hat?«, frage ich sie.

Die alte Dame lächelt. »Mein Nachbar?«, fragt sie. »Ich kenne ihn ja nicht gut. Das war das einzige Mal, dass ich ihn gesehen habe«, fährt sie fort.

»Ist er das?« Ich halte ihr das Foto hin und deute auf Mike.

Die alte Dame nimmt mir das Bild aus der Hand und inspiziert es genau. »Es war zwar spät und ich müde, aber ich glaube schon«, sagt sie dann. »Nur …« Sie zögert einen Moment, dann fügt sie hinzu: »Er guckt hier so freundlich. So freundlich war er nicht.«

Ich nicke. »Aber Sie können sich an ihn erinnern?«

»Ja. Aber er war unfreundlich. Ganz anders als auf dem Foto da.«

»Er ist ein guter Schauspieler«, stelle ich fest, bedanke mich und eile die Treppe wieder hinunter.

## 49

*Mike*

Erschrocken fahre ich zusammen, als mir das kalte Wasser übers Gesicht läuft. Mittlerweile schmerzt mein ganzer Körper. Die ungemütliche Haltung trägt nicht gerade zur Linderung bei, und die schnelle Bewegung löst einen weiteren Schwindelschub aus. Immerhin ist die Übelkeit verschwunden. Mein Kopf schmerzt noch immer, und hin und wieder flackert ein heller Blitz vor meinen Augen auf. Ansonsten ist es weiterhin dunkel. Und doch spüre ich die Anwesenheit eines anderen Menschen.

Wieder fließt mir Wasser ins Gesicht. Gierig versuche ich, mit der Zunge etwas aufzufangen. Vergeblich. Ich habe bereits jegliches Zeitgefühl verloren, kann nicht einschätzen, wie lange ich geschlafen habe, geschweige denn, wie lang ich nun in diesem Raum liege. Mein Magen knurrt. In diesem Moment verebbt der Wasserfluss erneut. Die Sorge um Elsa ist ohnehin größer als Durst oder Hunger. Ich nehme ein nasales Röcheln wahr. Dann Schritte auf dem Steinboden. Sie entfernen sich. Was hat er bloß mit mir vor? Ich versuche, mich aufzustützen, doch meine Hände sind genauso wie meine Füße mit Kabelbinder aneinandergeknotet. Die Gewichtsverlagerung reicht vollkommen aus, um meinen Magen wieder aus dem Gleichgewicht zu bringen. Wieder muss ich mich übergeben. Doch dieses Mal gibt mein Magen nur noch bittere Galle her. Ich krümme mich vor Schmerz zusammen. Mein Schädel pocht, und ich spüre, dass mein Herz komplett aus dem Takt schlägt.

Die Schritte werden wieder lauter. Ich realisiere, dass er direkt vor mir steht. Ich rechne mit einem Angriff. Nichts. Nur ein ganz leises Lachen und das Geräusch eines geöffneten Gürtels. Werde ich jetzt ausgepeitscht? Dann spüre ich eine warme Flüssigkeit in meinem Gesicht. Gerade noch rechtzeitig schließe ich meinen Mund. Das Lachen wird lauter. Nach einer gefühlten Ewigkeit entfernen sich die Schritte wieder. Die Tür geht auf und fällt wenige Augenblicke später ins Schloss. Ich atme erleichtert aus. Doch die Schikane ist noch nicht vorbei.

Nach wenigen Augenblicken öffnet sich die Tür wieder. Grelles Licht blendet meine Augen, doch ich kann nicht wegsehen. Im Licht erkenne ich die Konturen eines Mannes, an der Hand hält er ein Mädchen. Mein Mädchen. Elsa. Die Vorstellung, dass der Mann gerade zuvor mit derselben Hand sein Geschlechtsteil angefasst hat, um auf mich zu urinieren, entfacht einen unbändigen Zorn. Wieder lacht er. Er schiebt Elsa grob zur Seite. Erst jetzt erkenne ich das Brecheisen in seiner anderen Hand. Angst überkommt mich. Doch der Mann macht gar keine Anstalten, auf mich einzuschlagen. Er wirft das Brecheisen mitten in den Raum, schaltet das Licht ein und verschwindet. Wieder fällt die Tür krachend ins Schloss. Ich richte mich langsam auf. Für einen kurzen Moment. Dann wird es wieder dunkel.

## 50

*Tommy*

Am frühen Mittag klingele ich an der Tür. Natürlich habe ich einen Schlüssel, doch auch in dieser Situation will ich Julias Privatsphäre wahren. Zuvor haben wir Mike zur Fahndung ausgeschrieben. Und auch nach seinem Auto wird gesucht. Julia benötigt einige Augenblicke, öffnet schließlich aber doch noch. Sie sieht fürchterlich aus. Ihre Haare kleben fettig am Kopf, und ihre Augen sehen fast aus wie die eines Junkies. Tiefe schwarze Ränder betonen ihren schlechten Zustand.

Als sie uns sieht, weiten sich ihre Augen, und sie nimmt eine Hand vor den Mund. Ich versuche, sie zu beruhigen. Vergeblich. Julia ringt mit den Tränen. Erst nachdem ich ihr ein zweites Mal versichere, nichts über den Verbleib ihrer Kinder zu wissen, reißt sie sich wieder zusammen. Solange ihre Kinder *nur* verschwunden sind, bleibt ein Rest Hoffnung. Das ist besser als die furchtbare Gewissheit. Noch. Bleiben Louisa und Elsa verschollen, wird sich ihre Meinung sicherlich irgendwann ändern.

Julia drückt sich an mich, und ich spüre ihre warmen Tränen durch mein T-Shirt.

»Wir müssen Mike finden«, erkläre ich ihr leise. »Es ist wichtig.«

Julia tritt einen Schritt zurück und beäugt mich skeptisch.

»Ich glaube, er weiß, wo die Kinder sind.«

Julia schüttelt energisch den Kopf. »Nein«, flüstert sie fast schon flehend. »Mike hat ihnen bestimmt nichts angetan, Tommy! Es sind seine Kinder. Er liebt sie über alles.«

Wie gerne würde ich meiner Schwester glauben, aber sie glaubt ihren Worten doch selbst nicht. Ich denke ja auch gar nicht, dass er ihnen was tun will. Aber sehr wohl bin ich überzeugt, dass er sie bei sich hat. *In seiner Gewalt.* Wozu, weiß ich nicht. In jedem Falle habe ich zu lange die Augen verschlossen. Auch für mich kam Mike nie als Täter in Frage. Doch die Indizien sprechen eine andere Sprache, sein Verhalten ist zu seltsam, und er hat mich gleich mehrfach angelogen.

So gerne ich meine Schwester beruhigen würde, ich kann

es nicht. Ich streichele ihr liebevoll über die Schulter, um sie anschließend etwas unsanft auf die Couch zu setzen. Später bin ich gern für sie da. Doch jetzt geht es darum, Schlimmeres zu verhindern.

»Julia, wo ist Mike?«, frage ich energisch. »Ich muss das wissen, unbedingt. Auch für eure Kinder.«

Meine Schwester schaut mich nur mit großen Augen an und zuckt dann enttäuscht mit den Schultern. Ich kenne sie lange genug, um zu wissen, dass sie mich nicht anlügt.

Also beordere ich mein Team her. Den ganzen Nachmittag durchsuchen wir mit der Hilfe einiger Streifenpolizisten das Haus. Trotz ihres schlechten Zustands lässt Julia es sich nicht nehmen, uns einen Kaffee zu machen. Jeder Raum wird auf den Kopf gestellt, jede Schublade geöffnet, jeder Brief gelesen. Ich sehe mir die letzten Kontoauszüge an und werfe mit Julias Unterstützung im Internet einen Blick auf das gemeinsame Konto. Es gibt keine Unregelmäßigkeiten. Mike hat kein Geld abgehoben, seine Kleidung hängt noch immer im Schrank, und auch seinen Reisepass hat Julia im Nullkommanichts gefunden. Nichts spricht für eine plötzliche Abreise. Am späten Nachmittag geben wir enttäuscht auf. Wir haben nicht den geringsten Hinweis darauf gefunden, wo Mike stecken könnte. Ich blicke in enttäuschte Gesichter. Vom gestrigen Elan ist nichts mehr geblieben.

»Und jetzt?«, fragt Jenny genervt.

»Jetzt suchen wir bei seinen Eltern weiter«, erkläre ich. Ein zweites Mal werde ich denselben Fehler nicht machen.

# 51

*Mike*

Als ich wieder zu mir komme, brennt das Licht glücklicherweise noch. Ich habe nicht die leiseste Ahnung, seit wie vielen Stunden ich mich in diesem Raum befinde. Doch immerhin kann ich mir erstmals einen Überblick verschaffen. Als Erstes blicke ich an mir hinab. Und stelle beruhigt fest, dass ich meine komplette Kleidung trage. Auf meinem T-Shirt hat sich jedoch ein großer roter Fleck gebildet. Und die starken Kopfschmerzen lassen an dessen Herkunft kaum einen Zweifel aufkommen.

Behutsam richte ich mich auf. Auch dieses Mal setzt ein leichter Schwindel ein, doch er ist bei Weitem nicht mehr so schlimm wie noch vor wenigen Stunden. Ich liege gefesselt auf einem kalten Boden, in einem Raum, den ich noch nie zuvor gesehen habe. Ein Verrückter hat mir eins über den Schädel gezogen und hält mich nun gefangen. Hände und Füße sind mit Kabelbinder verschnürt, eine Flucht ist unmöglich. Nach und nach richte ich mich auf und schaffe es tatsächlich, eine halbwegs angenehme Sitzposition zu finden.

Der Raum ist etwa zehn mal fünf Meter groß. An den Seiten stehen hohe Regale, auf denen verschiedene Werkzeuge liegen. Direkt neben mir steht ein überdimensionaler Rasenmäher, der nach frischem Heu und Hundekot riecht. Der Boden ist leer gefegt, doch nicht das ganze Heu ist verschwunden. Und mitten im Raum liegt eine Brechstange. Die Brechstange, die ich noch vor wenigen Tagen in einer schwarzen Kiste gefunden habe. Natürlich ist mir sofort klar, was der Angreifer mir damit sagen will. Aber warum lässt er mich mit einer Brechstange alleine in einem modernen Schuppen? Bestimmt will er mir nicht helfen abzuhauen. Doch habe ich eine andere Chance, als es zu versuchen? Voller Hoffnung blicke ich mich um und werde schnell fündig. *Zu schnell?* Auf einem der hohen Metallregale sehe ich eine Gartenschere liegen.

Gegen jede Vernunft schöpfe ich neuen Mut, und dieser setzt offenbar Energien frei. Ich richte mich ganz langsam auf und springe mit kleinen Schritten zu dem Regal. Bei jeder Erschütterung denke ich, mein Kopf platzt gleich. Tut er aber nicht. Dafür verursacht die Anstrengung weitere Schwindelattacken. Ich denke, das Adrenalin, das meinen Körper durchströmt, zwingt mich, die Übelkeit zu vergessen. Es dauert eine Weile, bis ich die Schere erreiche. Sie befindet sich in Brusthöhe, und insofern habe ich keine Schwierigkeiten, nach ihr zu greifen. Etwas umständlich befreie ich mich von dem Kabelbinder. Ich taste sofort meine Wunde ab und fahre vor Schmerz zusammen. Ich blute nicht mehr, dennoch sollte ich schnellstmöglich einen Arzt aufsuchen. Doch erst einmal habe ich ganz andere Aufgaben zu erledigen.

Ich greife in meine Tasche, um ernüchtert festzustellen, dass der Angreifer immerhin schlau genug gewesen ist, mir mein Smartphone abzunehmen. Wie nicht anders zu erwarten, sind sowohl das Scheunentor als auch die Metalltür, durch die der Mann hineingekommen ist, verschlossen. Doch er hat mir das Brecheisen dagelassen. Will er, dass ich fliehe? Ich nehme das schwere Ding in die Hand, und fast zwingt mich das Gewicht, es wieder fallen zu lassen. Umso entschlossener packe ich zu. Nun muss ich mich nur entscheiden, wo ich es ansetzen soll. Am Tor oder an der Tür? Freiheit oder Elsa?

Natürlich entscheide ich mich für meine Tochter. Trotz unglaublicher Kopfschmerzen und wiederkehrendem Schwindel erreiche ich mit großen Schritten die Metalltür. Ich setze die Brechstange in Höhe des Schlosses an und werfe mich mit aller Macht dagegen. Die jüngsten Anstrengungen fordern allerdings ihren Tribut, und so muss ich mehrere Pausen machen, bevor die Tür beim x-ten Versuch endlich nachgibt. Erleichtert schlüpfe ich hindurch und starre in die Dunkelheit. Ich befinde mich in einem kleinen Gang, von dem zwei weitere Türen abgehen. Ich wähle die erste und erschrecke.

Er sitzt direkt vor mir. In seiner rechten Hand wedelt meine Walther, mit dem linken Arm hält er Elsa fest umschlungen. Elsas Augen weiten sich. Als er mich sieht, lächelt er mir freundlich zu. Am liebsten würde ich ihm augenblicklich den Kopf einschlagen, doch mir ist durchaus bewusst, dass das sowohl meinen als auch Elsas sicheren Tod bedeuten würde.

»Aufgewacht?«, fragt er mich mit einem breiten Grinsen. »Ich hoffe, die Kopfschmerzen sind nicht allzu schlimm. Es ging leider nicht anders.«

Ich blicke ihn wütend an, unfähig, irgendetwas zu unternehmen.

»Lass bitte das Brecheisen fallen. Wir wollen ja nicht, dass du jemanden verletzt.« Er drückt seinen Arm noch ein wenig fester um Elsa.

»Warum hast du mir es dann überhaupt gegeben?«, frage ich ihn.

Wieder das Grinsen. »Ich dachte, du wärst so ein Superbulle.« Er lässt mir einen Augenblick Zeit, doch sosehr ich mich auch bemühe, der Groschen will nicht fallen. »Überleg mal, was du da in deiner Hand hältst«, hilft er mir schließlich auf die Sprünge.

Ich betrachte das Brecheisen, und plötzlich fällt es mir wie Schuppen von den Augen.

»Du brauchst meine Fingerabdrücke.«

Er grinst mich wieder an. »Ich würde vorschlagen, du verschwindest jetzt noch einmal in deinem Zimmer. Wenn ich mit deiner Tochter fertig bin, wird es allmählich auch für dich Zeit«, stellt er seelenruhig fest.

»Ich bleibe hier«, antworte ich mutiger, als ich bin.

»Das glaube ich nicht. Oder willst du mit ansehen, wie ich deiner Tochter den Kopf einschlage?«

# 52

*Tommy*

Mikes Vater scheint uns erwartet zu haben. Er steht bereits am Küchenfenster, als ich den Dienstwagen auf der Einfahrt abstelle. Er öffnet freundlich die Tür und nimmt mich in den Arm. In all den Jahren hatte ich immer den Eindruck gehabt, dass er mich nicht leiden kann, doch diese Umarmung drückt viel Sympathie aus. Leider ist jetzt keine Zeit, den Kontakt zu vertiefen. Ich stelle ihm Jenny vor und frage, ob wir hereinkommen dürfen. Wir dürfen, und er hat sogar schon Teilchen und frischen Kaffee auf den Tisch gestellt. Ein gemütliches Kaffeekränzchen wird es trotzdem nicht.

Als sich unser Gastgeber gesetzt hat, denke ich einen Moment lang nach, wie viel er wissen muss. Doch letztlich geht es um das Leben seiner Enkel. Da kann ich wirklich keine Rücksicht nehmen. »Wir suchen Mike«, sage ich und hoffe, dass aus meinem Ton die Dringlichkeit deutlich wird.

Der in die Jahre gekommene Mann schüttelt stirnrunzelnd den Kopf. »Ist er nun auch verschwunden?«, fragt er ängstlich. »Das ist aber alles ein bisschen viel.«

»Ja, Mike ist verschwunden. Wir glauben, er weiß, wo die Kinder sind«, erkläre ich möglichst sachlich.

Mikes Vater lächelt uns an, es sieht mitleidig aus. »Nein, sicherlich nicht«, sagt er in ruhigem, sachlichem Ton. »Er war erst vor wenigen Tagen hier, als er nach den beiden gesucht hat.«

»Vermutlich hast du recht«, lüge ich. »Dürfen wir uns dennoch ein wenig umsehen? Gibt es einen Raum, in dem er sich aufhält, wenn er hier ist?«

Der alte Dudda zuckt mit den Schultern. »Natürlich könnt ihr euch umschauen. Aber ich wüsste nicht, was das bringen soll.« Er macht eine kleine Pause. »Als Mike zuletzt da war, hat er ein paar Stunden in seinem alten Zimmer verbracht. Vielleicht wollt ihr da mit eurer Spurensuche beginnen.«

Sichtbar enttäuscht von mir steht Mikes Vater auf und verlässt den Tisch. Jenny bleibt noch einen Moment sitzen und blickt mich mit fragenden Augen an. Sie hat Zweifel, ob wir wirklich das Richtige tun. Doch dabei kann ich ihr nicht helfen. Ich hätte dies hier auch lieber vermieden, aber es hilft ja nichts. Als ich Schritte über mir höre, stehe ich auf, um mit der Suche zu beginnen.

Mikes Zimmer befindet sich im ersten Stock. Ich weiß noch genau, wo, schließlich habe ich viel Freizeit in diesem Haus verbracht. Ich schleiche die Treppe hinauf und verharre auf dem oberen Absatz. Das erste Zimmer hat Tina gehört. Ich atme tief durch, gehe zur Tür und stoße sie vorsichtig auf. Ein kalter Schauer läuft mir über den Rücken. Das Innere hat sich seit ihrem Unfall nicht verändert. Es ist noch immer rosa gestrichen, und verschiedene Puppen in verschiedenen Größen pflastern den Boden.

Am Fenster steht Mikes Vater und starrt in den Garten. Er muss mich gehört haben, denn gerade als ich das Zimmer verlassen will, drehte er sich um, mit einem fast unheimlichen Lächeln. Tränen stehen in seinen Augen. Ich nicke vorsichtig und verlasse rückwärts das Zimmer.

Der nächste Raum hat Mike gehört. Und auch sein Zimmer haben die Eltern nach seinem Auszug offenbar nicht großartig verändert. Ein uralter Computer ziert den Schreibtisch, in den Regalen sind noch die Schulbücher aufgereiht, die uns durch das Abitur gebracht haben. Auf einem Regal stehen einige Pokale, die er als Kapitän unserer Fußballmannschaft hatte behalten dürfen. Doch am unheimlichsten sind die Wände. Der komplette Raum ist mit Zeitungsartikeln tapeziert. Nicht eine freie Stelle. Erst jetzt fällt mir ein, dass ich Mike nach Tinas Unfall nie wieder zu Hause besucht habe. Aus heutiger Sicht weiß ich nicht mehr, warum. Vielleicht hatte ich zu viel Respekt. Vielleicht hat Mike nicht mehr gewollt, dass ich vorbeikomme. Und dann ist er ja auch bald ausgezogen.

»Ach du Scheiße«, platzt es aus Jenny heraus. Ich fahre zusammen, denn ich habe meine Kollegin nicht kommen hören. »Was ist denn hier passiert?«, fragt sie rhetorisch. »Unser Mike scheint ja ein richtiger Sammler zu sein.«

»Es ist wohl seine Art, mit der Vergangenheit klarzukommen«, erkläre ich. »Das mit seiner Schwester hat ihn ganz schön mitgenommen.«

Jenny nickt, blickt dann aber skeptisch auf die Wand. »Die Artikel handeln aber nicht von dem Unfall. Sie beschäftigen sich allesamt mit dem Fall Matthias Weber. Da stellt sich mir doch die Frage, wieso.«

Ich erinnere mich wieder, dass Mike damals jeden Artikel ausgeschnitten hat. Er wollte unbedingt helfen, den Täter zu finden. Und die Zeitungsartikel zeugen davon, dass er nach der Verhaftung Pipkes nicht mit der Suche aufgehört hat. Dass er so besessen war, konnte doch niemand ahnen.

»Guck dir das einmal genauer an«, fordert Jenny mich auf und nimmt zwei Artikel von der Wand. »Egal, wo du hinsiehst, der Name Weber ist überall rot unterstrichen. Und hier ist ein Foto vom alten Weber. Der Kopf ist ebenfalls rot gekennzeichnet. Ich glaube, Mike hat den Mörder des Weber-Jungen gefunden. Mike hat gewusst, dass es nicht Pipke war. Vielleicht sollten wir uns noch einmal mit dem alten Weber unterhalten.«

## 53

*Mike*

Ich kann wirklich nicht sagen, was schlimmer ist: hilflos mit anschauen zu müssen, wie das eigene Kind ermordet wird, oder zu wissen, dass man für den Tod der eigenen Kinder verantwortlich ist. Denn das bin ich. Spätestens nach Noel Wirtz' Tod war mir klar, dass der alte Weber dahintersteckt. Doch so seltsam es sich anhören mag: Ich bin nicht in der Position, etwas dagegen zu unternehmen. Durch die Entführung meiner Töchter hat sich die Situation grundlegend verändert. Seit diesem Moment ist für mich klar, dass ich Joseph Weber töten will. Allerdings befinde ich mich dazu in einer relativ schlechten Ausgangslage.

Joseph Weber hat mir tatsächlich angeboten, der Ermordung meiner Elsa beizuwohnen. Ich wollte natürlich bei meiner Tochter bleiben, doch dann hat der alte Mann einen Rückzieher gemacht und mich zurück in mein Gefängnis gesperrt. Oder es zumindest versucht. Da die Tür dem Brecheisen zum Opfer gefallen ist, hat er mich an einen Holzpfahl am Ende des Raumes gefesselt. Dann hat er sich mein tobendes, schreiendes Kind über die Schulter gelegt und ist verschwunden.

Hin und wieder höre ich sie schreien. Ich habe keine Ahnung, was Weber treibt. Dass er sie leben lassen wird, halte ich für ausgeschlossen. Nicht aber, dass er sie quält, um meine Qualen zu verlängern, mich in den Wahnsinn zu treiben. Schließlich ist er auch bei Timo, Noel und auch bei Louisa skrupellos und brutal vorgegangen.

Louisa. Obwohl ich wie gelähmt und fast apathisch bin, spüre ich das Stechen in den Augen, das die Tränen ankündigt. Meine kleine Louisa! Nie werde ich den Moment vergessen, als ich sie zum ersten Mal in meinen Händen hielt. Wie stolz ich sie Tommy und meinen Eltern präsentiert hatte. Damals waren wir noch eine große Familie. Davon ist leider nicht mehr viel übrig geblieben. Aber Elsa muss ich wenigstens retten! Ich muss gegen alle Fesseln ankämpfen, die äußeren und die inneren. Elsa hat nur mich. Ich darf sie nicht im Stich lassen!

Ich drehe meine Hände hin und her, in der Hoffnung, die Kabelbinder werden ein wenig nachgeben. Dann reibe ich das Plastik gegen das Holz. Nachdem ich mir etliche Holzsplitter in die Hand gejagt habe und die Aussichtslosigkeit dieses Unterfangens bemerke, sehe ich ein, dass es zwecklos ist. Aber ich gebe nicht auf. Sage mir: Es muss doch eine Möglichkeit geben.

Genau in diesem Moment geht das Licht aus, und der schlimmste Horror beginnt.

## 54

*Tommy*

Ich habe keine Ahnung, was Jenny mit dem Besuch bezwecken will. Wenn ich ehrlich bin, kann ich ihrem Gedankengang noch nicht einmal folgen. Gut, Mike hat Joseph Weber offenbar jahrelang des Mordes an seinem eigenen Sohn verdächtigt. Aber wie konnte er sich da so sicher sein? Und was hat das mit Jonas' Tod zu tun? Ich kann mir überhaupt keinen Reim darauf machen, und trotz meiner Nachfrage hält sich Jenny bedeckt. Aber da ich auch nichts anderes zu tun weiß, gebe ich nach.

Nach wenigen Minuten Fahrtzeit erreichen wir das Haus der Familie Weber. Jenny parkt dankenswerterweise dieses Mal direkt auf dem Gehweg. Das Haus scheint vor wenigen Jahren modernisiert worden zu sein, denn an diese Fassade kann ich mich nicht erinnern. Elisabeth Weber öffnet uns die Tür. Ähnlich wie ihr Mann ist auch sie für ihr Alter überraschend agil. Ihr Gesicht strahlt eine angenehme Wärme aus, ist aber Zeugnis eines guten Chirurgen zugleich. Sie lächelt uns freundlich an, und nachdem wir unsere Ausweise gezückt haben, bittet uns die vornehm gekleidete Frau ins Haus. Sofort fällt mir die teure Einrichtung auf. Vor allem aber noch etwas anderes.

»Was ist denn mit der Kellertür passiert?«

Elisabeth Weber wird ganz aufgeregt, räuspert sich und bringt mühsam das Wort »Einbrecher« über die Lippen. Jenny wirft mir einen kurzen Blick zu. Auch sie glaubt der alten Dame kein Wort. Frau Weber führt uns in das Wohnzimmer. Und auch hier versucht das Ehepaar gar nicht erst, den eigenen Wohlstand zu verstecken. Sie bietet uns einen Platz auf der Couch an und verschwindet kurz, um uns einen Kaffee zu kochen. Ungeduldig trommele ich mit den Fingern auf den Tisch und kassiere prompt einen bösen Blick meiner Kollegin. Nach wenigen Augenblicken kommt Frau Weber zurück. Sie setzt sich auf den kleinen Sessel und starrt mich neugierig an.

»Nun, was kann ich für Sie tun?«, fragt sie schließlich und reicht mir einen Teller mit Plätzchen.

»Frau Weber«, beginne ich vorsichtig. »Sie haben bestimmt von den Tötungsdelikten an den Kindern gehört.«

Die ältere Dame nickt und streicht mit der flachen Hand ein paar imaginäre Krümel vom Tisch.

»Nun ja. Es gibt gewisse Parallelen zum Tod Ihres Sohnes.« Ich sehe, dass sie mit den Tränen ringt, doch ich kann keine Rücksicht nehmen. »Wir müssten uns mit Ihrem Mann unterhalten. Es ist wirklich wichtig.«

Nach einem kurzen Augenblick hat sie sich wieder im Griff. »Er ist nicht zu Hause«, antwortet sie mit fester Stimme. »Kann ich Ihnen nicht helfen?«

»Was ist mit der Tür passiert?«, frage ich und beuge mich etwas zu ihr hinüber, um meiner Frage Nachdruck zu verleihen.

»Ich weiß es nicht«, platzt es aus ihr heraus. »Ich bin eben erst von einer Chorfahrt heimgekehrt.«

»Und seitdem haben Sie Ihren Mann nicht gesehen?«, versucht es Jenny in einem deutlich freundlicheren Ton.

Frau Weber schüttelt den Kopf. »Nein. Ich habe ihn seit einigen Tagen nicht gesehen. Mich wundert es ja auch, dass er nicht da ist.« Tatsächlich wirkt sie ehrlich besorgt.

»Wo kann er sein?«, frage ich.

Elisabeth Weber schweigt. Wieder starrt sie auf den Tisch und schiebt ihre Hand über die Platte.

»Frau Weber, es geht um das Leben Ihres Mannes. Wir glauben, dass er in ernsthafter Gefahr ist. Wo kann er sein?« Jenny klingt streng, fast als würde sie mit einem Kind reden, das nicht sagt, was es angestellt hat.

Die alte Dame blickt meiner Kollegin ängstlich in die Augen, schweigt aber weiter. Schließlich seufzt sie schwer und sagt: »Er hat einige Scheunen. Sicher ist er irgendwo dort.«

Jenny und ich springen fast gleichzeitig auf, lassen uns den Weg erklären und verlassen Frau Weber.

Die Scheunen liegen einige Kilometer voneinander getrennt. Wenn Mike es wirklich auf Weber abgesehen hat, bleibt uns keine Zeit mehr, alle abzuklappern. Also teilen wir uns auf.

## 55

*Mike*

Mein Nacken ist bereits ganz steif. Gefühlte Stunden starre ich auf die Tür, in der Hoffnung auf ein Lebenszeichen von Elsa. Schon vor geraumer Zeit hat sie abrupt aufgehört zu schreien. Von jetzt auf gleich. Und ich male mir die schlimmsten Szenarien aus. Zugleich spüre ich, wie meine Kräfte schwinden. Resignation. Dafür kehrt der Schmerz in meinem Schädel zurück. Noch ein letztes Mal scheuere ich den Kabelbinder über das Holz, um aber nach wenigen Sekunden auch diesen Versuch aufzugeben. Es gibt keine Chance mehr. Elsa ist verloren. Mein Kopf sinkt hinab, denn es gibt keinen Grund mehr, auf die Tür zu starren. Es gibt keine Hoffnung mehr.

In diesem Moment kehrt Joseph Weber zurück. Er schiebt Elsa grob durch die Tür. Meine Tochter blickt mich aus weit aufgerissenen Augen an. Voller Angst und Entsetzen. Tränen laufen ihr übers Gesicht, ihr ganzer kleiner Körper zittert. Weber zieht eine leere Bierkiste unter einem Regal hervor, dreht sie um und setzt meine Tochter darauf. Dann kommt er auf mich zu. Wenige Meter vor mir bleibt er stehen. Ich rieche seinen schlechten Atem und muss mich fast übergeben.

»Ich habe lange überlegt, wie ich vorgehe«, sagt er plötzlich, und ich muss die Luft anhalten. »Damit das ganz klar ist, du wirst hier nicht lebend rauskommen. Das steht fest. Aber du hast die Chance, deine Tochter zu retten.« Aus seinem Ton spricht die pure Macht über mich. Er weiß, dass ich ihm ausgeliefert bin, und kann seine Stimme sachlich und kalt halten.

Plötzlich springt Elsa auf und rennt auf mich zu. Sie drückt ihren viel zu warmen Körper an mich, und ich spüre die heißen Tränen an meinem Hals. Weber dreht sich um, verpasst ihr eine brutale Ohrfeige und bringt sie zurück auf die Kiste. Wütend versuche ich, meine Hände aus der Schlinge zu ziehen. Weber schnalzt nur süffisant mit der Zunge und grinst. »Also, du hast eine Chance, dein Kind zu retten«, wiederholt er.

»Wie?«, frage ich, obwohl ich die Antwort zu kennen glaube. Ein Versuch, etwas Zeit zu gewinnen.

Weber grinst noch breiter. Und wedelt dazu mit der Pistole. »Ganz einfach, du richtest dich selbst und jagst dir eine Kugel in den Schädel.«

Das also ist sein Plan. Er hat bereits meine Fingerabdrücke auf dem Brecheisen, jetzt soll ich die Geschichte selbst beenden, damit er nicht mit einem Polizistenmord dasteht. Doch ganz so einfach wird es nicht werden. Jonas' Suizid passt nicht dazu und wird Fragen aufwerfen, die mit meinem Freitod nicht zu erklären sind. Doch ich bezweifle, dass Weber so weit denkt. Für mich gibt es nur eine Chance.

»Ich glaube dir kein Wort. Warum solltest du Elsa am Leben lassen? Das ergibt keinen Sinn.«

Seine Augen verfinstern sich, und für einen kurzen Augenblick weicht die Überheblichkeit aus seinem Gesicht. Doch nur kurz.

»Du hast wohl keine andere Wahl, als mir zu vertrauen«, sagt er selbstbewusst.

»Doch, die habe ich«, entgegne ich. »Ich werde mich nicht töten. Das wirst du schon übernehmen müssen. Und dann hast du zu erklären, warum ich tot in deiner Scheune liege. Das wird nicht ganz so leicht.«

Weber denkt offenbar über meine Worte nach. Anscheinend habe ich den richtigen Nerv getroffen. Jetzt ist es an mir, zu grinsen, auch wenn mir nicht danach zumute ist. Aber ich muss sein Spiel mitspielen. Soll er mich doch in den Tod schicken, doch für seine Morde muss er selbst zahlen. So hart es auch ist, aber nur ein Wunder könnte Elsa noch retten. Dass ich es könnte, soll mir nur eingeredet werden. Also habe ich nichts zu verlieren und kann nur versuchen, Weber so weit wie möglich aus der Fassung zu bringen. Damit er einen Fehler macht. Oder damit doch noch ein Wunder geschieht und Hilfe eintrifft.

Doch nach nur wenigen Sekunden ist Webers überhebliche Fratze zurück. Mit einer schnellen Bewegung nimmt er Elsa in den Arm. Aus seinem Gürtel reißt er einen Spitzhammer. Er knallt Elsas Kopf auf den Bierkasten. Dann holt er mit einer übertriebenen Armbewegung aus und schlägt zu. Mein Herz bleibt stehen. Kurz vor Elsas Kopf bricht er die Bewegung ab. Elsa schreit wie am Spieß, zappelt unter Webers eisernem Griff.

»Es ist deine letzte Chance«, stößt der Alte hervor.

Tränen des Zorns brennen hinter meinen Augen, doch mein Körper ist längst zu steif und verhärtet, um über die verzweifelte Lage noch weinen zu können. Mein Kopf aber versucht weiterzuarbeiten. Ich muss Zeit gewinnen. Nur wie? Wie kann ich ihn hinhalten, gibt es doch eine Waffe, die ich nur nicht erkenne, womit kann ich den Kerl provozieren …?

Weber nimmt mir die Entscheidung ab. Er reißt Elsa von der Kiste, legt ihren Arm auf das Plastik und schlägt zu. Blut spritzt durch den Raum. Mit einem widerlich schmatzenden Geräusch zieht er den Hammer aus Elsas Arm. Ein hysterischer Schrei dringt bis in mein Rückenmark, und eine unglaubliche Übelkeit überkommt mich. Noch bevor ich reagieren kann, holt er erneut aus.

»Ich mache es«, schreie ich. »Lass sie los. Ich mache es ja.«

Weber grinst über beide Ohren und steckt den Hammer zurück in seinen Gürtel. Aus einem Regalfach fischt er ein altes, ölverschmiertes Handtuch und wickelt es fest um Elsas Arm. Meine Tochter schreit noch immer, und ich bin mir sicher, sie wird nie mehr damit aufhören. Doch Weber drückt ihr den Mund zu und blickt sie streng an. Dann hebt er mahnend den Zeigefinger, und Elsa verstummt. Er nimmt sie in den Schwitzkasten, zieht die Pistole aus seinem Hosenbund und drückt die Mündung an ihre Schläfe. Ganz langsam kommt er auf mich zu.

»Ich werde dich jetzt losmachen. Du rührst dich nicht von der Stelle, sonst ist deine Tochter sofort tot.« An dem Holzpfahl bleibt er stehen. Für einen kurzen Moment lässt er Elsa los, um ein Tapeziermesser aus einer Seitentasche seiner Hose zu ziehen. Mit einer gekonnten Bewegung schneidet er mich los.

Gibt es jetzt eine Fluchtmöglichkeit?

Bevor ich mich versehe, hat er Elsa wieder im Schwitzkasten und die Pistole wieder an ihrer Schläfe. Ich lehne mich an den Holzpfosten und wäge meine Chancen ab. Nach wie vor hat er eindeutig die besseren Karten. Dennoch blicke ich mich nach einer potenziellen Waffe um. Weber hat gewonnen, und das weiß er. Er setzt Elsa wieder auf den Bierkasten und zieht eine weitere Pistole aus seinem Gürtel. Dann legt er die andere auf den Fußboden und schiebt sie mir mit dem Fuß vorsichtig zu.

»Halt«, schreit er, als ich mich nach ihr bücken will. »Das Spiel läuft so: Du wirst die Pistole ganz langsam aufheben und sie dir direkt an die Schläfe halten. Solltest du sie nur einmal nicht in deine Richtung halten, erschieße ich erst dich und dann deine Tochter.« Er schaut mich erwartungsvoll an. »Hast du das kapiert?«, fragt er wütend.

Ich nicke vorsichtig.

»In der Waffe befindet sich genau eine Kugel. Du hast nur diesen einen Schuss. Solltest du verfehlen, stirbt deine Tochter ebenfalls.«

Die Spielregeln sind damit geklärt. Er postiert sich hinter Elsa und richtet seine Waffe auf ihren kleinen Kopf. Meine Tochter weint leise, bleibt aber still auf ihrer Kiste sitzen. Wieder blicke ich mich nach einem Ausweg um. Wenn er erst Elsa erschießt, werde ich das Ganze vermutlich mit einem gezielten Kopfschuss beenden können. Doch will ich das? Will ich dann noch weiterleben? Wofür? Auch wenn ich es bezweifle, die einzige Chance, dass Elsa überlebt, ist mein Freitod. Ich nehme ganz langsam die Pistole auf und drücke sie mir umgehend an die Schläfe. In diesem Moment durchschlägt etwas das Scheunentor.

Erschrocken fahre ich zusammen. Erschrocken, aber froh, dass ich mich nicht vor Schreck selbst erschossen habe. Und auch Weber reagiert überraschend besonnen. Er packt Elsa am Kragen und reißt sie an sich. Dann feuert er in Richtung des Tors und rennt mit meiner Tochter davon. Ich drehe mich vorsichtig um.

Tommy springt aus seinem Wagen, der jetzt mitten in der Scheune steht, blickt mich kurz an, verzieht erschrocken sein Gesicht und nimmt die Verfolgung auf. Ich folge ihm so schnell ich kann.

## 56

*Tommy*

Weber verfügt über fünf Scheunen. Jenny hat sich bereit erklärt, die beiden nahe gelegenen zu Fuß aufzusuchen. Ich habe mich für das Auto entschieden und bin zur größten Scheune gefahren. Für mich die logischste Variante. Ich fordere Verstärkung an, auch, damit alle anderen Scheunen abgedeckt sind. Ich habe den Dienstwagen auf einem Feldweg geparkt und mich mit gezückter Waffe herangeschlichen. Der schwarze Kombi der Familie Weber steht nur wenige Meter entfernt. Ich drücke mein Ohr an das Tor und stelle mit Entsetzen fest, dass es nicht Weber ist, der sich in Gefahr befindet. Mike benötigt offenbar meine Hilfe. Sofort kommt mir der Gedanke, dass Jonas auf ähnliche Weise gestorben sein könnte, auch wenn ich nicht genau verstehe, aus welchem Grund. Doch jetzt ist keine Zeit, darüber nachzugrübeln.

So schnell ich kann, renne ich zurück zum Dienstwagen und starte den Motor. Ohne lange zu überlegen, steuere ich den Wagen durch das geschlossene Scheunentor. Hätte ich gewusst, dass sowohl Mike als auch Weber ihre Pistolen an einen Kopf drücken, hätte ich sicherlich einen anderen Auftritt gewählt. Glücklicherweise geht es gut. Drei Gesichter starren mich verdutzt an, als ich das Auto zum Stehen bringe. Dann pfeift eine Kugel haarscharf an meinem Kopf vorbei, und Elsa schreit. Weber nimmt meine Nichte auf seinen Arm und rennt davon. Ich blicke zu Mike und sehe eine unglaublich große Kopfverletzung. Kaum vorstellbar, dass er noch lebt, vielleicht ist sie nicht so tief. Da er noch steht, entscheide ich mich, Joseph Weber zu folgen. Mike nickt kurz und tut es mir gleich.

»Wo ist Louisa?«, frage ich ihn, während wir einen schmalen Flur vorsichtig, aber mit schnellen Schritten entlanglaufen.

»Er hat sie getötet. Erschlagen, mit einer Eisenstange.«

Für einen Moment denke ich, mir schwindet das Bewusstsein. Wie soll ich das Julia beibringen? Wie habe ich nur ernsthaft glauben können, Mike wäre in die Mordfälle verwickelt? Und jetzt ist auch noch seine Tochter ermordet worden. Sobald sich die Gelegenheit bietet, werde ich mich bei ihm entschuldigen.

An einer Tür hält mich Mike zurück. »Er ist da drin«, flüstert er. »Ich war eben schon mal hier.« Ich nicke, auch wenn ich mir beim besten Willen nicht vorstellen kann, was hier passiert ist, und gebe ihm mit einer Handbewegung zu verstehen, dass er warten soll.

»Okay. Wir schießen nur, wenn er Elsa etwas antut. Ich will ihn möglichst lebend haben«, erkläre ich Mike. »Zu viele Fragen sind noch unbeantwortet«, fahre ich fort.

Mein Schwager nickt. Behutsam drücke ich die Klinke hinunter. Die Tür knarrt ein wenig. Ein wenig zu laut. Als ich sie öffne, nehme ich ein ekelerregendes Geräusch wahr. Elsas Schreie verstummen abrupt. Weber hält noch das Brecheisen in der Hand. Vor ihm liegt Elsas lebloser Körper. In meiner wütenden Verzweiflung will ich abdrücken, doch mein Verstand hält mich zurück. Nur so kann das Rätsel gelöst werden. Ich versperre Mike den Weg, allerdings erfolglos. Er huscht unter meinem Arm hindurch. Weber grinst uns beide an. Seine Pistole liegt auf dem Boden. Noch immer hält er das Brecheisen in der Hand.

»Warum?«, frage ich leise. Dann noch einmal deutlich lauter. »Warum? Warum mussten die ganzen Kinder sterben?«

Weber lacht und deutet mit dem Kopf in Mikes Richtung. Gerade als er den Mund öffnet, trifft Mikes Kugel ihn genau zwischen die Augen.

## 57

*Mike*

Nervenaufreibende vier Wochen habe ich im Krankenhaus verbracht. Zwei Haarrisse am Schädel hatte ich davongetragen. Glücklicherweise wurde von einer Operation abgesehen. In erster Linie wurde ich zur Überwachung dabehalten. Vier Wochen sind ein sehr langer Zeitraum, wenn man untätig in einem Klinikbett liegt. Erst recht, wenn man davor seine Töchter an einen sadistischen Mörder verloren hat. Und weiß, warum.

Privatbesuch hatte ich nur von meinem Vater. Julia hat noch nicht einmal angerufen.

Ein einziges Mal ist Tommy vorbeigekommen. Er war auffallend reserviert, hat mir aber schließlich von den neuesten Ergebnissen in den Mordfällen berichtet. Natürlich haben sie auf dem Brecheisen meine Fingerabdrücke gefunden. Da Tommy den alten Weber aber auf frischer Tat ertappt hat, gab es keine Zweifel, dass es sich bei ihm um den Mörder handelte. Nur das Warum gibt Tommy und dem Team nach wie vor große Rätsel auf. Ich kann ihm die Antwort liefern, doch ich habe innerlich mit dem Fall ein für alle Mal abgeschlossen. Auch der Fall Pipke ist geschlossen worden. Die zuständigen Beamten von damals befänden sich doch eh im Ruhestand, und Perkow sei zu dieser Zeit nicht verantwortlich gewesen. Für mich wird ein neues Leben beginnen müssen, anders werde ich den Schmerz nicht verkraften.

Die vier Wochen Krankenhaus boten mir genug Zeit, nachzudenken. Unregelmäßig ging ich zur Seelsorge. Doch sosehr ich auch versuche zu vergessen, es brennen auch mir etliche Fragen auf der Seele.

Und noch etwas anderes beschäftigt mich. Eine besondere Ironie des Schicksals. Jahre nachdem Tina in diesem Krankenhaus behandelt wurde, liege ich nun an selber Stelle mit ähnlichen Verletzungen. Nur dass ich physisch wiederhergestellt werde. Psychisch wird mich dieser Fall bis an mein Lebensende in meinen Träumen verfolgen.

Ein braun gebrannter Arzt in weißem Kittel betritt den Raum. Er lächelt mich freundlich an, und ich meine, in ihm einen alten Bekannten zu erkennen. Vermutlich habe ich ihn vor vielen Jahren in Zusammenhang mit Tina gesehen.

»Herr Dudda, wir haben Sie jetzt vier Wochen zur Beobachtung hier. Nach den gestrigen Untersuchungen gibt es keinen Grund, Sie länger hierzubehalten. Sie können nach Hause«, sagt er mit einer gehörigen Portion Stolz und schüttelt mir die Hand.

Ich teile seine Freude nicht. Er kann ja nicht ahnen, dass es für mich kein Zuhause mehr gibt. Ich packe das bisschen Wäsche, das mir mein Vater vorbeigebracht hat, in meine Sporttasche und ziehe einen Mantel über. Der Sommer ist schleichend einem warmen Frühherbst gewichen, doch meine kurzen Spaziergänge haben mich bereits gelehrt, eine Jacke zu tragen. Ein ungemütlicher Wind weht mir entgegen, als ich das Krankenhaus verlasse. Ich blicke mich um und schleiche enttäuscht zu einem Taxi, das auf einem Parkplatz auf Kunden wartet. Insgeheim habe ich gehofft, Julia würde vor der Tür auf mich warten und mich in die Arme nehmen. Ich nenne dem Taxifahrer die Adresse, und wir verlassen das Krankenhausgelände.

Vor dem Haus bitte ich den Taxifahrer zu warten. Ich lasse meine Sporttasche im Auto liegen, überquere die Straße und gehe die leere Einfahrt entlang. Vor der schweren Haustür bleibe ich stehen.

Traurig streiche ich mit dem Daumen über die Gravur unseres Namensschildes. Erst über Louisas, dann über Elsas und schließlich über Julias. Nur meinen Namen lasse ich aus. Mit dem Zeigefinger berühre ich vorsichtig die Klingel, traue mich aber nicht draufzudrücken. Ich atme tief durch. Mir ist bewusst, dass Julia mich nicht sehen will, und so entschließe ich mich, wieder zu gehen. Es war von vornherein sicherlich nicht die beste Idee, hier aufzutauchen, doch ich konnte nicht anders. Ich versuche mir einzureden, nur so abschließen zu können.

Ich setze mich wieder in das Taxi und nenne nun die Adresse meiner Eltern. Mein Vater hat mir angeboten, vorerst dort zu wohnen. Nur so lange, bis ich etwas Neues habe. Wobei mir nicht ganz klar ist, ob er mit etwas Neuem eine neue Familie, einen neuen Job oder eine neue Wohnung meint. Vermutlich von allem ein wenig. Als das Taxi losfährt, drehe ich mich noch einmal wehmütig um, in der Hoffnung, Julia ein letztes Mal zu sehen. Doch ihr Gesicht taucht nicht am Fenster auf.

## 58

*Tommy*

Der Tod meiner Nichten hat auch bei mir tiefe Spuren hinterlassen. Nachdem der Fall Joseph Weber weitestgehend abgeschlossen ist, habe ich mir zwei Wochen freigenommen und psychologische Hilfe gesucht. Es sind noch lange nicht alle Fragen beantwortet, doch ich muss mir eingestehen, dass es auf manche Ungereimtheiten wohl nie eine Antwort geben wird. Natürlich kann ich Mike verstehen, und mir ist klar, dass er gar nicht anders konnte, als Weber in diesem Moment zu erschießen. Ich hätte sicherlich nicht anders gehandelt. Und doch hat Mike so einige Türen für immer verschlossen.

Jede freie Minute habe ich seitdem bei Julia verbracht, die seit vierzehn Tagen in der Kölner Innenstadt wohnt. Sie leidet natürlich unvorstellbar unter dem Verlust ihrer Kinder, und ich bin mir sicher, Mike macht Ähnliches durch. Doch sosehr ich auch wünschte, es wäre anders, ich finde keinen Draht mehr zu meinem Schwager. Ja, er hat seine Kinder verloren. Doch schon vorher war er nur noch ein Geist meiner Vergangenheit, weil ich den Freund in ihm nicht mehr wiedererkannte. Deshalb werde ich auch dafür sorgen, dass das Band durchtrennt bleibt. Es ist das Beste für mich, aber auch für meine Schwester.

Wir treffen uns an diesem Abend in einer Kneipe in Köln. Ich habe ganz bewusst diesen Ort gewählt, denn ich habe mir geschworen, so selten wie irgend möglich in das Dorf unserer Kindheit zurückzukehren. Zu viele schlechte Erinnerungen werde ich mein Leben lang damit verbinden.

Ich sitze bereits an einem kleinen, abgenutzten Tisch, als Mike die Kneipe betritt. Ich zucke zusammen, als ich ihn erkenne. Mike ist unrasiert, seine Haare kleben fettig aneinander, und insgesamt wirkt er seltsam abgemagert. Als er mich erblickt, huscht ein kleines Lächeln über sein Gesicht. Er nimmt auf der Bank gegenüber Platz und blickt mich ernst an. Erst jetzt fällt mir die rote Narbe an seiner Stirn auf.

»Wie geht es Julia?«, fragt er mich als Erstes, und ich spüre die bittere Trauer in seiner Stimme. Er vermisst sie. Julia hat mir erzählt, dass er etliche Male versucht hat, sie zu erreichen. Doch meine Schwester ist nicht ans Telefon gegangen und hat ihn auch nicht zurückgerufen. In ihrer Wahrnehmung ist Mike schuld am Tod ihrer Töchter. Als er sieht, dass ich nicht sofort antworte, senkt er enttäuscht den Blick. Er wirkt resigniert. Ich habe wirklich Mitleid mit ihm.

»Nicht gut, Mike. Ihr geht es sehr schlecht. Sie verkraftet den Verlust der Kinder nicht. Sie ist umgezogen und hat eine neue Telefonnummer beantragt«, erkläre ich ihm in sachlichem Ton. Ich sehe, dass er nach der Nummer fragen will, jedoch sofort erkennt, dass das vergebene Liebesmühe ist.

»Richtest du ihr einen lieben Gruß von mir aus?«, fragt er mich erwartungsvoll, doch als ich den Kopf schüttele, nickt er, als habe er genau mit dieser Antwort gerechnet. Dann wechselt er das Thema. »Wie geht es dir?«

Ich denke einen Moment nach. Mike versucht, mich in ein Gespräch zu verwickeln. Vermutlich ahnt er, warum ich ihn herbestellt habe.

»Mike, wir haben uns nicht zum Small Talk getroffen«, sage ich betont streng. »Wir müssen eine Lösung finden.« Und obwohl ich meine exakten Gedanken nicht ausspreche, scheint er zu verstehen. Tränen stehen in seinen Augen, und ich fühle mit ihm. Mike hatte alles verloren. Seine Töchter, seine Frau, und nun werde ich ihm auch noch ans Herz legen, seinen Job aufzugeben – zumindest in dieser Abteilung.

»Ich werde fortgehen«, sagt er wie aus dem Nichts und überrascht mich damit. »Hier gibt es nichts mehr, was mich noch hält.« Er schaut mich an, als erwarte er eine Bestätigung, doch ich blicke schweigend auf den Tisch. Eine junge Kellnerin kommt zu uns, nimmt die Bestellung entgegen und verschwindet so schnell, wie sie gekommen ist. Wir sehen uns einen Moment schweigend an, bevor die Bedienung mit Mikes doppeltem Bourbon und meinem Kaffee zurückkommt. »Ich glaube nicht, dass das mit Julia noch einmal was gibt«, sagt er leise, als die Kellnerin verschwunden ist, und blickt mich erneut mit großen Augen an.

Ich nicke. Natürlich wird es das nicht. »Wo willst du hin?«, frage ich interessierter, als ich eigentlich bin.

»Mein Vater besitzt doch ein Ferienhaus auf Borkum. Ich werde dort mein Glück versuchen«, erzählt er mir und spielt mit dem Wachs einer Kerze herum. »Vielleicht kann ich mich irgendwo dorthin versetzen lassen, vielleicht fange ich mit etwas anderem ganz von vorne an. Ein Klimawechsel tut mir sicherlich gut. Es wird viel Zeit brauchen, bis ich vergesse.«

Wieder nicke ich nur stumm. Dann gebe ich der Kellnerin mit einer Handbewegung zu verstehen, dass ich zahlen will.

Sie kommt sofort, benötigt aber einige Augenblicke, bis sie mir den Preis für die Tasse Kaffee nennen kann. Ich bin gerade im Begriff aufzustehen, als mir doch noch etwas einfällt.

»Woher hast du damals gewusst, dass es sich bei der Leiche um Jonas Hellmann gehandelt hat? Du konntest die Leiche von deinem Standort doch gar nicht sehen.«

Mike blickt mich irritiert an. Für einen kurzen Augenblick habe ich das Gefühl, dass er nervös wird.

Doch dann lächelt er vorsichtig. »Du kennst doch mein Bauchgefühl. Ich wusste es halt«, sagt er. Dabei zeigt er fast sein verschmitztes Grinsen, das ich schon seit unserer Schulzeit kenne.

»Aber es hätte doch genauso gut eine deiner Töchter sein können.«

»Ich glaube, ein Vater weiß, wenn seinen Töchtern etwas passiert. Du wirst früher oder später dieselbe Erfahrung machen.«

Ich denke einen Moment schweigend darüber nach.

»Wie geht es Jenny?«, wechselt er geschickt das Thema.

Ich gehe nicht darauf ein. »Ich habe noch eine Frage, Mike.«

Er blickt mir verunsichert in die Augen.

»Was ist mit Jonas' Kiste passiert?«

Wieder flackert etwas in seinen Augen auf. Ist es Angst?

»Welche Kiste?«, fragt er. In diesem Moment sagt mir *mein* Bauchgefühl, dass er mehr weiß, als er zugibt.

# 59

*Mike*

Ein kalter Wind weht die ersten Blätter über die Einfahrt. Die ersten Bäume haben bereits eine braune Farbe angenommen und kündigen so den Winter an. Ich habe Angst vor der dunklen Zeit. Denn ich weiß, ich werde sie alleine verbringen müssen. Alleine und an einem Ort, den ich noch nicht einmal richtig kenne. Wehmütig blicke ich aus dem Fenster und einer ungewissen Zukunft ins Gesicht.

An diesem Morgen hat mir mein Vater zum wiederholten Male das Angebot unterbreitet, noch einmal komplett in unserem alten Haus einzuziehen. Es sei das Beste für Mutter, er könne das doch alles nicht alleine bewerkstelligen, und für mich sei es ja schließlich auch wichtig, in meiner Situation unter Leuten zu sein. Er hat sicherlich nicht ganz unrecht damit. Und obwohl ich ihm verspreche, nur für ein paar Tage zu verreisen, weiß ich in diesem Moment, dass ich voraussichtlich nicht mehr in unser Dorf, das jede Beschaulichkeit verloren hat, zurückkehren werde. Es ist mir nicht recht, meinen Vater zu belügen, doch was bleibt mir anderes übrig?

Ich drehe mich zurück zum Bett und blickte auf die gepackte Tasche. Ist das der Abschied, den ich mir vorgestellt habe? Sicherlich nicht. Tommys unausgesprochener Wunsch, mich versetzen zu lassen, nagt an meinem Ego. So lange sind wir beste Freunde gewesen, und jetzt habe ich den Eindruck, dass er mir in den Rücken fällt. Vor allem durch die unterschwelligen Anschuldigungen. Der Fall Matthias Weber ist ein für alle Mal abgeschlossen. Ob es nun weitere Fragen gibt oder nicht, das Resultat bleibt dasselbe.

Nach dem unerfreulichen Treffen mit Tommy in der Kölner Kneipe habe ich damit begonnen, sämtliche Zeitungsartikel abzuhängen. Es gibt keine Verwendung mehr dafür. Auch meine persönliche Akte Weber ist geschlossen. Ich blicke mich ein letztes Mal in meinem ehemaligen Kinderzimmer um und nicke dem Raum versöhnlich zu, als ich die Tür hinter mir schließe. Vor

Tinas Zimmer bleibe ich noch einmal stehen und öffne vorsichtig die Tür.

***

Ihr Lächeln. Tinas schönste Eigenschaft. Ihr breites, leuchtendes Lächeln. Meine Schwester hatte diese besondere Gabe. Sie spürte, wenn mich etwas bedrückte. Dann kam sie zu mir und strahlte mich an. Besonders dafür liebte ich sie.

Als ich ihre Zimmertür aufschob, blickte sie abwesend aus dem Fenster. Sie machte Fortschritte. Ganz langsam. Aber irgendwo gab es für uns alle die Hoffnung, dass sie eines Tages wieder die Alte sein würde. Sie nahm wieder aktiver an unserem Leben teil. Doch lächeln konnte sie noch nicht. An diesem Morgen ging es mir besonders schlecht. Ich hatte mit Tommys Freundin geschlafen, er hatte mir eine verpasst, und unsere Freundschaft lag in Scherben. Ich beobachtete meine Schwester und hoffte, sie würde jetzt lächeln. Doch Tina war dazu nicht in der Lage. Sie spürte meine Anwesenheit, drehte sich zu mir um und legte den Kopf zur Seite, als wollte sie wissen, was mich bedrückt. Ich versuchte, ihr mit einem Lächeln meinerseits ein Strahlen zu entlocken. Vergebens. Tinas Gesichtsausdruck blieb unverändert.

***

Mein Vater sitzt vor einer dampfenden Kaffeetasse, als ich die Küche betrete. Er blickt starr aus dem Fenster. Vermutlich spürt er, dass ich vorerst nicht zurückkehren werde. Ich lege ihm eine Hand auf die Schulter und bitte ihn, auf Mutter aufzupassen. Mehr als ein müdes Lächeln erhalte ich nicht. Ich packe meine Tasche in mein Auto, das einsam auf der Einfahrt steht. Dann setze ich mich auf den Fahrersitz, starte den Motor und parke das Fahrzeug schließlich rücklings vor dem Gartentor, das sich nur ein paar Meter entfernt befindet. Nachdem ich ausgestiegen bin, luge ich vorsichtig durch das Wohnzimmerfenster. Mein Vater sitzt offenbar noch immer in der Küche. Ich schleiche vorsichtig den kleinen Pfad entlang und bleibe vor dem Gartenhäuschen stehen. Ich bin froh, dass mein Vater die Gartenpflege seit dem Schlaganfall meiner Mutter etwas vernachlässigt hat. So bin ich mir sicher, dass der alte Holzschuppen in den letzten Tagen nicht mehr gebraucht wurde. Bemüht, die Tür ohne Krächzen zu öffnen, hebe ich sie vorsichtig an und ziehe sie behutsam zurück. Unter zwei Wolldecken finde ich sie. Die alte schwarze Holzkiste.

***

Seit Tinas Unfall war viel Zeit ins Land gezogen. Zwei, vielleicht drei Jahre. Und so langsam hatte sich mein Leben wieder normalisiert. Die Suche nach ihrem Peiniger hatte ich längst eingestellt. Und zu dieser Zeit dachte ich auch nicht mehr oft daran. Tina ging es deutlich besser. Sie konnte wieder kleinere Bewegungen durchführen und selbstständig, wenn auch langsam Nahrung zu sich nehmen. Wir wussten jedoch alle, dass ihre Genesung zunehmend stagnierte. Doch ich hatte andere Dinge im Kopf. Allen voran Julia. Sie war vollkommen unerwartet in mein Leben getreten und nicht mehr daraus wegzudenken. Wir waren nicht offiziell zusammen, doch es bahnte sich definitiv etwas zwischen uns an. Julia hatte Spaß daran, mich zappeln zu lassen. Zudem hatten wir beide Angst, Tommy von unserem Techtelmechtel zu erzählen. Nach unserem ersten Kuss trafen wir uns immer öfter an der alten Scheune. Wir küssten uns, lachten über Gott und die Welt und hatten einfach eine grandiose Zeit.

Das einzige Problem: Julia wollte ihre Unschuld noch nicht verlieren. Sie habe Angst vor dem ersten Mal, wurde sie nicht müde, mir zu erklären. Doch in diesen jungen Jahren hatte ich dafür wenig Verständnis und setzte sie mächtig unter Druck. Ich wusste, eines Tages würde sie mich endlich ranlassen.

Wir hatten diesen verregneten Tag in der Scheune verbracht. Unter einer warmen Wolldecke konnten wir die Finger nicht voneinander lassen, und besonders ich fummelte wild an ihr rum. Sie ließ mich gewähren, und irgendwann machte sie mit. Etwas zurückhaltender zwar, aber mit der Zeit wurde sie immer alberner und frecher. Ich spürte, dass sie ihre anfängliche Angst verlor, und fühlte mich siegessicher, als ich nach dem Rand ihres Slips griff. Sie nickte – sogar heftig. »Aber nur mit Kondom«, sagte sie dann.

Ihre Sorge in Ehren, aber ich wurde fast wütend. Dachte: Wo in Gottes Namen soll ich ein Gummi hernehmen? Und: Wie hätte sie es wohl gefunden, wenn ich die ganze Zeit eins mit mir herumtrage, als wäre es nur eine Frage der Zeit, dass sie bald nachgibt?

Julia sah meinen Unmut. Sie blickte sich suchend um und zeigte schließlich auf den Nachttisch.

»Guck doch mal da drin nach«, schlug sie vor.

Irritiert zog ich die kleine Decke von dem Holz und fand zu meiner Überraschung keinen Nachttisch, sondern eine schwarze Holztruhe, die aussah wie eine Schatzkiste. Ungeduldig fummelte ich an den kleinen Schlössern herum. Erfolglos. Also kletterte ich mit Feuereifer die kleine Leiter hinab und suchte nach einem Werkzeug. Mit einem dicken Schraubenzieher kehrte ich zurück, setzte an, hebelte den Deckel auf – und veränderte in diesem Moment mein Leben für immer.

## 60

*Tommy*

An einem kalten Herbstmorgen kehre ich zurück auf das Revier. Wenn ich ehrlich bin, habe ich bereits mit dem Gedanken gespielt, den Dienst komplett zu quittieren. Oder zumindest meinen Urlaub ein wenig zu verlängern. Ich fühle mich noch nicht in der Lage, mit der jüngsten Vergangenheit abzuschließen.

Als ich an diesem Morgen eintreffe, ist der Fall der jüngsten Kindermorde weitestgehend ad acta gelegt. In einer von Webers Scheunen haben die Kollegen der KTU DNA und Blutspuren von Timo Johnen und Noel Wirtz sichergestellt. Die in den Wunden gefundenen Metallpartikel gehören aller Wahrscheinlichkeit nach zu dem Brecheisen, mit dem Weber auch Louisa und Elsa erschlagen hat. Die Beweislast ist so erdrückend, dass die Frage nach einem Motiv für die Staatsanwaltschaft in den Hintergrund rückt. Und da Mike den alten Weber mit einem gezielten Schuss getötet hat, werden wir über das Motiv niemals Gewissheit haben. Es liegt nahe, dass er die brutale Ermordung seines Sohnes nie verkraftet hat. Aber wenn er sich rächen wollte, warum jetzt, nach so vielen Jahren, und warum ausgerechnet an den Vätern in unserem Freundeskreis?

Genauso unbeantwortet bleibt die Frage, wer damals Webers Sohn Matthias getötet hat und warum. Der Modus Operandi könnte zwar auf den Vater als Täter deuten, aber das ergibt keinen Sinn. Nach den Aussagen aller damals Beteiligten war Weber ehrlich erschüttert und in Trauer. Nein, der Modus Operandi gehörte für ihn zur Rache. Die Kinder sollten sterben, wie sein Kind gestorben war. Nur bei Mikes Töchtern lag die Sache anders. Aber Mike war ja auch einer der Ermittler.

Jenny hat Yvonne und Richard die Nachricht von Webers Tod mittlerweile überbracht. Und auch wenn die Familien sicherlich keinen Trost finden können, haben sie die Gewissheit, dass der Fall zumindest von unserer Seite abgeschlossen ist. Es ist zu Ende.

Für mich nicht. Die Ermordung der Kinder ist die eine Sache, der inszenierte Tod von Jonas Hellmann eine ganz andere. Der Tod meines Jugendfreundes passt nicht ins Bild. Die Staatsanwaltschaft glaubt, Weber hätte Jonas aus dem Weg räumen müssen, weil dieser etwas gewusst habe. Mich überzeugt diese Variante nicht. Warum sollte Weber einen Selbstmord inszenieren, wenn er bei seinen anderen Taten alles andere als behutsam vorging. Hätte Weber überhaupt einen Selbstmord fingieren können? Und warum? Warum nicht einfach die Leiche verschwinden lassen?

Obwohl man mich bereits mit einem anderen Fall betraut hat, lassen mir diese Fragen einfach keine Ruhe. Und noch etwas anderes brennt mir auf der Seele: Mike hat sich als Jonas ausgegeben, Mike hat mich in Bezug auf eine mögliche SMS angelogen, und Mike hat gewusst, dass es sich bei der Leiche an der Erft um Jonas Hellmann handelte. Zu diesem Zeitpunkt bin ich mir absolut sicher, dass mein Schwager bei Jonas' Ermordung seine Finger im Spiel hat. Nur wie? Und warum?

Ich gehe noch einmal sämtliche Akten durch, durchforste jeden Bericht und versuche, mir jede Einzelheit einzuprägen. Doch so lange ich auch suche, der entscheidende Geistesblitz bleibt aus. Als ich meine Suche schon aufgeben und mich gerade dem spannenden Fall eines Kneipenstreits mit Todesfolge widmen will, fällt mir ein Foto ins Auge. Stutzig geworden, ziehe ich die Aufnahme aus der Akte. Der Benzinkanister, der offensichtlich den Brand in der Scheune verursacht hat. Hastig blättere ich die Akte auf und überfliege das Papier. Warum soll sich der alte Mann die Mühe gemacht haben, noch eine Scheune abzubrennen? Schließlich haben wir in zwei weiteren Gebäuden DNA-Spuren der Opfer gefunden. Warum hat er diese Scheunen nicht vorher abgefackelt?

Und noch etwas anderes stimmt mich nachdenklich. Ich tippe eine Adresse in die Suchmaschine ein und lasse mir schließlich eine Luftaufnahme seines Hofes anzeigen. Tatsächlich. Weber verfügt über mehrere Tanks Heizöl, mit dem er seine Traktoren betreibt. Warum sollte er also Benzinkanister an der Tanke kaufen? Mein Herz pocht in meiner Brust, und ich spüre diese prickelnde Aufregung, die sich einstellt, wenn man etwas auf der Spur ist. Ich studiere die Ergebnisse der Untersuchungen. Tatsächlich befand sich in den Kanistern kein Heizöl. Wenn also weder Weber noch Hellmann das Feuer gelegt haben, wer dann? Und warum? Es gibt für mich nur eine schlüssige Antwort: Mike.

Mike hat etwas zu verbergen, und wenn mich nicht alles täuscht, hat es was mit dieser alten Truhe zu tun.

## 61

*Mike*

Als ich an diesem Abend nach Hause kam, hatte sich die Welt verändert. Nicht, weil ich das erste Mal mit Julia geschlafen hatte, das hatte ich nämlich nicht. Nein, die Welt hatte ein Stück Gerechtigkeit zurückerlangt. Und bei allen Selbstzweifeln, die mich früh befielen und noch immer nicht ganz losgelassen hatten, Tinas Lächeln, als ich ihr Zimmer betrat, ließ sie verfliegen. Ich hatte das Richtige getan. Es war das erste Mal, dass Tina nach ihrem Unfall wieder lachte. Auch wenn ich von nun an ein schreckliches Geheimnis mit mir herumzutragen hatte, der Aufwand hatte sich gelohnt.

Ich streichelte meiner Schwester über die Haare und gab ihr einen Kuss auf die Stirn. »Jetzt wird wieder alles gut«, flüsterte ich. Sie drückte sich an mich, und ich spürte ihre warmen Tränen an meinem Bauch. Ich streichelte ihr erneut über den Kopf, ließ sie alleine zurück und betrat mein Zimmer. Vorsichtig legte ich den schweren Rucksack auf das Parkett und schob ihn mit einem beherzten Innenriststoß unter mein Bett. Dann zog ich mir hastig das blutige T-Shirt aus und quetschte es ein wenig unbeholfen hinter den Kleiderschrank. Etwas ängstlich starrte ich aus dem Fenster. Natürlich plagte mich mein schlechtes Gewissen, und die Angst, jemand könnte etwas gesehen haben, übermannte mich in Schüben. Doch nun gab es kein Zurück mehr.

Ich wählte die Nummer von Julia, die von meinem plötzlichen Desinteresse verständlicherweise irritiert und verletzt war. Nachdem ich mich gemeldet hatte, legte meine Freundin einfach wieder auf. Mit einem fiesen Druck in der Magengegend setzte ich mich auf mein Bett, nur um alle paar Minuten aufzustehen und kontrollierend aus dem Fenster zu sehen. Selbst als meine Mutter am Abend zu Tisch rief, hatte sich mein Magen noch nicht beruhigt.

Ich zwängte mir zwei Graubrotscheiben hinein, antwortete kurz angebunden auf die Small-Talk-Fragen meiner Eltern und verabschiedete mich anschließend mit vorgetäuschten Magen-

Darm-Problemen vom Esstisch. Ich hatte bestimmt vier Stunden ängstlich auf dem Bett gelegen, als sich meine Eltern in ihr Schlafzimmer zurückzogen. Ich wartete noch weitere dreißig Minuten, in der Hoffnung, dass sie dann endlich eingeschlafen waren. Und tatsächlich meinte ich das Schnarchen meines Vaters zu hören, als ich die Tür zum Flur öffnete.

Vorsichtig schlich ich in mein Zimmer zurück, legte mich flach auf den Boden und kramte mühsam den Rucksack wieder hervor. Ich zog mir einen dicken Kapuzenpullover über. Mit dem Rucksack bewaffnet schlich ich schließlich die Treppe hinunter. Über die letzten Jahre hatte ich genau gelernt, welche Stufen knarrten, und so war es nicht besonders schwer, das Haus unbemerkt zu verlassen. Die Nacht war klar und für die Uhrzeit noch überraschend warm. Dennoch zog ich mir die Kapuze tief ins Gesicht und holte mein Fahrrad aus dem alten Gartenschuppen. Leise schloss ich die Gartentür und machte mich langsam auf den Weg. Den misstrauischen Blick meines Vaters am Fenster hatte ich nicht gesehen. Obwohl die Nacht so angenehm war, beeilte ich mich. Es galt, noch die letzten Spuren zu beseitigen, und das würde sicherlich einige Stunden in Anspruch nehmen.

Ich lehnte das Fahrrad an die alte Eiche und überquerte den kleinen Feldweg. Dann öffnete ich vorsichtig das Scheunentor. Mit einer Taschenlampe begutachtete ich meine saubere Arbeit. Tatsächlich wirkte auf den ersten Blick alles wie immer. Kein Wunder. Fast eine ganze Stunde hatte ich mit einem dicken Schlauch den Boden abgespritzt. Erleichtert atmete ich aus. Denn selbst wenn in der Zwischenzeit jemand hier gewesen war, hatte er offensichtlich nichts gefunden. Leise kletterte ich die kleine Leiter hinauf und vergewisserte mich, wirklich alleine zu sein. In dem kleinen Verschlag fand ich erwartungsgemäß die schwarze Kiste. Auch wenn die Sache für mich abgeschlossen war, beschleunigte sich mein Puls wieder. Behutsam öffnete ich die Truhe. Es war noch alles da. Erneut spürte ich einen Anflug von Zorn. Wie bereits vor drei Tagen nahm ich die Tagebücher in die Hand. Wütend schlug ich eins auf und las die Zeilen, die mir die Tränen in die Augen getrieben hatten.

*An einer Katze habe ich's ausprobiert. Der Knochen zerbricht wie eine alte Kiste. Überall spritzt Blut und Gehirn. Jetzt ist ein Mensch dran … Ich habe das Opfer gefunden. Ein kleines Mädchen auf dem Spielplatz … War das geil. Unglaublich. Voll auf den Kopf. Aber die kleine Kröte fing sofort an zu schreien …*

Auch dieses Mal spürte ich ein Stechen in meinen Augen. Doch ich schluckte die Tränen hinunter. Ich hatte für Gerechtigkeit gesorgt. Den ganzen langen Tag hatte ich auf der Lauer gelegen, um zu sehen, wer meiner Schwester das angetan hatte. Es war dieser kleine Junge, der schon seit Wochen hier an der Scheune gespielt hatte. Offenbar hatte er hier sein Versteck. Ich hatte keine Ahnung, wie viele unzählige Male uns der jämmerliche Wichser beobachtet hatte. Doch auch damit war es nun vorbei. Ich legte die Papiere zurück in die Truhe, öffnete meinen Rucksack und zog das Brecheisen hervor. Das Blut hatte ich am Nachmittag ebenfalls weggewaschen. Während die anderen sich in Tommys Partykeller die Kante gaben, hatte ich hier auf den kleinen Wichser gewartet. Stundenlang. Am Nachmittag tauchte er endlich auf.

Ich legte das Brecheisen vorsichtig zurück in die Truhe und versuchte, es möglichst nahe an den ursprünglichen Ort zu positionieren. Zufrieden nickte ich. Genauso hatte ich das Metall vorgefunden. Dann ärgerte ich mich, dass ich mein blutverschmiertes T-Shirt zu Hause hatte liegen lassen. Ich hätte es doch ganz einfach verbrennen können, bevor noch der letzte Job zu erledigen war. Ich verließ den kleinen Verschlag und öffnete die nahezu leere Heukammer. Ein kalter Schauer lief mir über den Rücken, als ich in die toten Augen blickte. In die starren Augen von Matthias Weber.

## 62

*Tommy*

Es fällt mir wirklich nicht leicht, die Familie Dudda aufzusuchen. Auch wenn ich mit Mike so meine Probleme – in letzter Zeit sogar sehr große – habe, seine Eltern sind anständige Menschen. Sie sind bei Weitem nicht so locker drauf wie meine, doch sie haben dieses gebildete Auftreten und diesen netten schwarzen Humor, den ich mag.

Davon ist nun allerdings nichts zu spüren. Mikes Vater hat mir die Tür offensichtlich nur widerwillig geöffnet. Vermutlich macht er auch mich für die Trennung der beiden verantwortlich. Dennoch bietet er mir höflich eine Tasse Kaffee an, die ich aber aufgrund der angespannten Stimmung freundlich ausschlage. Stattdessen komme ich direkt zur Sache und erkundige mich nach seinem Sohn. Ist mir der Besuch schon nicht leichtgefallen, so stellt sich dieses Unterfangen als noch schwieriger heraus. Mikes Vater weigert sich vehement, mir irgendwelche Auskünfte zu erteilen, und droht sogar mit seinem Anwalt. Erst als ich ihm klarmache, dass es besser für Mike ist, wenn ich ihn unter vier Augen spreche, bevor er polizeilich gesucht wird, lässt sich der sture alte Mann überzeugen.

Mike wohnt zurzeit in dem kleinen Ferienhaus der Familie auf Borkum. Zumindest da hat er anscheinend nicht gelogen. Ich bedanke mich höflich und frage, ob ich noch einen letzten Blick in Mikes altes Zimmer werfen dürfe. Der alte Dudda schaut mich skeptisch an und zuckt anschließend mit den Schultern. Offenbar darf ich. Vermutlich hat er gewusst, was ich finden werde. Nichts. Der Raum ist komplett leer. Sämtliche Zeitungsartikel, die die Wände jahrelang geziert haben, sind verschwunden. Nicht ein Staubkorn. Ohne zu wissen, wonach ich überhaupt suche, wächst die Ernüchterung in mir. Ich verlasse das Zimmer, steige die Treppe hinab und verabschiede mich hastig, aber freundlich. Mikes Vater nickt nur gelangweilt und setzt sich wieder an den Küchentisch.

Es ist noch früh am Mittag, ausreichend Zeit, noch nach Borkum zu fahren. Ich rufe Jenny an, um sie von meinem Vorhaben zu unterrichten, wimmele sie umgehend ab, als sie mir eine Moralpredigt halten will, und fahre auf die Autobahn. Es dämmert bereits, als ich Emden erreiche, und nur mit viel Glück und einer gehörigen Portion Überzeugungsarbeit ergattere ich ein Flugticket für den letzten Flug des Tages. Ich habe mir überhaupt keinen Plan zurechtgelegt, entgegen meinem Naturell handle diesmal ich komplett aus dem Bauch heraus.

Auf dem Borkumer Flugfeld kaufe ich mir eine Stadtkarte und steige in einen Linienbus. Es ist bereits dunkel, als ich das Ferienhaus der Duddas endlich finde. Ein kalter Wind frisst sich durch meine dünne Jacke, und das Rauschen des Meeres sorgt für eine unheimliche Stimmung in mir. Was werde ich ihn fragen, wenn wir uns gegenüberstehen? Was habe ich mir überhaupt von dieser Reise versprochen? Und wie kriege ich ihn dazu, mir die ganze Geschichte über Jonas Hellmann zu erzählen?

Im wahrsten Sinne des Worts durch den Wind, starre ich auf das Haus. Auf den ersten Blick wirkt es nett und einladend, doch in der momentanen Finsternis hat es auch etwas Geheimnisvolles an sich. Da es noch nicht mal neun ist, die Fenster aber nicht erleuchtet sind, gehe ich davon aus, dass Mike noch ein Bier in irgendeiner Kneipe trinkt. Einen Job hat er in der kurzen Zeit sicherlich noch nicht gefunden. Zumindest keinen lukrativen. Natürlich spiele ich mit dem Gedanken, mich in der Ferienhütte umzusehen, doch ich habe keine Ahnung, wann Mike zurückkehren wird. Also belasse ich es vorerst bei der Beobachtung und suche mir ein kleines Lokal, um der Kälte zu entgehen.

Die »Bierschänke« wirkt auf mich sehr einladend, und als ich sie betrete, fällt mein Blick sofort auf Mike. Er steht an einem kleinen Tisch und nimmt mit einem Bleistift und einem Block offenbar eine Bestellung entgegen. Ungläubig schüttele ich den Kopf. Ist das jetzt seine Berufung? Kellner in einem kleinen Lokal mitten auf Borkum? Schadenfreude überkommt mich. Noch bevor er mich sehen kann, habe ich die Gaststätte wieder verlassen. Er wird sicherlich noch für ein paar Stunden beschäftigt sein. Genug Zeit also, seine aktuelle Bleibe mal genauer unter die Lupe zu nehmen.

## 63

*Mike*

Ich habe Tommy schon draußen auf der Straße stehen sehen und wusste gleich, dass das nichts Gutes bedeuten kann. Wenn er mir bis nach Borkum folgt, kann es nur einen Grund geben. Und der bereitet mir gerade Panik. Er weiß Bescheid. Ganz sicher. Aber wie viel weiß er tatsächlich? Ist es bisher nur eine Theorie, und er will mich dazu bringen, mich zu verplappern? Plötzlich bekomme ich einen Schreck ganz anderer Art: Vielleicht ist Julia etwas zugestoßen. Oder sie hat sich was angetan. Wie damals meine kleine Schwester.

Mein größtes Problem: Der Laden ist erschreckend voll, dafür personell vollkommen unterbesetzt, und ich habe gerade meinen ersten Arbeitstag. Sosehr ich auch will, dem Problem Tommy kann ich gerade nicht nachgehen. Ich rede mir ein, dass bestimmt keine Gefahr besteht. Was kann schon passieren, solange ich hier meine Schicht zu Ende arbeite?

Eine ganze Menge. Tommy kann sich Eintritt in die Ferienhütte verschaffen und die Truhe finden. Die ihm dann einen Großteil der Antworten liefert, nach denen er so verbissen sucht.

## 64

*Tommy*

Vorsichtig klettere ich über eine kleine Mauer. Es ist gar nicht so leicht, den Überblick zu behalten, da sich die Häuser in dieser Straße schrecklich ähnlich sehen. Doch schließlich habe ich die richtige Hütte ausgemacht und schleiche nun behutsam auf das Gartentor zu.

Zwei morsche alte Holzliegen lassen darauf schließen, dass die Duddas dieses Domizil in den letzten Jahren nicht mehr häufig aufgesucht haben. Die kleine Rasenfläche ist ungemäht, und der mit Laub übersäte, leere Boden des Billigpools einer Baumarktkette macht das triste verlassene Bild komplett. Nur ein voller Aschenbecher und eine halb leere Bierflasche auf dem kleinen Terrassentisch deuten darauf hin, dass kürzlich jemand hier war. Offenbar hat Mike mit dem Rauchen begonnen.

Ganz behutsam setze ich einen Fuß vor den anderen. Ich will keinesfalls den Verdacht der Nachbarn auf mich lenken. Eine kleine Katze blickt mich an, faucht mir entgegen und verschwindet unter einer Hecke. Auf diesem Terrain fühle ich mich ungewohnt unsicher. Was, wenn Mike doch früher als gedacht nach Hause kommt? Ich schiebe den Gedanken schnell wieder beiseite, weil ich spüre, dass er mich sonst lähmt. Als der Gedanke trotzdem wiederkommt, rede ich mir gut zu. Irgendeine Erklärung werde ich ihm schon auftischen. Er ist kein Unmensch, und wir waren immerhin jahrelang unzertrennliche Freunde.

Mike hat offenbar nicht mit mir gerechnet. Die Terrassentür steht trotz der Kälte auf Kipp. Mich wundert es, dass sein Vater meinen Besuch nicht angekündigt hat. Doch in dem Lokal muss er sein Smartphone vermutlich auf lautlos stellen. Ich fingere etwas unbeholfen an dem Türgriff herum, komme so aber nicht weiter. Also versetze ich dem schmutzigen weißen Rahmen einen ordentlichen Schubs. Nach dem zweiten Versuch gibt die Tür nach, und mit etwas Mühe kann ich das schwere Glas vor einem Sturz bewahren. Ich trete ein und hänge die Tür notdürftig in die Angeln. Mike wird sicherlich einen Handwerker kommen lassen müssen. Doch da will ich schon lange wieder auf meinem Heimweg sein.

Ich blicke mich um. Der Mond spendet genug Licht, um auch Details zu erkennen. So sehe ich zum Beispiel, dass die Bude unmöglich eingerichtet ist. Überall stehen kleine Modell-Segelboote, Anker hängen an der Wand, und vom Kaminsims lächeln mich doch tatsächlich ausgestopfte Möwen an. Zu allem Überfluss ist Mutter Dudda offenbar eine Freundin der seltenen Porzellanpuppen. Auf jeder Couch, jedem Sessel, ja sogar auf den Stühlen sitzt ein besonderes Exemplar. Ich frage mich, ob der lebende Teil der Familie lieber steht, schäme mich aber umgehend für diesen Gedanken, da ich Tinas Tod für einen Moment vergessen habe.

Neben der Couch steht eine Sporttasche, die ich schon etliche Male in der Fußballkabine unseres Dorfvereins gesehen habe. Kein Zweifel, Mike wohnt in diesem Haus. Auf dem Esszimmertisch finde ich diverse ungeöffnete Briefe. Den Namen des Empfängers habe ich vorher noch nie gesehen. Vielleicht die Post des Nachbarn. Direkt an das kleine Esszimmer schließt eine Einbauküche an. Auch hier hat die Familie nicht an Deko gespart. Muscheln, kleine Kieselsteine und getrocknete Seesterne. Innerlich danke ich meiner Familie für die unzähligen Mallorca-Pauschalreisen in einen dieser Betonbauklötze. So ist mir dieser schreckliche Nippes erspart geblieben.

In der Spüle stehen mehrere unabgewaschene Teller. Offenbar hat mein Schwager nicht die Muße, den Haushalt zu machen. Vermutlich hat diese Aufgabe sonst Julia übernommen. Im ersten Stock finde ich schließlich Mikes Schlafstatt. Und zwar nicht etwa in dem großen Bett im Schlafzimmer, Mike macht es sich auf einem Feldbett in einer Art Hobbyzimmer bequem. Diverse Modell-Segelschiffe in verschiedenen Produktionsstadien zieren einen Tapeziertisch. Ein Glas mit Pinseln, Pinzetten und einer Lupe steht auf dem Fensterbrett. Unter dem Tisch steht eine große schwarze Holzkiste. Die berühmte Piratentruhe.

## 65

*Mike*

Dieter Friedrichsen ist ein kräftiger Mann, dessen norddeutschen Zungenschlag ich nur schwer verstehe. Zwar stammt meine Mutter ursprünglich aus diesen Gefilden, dennoch habe ich mich weder mit dem Dialekt noch mit der Umgebung jemals anfreunden können. Überhaupt habe ich die Ferien, die wir auf dieser Insel verbracht haben, gehasst. Zu spießig, zu langweilig, zu kalt. Selbst im Sommer. Dementsprechend glücklich war ich, als meine Eltern mir eines Tages die Wahl ließen. Ich entschied mich damals für einen Kurzurlaub mit Tommy. Es war mein erster Mallorca-Urlaub und sollte nicht der letzte sein. Auch mit Julia bin ich nie hier in dieser schrecklich verunstalteten Hütte gewesen. Der ganze Nippes meiner Mutter ist ja nicht auszuhalten und dann noch diese seltsame Segelbootleidenschaft meines Vaters. Damit sie nicht auf dumme Gedanken kommt, habe ich Julia das Häuschen immer verschwiegen. Tommy wusste damals davon, aber daran erinnert er sich garantiert nicht mehr. Nur ist da ja noch mein Vater.

Als ich Friedrichsen darum bitte, mir wegen einer starken Magenverstimmung den Rest der Schicht zu erlassen, reagiert er erwartungsgemäß genervt. Er flucht etwas, das ich glücklicherweise nicht verstehe, nimmt mir ohne ein weiteres Wort zu sagen die Schürze ab und zeigt mir freundlicherweise den Weg zur Tür. Wenn ich die Zeichen richtig deute, ist somit mein erster Arbeitstag in diesem Lokal zugleich auch mein letzter. Wirklich enttäuscht bin ich darüber nicht.

Ich verlasse also die Kneipe durch den Hinterausgang und überquere die Straße. Bis zu meinem Häuschen sind es vielleicht fünf Minuten Fußweg. Da ich Tommy noch in der Nähe vermute, wähle ich eine andere Route. Ich genieße die kalte, klare Nacht, halte aber gleichzeitig nach ihm Ausschau. Ein Treffen will ich um jeden Preis vermeiden. Ich stecke mir eine Zigarette an, und nach wenigen Metern erreiche ich das Haus. Zu meiner Erleichterung brennt nirgends Licht, und auch die nähere Umgebung wirkt verlassen. Und doch spüre ich einen leichten Druck in der

Magengegend. Vorsichtshalber lege ich bei meinem Wagen einen Zwischenstopp ein. Im Handschuhfach finde ich eine Walther, die schon vor Jahren in der Asservatenkammer abhandengekommen ist. Ich schiebe die Pistole in meinen Hosenbund und schließe leise die Autotür.

Der Eingang ist verschlossen, alles scheint in Ordnung zu sein. Doch ich will lieber auf Nummer sicher gehen und einen Blick in den Garten werfen. Ich klettere über die kleine Mauer und danke innerlich meinem Vater, dass er auf der anderen Seite keine Rosenhecke gepflanzt hat. Bereits nach wenigen Schritten beschleunigt sich mein Herzschlag. »Scheiße«, flüstere ich leise, als ich die Terrassentür sehe. Sie ist aufgebrochen.

Automatisch greife ich nach der Pistole und schiebe die Tür behutsam zur Seite, trete ein und lehne sie anschließend wieder an den Rahmen. Das Wohnzimmer ist menschenverlassen, und auch in der Küche bin ich alleine. Bevor ich die Treppe emporsteige, halte ich die Luft an, in der Hoffnung, so besser hören zu können. Doch ich vernehme nur das Rauschen des Meeres. Ganz vorsichtig betrete ich eine Stufe nach der anderen. Ich kann mich zwar nicht erinnern, dass die Stufen hier auch geknarrt hätten wie in dem Haus in Köln, will aber kein Risiko eingehen. Als ich nach einer gefühlten Ewigkeit den ersten Stock erreiche, schiebe ich die Schlafzimmertür meiner Eltern auf. Nichts. Dann widme ich mich dem Arbeitszimmer meines Vaters. Und noch bevor ich dort eintrete, nehme ich den schwachen Schein einer Taschenlampe wahr.

# 66

*Tommy*

Als ich die Truhe aufmache, fühle ich mich wie ein kleiner Junge, der das Geburtstagsgeschenk der Großmutter öffnet. Doch die Ernüchterung stellt sich umgehend ein. Die etlichen Zeitungsartikel, die noch vor wenigen Tagen an einer Wand in einem Haus in der Nähe von Köln gehangen haben, befinden sich nun offenbar in dieser morschen Holzkiste. Enttäuscht will ich die Kiste schließen, entscheide mich dann aber, noch ein wenig tiefer zu graben. Auf dem Boden der Truhe finde ich Artikel, die ich noch nicht kenne. Ich hatte gar nicht in Erinnerung, dass Tinas Unfall auf so ein Medieninteresse gestoßen ist. Doch auch darüber hat Mike sämtliche Artikel ausgeschnitten und aufgehoben. Mit einem Marker hat er einzelne Worte unterstrichen.

Mitten zwischen den Artikeln liegt ein DIN-A4-Blatt, das anders aussieht. Ich richte die Taschenlampe darauf und erkenne, dass ich die Kopie eines Arztberichtes in der Hand halte. Ich beginne zu lesen und erfahre so, dass der untersuchende Arzt erhebliche Zweifel hegte, dass Tinas Verletzungen durch den Sturz auf eine Metallrutsche verursacht worden waren. Neugierig lese ich weiter. Tatsächlich schließt der Arzt eine Gewalteinwirkung von außen nicht aus. Wenn dieser Mediziner mit seiner Annahme recht hat, warum ist das nie weiterverfolgt worden? Da das Gutachten nicht in dem Krankenhaus erstellt worden ist, gehe ich davon aus, dass es erst weit nach Tinas Unfall angefertigt wurde. Vielleicht zu einem Zeitpunkt, zu dem die Familie mit der Tragödie bereits abgeschlossen hatte. Der unabhängige Arzt vermutet, dass Tina mit einem stumpfen Gegenstand geschlagen worden ist.

Ich lasse den Bericht und die Artikel auf mich wirken, und in der Stille der Ferienhütte fügen sich ganz langsam die Puzzleteile zusammen.

Was Tina damals zugestoßen ist, war kein Unfall, sondern brutale Körperverletzung.

Aber wenn Mike davon gewusst hat, warum hat er denn bloß nichts gesagt?

Dumme Frage! Wann hat Mike denn überhaupt noch über Tina gesprochen? Nachdem sie auf dem Spielplatz *verunglückt* war, konnte man ihn schon nicht darauf ansprechen. Und nach dem Suizid war ganz Feierabend. Beim Thema Tina war Funkstille. Als gäbe es sie nicht mehr. Mike hat Tinas »Unfall« und ihren Selbstmord nicht einfach nur schlecht verkraftet. Die Sache hat ihn traumatisiert. Verdammt, er war sechzehn, als seine geliebte Schwester halb tot aufgefunden wurde. Und nicht lange danach nimmt sie sich das Leben, das ihr nicht lebenswert erscheint. Und das alles, weil er sie allein zum Spielplatz hat gehen lassen. Wie sollte er da nicht verrückt werden?

Damals wusste ich nur, dass ich Mike nicht im Stich lassen durfte. Nicht zuletzt deshalb bin ich ja auch so auf seine Idee mit der Polizeischule angesprungen. Mike dachte, ich mach es aus Bequemlichkeit. In Wirklichkeit aber wollte ich ihn nur nie wieder aus den Augen lassen. Und auf der Polizeiakademie, im Psychologie-Modul, habe ich dann plötzlich kapiert, was Mike da tut. Traumatisierte verdrängen. Sie kapseln das Grauen ein und verstauen es in der allerhintersten Ecke, wo sie selbst nicht mehr hinkommen.

Und während ich jetzt das Gutachten über Tinas Verletzungen in der Hand halte und mit leerem Blick auf die Kiste starre, wird mir auch klar, warum mir Mike in der letzten Zeit so dermaßen auf den Wecker gegangen ist: Ich habe einfach die Schnauze voll davon, auf ihn aufzupassen. Und zwar seit dem Moment, als wir wegen Timos Verschwinden in unser Heimatdorf gerufen wurden. Weil in dem Moment mit Macht die Erinnerungen hochkamen, die auch ich weit weggeschoben hatte. Ich will Mike schlicht loswerden, die Verantwortung abgeben, die ich mir damals selbst auferlegt habe, ohne es je irgendwem zu sagen. Nicht mal mir selbst.

Ich schüttle heftig den Kopf, um mich in die Gegenwart zurückzuholen. In das Hier und Jetzt. Wieder betrachte ich die Truhe, in die ich die Artikel und den Bericht zurückgelegt habe. Und frage mich als Nächstes, wie Jonas in die Geschichte passt. Warum liegt das ganze Zeug in dieser Piratenschatzkiste, und warum steht die jetzt hier?

Gerade als ich die Truhe schließen will, fällt mir ein kleines Polaroid auf, das aus dem Artikelstapel gefallen ist. Es liegt zwischen den ganzen Zeitungsartikeln. Ich nehme das vergilbte Foto in die Hand. Und spüre augenblicklich, wie sich meine Nackenhaare aufstellen und sich Übelkeit in meinem Magen ausbreitet.

Ich erkenne Matthias Weber ausschließlich an dem einen blauen Auge, das noch geöffnet ist. Der Rest des Kopfes ist zu einem nicht identifizierbaren Brei zusammengeschlagen worden. Die Aufnahme ist mit Sicherheit kein Polizeifoto. Von wem stammt sie also? Ich krame erneut in der Truhe, und meine Finger stoßen an etwas Hartes auf dem Boden. Wie sich nach dem Herausfischen zeigt, ist es eine Art Kladde.

Ich öffne sie und denke bei der krakeligen Schrift gleich, dass es sich um das Tagebuch eines Kindes handeln muss. Hastig blättere ich durch die mit rotem Edding beschriebenen Seiten. Auf einer Seite steht ganz groß, sodass ich es trotz des Gekritzels sofort lesen kann: *Und wie du geschrien hast!* Ich will wissen, was das zu bedeuten hat, und versuche die Sätze davor zu lesen. Ich nehme mir jeden Buchstaben einzeln vor und entziffere schließlich, was dort steht: *Ich habe das Opfer gefunden. Ein kleines Mädchen auf dem Spielplatz.*

Und weiter: *War das geil. Unglaublich. Voll auf den Kopf. Aber die kleine Kröte fing sofort an zu schreien …*

In diesem Moment wird mir alles klar. Wie in einem Highspeed-Karussell drehen sich die Bilder in meinem Kopf. Mikes Mörderblick bei der Trauerfeier, die Zeitungsausschnitte in seinem alten Zimmer. Sein Zusammenbruch vor Timos Leiche. Mike am Ufer der Erft …

Gerade als ich die Kladde zurücklege, fliegt die Tür auf, und Mike steht vor mir. In seinen Augen flackert ein gefährlicher Wahnsinn auf. Der Lauf seiner Walther zielt genau auf meine Stirn.

»Du hast den kleinen Weber getötet?«, frage ich ruhiger, als ich bin.

Mike blickt mich nachdenklich an. Dann nickt er. »Mir blieb doch keine andere Wahl«, flüstert er zornig. »Er hat Tina das Leben genommen.« Seine Stimme versagt. Mike ringt mit den Tränen. »Er hat meine Schwester zum geistigen Krüppel geschlagen. Was hättest du denn an meiner Stelle getan?«, schreit er verzweifelt, und Spuckefäden fliegen durch das Zimmer.

Ich denke einen Moment nach. Das weiß ich natürlich nicht. Ich weiß nur, was das Gesetz für das Richtige gehalten hätte: Dass er diesen Arztbericht zusammen mit dem Tagebuch des Jungen der Polizei übergibt. Vielleicht hätte ich auch tatsächlich so gehandelt. Aber Tina war ja auch nicht meine, sondern seine Schwester.

»Du hättest zur Polizei gehen sollen«, sage ich trotzdem. Immerhin bin ich Polizist und muss als Polizist handeln. Mein Verständnis für ihn gehört nicht hierher.

Mikes Tränen stoppen abrupt. Dann lacht er hysterisch. »Die Polizei!«, stößt er verächtlich hervor. »Wenn ich denen die Sache anvertraut hätte, wäre der Wichser nie seiner gerechten Strafe zugeführt worden. Egal, was in dem Tagebuch steht, irgendein Anwalt hätte den Richter schon überzeugt, dass Matthias Weber selbst Opfer ist, und nach ein bisschen sogenannter psychologischer Betreuung wäre er wieder frei herumgelaufen.«

Mikes Zorn ist noch immer unbändig. Auch jetzt denkt er mehr an seine Schwester und daran, was der Sohn von Weber ihr angetan hat, als dass er sich klarmacht, dass er selbst ein Mörder ist.

»Dir ging es um Rache«, stelle ich fest.

Mike protestiert nicht und zuckt mit den Schultern. Doch dann sagt er: »Gerechtigkeit, nicht Rache.« Ganz ruhig, ganz sachlich.

Und ich denke: Stimmt, dir ging es immer um Gerechtigkeit. *Auge um Auge, Zahn um Zahn* – hast du ja oft genug gesagt in deinem Leben. Nur habe ich nicht kapiert, wie weit du dafür zu gehen bereit bist.

Jetzt will ich dafür alles kapieren, also frage ich: »Und warum Jonas?« Ich habe nicht den Eindruck, meinen Schwager zu erreichen, frage aber unbeirrt weiter. »Wusste der zu viel?«

Wieder nickt Mike. Und in den langen Sekunden danach, während ich schweigend meinen langjährigen Freund betrachte und im Grunde alles nicht wahrhaben will, fügt sich das Bild zusammen, und der letzte Schleier lichtet sich.

»Der alte Weber hat die Scheune gekauft und die Kiste mit den Tagebüchern gefunden«, stammele ich mehr zu mir selbst als zu

Mike. Dessen seltsames Lächeln zeigt mir, dass ich zu Recht um mein Leben fürchte.

»Genau. Er hat die Tagebücher gefunden, wusste, was sein Sohn getan hatte, und da fiel ihm ein, wer sich früher immer in der Scheune herumtrieb. Dann hat er eins und eins zusammengezählt. Es konnte nur einer von uns gewesen sein.«

Ich glotze Mike fassungslos an, während in meinem Kopf ein Kurzfilm über die letzten Tage abläuft, und im nächsten Moment dringt die ebenso karge wie brutale Erkenntnis in mein Bewusstsein: Ich habe zusammen mit dem Mörder von damals nach dem Mörder von heute gesucht. Diese Erkenntnis befreit mich schließlich aus der Erstarrung.

»Er hat also Rache für deine Rache genommen?«, fluche ich wütend. »Die ganzen Kinder mussten sterben, weil du als Jugendlicher Matthias Weber getötet hast?« Ich spüre einen unbändigen Zorn in mir. Einen Zorn, der mich meine Angst vergessen lässt. Wütend stehe ich auf und gehe auf Mike zu. Er streckt den Arm aus, und wieder erkenne ich diesen Wahnsinn in seinem Blick. Mit einer schnellen Bewegung drücke ich ihn aus dem Zimmer.

Offenbar hat er mit dem Angriff gerechnet. Er umklammert mich mit beiden Armen, und wir stürzen zu Boden. Ehe ich mich's versehe, sitzt er auf mir und rammt mir seine Stirn auf die Nase. Ich spüre, wie der Knochen zersplittert, und vor Schmerz schießen mir Tränen in die Augen. Ein linker Haken landet in seiner Leber und raubt ihm die Luft. Doch Mike gibt sich nicht geschlagen. Er ist schon immer ein überraschend guter Kämpfer gewesen. Eine weitere Kopfnuss landet auf meiner Augenbraue. Augenblicklich läuft mir warmes Blut über das Gesicht. Noch einmal setze ich zu einem Leberhaken an. Doch Mike kommt mir diesmal zuvor und tritt mir mit seinem Knie zwischen die Beine. Ich krümme mich vor Schmerzen. Für meinen Schwager genug Zeit, sich aufzurappeln. Als ich mir das Blut aus den Augen gewischt habe, blicke ich wieder in den Lauf der Pistole.

## 67

*Mike*

Nie werde ich das Gesicht meines Vaters vergessen, als ich in jener Nacht nach Hause kam. Er saß in der Küche und starrte aus dem Fenster. Ich war überrascht, dass er zu dieser Zeit noch wach war. Doch als ich die Küche betrat, wurde mir einiges schlagartig klar. Auf dem Küchentisch lag das blutverschmierte T-Shirt. Kalter Schweiß brach mir aus. Er wusste Bescheid. Ich wollte es meinem Vater erklären, doch er hob nur die Hand, um mich zum Schweigen zu bringen.

Stumme Wut keimte in mir auf. Ich trat gegen Türen und stieß Stühle um. Doch mein Vater stand nur weiter ganz ruhig da und blickte mich zutiefst enttäuscht an. Erneut versuchte ich krampfhaft, die richtigen Worte zu finden, doch mit einem fassungslosen Kopfschütteln gab er mir wieder zu verstehen, dass ich den Mund halten sollte. Dass jedes Wort zu viel sein würde.

Dann plötzlich sprang er auf, das Gesicht eine wutverzerrte Grimasse, riss das T-Shirt an sich, packte mich am Kragen und zog mich daran bis in den Garten. Mit einer unglaublichen Kraft warf er mich zu Boden. Wenige Augenblicke später kehrte er mit einer Schaufel zurück. Es dauerte einen Moment, bis ich verstand. Dann vergrub ich das schmutzige T-Shirt unter einem alten Baum. Wir blickten uns tief in die Augen und gaben uns damit das Versprechen, nie wieder darüber zu sprechen.

Doch wir konnten unser Wort nicht halten. Meine Mutter entdeckte nur wenige Wochen später bei der Gartenarbeit das Stück Stoff. Mein Vater wollte sie nicht belügen und erzählte ihr die Wahrheit, soweit er sie kannte. Auch ich brach ein halbes Jahr später mein Wort. Nach einer durchzechten Nacht zeigte ich Tina das Polaroidfoto, das ich in der Nacht von Weber gemacht hatte. In der Hoffnung, sie damit wieder zum Sprechen zu bewegen. Zwei Tage später nahm sie sich das Leben.

***

Mit einem gezielten Fußtritt hat mir Tommy das Gleichgewicht geraubt, und ich falle rückwärts die Treppe hinunter. Ich ärgere mich, dass ich ihn nicht über der Truhe erschossen habe, als die Gelegenheit da war. So habe ich ihm einen Vorteil verschafft. Doch das lässt mich momentan kalt. Denn obwohl Tommy schon einiges in seiner Karriere gesehen hat, obwohl er sicherlich der Stärkere von uns beiden ist und ein ausgezeichneter Schütze, habe ich einen entscheidenden Vorteil: Ich bin ein Killer. Ich habe schon getötet und werde es im Notfall wieder tun.

Mein ganzer Körper schmerzt, als ich mich nach dem Sturz aufrichte. Doch für Wehwehchen habe ich keine Zeit. Bevor Tommy bei mir ist, habe ich meine Walther im Hosenbund verstaut, die Terrassentür erreicht und ihm diese entgegengeschleudert. Ohne mich umzudrehen, stürze ich in den Garten. Ich versuche, auf die Mauer zu klettern, werde aber von Tommy zurückgerissen. Ich trete nach ihm, doch er wehrt meinen Tritt geschickt ab. Noch bevor ich zu einem weiteren Schlag ansetzen kann, stürzt er sich erneut auf mich. Dieses Mal reagiere ich schneller. Ich ducke mich weg und renne in die entgegengesetzte Richtung. Ich komme nur wenige Meter weit, als ein lauter Knall die Stille der Nacht durchbricht.

Erschrocken drehe ich mich um. Tommy starrt mich an, die Pistole auf mich gerichtet. Ich hebe die Walther und ziele auf seine Stirn.

***

Ich dachte immer, ich schaffe es, damit zu leben. Ich bin Polizist geworden, um als Ermittler professionell für Gerechtigkeit zu sorgen. Und ich wollte vergessen. Die Verstümmelung meiner Schwester, ihren Selbstmord und natürlich alles, was ich getan oder nicht getan habe. Wäre ich mit ihr zum Spielplatz gegangen, hätte ich Matthias Weber nicht umbringen müssen. Aber ich habe gelernt zu vergessen. So gut, dass ich sogar wieder lieben konnte: erst Julia, dann meine Kinder.

Doch dann hat sich der alte Weber erinnert und dafür gesorgt, dass auch ich mich wieder erinnern musste. Nun habe ich alles verloren. Nach meiner Schwester auch noch meine Töchter. Aber das ist nicht das Schlimmste. Das Schlimmste ist, dass letztlich ich derjenige bin, der sie getötet hat. Ab jetzt kann ich nie wieder vergessen.

*Auge um Auge* … Das immerhin bleibt.

# EPILOG

Es ist seltsam. Nahezu dreißig Jahre lang waren wir beste Freunde. Wir haben alles gemeinsam erlebt und dachten, wir wissen alles über den anderen. Jetzt in diesem Moment, von Angesicht zu Angesicht, wird uns beiden bewusst, dass wir gar nichts über den anderen wissen. Es ist der letzte gemeinsame Moment. Freundschaft hin oder her. Wer jetzt abdrückt, wird leben. Ich drücke zuerst ab.

Danksagung

Es ist also vollbracht. Mein Krimidebüt ist veröffentlicht. Ein langer Weg, der nur mit der Hilfe zahlreicher Menschen zu schaffen war. Zum Schreiben eines Buches gehört viel mehr als das Kreieren und Verwirklichen einer Idee. Es bedarf Menschen, die einem auch in schweren Zeiten den Rücken freihalten, damit man kreativ tätig sein kann. Daher möchte ich all denen danken, die in den vergangenen Monaten durch ihr Dasein, ihre Worte und Gedanken auch das Umsetzen dieses Buches überhaupt ermöglicht haben. Neben meiner Familie und meinen »Jungs« möchte ich in erster Linie Herrn Garbe und seinem unglaublichen Team danken. Ein besonderer Dank gilt grundsätzlich Leopold Schmitz. Außerdem möchte ich dem Emons Verlag für das Vertrauen in mich und mein Werk danken, Tim Rohrer und seiner Literaturagentur sowie natürlich dem Lektor Lothar Strüh, der dem Buch mit seinen Anmerkungen, aber auch Verbesserungen den richtigen Anstrich verliehen hat. Danke!